귀신 문제 해결 탐정단

귀결사 2

전희원 장편 소설

귀신 문제 해결 탐정단

귀결사

2

"아무것도 기억나지 않아요.
… 제 몸 좀 찾아주세요."

열세번째방

정낙주

여성, 20대 후반, 전직 역도 선수, 역사이자, 귀신을 보고 이야기를 나눌 수 있는 능력이 있다. 번개를 맞고도 죽지 않고 오히려 능력이 생긴다. 힘이 어디에서 나오는지 알 수 없을 정도로 호리호리한 몸을 가지고 있다. 판수나 무당의 삶을 거부하려고 역도 선수가 되었지만 결국에는 4제중 하나인 백제 은미와 한 몸이 되어 살게 된다. 특히 5천 년 전부터 내려오는 신비한 영물이자 50킬로그램 무게의 마고봉을 가볍게 휘두른다. 마고봉은 귀신도 나가떨어지는 신비의 물건.

김시경

30대 후반, 전직 강력계 형사, 딸이 있다. 아직 능력이 나타나지 않았다. 현재는 낙주, 윤식, 진고랑과 함께 시작한 귀결(鬼決) 전문회사 팀장. 딸이 검찰인 고검장의 아들에게 겁탈을 당한 후 그에게 대든 후 경찰직을 그만두었다. 아내는 자살했으며 딸은 현재 정신병원에 입원해 있다.

고윤식

20대 중반, 전직 카레이서, 현재 귀결 전문회사의 운전 담당, 투명해지는 능력이 생겼다. 할아버지가 과거 제주 4.3때 피해자이다. 할아버지인 고두관을 만나 아버지인 고동주와 할아버지의 사연에 대해 알게 된다.

진고랑

60대 후반, 전직 골동품 장물아비, 귀결 전문회사 고문이자 '비형'을 몸주로 지녔던 판수였다. 그의 아버지 진태주가 해방 후 김일성과 함께 북한 체제를 곤고히 하는 데에 큰 역할을 한 뒤로 그 역시 한국에서 평생을 감시 받으며 살아왔다. 정상적인 직업을 갖지 못해. 골동품 장물아비로 살았다. 현재 그는 오봉서점이라는 책방의 주인이다.

연재명

낙주의 할머니(실제로는 엄마), 70세, 무당, 몸주(사이메이: 한국 이름 제명 – 일본에 두 번이나 천황을 지냈던 인물로 유일무이하다. 백제의 왕족이었으며 여자 천황이었다.), 대대로 제사장을 지낸 가문의 무당이다. 대외적으로는 마지막 제사장으로 알려져 있다.

담적

낙주의 실제 아버지(낙주는 할머니와 친한 아저씨로만 안다), 70세, 판수, 몸주(밀본) 역시 제사장 가문의 자손이다.

민수영

김시경의 아내. 평범한 주부로 살았지만 딸이 고검장의 아들에게 강간을 당한 후 자살하고 만다. 딸을 지켜주지 못했다는 죄책감으로 김시경과 딸 주변을 맴돈다.

고동주

현재는 죽은 인물이다. 고윤식의 아버지. 제주 4.3때 갓 백일을 지난 아이로 기적적으로 살아남았다.

고두관

고윤식의 할아버지. 제주 4.3때 죽임을 당했다. 자신의 몸이 어디에 있는지 알지 못하지만 그는 우선 자신의 자식인 고동주를 찾아 떠도는 귀신이 되었다.

장만도
현재 형사, 기자인 아내를 잃었다. 미제 사건으로 남아 있음. 평소 김시경이 형사였을 때 존경했다. 현재는 위의 지시를 받고 정낙주 일행에 관계된 사건을 조사하지만 결국 정낙주의 도움을 받아 그의 아내를 만나게 된다.

정해경
장만도의 아내. 죽기 전까진 기자였다. 이근배와 연관된 사건들을 조사하다 피살당했다.

양철형
형사, 김시경의 막역한 후배 경찰관, 안산에서 근무하고 있으며 김시경에게 필요한 정보들을 제공해준다.

방경언
그룹으로 성장한 방성사이언스 그룹의 회장, 99세, 과거 판수였으며 현재는 그의 형인 방귀언의 부활을 모색하고 있다.

방귀언
생존해 있다면 103세. 방성사이언스의 창립자. 현재 종로서 강력계 반장인 방성태의 아버지이기도 하다.

방성태
강력계 형사, 원칙주의자 방경언이 작은아버지이다. 드러내지 않지만 김시경을 증오한다. 방경언의 형인 방귀언이 거의 예순에 다다랐을 때 낳은 유일한 자식이다.

신재수

방경언의 한남동 집 집사, 방경언의 실질적인 비서이다. 매우 키가 크다.

방두한

방경언의 아들의 탈을 쓰고 있다. 식물학자이며 방성사이언스에서 생산하는 약품들의 대부분이 그의 손에 의해 만들어져 왔다. 지금은 죽은 시체를 살려내는 데에 골몰해 있다. 그도 어느 순간부터 판수의 운명을 걷는데 그의 몸주로 마라가 나타난다. 마라는 희대의 악마다.

이근배

방경언의 중요한 재력원. 하지만 어느 날 방두한에 의해 살해당한다. 과거 군사정부 시절 공안사건을 담당했던 핵심 고문기술자이다. 그의 아버지로부터 일제강점기 때 묻어 놓았던 금괴의 위치를 물려받는다. 세상이 잠잠해질 때까지 기다렸다가 사라질 각오였는데 시기가 늦어버렸다. 금괴를 써보지도 못했다는 억울함 때문에 부활을 꿈꾼다.

이고안

동조일보 부회장.

김두팔

야당 대표.

구명신

중년연맹 회장.

나상원

고검장.

심재훈

지검장, 고검장에게 휘둘리지만 결국 정의를 지키기로 한다.

윤 검사

고검장의 최측근. 진리나 정의를 우선시 하는 사람이 아니라 자신의 안락과 출세를 우선시 하는 인물. 고검장의 말을 전하는 인물이다.

그 외 사람들.

_____ **귀신들**

이은미

낙주의 몸주이자 백제(흑제, 백제, 남제, 적제 중 1인)로 알려져 있다. 세상을 다스렸던 4대 신이자 황제 중 한 명이다. 세상을 다스렸던 고대국의 하나인 대인국의 여자 황제였다.

김상도

시국사범으로 잡혀 이근배에 의해 피살된 귀신, 1987년 은밀히 피살, 일제강점기 때 사라진 금괴를 알려준다.

민소영

12세 소녀, 1980년 죽음, 엄마와 아빠를 기다리다 죽었다. 모습을 감춘 마고였다. 마고는 지구를 탄생시킨 최초의 여자이다. 민소영이 대외적으로는 5 18때 부모를 잃은 소녀로 알고 있지만 실은 마고였던 것, 더이상 세상을 이대로 방치할 수 없어 '그날' 등장한다.

장건우

보육원에서 자란 인물. 자신을 입양해준 양부모를 찾으려고 한다. 양부모를 쉽게 찾지 못하면서 낙주와 함께 동행하며 사람의 일을 돕는다.

마라

부처가 득도할 즈음 나타나 깨달음을 방해했던 악귀. 방두한의 몸을 쓴다. 하지만 고대 대인국 시절 백제이자 황제였던 은미를 사랑했고 그녀만을 평생 기다렸다는 걸 깨닫게 된다.

비형

귀신과 인간 사이에 태어났다고 알려진 판수, 삼국시대 인물, 귀신들이 무서워한다. 이번 이야기 속에서는 이름만 등장을 한다.

밀본

귀신잡이 판수, 비형과 마찬가지로 귀신들이 매우 무서워한다. 삼국시대 인물.

황철

귀신잡이 판수, 궤를 들고 다닌다. 궤에 귀신을 잡아넣는다. 삼국시대 인물. 방경언과 협잡을 한다. 그는 귀신의 세계에서 부활을 꿈꾼다.

대복

종로서 강력반의 형사인 방성태의 몸주이다. 한 때는 그의 아버지였던 방귀언의 몸주인 귀신이었다.

백제

대인국의 여자 황제였으며 죽은 뒤로는 4대 고대 신 중 1명이 되었다. 4명의 신 중 능력이 가장 탁월하다. 은미의 화신.

흑제

4대 고대 신 중 1명.

남제

4대 고대 신 중 1명.

적제

4대 고대 신 중 1명.

고산지

2500년 전 귀신, 은미(백제)의 수호신, 인간 3배가 넘는 키와 덩치를 가지고 있다.

마고

지구를 만들고 남자와 여자를 창조해낸 창조주로 여자 신이다. 세상의 섭리를 관할하는 신. 소영의 몸을 쓴다.

그 외 귀신들.

1.

문장

씨앗

1

방경언은 비를 맞고 있는 연못의 수면만 쳐다보았다. 빗방울이 만들어낸 수많은 파문들이 겹치고 겹쳐 더 큰 파문을 만들어냈다. 큰 파문은 연못가로 몰려가 물풀들을 흔들어놓고 다시 중심으로 돌아가기를 반복했다. 아무리 멀리 퍼져나가지만 결국에는 원의 중심으로 돌아가고 있다는 묘한 진리가 보였다.

그 뒤에 방성태가 서서 그런 방경언의 뒷모습만 쳐다보았다. 그가 잠깐 서 있는 자세를 바꾸며 발을 옮겼다.

"근배는 찾았냐?"

방경언은 연못에 눈길을 준 채 말했다.

"그게 저…… 몸뚱이가 여기 있으니까 돌아오지 않겠습니까."

방경언이 천천히 의자를 돌려 방성태를 바라보았다.

"돌아올 수도 있고, 아닐 수도 있겠지. 넌 경찰서에서도 그렇게 일하는 게냐?"

방성태는 시선을 연못 쪽으로 보냈다.

"작은아버지 저는 경찰입니다. 국과수에서 빼간 여자 사체랑 이근배 사체와 저를 연관 짓지 마세요."

방성태의 말에 방경언이 외마디 신음소리를 냈다.

"이게 모두 결국엔 형님을 위한 길이라는 걸 모르는 게냐?"

"모릅니다."

방성태는 짧게 대답했다.

"아직도 그 일을 두고 나와 실랑이를 벌일 참이냐?"

"작은아버지, 이근배 일은 제가 직접 아는 일이 아니니 모른 척 하겠습니다."

방성태는 입을 꾹 다물었다. 방경언도 한동안 침묵했다.

"그런데 저를 왜 부르신 겁니까?"

"너를 왜 불렀느냐?"

방경언이 낮게 신음소리를 내더니 자리에서 일어났다.

"요즘 여론에서 이근배 이야기가 조금씩 나오고 있어. 왜 수십 년이나 지난 이야기를 끄집어내는지 모르겠지만……. 그놈도 불쌍한 놈이다. 지 애비도 일제 때 일본 군자금 관리한답시고 자식이나 가족들은 아예 신경도 안 쓰고 살더니. 근배가 졸본에서 자랄 때 지 애비를 얼마나 원망했는지 아냐. 그 애비란 작자가 그래도 애비라고 금괴 숨겨놓은 걸 근배 그놈한테만 알려주고 뒤질거라곤 상상도 못했다. 근배 이야기가 수면 위로 올라오면 그놈 애비도 언급되고 그 금괴들 이야기도 떠오를 거다. 사소하게라도 언급되어서는 안 된다는 말이지. 이근배는 세간의 관심에서 완전히 사라져야 해. 그놈이 빌미가 되면 결국 우리도 드러나겠지."

방경언은 말을 끝내며 신음 소리를 냈다.

"그게 저와 무슨 상관이……"

"그놈 집이 네 놈 관할지에 있잖아."

방성태가 입을 굳게 다물었다. 그는 하고 싶은 말을 꺼내려다 말았다. 이근배를 찾는 이유가 다만 관할지에 살고 있다는 이유 때문만은 아니라 생각했다. 여러 미제 사건들과 이근배는 깊은 연관이 있었다. 그리고 그 배후에 방경언이 있다는 심증이 갔다. 하지만 어디까지나 심증이었다. 심증뿐인 이야기를 꺼내서 서로를 불편하게 만들 이유가 없었다. 방성태는 입 안에서 맴돌던 이야기를 목구멍 안으로 깊이 삼켜버렸다.

"그리고 신 집사가 홍보팀 애들한테 일을 시켰어. 신 집사가 알아서 잘 처리하겠지만 후에 누군가 달라붙으면 그걸 막아야할 거야."

"제가 그걸 어떻게……"

"그건 네가 알아서 해."

이번에는 방성태가 신음소리를 냈다.

"그럼, 전 가보겠습니다."

"잠깐만 있어 봐."

방경언이 방성태 가까이 놓인 의자에 걸터앉았다. 희고 창백하면서도 반들거리는 그의 얼굴은 언제나 낯설었다.

"그 김시경이라는 전직 형사 말이야. 그 패거리들 간첩으로 만들 수 있지 않을까?"

"네? 간첩이요?"

"그래, 간첩!"

"아니 요즘 세상에 간첩이라고 하면 누가 믿는다고?"

"내가 쉽게 이야기 했을 뿐이지. 국가반역죄로 엮을 수 있잖아."

"아니 요즘이 군사 정부도 아니고 그렇다고 보수 정당이 정권을 잡은 시기도 아닌데……"

"성태야, 너는 내가 허투루 그런 말을 했다고 생각하나?"

방성태의 얼굴이 달아올랐다.

"진고랑이라는 오봉서점 주인의 아비가 누군 줄 아냐?"

방성태가 고개를 저었다.

"모르겠지. 한국전쟁 때 월북한 진태주다."

"진태주요? 그 사람이 누굽니까?"

방경언이 힐끔 그를 쳐다보았다.

"김일성을 도와 북한 체제를 곤고하게 만든 인간인데……. 모르겠지. 아무튼 그런 인간이야. 김정일로 권력이 세습될 때 숙청당했지. 거의 2인자였는데, 그럼 반역죄 혹은 간첩죄 같은 거로 그 친구들 엮을 수 있지 않겠어?"

방성태는 몸서리를 쳤다.

"작은 아버님, 저는 공안부서도 아니고."

"시나리오는 내가 만들테니 넌 공안부서에 흘려주기만 하면 돼. 네가 전달해주면 누구든 신뢰하겠지. 시경 강력계 반장이잖아. 경찰대학 수석 졸업한 인재이고, 언젠가 경찰청장이 될 인물이라고 소문도 나 있고. 안 그런가?"

방경언이 희미하게 미소를 지었다.

"그게 그렇게 단순하지만은 않을 겁니다. 검사들도 움직여야할 거고."

방경언이 방성태를 힐끔 쳐다보았다.

"너는 경찰이라는 게 그렇게 정보에 눈이 어두워서야. 현대에서 정보는 힘이야, 힘! 그건 귀신들 세계도 마찬가지고."

방성태는 눈살을 찌푸렸다. 이제는 그런 이야기는 고리타분했다. 워크숍을 가도 강사들이 늘 하는 이야기였다.

"네가 정보를 우습게 아는 모양인데. 진태주에 관한 내용들은 이미 수십 년 전부터 데이터로 보관되어 왔어. 무슨 이야기인 줄 알아? 각 계에 영향을 미칠 만한 인물들, 그게 아무리 사소해도 정보를 모아놓 았던 거야. 우리나라 브레인들은 컴퓨터가 대중화되기 전부터 정보의 중요성을 파악하고 있었어. 그때부터 모든 자료를 데이터로 만들어 모아 놓았다는 말이야. 진태주의 태생부터 월북까지. 그리고 그의 자식 들까지. 책방을 하는 그 진고랑이라는 작자가 아무리 취업을 하려고 해도 취업이 안 되지. 그 이유가 뭔 줄 알아? 바로 정보 덕이야. 이놈 은 진태주 아들이구나. 언젠가는 이 땅에 빨갱이를 심을 놈이구나. 김 시경, 정낙주, 고윤식 이 인간들의 정보도 죄다 데이터로 존재한다는 거 모르진 않겠지. 나는 비록 이 자리에 앉아 있지만 김시경이라는 과 거 강력2반 반장이었던 그 인간이 고검장에게 주먹을 휘둘렀다가 파 직 당했다는 것, 정낙주라는 년이 브라질 올림픽에서 마지막 신기록을 세울 찰나에 욕심을 부려 무릎이 꺾이고 영원히 선수 생활을 접어야 했다는 거. 너는 모르지?"

방성태의 눈이 점점 커졌다.

"귀신들도 다르지 않아. 다만 데이터가 없기는 하지만……. 황철, 대복이라는 귀신들은 우리에게 호의적이지만 비형, 밀본, 그리고 은미 와 책방 것들은 우리에게 배타적이지. 정보는 곧 힘이고 권력이야. 고 검장? 검찰총장? 경찰총장? 아니 대통령? 그들은 태어날 때부터 누군 가 데이터를 모아왔어. 그 중 일부는 그들의 목을 죌 수도 있고. 그 정보들이 내 손에 있다는 거 알고 있을 거 같은데. 그리고……"

방경언은 잠시 뜸을 들였다가

"……우리가 위례산 궤를 얻기 위해 수십 년 준비해 올 수 있었던 것도 모두 정보의 힘이야. 정보는 5천 년 전이나 지금이나 바로 힘이고 권력이야."

방성태는 새삼 방경언이 무서운 인간이라는 걸 깨달았다.

"윤 검사 만나보지 않았냐? 그놈은 잘 알고 있을 거야."

방성태는 이를 깨물었다. 그는 경찰을 검사의 개로 알았다.

"그런 인간이랑 저희가 엮이지 않았으면 좋겠습니다."

"그놈이 아직도 우리 귀한 줄을 모르는 모양이군."

방경언은 의자 곁에 놓인 인터폰을 들었다.

"신 집사 잠깐 들어와."

방경언이 수화기를 내려놓기 무섭게 신재현이 거실로 뛰어 들어왔다. 방성태는 그토록 충직한 사람을 본 일이 없었다. 무엇이든 언제든 그를 통하면 이루어지지 않는 게 없었다.

"선생님, 찾으셨습니까?"

"그 고검장 있지 않은가?"

"어느 분을 말씀하시는지요?"

"거시기 딸이 심장병이라……"

"아, 네. 나 고검장 말씀하시는군요."

"그래, 전화 걸어봐."

신재현이 바로 휴대폰을 들고 전화번호를 눌렀다. 방경언이 필요로 하는 전화번호는 모두 기억하고 있는 사람이었다.

"아, 네. 여기 한남동입니다. 네 저 신 집사입니다. 선생님 바꿔 드리겠습니다."

신재현이 방경언에게 휴대폰을 건넸다.

"네 접니다. 따님 건강은 좀 어떠신지요? 아, 그럼요. 저야 항상 고 검장님 가족의 건강을 최우선으로 생각해서 기도하고 기원도 올리고 지내고 있습죠. 제가 바빠서, 일간 찾아뵙겠습니다. 행정부 차관께서 아드님 문제로 전화를 한번 주셨던데. 그렇죠. 심장은 정말 구하기 힘 들죠. 아, 아닙니다. 저희 교인들이 신심을 다해 구하고 있습니다."

방성태는 그가 나 고검장에게 전화를 걸었다는 사실을 알았다.

"……그 윤 검사 말입니다. 그 친구가 너무 뻣뻣해서 저희 식구들이 일하면서 좀 힘이 든 모양입니다. 윤 검사야, 워낙 일을 잘 하시는 분 이고, 또 고검장님이 아끼시는 분인 줄 알기는 하지만. 네, 네. 잘 알 겠습니다. 조만간 방성태 반장에게 인사드리러 가라 하겠습니다. 지금 강력 1반 맡고 있지요."

방성태는 방경언의 이야기를 듣고 있다 보니 얼굴이 달아올랐다. 가 뜩이나 요즘은 경찰과 검찰의 사이가 좋지 않았다.

"나상원 고검장 이번 주 안으로 찾아가 봐."

"꼭 그렇게까지 해야 합니까. 검사들은 안 바뀝니다. 어느 조직보다 조직에만 충실한 사람들입니다."

방경언은 희미하게 미소를 지었다.

"조직에 충실한 건 좋은 거야. 조직에 충실하다고 해서 가족까지 내 팽개치진 않거든. 더군다나 사랑하는 딸이 곧 죽게 생겼다면 조직은 그 다음 문제지. 나도 검사들은 달갑지 않아. 하지만 이 나라에서 검사 들만큼 힘 좋은 집단은 없거든. 그리고 우릴 위해서 반드시 필요한 존 재들이고. 특히 네 아비를 위해서는 더더욱 그렇고."

방성태는 더 이상 할 말이 없었다.

"저도 내막은 알아야 찾아가든 뭘 하든 하지 않겠습니까?"

방경언이 신재현을 쳐다보았다.

"저 도련님. 고검장 따님이 두한 도련님으로부터 심장을 받았습니다. 더 말씀 드리지 않아도 아시겠지요?"

한국 사회는 이런저런 인연과 협박과 상부상조의 관계로 거미줄처럼 얽혀 있다는 걸 새삼 깨달았다. 그 세계는 힘이 곧 정의라는 말이기도 했다. 방성태는 그 점이 싫었다. 정의는 자신의 노력으로 실현되어야 했다. 정의의 색깔이 무엇이든 간에. 게다가 이 이야기는 방두한을 통해 이미 들었던 말이기도 했다.

"그리고 말이다. 심재훈 지검장이라고 있다. 그 친구 딸이 우리 재단 지원을 받아서 지금 보스턴 버클리 음대에 다니고 있지 전폭적인 지원을 해주고 있어. 학비에서 레슨비는 물론이고 거주비하고 용돈까지 지급하고 있지."

"지검장까지?"

"지검장이라고 해야 사실 월급 얼마나 되냐? 검사라고 해도 우리 한국 사회는 부모에게 지원을 받지 못하면 사실상 30년 동안 한 푼도 쓰지 않고 모아야 겨우 서울에서 아파트 한 채 살 수 있을까말까 하잖아. 아니면 부인이 졸부든 갑부 집 딸이든가 해야 그나마 서울에서 아파트 한 채 구해 살 수 있는 게 현실이지. 게다가 심 지검장은 부모가 지병을 오래 앓아서 모아 놓은 돈도 없지. 아무리 재능이 뛰어나도 제대로 된 스승을 만나지 못하고 제대로 된 교육을 받지 못하면 아무 의미가 없게 되지. 우린 그냥 그런 기회를 주는 거야. 중요한 건 나 고검장과 상극이라는 게다."

검찰 조직이 방경언의 손아귀에서 놀아나고 있다는 생각이 들었다.

"그래야 한쪽이 배신했을 때, 다른 한쪽이 우리를 지탱해주니까. 어떤 조직이든 마찬가지다. 한쪽만 믿어서는 안 된다. 나 고검도 만나보고 심 지검도 만나봐야 한다. 내가 작은 선물은 따로 준비해서 톡을 하마."

방성태를 고개를 숙였다. 애초 잘못된 만남이었다. 애초 태어남이 잘못된 것이었다. 자신이 방귀언의 아들인 게 저주스러웠다. 방경언이 작은 아버지라는 사실에 치가 떨렸다. 그렇다면 욕망을 접어야 하는데 욕망도 사라지지 않아 더 괴로웠다.

방경언이 의자에서 일어서려다 비틀거리더니 다시 주저앉았다. 백 살의 나이를, 100년의 세월이 흘렀다는 걸 부정할 수 없다는 데에 생각이 미쳤다.

"곧 신 집사가 시나리오 만들어 보낼 거다. 네가 공안부로 갈 수 있는 방안도 궁리 중이다."

"작은 아버님……"

"이건 나의 뜻이기 이전에 형님의 뜻이라는 걸 잊지 마라."

방성태는 입을 다물었다. 방귀언이 죽은 뒤 성태를 보살핀 건 방경언이었다. 그를 정상적으로 교육 받을 수 있게 해주고, 경찰대학에 들어갈 수 있도록 만들었다. 서울에 있는 오피스텔도 경언의 주머니에서 나온 돈으로 마련된 것들이었다. 그가 굴리고 다니는 차도 경언이 사준 것이었다. 헬스클럽 회원권은 물론, 언론사 사주들과 한 달 한 번 마련되는 조찬회에 말석에라도 참석할 수 있는 것 역시 그의 배려였다. 그 모든 걸 과감하게 버릴 수가 없었다. 아니 버리는 순간 이 사회에서 힘을 갖는다는 건 포기해야만 했다. 방경언이 끔찍하게 싫으면서도 그를 버릴 수 없는 것과 비슷한 이치였다.

"늘 건강 신경 쓰십시오."

방성태는 일말의 감정 변화가 없는 듯 말했다. 방성태는 고개를 까 닥 숙인 후 뒤돌아섰다. 그러다 잠깐 응접 소파에 눈길을 주었다가 거 뒀다.

"작은 아버님, 두한이는 적당히 설치고 다니라고 해주세요."

방경언은 말없이 의자 팔걸이를 힘주어 잡았다. 방성태는 거침없이 현관 쪽으로 걸어갔다.

- 방 선생 저게 방귀언의 아들이다 이거지? 자식은 본래 부모보다 나은 구석이 많은 법인데 어찌 저놈은 여전히 이런 저런 갈등 속에 놓 여 있는 겐가? 저런 놈은 방 선생 미래에 별로 도움이 안 돼.

- 그 결정은 내가 하니 황 판수는 신경 끄게.

소파에서 앉아 있던 황철이 바닥에 놓아 둔 궤를 손으로 쓰다듬었다.

- 이 봐, 방 선생. 방귀언의 몸주가 대복 아니던가? 스님들이랑 귀 신들도 무서워하던 그 대복말이네.

황철이 궤를 들어 어깨에 멨다. 방경언이 반응을 보이지 않았다. 그 러자 황철이 걸음을 옮겼다.

- 저놈이 나를 보는 거 같던데?

- 그럴 리 없어. 형님이 그런 언질을 하지도 않았고.

- 아냐, 저놈 언젠가부터 귀신들을 보기 시작한 거 같아. 그게 아니라면 곧 보게 되겠지. 내가 사람으로 백년 살고 귀신으로 천 오백년을 넘게 살면서 나이만 먹은 게 아니거든.

- 그래서 여우같은 짓을 밥 먹듯이 하는군.

방경언의 목소리는 담담했다.

- 뭐? 여우?

황철의 목소리가 떨렸다. 귀신이라도 거짓과 대면하는 순간은 떨리는 듯했다.

- 그게 무슨 소린가?
- 이봐, 황철 내가 모른 척하고 있다고 계속 시치미를 뗄 건 아니지?

방경언은 상대의 거짓을 부끄럽지 않게 만들어주는 재주가 있었다.

- 그, 그렇지. 내가 시치미를 뗄 리가. 알겠지만 실은 내가 귀신들 좀 모으고 있잖은가.
- 세상 좁다고 하지? 귀신들 세상도 생각보다 좁다는 거 명심하게. 그래 귀신들 모아서, 아니 정확하게 말해 귀신들의 빛 모아서 환생하는 데 쓰려는 건가? 천 오백살이 넘은 판수가 그런 전설 같은 말을 믿는다? 재미있군.
- 방 회장, 전설인지 사실인지 두고 보면 되지 않을까?

– 자신 있다 이거군.

황철은 더 이상 대꾸하지 않고 자신의 궤를 쓰다듬었다.

– 언제부터 알고 있었는가?
– 처음부터. 네가 세상에 나온 처음부터.

황철이 실실 웃었다.

– 귀신들이 고해바치지 않은 다음에는 알 리가 없었을 텐데.
– 1500년 전에 유명했던 판수 중 한 명이 자네였다면, 현재 유명한 판수 중 한 명이 나라는 걸 잊은 모양이군.
– 잊을 리가…….
– 약 개발할 때마다 도와주는 거 고마워서 충고하나 하는데 너무 헛된 일에 시간 낭비하지 마시게.

황철이 오른쪽 다리를 떨기 시작했다.

– 그리고 꼬리가 길면 다 드러나게 되어 있어.
– 귀신들 일을 누가 알겠는가?

방경언이 한바탕 웃어젖혔다.

– 백만 마리쯤 귀신을 모으면 자네의 그 궤가 꽉 차겠지. 그럼 그

궤가 환생의 빛을 내며 자네를 세상의 실물로 만들어준다는 전설을 나도 아는데? 몇몇 판수들도 그 정도는 알고 있을 게야.

- 그걸 안다고 해서 달라지는 건 없어.

- 네 놈한테는 없겠지. 그 꼬리는 결국 우리 방성까지 위태롭게 만들 수 있어.

방경언이 의자를 돌려 황철과 마주했다.

- 은미 그년이 필요해. 그년을 잡아온 후엔 무슨 짓을 하든 개의치 않겠어. 하지만 그 전엔 안 돼! 네 놈이 지금 세상에 나온 목적은 그거 하나야. 내가 널 불러낸 건 그년을 잡기 위해서라고.

- 내 일이나 잘하라? 끌끌끌. 난 내 일 충실히 해내고 있어. 우선순위도 바꾸지 않았고. 괜한 트집 잡지 마. 네 놈 속을 모를 줄 알아? 네 놈이 보관하고 있는 위례산의 그 궤를 열게 되면 영생을 얻을 거라 믿는 것과 내가 환생을 믿는 게 다르다고 보는 건 아니지?

- 그건 나를 위한 일이 아냐!

- 방귀언을 위한 일이다? 궤가 열린 뒤 과연 그럴까? 네 놈은 고상한 척 굴지만 누구보다 악독한 마라라는 거 부정하지 않겠지?

- 오, 오랜만에 마라라는 이름을 들어보는군. 알면 적당히 해야 할 거 같은데?

방경언의 눈이 타올랐다. 그는 황철을 불붙은 눈으로 쳐다보았다.

- 방 회장 일에 지장가지 않도록 할 테니까 내 일에 간섭하지 마.

방경언은 입을 다물었다. 황철과 자신은 서로의 필요에 의해 인연 지어졌을 뿐이었다.

　- 아무튼 봄에 나올 '불로'는 이 시장에 무사하게 안착되어야 해.
　- 열심히 제약사가 드나들고 있으니까 염려 붙들어 매. 날짜나 알 려줘?

방경언은 잠시 제 턱을 만지더니 입을 열었다.

　- 그레고리우스라는 왕이 달력을 만들면서 오차 때문에 달력에서 열흘을 지워버렸지. 오차를 없애기 위해서 말이야. 그런데 지금도 그 오차는 존재해왔고. 그 오차가 누적되어 앞으로 정확하게 31일 후면 다시 또 하루가 사라지는 날이 오네. 29일 다음엔 30일이 오는 게 아 니라 31일이 오는 날이 있다는 거야. 세상의 어떤 더러운 일도 천지가 이해하고 받아들이게 될 단 하루가 오지.
　- 31일 뒤?

방경언이 조용히 고개를 끄덕거렸다.

　- 그래서 요즘 오만 잡귀들이 다 세상에 나오는군. 곧 마라도 튀어 나오겠군.
　- 그렇겠지. 3333년 만에 오는 섭리를 뒤집어버릴 수 있는 단 하루 의 희귀한 기회이니까.

황철이 다시 궤를 내려놓고 방경언을 쳐다보았다.

― 그날이 방 회장 혼자만의 날이라곤 착각하지 마. 혼자 세상의 짐을 지고 있다고 착각하지 마. 미다스보다도 더 돈과 황금 욕심이 강한 인간이 세상의 짐을 지고 있다고 착각하지 말란 말이야. 넌 그냥 일개 회사의 대표고 좀 눈 밝은 판수일 뿐이야.

황철이 빈정거렸다. 그의 빈정거림을 느낀 방경언이 입가에 조소를 품었다.

― 나는 방성의 대표이며 방성과 연관을 맺은 가족들 20만을 거느린 판수라는 거 모르는가?

황철이 눈을 깜빡거렸다.

― 영생이지. 나를 믿는 자들은 영생을 믿는 자들이야.

황철이 느닷없이 깔깔거리며 웃었다.

― 영생 좋아하고 있네. 각자의 돈을 믿는 거야.
― 뭐 돈이라 해도 나쁘지 않지.
― 돈? 그 돈이 얼마나 된다고…….

이번에는 방경언이 웃었다.

– 자네가 상상할 수 없을 만큼의 돈이 들어오지. 이 시대는 돈과 정보가 권력인 시대야. 그러니까 내게 남은 건…….

– 영생이겠지. 좋아, 은미를 얻었다 치자. 그 다음엔?

– 그건 황 판수가 알바 아니고.

– 나도 사람일 땐 그래도 무서운 게 있었는데 방 선생은 그런 게 전혀 없는 인간이야.

방경언이 키득거리며 웃었다.

– 이 봐 황 판수. 세상은 생각보다 단순해. 인간이라는 존재가 이 지구에 살기 시작하면서 사실 하나도 변한 게 없어. 그건 귀신들 세계도 마찬가지야. 천년을 넘게 살았다며 그런 단순한 섭리도 모르는 건 아니지?

황철은 입을 꾹 다물었다. 표정의 변화나 얼굴색을 읽을 수 없었다.

– 한 낱 인간인 주제에 세상의 섭리를 모두 아는 것처럼 구는군.

방경언이 황철의 말을 듣고 낄낄거렸다.

– 이봐 황 판수, 다시 말해주지. 자넨 내가 아니었으면 세상에 나오지 못했어.

– 방 회장, 이 무해의 날을 기다리는 건 자네와 나뿐일 거라곤 착각하지 마. 세상의 모든 귀신이 알고 있다고. 정확하게 날짜를 모를 뿐.

– 3333년 만에 인간의 달력에서 딱 하루의 오차가 생겨. 인간의 달력이 시작된 이후 3333년이 지나면 실제 태양의 운행은 하루가 앞서게 되지.

방경언은 찻잔을 들고 한 모금 마셨다. 사례가 들렸는지 그가 연신 기침을 해댔다.

– 인간의 달력은 1년의 길이가 365.24250일로 되어 있지. 그런데 실제로 태양의 운행은 365.24219879일이거든. 0.0003일 정도 차이가 나지. 이게 3333년이 지나면 실제 태양의 운행보다 딱 하루가 앞서게 돼. 인간의 인식으로 세운 달력 속에서 이 하루는 신과 악마의 하루야. 선함도 악함도 무용해지는 날. 그날이 바로 31일 뒤. 그러니까 오는 음력 2월 15일!

황철의 눈이 확장되고 몸이 커지는 느낌이었다.

– 그걸 우리만 알까?
– 누군가는 알겠지. 하지만 알아서 뭘 할 수 있을까? 그 하루의 의미를 알지 못하는데.

황철은 얼굴이 굳었다. 한낱 인간에게 천 오백년을 살아온 판수가 훈계를 듣고 있다는 기분이 들자 불쾌했다. 방경언이 깨워주었지만 그는 몸뚱이를 가진 인간에 지나지 않았다. 그리고 그의 속내는 도무지 짐작이 가질 않았다.

황철은 궤를 다시 어깨에 메고 뒤돌아섰다.

- 이근배 그놈은 왜 안 잡아오는 겐가? 그놈이 알고 있는 일제강점기 때 금괴가 수 천 억이야.
- 자넨 돈에 대한 욕심이 끝이 없지.
- 황 판수, 자네는 더더욱 돈은 허물이고 무의미하다고 생각하겠지만 돈은 다음 세상으로 넘어가는 절대적인 도구야.
- 그래서들, 천국 가려면 거액을 헌금하라고 난리들이군.
- 천국에 가려면, 그러니까 영생을 얻으려면 전 재산을 기부해야하지 않겠나?

황철은 입술을 굳게 다물었다.

- 좋아. 허물이면 어떻고 수단이면 어떤가. 많으면 좋겠지. 그런데저 금괴가 나올만한 곳이 여의도 부근 한 군데라고 하지 않았는가?
- 그놈은 전국에 밀실을 다 알고 있는 유일한 놈이야. 일제 때 얼마나 많은 밀실이 만들어졌는지 아무도 모르지. 그놈만이 알고 있고. 그놈 아버지가 밀실 건축업자였으니까.
- 그놈 아버지는?
- 우리랑 있지.

방경언의 입가가 미세하게 올라갔다.

- 그럼 그놈 아버지를 족치면 되는 거잖아.

― 안타까운 건 그놈 애비가 치매 걸린 뒤에 죽었다는 거야.

― 그럼 영혼도 치매? 이걸 어쩌나 안타까워서.

황철의 말에 방경언은 세상의 어떤 무엇도 두렵거나 무섭지 않다는 느낌을 자아내는 미소였다.

황철이 낮은 신음 소리를 내며 걸음을 옮겼다.

"서, 선생님!"

신재현이 거실로 허겁지겁 뛰어들다 거실 중심에서 휘청거렸다.

방경언이 눈을 흘겼다.

"선생님 이거 보셔야 합니다."

신재현이 리모컨을 들고 거실의 대형텔레비전 전원을 켰다.

'……독립유족협회에 전달된 금괴에는 소화 15년이라는 글자가 선명하게 박혀 있었다고 합니다. 이는 서기로 1940년을 의미하는 해이며 이때는 일제의 수탈이 극심해지기 시작하던 해로 그때 수탈되었던 금의 일부일 수도 있으며 일제가 군자금으로 숨겨두었던 금괴라는 말도 있습니다. 1kg짜리 골드바로 모두 60개로 현재 금 시세로 친다면 30억 원이 넘는 가치로…… 하지만 유족회에 사무실 앞에 택배 형식으로 전달되었을 뿐 기증자에 대해선 전혀 알려진 게 없습니다. 한편 경찰은 인근의 CCTV를 바탕으로 기증자를 찾으려 노력하고 있다고 밝히고 있습니다.……'

"선생님께서 말씀하시던 금괴가 아니던가요?"

방경언의 얼굴이 붉으락푸르락 달아올랐다.

"황철!"

방경언이 팔걸이를 붙잡고 불뚝 일어났다.

"선생님 몸은 괜찮으신……"

신재현이 두 손을 벌리고 방경언에게 조심스럽게 다가갔다. 현관문을 지나려던 황철이 걸음을 멈추고 반듯하게 서 있는 방경언과 눈을 마주쳤다. 신재현이 아무 것도 보이지 않는 현관 쪽과 방경언을 번갈아 보았다.

2

방성태는 전자담배를 꺼내 전원을 켠 후 차 문을 열었다.

'늙은 인간이 욕심이 끝이 없군. 반역? 간첩? 도대체 왜 그 인간들한테 집착하는 거지?'

전자담배 기기에 전원이 충만 되었는지 기기가 몸을 떨었다. 방성태는 담배 필터를 힘껏 빨아들였다. 그가 모는 자동차가 신호등의 정지 신호를 받고 멈추었다.

'아버지가 아니었음 영원히 장님으로 살았을 주제에.'

방성태는 문득 아버지의 얼굴이 떠올랐다. 누구도 범접하지 못할 기운을 가진 인간이었다. 버려진 채 살아야 한다고 말했다. 홀로 성장해야 한다고 말했다. 그렇다고 졸본에서 자란 세월이 불행하진 않았다. 의지할 형제들도 있었고 첫 사랑도 배웠다. 음식은 풍족했고 세상의 지식을 쌓는 데에도 부족함이 없었다. 졸본에서 소년 소녀 시절을 보낸 아이들은 각자의 세상에서 제 몫을 훌륭하게 해냈다. 그렇다고 모든 소년 소녀들이 행복하지는 않았다. 이근배처럼 더러운 일을 맡아해야 하는 사람도 필요했다. 그가 사람을 죽이는 데 재미를 붙였다면 그건 졸본이 그를 그렇게 만든 일이었다.

'3333년 만에 주어지는 단 하루에 아버지를 깨우겠다고? 그래서 어떤 영화를 얻겠다는 거지? 아버지가 깨어나기는 깨어나는 건가? 장사로 치면 완전 대박이네.'

방성태는 다 태운 전자담배 필터를 창문 밖으로 홱 내던졌다. 그러자 옆 차선에 서 있던 차의 창문이 열리고 짧은 헤어스타일의 머리가 불쑥 튀어나왔다.

"야이 씹탱아. 도로가 네 집 쓰레기통이야."

방성태를 눈을 흘겼다. 겨울로 접어들고 있는데 검정색 반팔 셔츠 차림이었다. 셔츠 밖의 팔에는 뱀 꼬리인지 용 꼬리인지 모를 문양이 삐죽 삐져나와 있었다.

"어이 꼰대. 얼른 내려서 꽁초 안 주워?"

괜한 시비라는 걸 알고 있었다. 심사가 뒤틀렸거나 적어도 방금 전에 그런 일을 겪었다는 뜻일 터였다. 방성태는 전방에 시선을 둔 채 반응하지 않았다.

"아, 열 받네. 내 말이 말 같지 않다 이거야?"

급기야 사내가 차에서 내렸다. 신호가 직진 신호로 바뀌었다. 방성태는 그냥 출발해야한다고 생각하면서도 출발하지 않았다. 기어 스틱을 주차에 올려놓고 핸드 브레이크도 걸었다. 사내가 반쯤 열린 창문을 두 손을 잡아 내리는 시늉을 했다. 방성태는 창문을 내려버렸다. 그러자 방심하고 있던 사내의 몸이 앞으로 쏠리며 턱을 차 지붕에 부딪쳤다. 뒤에 서 있던 차들이 몇 차례 클랙슨을 눌러댔지만 사내의 몰골을 보곤 피해 갔다.

"야이 씹탱아, 너 내려! 안 내려?"

사내가 타고 있던 차를 살폈다. 검정색 페라리였다. 운전석에서 또 다른 사내가 내렸다.

"야이 새끼야. 도로 한복판에서 쪽팔리게 이게 뭐냐?"

조금은 상식이 있는 운전자였다.

"씹팔 이런 꼰대가 있으니까 나라가 이 꼴이잖아."

"꼴값 떨지 말고 가자니까."

그 사이 빨간불로 바뀌었던 신호등이 다시 파란불로 바뀌었다. 방성태는 그를 무시하고 앞으로 나가려했다. 순간 사내의 손이 창문 안으로 불쑥 들어왔다. 그 손이 방성태의 멱살을 잡았다. 방성태는 브레이크를 밟았다.

"너도 내가 우습다 이거지?"

사내의 손아귀에 힘이 들어갔다. 방성태는 기어 스틱을 다시 파킹으로 올려놓고 다시 핸드브레이크도 걸었다. 그러자 사내가 방성태의 멱살을 놓고 와락 문을 열었다. 문이 열릴 리가 없었다. 방성태는 문의 잠금장치를 풀고 차 밖으로 나갔다. 사내는 방성태보다 머리통 하나는 더 컸다.

"야. 얼른 꽁초 주워!"

사내가 눈을 부라렸다. 순간 방성태는 살아오며 전혀 경험해보지 못한 감정을 느꼈다. 사건을 수사하면서 가해자들을 보면 울화가 치밀어 올랐다. 그건 죄를 지은 자들에게 보내는 당연한 분노였다. 그렇지만 머리가 좀 뜨거울 뿐이었다.

지금의 방성태는 전신이 불에 타오르는 듯 뜨거웠다. 방성태는 사내가 방어할 틈도 없이 오른 손을 그의 왼쪽 갈비뼈 사이로 강렬하게 찔러 넣었다. 사내가 외마디 신음을 내뱉으며 몸을 앞으로 숙였다. 그 순간 무릎으로 사내의 턱을 걷어 올렸다. 사내는 그대로 자신들의 차 쪽으로 밀려나 부딪치더니 그대로 주르르 주저앉았다. 다시 그에게 다가가 턱을 잡고 얼굴을 들었다. 운전석에 있던 사내가 방성태 쪽으로 달려왔다. 신호가 바뀌어 곁을 지나는 차량들이 싸움 구경을 하느라 느린 속도로 움직였다.

"너 내가 누군 줄 아니?"

단 두 방의 타격이지만 사내의 눈에는 이미 두려움이 가득 찼다. 방성태는 망설이지 않고 그의 어깨와 쇄골 사이를 송곳처럼 만든 손가락으로 쑤셔 넣었다. 사내의 어깨가 푹 꺼지며 그의 머리가 문짝 아래쪽으로 떨어졌다.

"너 이 새끼 뭐야?"

운전석에 있던 사내가 주먹을 들고 달려왔다. 건달은 대개 제대로 무술을 닦거나 운동을 체계적으로 배운 적이 없었다. 경찰특공대 시절부터 방성태는 무술 교관 노릇까지 자처했던 인물이었다. 주먹을 들고 빠르게 다가오는 사내의 겨드랑이로 주먹을 재빠르게 찔러 넣었다. 외부에 잘 노출이 되지 않고 단련을 한다고 해도 크게 강해지지 않는 급소 중의 급소였다. 운전석에서 달려온 사내도 엎어진 사내 위로 엎어졌다. 사내들도 고통은 느끼지만 악으로 한 세월 살아온 인간들이라 그런지 눈에 독기가 살아났다.

"이 씹새끼가 우리가 누군 줄 알고……"

방성태는 바닥에 쓰러진 사내의 귀를 잡았다. 망설이지도 않았고 주저하지도 않았다. 귀를 잡은 엄지와 검지에 힘을 주고 위로 뜯어 올렸다. 사내가 비명을 질렀다. 엎어져 있던 사내가 두 손을 뻗어 잡으려들자 이번에 사내의 코를 향해 주먹을 날렸다. 코가 그대로 뭉개지면서 피가 터져 나왔다.

"내 이름 잘 기억해둬. 난 시경 강력 1반 반장인 방성태야. 전국의 조폭이 가장 무서워하는 바로 그 방성태라고! 서울에서 네 놈들을 다시 만나면 그땐 법이고 뭐고 없이 죽여 버리겠어."

그는 말을 주절거리면서 주먹질도 멈추지 않았다. 턱을, 눈을 가격했다. 그제야 사내들의 눈빛이 순해졌다. 그래도 그는 멈추지 않았다.

"반, 반장님 그만 때려요. 이러다 우, 우리 죽겠어요……"

방성태는 사내의 이야기가 들리지 않았다. 몸 안의 불은 점점 더 뜨거워졌다.

"너희 같은 쓰레기들은 세상에서 사라져야 해."

그가 주먹을 높이 쳐들었을 때 누군가의 목소리가 들렸다. 머릿속이 견딜 수 없을 정도로 뜨거워졌고 얼굴의 모든 구멍에서 불이 쏟아져 나오는 기분이었다. 방성태는 순간 자신이 각성되었다고 느꼈다.

 – 그만해!

방성태는 잠시 멈추었다가 다시 주먹을 위로 높이 쳐들었다가 내려칠 자세를 취하는데 다시 한 차례 소리가 들렸다.

 – 그만하란 말이다!

방성태는 그제야 주먹의 힘을 풀었다. 그런 후 사방을 둘러보았다. 인도에 서 있는 사람들이 현장을 구경하며 사진을 찍어댔다. 그들 사이에 흰 소복을 입은 백발의 사내가 보였다.

– 그들을 보내라.

분명 그렇게 들렸다. 그런데 그 말은 거부할 수 없는 힘이 실려 있었다. 방성태는 사내들을 페라리에 밀어 넣었다. 길 가던 사람들은 물론차 안에서도 방성태의 제압을 구경하거나 동영상 등을 찍고 있었다. 자신의 분노 때문에 괜한 시비에 휘말릴 수도 있었다.

"전 시경 강력계 형사 1부의 팀장인 방성태라고 합니다. 이놈들은 조폭들로 저를 미행하며 저를 공격하기에 어쩔 수 없는 정당방위였습니다."

방성태는 신분증을 꺼내 사방에서 볼 수 있게 펼쳐 보였다. 사람들이 바닥에 널브러진 사내들과 방성태를 번갈아보았다. 한눈에도 방성태는 단정해 보이는 반면 사내들은 거들먹거리는 티가 났다. 방성태는 그들을 차에 밀어 넣었다.

"다시는 서울에 나타나지마."

두 사내는 피 범벅이 된 얼굴로 신호등이 녹색 불빛으로 바뀌자마자 쏜살같이 사라졌다. 사람들의 시선이 저편의 도로로 사라지는 페라리에 탄 사내들에게 쏠렸다. 강력범죄 현장에 나가면 흔한 일이었다. 거리의 사람들도 아무 일도 없었다는 듯 흩어지고 있었다.

신호등이 바뀌었다. 몸속의 뜨거움이 사라진 방성태는 사고 난 차를 피해 천천히 직진했다.

– 사소한 감정으로 네 삶을 망치지 마.

인도에서 들려왔던 그 목소리가 가까이에서 들렸다. 방성태는 빠르게 조수석을 쳐다보았다. 그곳에 흰 소복의 남자가 얌전하게 앉아 있었다. 거리 횡단보도 앞에 있던 남자였다. 그는 남자의 탑승에 놀라 하마터면 앞 차를 들이 받을 뻔했다.

- 너 뭐야?
- 뭐야? 냉정하고 냉철한 것도 분노하면 조절하지 못하는 것도 어쩌면 나를 그렇게 닮았는지.

백발의 노인은 말을 끝내고 혀를 찼다. 방성태가 어깨를 움찔거렸다.

방성태는 룸미러로 뒤를 교차로 한 복판에 멈춰선 페라리에서 불길이 치솟는 게 보였다.

- 너 뭐냐고?
- 아직도 모르겠냐?
- 뭘?
- 네 놈 몸주이자…….
- 귀신?
- 이놈은 진짜 성질이 급하네. 지 애비랑 어쩌면 이렇게 똑같을까.
- 귀신이 왜 날 찾아와. 난 귀신같은 거 인정 안 해.
- 그럼 네 옆에 있는 난 뭔데?

방성태는 운전대를 쥐고 있는 손을 떨었다. 자신이 귀신을 보게 되리라곤 생각하지 않았다.

'네 작은 아버지를 잘 보필해야 하지만 절대로 믿지는 마라. 그릇도 너 보다 작은 인간이니까. 언젠가 네 날이 올 것이고 그날은 네 스스로 느끼게 될 것이다.'

아버지가 남긴 유언이었다. 하지만 방성태는 아버지의 유언을 받아 들이고 싶지 않았다. 경찰로써 삶을 살 수 있기를 바랐다. 진급보다는 사건을 풀어가는 일 자체에 쾌감을 느꼈다. 그래서 빈틈을 보이지 않으려고 노력했는데. 누가 죽고 실종되거나 행방불명되는 건 크게 감흥이 일지 않았다. 그런데 오늘의 경험은 이상한 경험이었다. 언제나 냉정했고 냉철했으니까.

– 귀언의 말을 아직 기억하고 있군.
– 귀언의 말?

방성태가 옆자리의 귀신을 빤히 쳐다보았다.

– 너는 오늘부터 귀신의 존재를 인식하기 시작한 거야. 개안을 한 거지.

방성태의 눈이 커졌다.

– 그럴 리 없어.
– 귀언이 오늘을 예언했을 텐데.
– 말 걸지 마.
– 이놈도 참. 지 애비 자랄 때랑 어쩌면 이렇게 똑같을까.

노인은 깔깔거리고 웃었다. 여전히 방성태는 대응하지 않았다.

– 네가 인정을 하든 부정을 하든 나에 대해 알려…….

방성태가 갑자기 브레이크를 밟았다. 한 무리의 사람들이 떼거지로 도로를 횡단하고 있었다.

– 도대체 저 인간들이 왜 저러는 거야?

그러자 노인이 깔깔거리고 웃었다.

– 저건 사람이 아니라 귀신이야, 귀신!

방성태는 다시 차를 출발시켰다.

– 빌어먹을, 빌어먹을, 빌어먹을!

방성태는 운전대를 두드려댔다.

– 내가 네 아비의 몸주인 게 운명이듯 너 역시 귀언의 아들인 게 운명이지. 운명이 바뀌는 건 아냐. 거부하면 할수록 네 운명은 꼬이기만 할 거야.

운전대를 잡은 방성태의 손이 부들부들 떨었다.

- 아버진 오래 전에 죽었어.

- 그래서 돌아오려고 하지.

- 뭐 하러?

- 귀언은 영생 따위를 바라는 거 같진 않아.

- 결국 영생을 바라겠지. 사이비 교주처럼.

- 영생은 두 번째야. 첫 번째 이유는 아냐.

- 영생이 두 번째라고?

- 영생하지 못해도 첫 번째 이유는 반드시 이루려 하겠지.

- 그게 뭐지?

- 그건 부활을 해봐야 알겠지.

- 그게 뭐냐고!

방성태가 소리를 질렀다. 대복이 인상을 찡그리더니 귀를 후벼팠다.

- 귀신도 귀먹는다는 거 아는가? 그렇게 크게 소리 안 질러도 다 알아 들어. 첫 번째 이유라. 뭐 그런 거 아니겠어? 이승에 있을 때 어떤 존재에게 못다 한 말이 있었다거나, 꼭 해야 할 어떤 일을 하지 못했다거나.

- 단순히 그런 이유 때문에 부활을 꿈꾼다?

방성태가 깔깔거리고 웃었다.

- 그래서?

대복의 눈이 차갑게 빛났다.

– 귀신의 원을 우습게 생각하지 마. 인간의 욕망과 하등 다를 게 없으니까. 네 놈이 경찰총장이 꿈이듯 귀신들에게도 꿈이 있어. 그런데 귀신에게는 영생을 하거나 세상을 지배하거나 그런 연유는 구차한 거야. 오래 살아봐서 아는데 그것처럼 힘들고 지루한 게 없거든. 세상을 지배한다고? 얼마나 많은 민원이 생기는지 알아? 그 민원들 해결하려면 머리가 터지고 말 걸. 나나 네 아비는 더 이상 영생의 미련도 없고 누군가를 지배하고 싶어 하지도 않아. 누군가 필요로 할 때 이렇게 가끔 세상에 나올 수 있음 그걸로 충분해.

방성태의 눈이 불안하게 굴러다녔다.

– 다만 누군가 부활해서 섭리가 어긋난다면 현재의 많은 일들이 바뀌는 거지. 우린 바뀌는 그 일에도 무관심할 뿐이지.
– 바뀌다니?
– 지금 살아 있는 존재가 죽을 수도, 죽었던 존재가 멀쩡히 살아 있을 수도 있지. 섭리가 어긋난다는 건 시간이 뒤틀린다는 거니까.
– 말이라고 쉽게 하는군.
– 말이라 쉽게 하는 거야. 나도 결과는 몰라. 아직까지 예수 이외에 부활한 인간은 없으니까.
– 좋아. 내가 귀신을 보기 시작했다! 인정하지! 우리 아버지는 그렇다 치자. 작은 아버지는 도대체 왜 그러는 건데? 돈도 벌만큼 벌었고 누구보다 강한 권력도 갖게 되었고, 무엇보다 나랑 같이 다니면 동

생이냐고 물어볼 정도로 청춘을 유지하는 인간이 뭐 하러 엉뚱한 짓을
벌이려고 하는 건데?

  – 돌아온다는 귀언의 유언이 있었으니까. 돌아올 수 있게 다리를
놔주어야 하니까.

  – 그건 작은 아버지가 사는 이유가 안 돼.

  – 그리고 미다스가 되고 싶으니까.

  – 넌 뭐야?

  – 허허, 이 자식이 2천 년 가까이 산 어른한테 자꾸 반말이네.

  – 난 원래 존댓말 잘 안 해. 특히 귀신들하고는.

  – 나는 네 아비의 부활을 돕도록 설계된 귀신일 뿐이야. 나도 어쩌
지 못해. 네 아비가 깨어나면 난 사라질 거야.

방성태는 점점 몸이 뜨거워져 갔다.

  – 명심해 너는 나를 위해 존재하는 거야. 나도 너를 위해 존재하
고. 네 아비가 예언했을 거야. 음력 13월 13일에 온다고. 얼마 남지 않
았어.

  – 음력 13월?

  – 흔히 윤달이라고 하지만 그건 13월이야. 달의 달력.

  – 그럼 이번 13월은?

  – 꼭 28일 뒤지. 그날 누군가 부활하면 세상이 뒤집어지고, 부활하
지 못하면 귀신들의 전쟁이 일어나겠지.

방성태가 대복을 쳐다보았다.

– 당신이 진짜 내 아버지의 몸주였다는 걸 증명해봐.

– 네 놈 등판에 일곱 개의 별이 있지. 그 별을 만들어 준 게 귀언이니까 그리고 그 일곱 개의 별은 내가 지시한 거니까. 너를 보호하기 위해서. 일곱 개의 점.

방성태는 그걸 아는 인간은 이제 모두 죽었다고 생각했다. 방성태의 몸 안에 두려움과 분노 그리고 그리움이 한꺼번에 사무쳤다.

– 엄마도 부활시킬 수 있겠군?

– 엄마? 그 여잔 스스로 부활을 거부했어. 살려낼 수도 있었지만 엄마가 거부했지. 그래도 아버지인 방귀언과 작은 아버지는 그녀를 살려내려고 냉동고에 시신을 넣었지.

– 정신 제대로 박혔던 여자였군.

– 그건 어쩌면 어머니의 바람은 아닐 지도 몰랐다. 방성태는 차츰 마음이 가라앉았다. 노인의 입가에 미소가 피었다.

– 네 에미가 무서워했지. 자신이 꼭 가야하는 길이냐고 수만 번을 물어봤지. 아무도 가지 않는 길이니 가야한다고 말했지만 네 에미는 죽기를 원했지.

노인이 방성태를 빤히 쳐다보았다. 귀신임에도 그의 눈이 파랗게 빛났다. 방성태가 전방에 눈을 둔 채 부들부들 떨었다.

– 경언이놈도 두한이놈도 이상하게 변하고 있어. 네 아비의 부활을 다른 목적으로 이용해 먹으려들 거야. 그걸 알고 귀언이 나를 네게 보

낸 거야.

대복의 목소리가 높아졌다. 방성태는 전신에 힘이 빠졌다.

– 이건 꿈이야, 꿈!

방성태는 제 뺨을 제 손으로 후려쳤다. 하지만 대복은 바로 옆 자리
에 앉아 있었다.

– 명심해. 항상 의심해야해. 작은 아버지, 두한이, 그놈들이 움직이
기 시작했으니까. 네가 방심하는 사이, 네 놈은 돌이킬 수 없는 순간까
지 내몰릴 수 있으니까.
– 대복…….
– 처음으로 내 이름을 부르는군. 이젠 돌이킬 수 없어. 그냥 흘러갈
뿐이야. 명심해. 우린 귀언이 설계한 대로 흘러가야 한다는 걸. 경언이
나 두한이 그놈들의 농간에 놀아나서는 안 된다는 걸.

대복은 그 말을 남기고 사라졌다.

궤짝

엄지 손톱만한 눈이 내렸다. 시경은 희뿌연 한 책방 출입문 너머에서 쌓이는 눈을 구경하다 낙주를 힐금거렸다.

"할 말 있으면 얼른 해요."

"그게 말이지. 오늘 장 형사 오는 날이지."

낙주는 달력을 쳐다보았다. 그의 말대로 장 형사가 오는 날이었다. 시경은 정작 가슴에 감춰둔 이야기는 씨알도 꺼내지 못했다.

"부인도 오늘 오려나 모르겠네. 귀신들은 날짜 개념이 없다는데."

– 진짜 그래. 오늘이 며칠인지 얼마나 흘렀는지 잘 모른다니까. 그건 좋은 거 같으면서도 이상해.

은미가 말했다.

― 이상할 거까지 없잖아.

― 아냐 분명 이상해. 우리한테는 시간 개념이 사라지는 거 같아. 현재의 모습에서 전혀 늙지 않잖아. 소멸되면 소멸되었지.

낙주는 고개를 끄덕거렸다.

"……그래서 말인데 우리 내일쯤 졸본에 한번 가봐야 하지 않을까?"

윤식이나 진고랑도 늘 염두에 두고 있는 생각이었다.

"할머니가 돌아올 때까지 멀리 가지 말라고 했잖아. 그러니 기다려봐요."

"네 할머닌 도대체 어딜 가신 거야?"

"나도 잘 몰라."

"아니 손녀가 연로한 할머니가 소식이 없는데 궁금하지도 않냐?"

윤식은 고구마 껍질을 벗기며 낙주와 시경을 힐금거렸다. 그러다 가끔씩 자신의 손과 팔 등을 살폈다. 담적의 사당에서 사라졌던 일은 다시 생기진 않았다.

'도대체 그땐 왜 그랬던 거지?'

재명을 만나면 뭔가 답을 얻을 수 있을 터였다. 박식한 진고랑 역시 왜 그런 현상이 일어나는지 알지 못했다.

진고랑은 구석 소파에 몸을 푹 묻고 책을 들여다보았다.

"연로하긴, 이 중에서 할머닐 힘으로 이길 사람이 없을 걸?"

"그렇긴 하겠지만……"

"이러다 우리 열쇠랑 그 궤랑 영원히 잃어버리는 거 아냐?"

"팀장님 그 궤에도 금괴가 들어 있을 거라 믿는 거죠?"

"인마, 아니거든. 이건 진짜 호기심이야. 금괴와는 다른 뭔가가 들어 있을 거 같긴 해. 세상에 없던 물건이라든가 뭐 그런 거."

"그럼 그게 판도라 상자 같은 걸까?"

윤식이 고구마를 먹으며 엉뚱한 소리를 했다.

"졸본보다는 먼저 광주에 다녀와야 하잖아."

소영이 경복궁 근처를 맴돌다 훈련하는 군인들을 보게 되면서 광주에 대한 순간들을 기억해냈던 것이다. 군인들이 지배하고 있는 광장. 40년 가까운 세월이 흐르다보니 까마득하게 잊었던 모양이었다.

"기억을 찾았으니 광주에 다녀와야지."

낙주가 광주라는 말을 입에 담자 진고랑 곁에 앉아 어깨 너머로 책을 들여다보던 소영이 발딱 일어났다. 금남로 거리가 소영이 기억해 낸 마지막 장소였다. 다만 소영의 엄마를 어디에서 찾을지 막막해서 주저하고 있었다. 진고랑이 들여다보는 건 광주민주화운동 뒷이야기를 적은 책이었다. 책자는 주로 무연고자로 처리된 사람들의 이야기가 담겨 있었다. 책에서 어떤 단서가 발견되기를 바랐다.

윤식은 고구마를 다 먹어치운 후 책상 책꽂이에 꽂혀 있던 일지를 꺼내왔다.

"여기 기록해 둔 귀신들 일은 언제 다 해결해 줄 거야?"

윤식은 쾌활하게 지내던 예전처럼 말하고 행동했다. 생각해보니 몸이 잠시 사라졌던 건 꿈이었을 지도 모르겠다는 생각이 들었다.

윤식은 노트를 펼쳐보았다. 대학 노트 한 권이 사연을 남기고 간 귀신들의 이야기로 빽빽했다. 이미 여러 장은 빨갛게 밑줄이 그어져 있었다. 귀신들의 사연을 듣고 무작정 찾아가기도 했는데 사연에 맞는 귀신을 만난 적이 단 한 차례도 없었다. 지금 이들은 맥이 빠져 있다. 원래 세웠던 계획만큼 귀신의 몸 찾아주는 일이 순조롭게 진행되지 않았다. 귀신들의 기억이라는 게 환상인 경우가 많았다. 다른 귀신들로부터 들은 이야기를 자신의 이야기로 착각하는 경우도 많았고, 막상 그럴 듯해서 찾아가보면 기억과는 판이하게 다른 장소가 나오기도 했다. 지나가는 귀신들을 붙잡고 물어보면 많은 귀신들이 놀라 도망가기도 했다. 귀신의 사연을 들어준다는 게 쉬운 일이 아니었다. 게다가 가능한 멀리 가지 않았다. 누구보다 진고랑이 불길해했다. 낙주의 할머니가 올 때까지 멀리 움직이지 말자고 제안한 건 진고랑이었다.

"차근차근 찾아가 봐야지."

낙주는 책방을 나가 눈을 만져보고 싶은 충동이 일었다.

"누나는 로봇 청소기 산다며 샀어?"

윤식이 물었다. 책방 근처에 원룸을 하나 얻어 이사를 왔는데 어쩐 일인지 전에 없이 먼지가 많이 쌓였다. 도심 한 복판인데다 근처에 대여섯 평 남짓한 소규모 공장들이 많았는데, 수시로 오토바이와 소형 트럭이 드나들고 사람들의 발길도 많아 그런 듯했다. 청소하기가 그 어떤 일보다 실은 낙주는 나눈 돈으로 가장 먼저 청소기를 사겠다고 말해둔 터였다.

"집에 들어가면 걔가 아주 깨끗하게 청소해놓고 자기 자리에 딱 들어가 있더라."

"진짜 깨끗해?"

"그래. 요즘 로봇 청소긴 옛날 거하고 달라서 성능이 완전 짱이거든."

"나도 하나 살까?"

낙주는 윤식의 말에 대구하지 않고 출입문을 열고 밖으로 나갔다. 도로는 차들이 지나다니면서 녹은 눈으로 질퍽했지만 인도에는 제법 눈이 쌓여서 하얗게 빛났다. 은미가 조용히 곁으로 다가왔다.

– 언니, 할머니 말이야. 뭐 잘못되거나 그런 거 아니시겠지?

– 염려 붙들어 매. 귀신들도 무서워하는 양반이니까.

– 언니 저기 저 사람……

은미는 지하철 역사 쪽에서 책방을 향해 걸어오는 거구의 사람을 가리켰다. 긴 검정색 외투에 털모자를 눌러쓰고 있어서 누구인지 알 수 없지만 할머니 같았다. 머리와 어깨에 쌓인 눈이 걸을 때마다 꽃처럼 날렸다.

"할머니!"

재명이 낙주를 보며 웃는 듯 마는 듯한 표정을 지었다.

"나 마중 나온 겨?"

"그게 아니라……"

"아무튼 잔정 없는 건 지 애비랑…….."

"아버지? 어디로 꺼져버렸는지 모르겠다는 내 아빠?"

"아, 아니다. 얼른 책방으로 들어가자. 추워 디지것다. 모두들 있지? 중요허게 헐 말도 있고."

재명은 낙주의 곁을 지나 책방 안으로 들어갔다. 낙주는 아버지에 대해 궁금했지만 재명에게 따져 물은 적이 없었다. 딱히 아버지의 존재에 대해 알게 되면 더 우울해질 것만 같아서였다. 낙주도 재명의 뒤를 따라 들어갔다.

재명은 모두를 난로 앞으로 불러 모았다.

"도대체 어딜 다녀오신 겁니까?"

진고랑이 물었다.

"사당에도 좀 다녀오고 담적을 좀 찾아보려고."

윤식이 재명을 보고 눈을 반짝거렸다.

"사당에 가신 일은 잘되셨나요?"

윤식이 담담하게 물었다. 재명이 그를 쳐다보며 히죽 웃었다.

"그려. 니가 왜 사라지는 지도 대충 알 거 같더라."

"진짜요."

"어쨌든 옛 기록들엔 그렇게 나와 있어. 그리고 그게 틀린 적도 없고. 다만 윤식이 같은 경우엔 후에 어찌 되는 지에 대한 답은 못 찾았지. 아주 드문 경우이기도 하고. 그냥 대범하게 지내."

낙주도 한시름 놓았다. 특별한 경우가 아니라면 사라지는 일은 없을 거라 크게 스트레스 받지 않아도 될 거라며 윤식을 위로해주기도 했다.

"담적 아저씨는?"

낙주는 얼른 말머리를 돌렸다.

"못 찾았어. 그런데 그게 중요한 게 아니라⋯⋯"

재명이 난로 위에 올려놓은 주전자에서 물을 따랐다.

"졸본엘 다녀왔지."

네 사람이 동시에 놀랐다.

"우리보곤 가지 말라면서요?"

"위험하다고 생각했으니까."

"졸본 어때요?"

"말도 마라. 사람의 눈으로 보면 그냥 한적한 바닷가 마을인데. 거긴 완전히 도깨비 시장이이야."

"도깨비 시장이라니?"

"귀신들 때문에 발 디딜 틈이 없을 정도야. 그렇게 귀신 많은 동네가 있다는 거 이번에 처음 알았다. 졸본이 갑자기 유행어처럼 중요해진 것도 요즘 들어서 일인데도 거기로 귀신들이 정말 많이 몰려가더라."

"어떻게 거기까지 가는데?"

"사람들이 잘 가지 않는 동네다보니 얻어 타고 갈 게 없잖아. 그러니까 그냥 물어서 걸어서들 가고 그런대."

"할머니가 어떻게 알아?"

"이년아, 나도 귀신 것들이랑 말 한다는 거 알잖아. 귀신들한테 물어봤지."

낙주가 고개를 끄덕거렸다.

"거기 정말 귀신들 천국이야?"

"귀신들만 모여 있으니까 귀신들한테 천국인 거 같더라. 그런데……"

"그런데?"

"거긴 정말 무질서해. 세상 오만 귀신들이 다 모여 있는 거 같아. 귀신들이 왜 거기로 모여드는지 모르겠어. 귀신들도 그냥 거기로 가는 거야. 거기에 뭐가 있는 지도 모르고 다들 그리로 가니까 가더라고."

"당장에라도 내려가 볼 수 있나요?"

시경이 물었다.

"가 볼 수는 있는데, 가서 뭘 알아내기는 어려울 거 같아. 명상원이라고 있다고 그랬잖아. 그런데 명상원이 어디에 있는지 아는 귀신도 없고. 거기 누가 명상원 있다고 그랬지?"

"그, 그랬죠."

– 건우가 그랬어.

"한 청년이 그런 말을 했어요."

"그런데 거긴 건물 흔적도 없어. 더 희한한 건 그 동네 사람들은 그런 건물을 지은 적이 있는지 지었다면 사라진 적은 있는지 없는지 잘 모른다는 거야. 그러니까 그 청년이 봤다는 명상원은 귀신들의 명상원일 가능성이 커. 사람들 세계의 건물이 아니라 귀신들 세계의 건물인 거지."

재명이 난로 앞에서 손을 비비며 말했다.

"그럴 리가……. 거기 다녀온……."

"건우라는 그 친구 사람이야?"

"아니."

"거기 다녀온 사람들은 있고?"

그들이 서로를 바라보았다. 그리곤 절레절레 고개를 저었다.

"그러니까 졸본을 다녀오고 졸본에서 명상원을 보았다는 건 사람이 아니라 귀신들인 거야."

"그럼 졸본에 있는 그 명상원이라는 건 귀신들만 본다? 거기에 사람들 몸도 가져다 두고 그랬다는 말을 들었는데."

"그랬어요. 건우랑 다른 귀신들 이야기가……"

"다 소문이지? 그것도 사람들이 낸 소문이 아니라 귀신들이 확인도 안 된 소문을 낸 거지."

"귀신들이 뭐 하러 그런 소문을 내죠?"

"귀신들도 소문내고 그래. 사람들보다 더 뻥이 쎄기도 하고."

"귀신들이 뭐 하러 그래요?"

낙주가 물었다.

"귀신들이 이승에 남아 있으면 특별히 즐길만한 일이 없거든. 그러니까 하루 종일 지하철 타고 돌아다니고 그러지. 아님 사람들 뒤를 졸졸 따라다니고."

"그래서 뻥이 쎄다고?"

"그렇지 않으면 자기를 잘 안 봐주니까. 들으려고도 하지 않으니까."

재명의 말이 어느 정도 이해가 되었다.

"아니면 정말로 귀신들만 볼 수 있는 건지도 모르고. 그게 아니라면 건우라는 그 친구도 그냥 흘러 들은 이야기를 전했거나 거짓말을 한 거겠지."

"건우라는 그 친구가 거짓말을 할 리가 없는데……"

낙주 곁에 서 있던 은미가 가만히 있지 못하고 좁은 책방을 오갔다. 귀신을 보지 못하는 사람들에겐 별 일이 아니지만 귀신들이 보이는 사람들에겐 부산스러워 보이는 풍경이었다.

– 은미님 왜 그러세요?

재명이 은미에게 물었다.

– 할머니 우리 거기 한번 가 봐요. 귀신들이 득실 한다는 건, 뭔가 다른 세상이 있다거나 아님 이 세상이 극심하게 변하고 있다는 말 같아요. 그리고……. 난 귀신이라 당연하게 생각했는데…….

은미가 말을 잇지 않고 손으로 턱을 만졌다.

－ 당연하게 생각했는데? 뭘?

－ 야, 이년아, 너 은미님한테 반말하지 말라고 했지?

재명이 낙주를 나무랐다.

"처음부터 이렇게 말을 했는데 어떻게 하루아침에 고쳐?"

"그래도 이년아 천하의 백제님을 은미야가 뭐야 은미야."

재명과 낙주가 투닥거렸지만 은미는 둘에게 관심이 닿지 않는 모양
이었다.

－ 그냥 나 편한 대로 할래. 은미야 그게 무슨 말이야?

－ 전에는, 그러니까 전에는

은미가 고개를 들고 모두를 둘러보았다. 그녀의 말을 알아듣는 낙주
와 재명은 물론 그녀의 모습만 볼 수 있는 진고랑과 시경, 윤식도 그녀
를 빤히 쳐다보았다.

－ 전에는 이렇게 많은 귀신들이 나타나질 않았어요.

－ 그게 무슨 말이야?

－ 그러니까 내가 언니를 만나기 전까진 요즘처럼 귀신들이 많이 나
다니지 않았다는 거야.

－ 귀신이야 그 수를 헤아릴 수는 없는 거 아냐?

－ 그냥 순리대로라면 소멸되는 게 맞잖아. 정상적인 사회라면 죽으
면 화장하거나 매장하고 영혼은 소멸되고.

－ 그야 그렇지만, 꼭 그런 것만도 아니잖아. 고대 귀신도 나오고 그

러는 걸 보면?

– 언니 이상해. 확실히 이상해. 실은 오래된 귀신들 그렇게 많지 않아. 여러 몸을 거치는 귀신들도 많지 않고. 어쩌다 소멸되지 못한 귀신들은 그냥 조용히 살아. 여러 귀신들과 어울리면 정말 귀찮거든.

– 왜?

– 초보 귀신들은 뭘 모르니까 정말 꼬치꼬치 묻거든. 그런데 오래된 귀신들도 자기 경험만 말하지 귀신 세계에 대해 다 모르거든.

– 허긴 그럴 겁니다. 이승과 저승의 세계라는 건 물질과 비물질의 차이이고 이승과 물질에 대한 인식이 있는 인간이 저승에 가면 모든 게 두렵고 이상하고 신기하고 그럴 테니. 아주 어려서 죽으면 그냥 그러려니 하겠지만. 그렇지요?

재명이 은미에게 물었다.

– 그래서 그런 거예요. 잘 못 느꼈는데 지난번에 장 형사님 부인 만나러 갔다가 귀신이 왜 이렇게 많은가 생각했거든. 그리고 지난번에 종로에서 구경 간다고 거리를 가득 채웠던 귀신들 생각나지? 그렇게 많은 귀신들 본 적이 없었던 거야. 내가 둔해서 이제야 깨달은 거야.

낙주의 콧구멍이 넓어졌다. 그런 낙주를 윤식이 쳐다보며 미소를 지었다. 낙주가 윤식을 쳐다보며 눈을 부라리는데 상도가 불쑥 재명과 낙주 사이에 얼굴을 들이미는 바람에 윤식이 놀라 의자 뒤로 넘어갔다.

– 낙주 씨 정말 그런 거 같아. 지금도 오다 보니까 거리에 사람보다 귀신이 더 많아. 전엔 그런 적이 없었던 거 같거든. 그냥 죽은 사람들이 많으니까 귀신들도 많은 거겠거니 생각했는데 그게 아닌 거야. 뭔가 균형이 깨진 기분이랄까. 내가 죽었을 때만 해도 거리에서 귀신 구경하기 힘들었거든.

– 언니 나 죽었을 때도 그랬던 거 같아.

낙주는 재명을 쳐다보았다. 재명은 어느새 진고랑이 건넨 믹스 커피를 받아 마시고 있었다.

"할머니 졸본에 가면 뭐해?"

"찾아봐야지."

"뭘?"

"명상원도 찾아보고, 도대체 귀신들이 거기에 왜 모이는지를."

"우리가 알 수 있을까?"

"가보믄 알겠지."

"저 어르신 거기 가면 열쇠랑 궤도 찾는 거죠?"

시경이 재명을 쳐다보며 싱글벙글 웃었다.

"그건 장담할 수 없겠는데."

"그럼 졸본에 뭐 하러 가요?"

"거기가 귀신들의 천국이라니까 한번 가보는 거지. 한번 가봐. 진짜 기이한 풍경이니까. 귀신들 소문도 죄다 거기서 만들어지는 거 같았어. 귀신들이 하는 이야기들 중에 거짓말도 있고 뻥도 있겠지만 진실도 있을 테니까."

"그럼 뭘 얻을 지도 모른 채 그냥 내려가는 겁니까?"

윤식이 스마트폰을 들여다보고 있다가 고개를 들었다. 아무 때나 투명해질 수 있다는 두려움과 원인을 알게 되어 드는 안도감이 동시에 들었다. 윤식은 시경을 쳐다보았다.

"은미 씨랑 낙주 누나를 괴롭혔던 귀신들 때려잡으러 간다던가, 궤랑 열쇠를 강탈해 간 놈들을 잡으러 간다던가. 그런 목적이 있어야 하는 거 아니에요?"

"그렇지."

"희한한 일인데 졸본은 사실 정식 지도에는 안 나와요."

"그렇다니까. 나도 윤식이 보여줘서 알았어."

"그런 이유도 아니라면 장기 밀매하던 놈들 근거지가 거기에 있다거나."

"진짜 그놈들 흔적도 없이 사라졌다는데 귀신이 곡할 노릇이지."

"귀신이 곡은 하겠어요?"

"귀신은 곡 안 하나?"

"지금까지 귀신이 운다는 이야긴 들어보지 못했어요."

"인마, 네가 귀신들을 얼마나 많이 만났다고 그런 소리를 해."

"하긴 사람 사는 세상도 다 모르는데 제가 뭘 알겠어요."

"에이 그렇다는 건 아니고. 나도 그렇고 너도 그렇고 귀신이 곡을 하는지는 모른다는 거야. 울기야 울겠지만."

"곡하고 울음하고 달라요?"

"곡은 좀 처절하고 눈물은 좀 부드러운 어감이잖아."

"그렇긴 해요."

두 사람의 대화를 듣느라 책방에 모인 사람과 귀신들은 고개를 좌우로 수없이 반복했다. 이번엔 윤식과 시경이 부딪치지 않고 서로 죽이

맞았다.

"일단 명상원이라는 곳을 찾아야겠지. 사람들 눈엔 안 보이지만 귀신들에겐 보일 수도 있는 그런 곳이 있을 지도 몰라."

"귀신들만 볼 수 있다면 그건 4차원이나 5차원 아닐까?"

시경이 말했다.

"그러게요. 비물질적 존재만이 볼 수 있는 공간이라. 그럴 수도 있지 않을까요? 그리고 정말 내가 이해가 안가는 건. 시간이 흐르면 우린 늙잖아요."

"그렇지."

"그런데 귀신들은 왜 안 늙어요?"

"그러게. 그건 물질적 존재가 아니기 때문이 아닐까?"

"그보다는 귀신들에겐 시간이 존재하지 않는 건 아닐까요?"

둘의 대화는 졸본은 사라지고 이상한 대화로 흘러가고 있었다. 하지만 누구도 둘의 대화를 말리지 않았다. 모처럼 둘이 화기애애하게 이야기를 나누고 있었으니.

"너 책방에 앉아 책만 읽어대더니 진짜 유식해졌다."

"에이, 팀장님도 생각하시는 게 달라진 거 같아요."

"그건 그래. 여기서 책을 읽으면 말이지. 그게……"

"머리에 쏙쏙 들어오고 잊어먹지도 않아요. 그죠?"

"그래. 희한한 일이야. 그런데 우리 지금 무슨 이야기를 하고 있었지?"

"그러게요. 누나 우리 지금 모여서 무슨 이야기 하고 있었지? 할머니가 뭐라고 하셨는데."

낙주는 어이가 없어 웃고 말았다.

"할머니, 졸본에 가면 열쇠랑 궤 단서를 찾을 수도 있겠지?"

"장담할 순 없지만 명상원을 찾게 된다면 열쇠랑 궤도 단서 같은 걸 찾을 수 있지 않을까 싶은데."

"그걸 찾을 수 있다면 당장에 가야지."

"암 가야지."

두 사람이 느닷없이 하이파이브를 했다. 돈이 만들어준 여유 때문일까. 윤식과 시경은 더이상 날카롭지 않았다. 어렵게 사는 인간들에게 돈은 굉장히 중요한 요소였다. 때론 삶 자체가 돈일 수도 있었다. 궁핍해지면 결국엔 스트레스 받고 성격적으로 날카로워질 수밖에.

"이근배라는 작자가 사라져버렸기 때문에 궤와 열쇠를 찾을 단서는 현재로서는 거기 밖에 없기도 하고. 어쩌면 이근배 귀신도 거기로 숨어들었을 지도 몰라. 귀신들 많은 곳에 숨어야 남의 눈에 잘 안 띄겠지."

재명의 말에 시경의 얼굴이 밝아졌다. 시경만의 궤이고 열쇠가 아님에도 그는 그 둘에 신경을 썼다. 막연하게 궤를 열면 혼자 떠나버린 아내를 만날 수 있을 지도 모르겠다는 생각이 들곤 했다. 남들에게 궤 안에 금괴가 들어 있거나 보물이 들어 있기를 바란 것처럼 비춰졌지만 개의치 않았다. 자신의 마음을 말할 생각이 없으니 오해하든 하지 않든 상관없었다.

"짐들 챙겨요. 쏠라티 들어왔으니까 새 차도 좀 타보고 길도 좀 들이게요."

"윤식아, 고사는 지냈어?"

재명이 물었다.

"고사요? 무슨 고사요?"

"새 차 샀으니 잘 보살펴주라고 고사를 해줘야지."

"에이 저는 그런 거 안 믿어요."

"이놈이, 귀신은 믿고?"

"그건 눈에 보이니까."

"그 차에 달라붙어 있는 귀신들 못 봤어?"

"보기는 봤죠. 그냥 차가 좋은 모양이죠."

"맞아. 차를 유독 좋아하는 귀신들이 있어. 그 귀신들이 차를 어쩌진 못하는 거 같은데 꼭 그런 거 같진 않거든. 사고 나는 거 보면 차 좋아하는 귀신들 영향도 있는 거 같아. 사실 우리도 그렇지만 귀신들도 귀신들의 진짜 능력을 아무도 몰라."

"뭐 데이터가 있는 것도 아니고."

시경이 재명의 말을 받았다.

"귀신들 통계자료 같은 건 당연히 없겠죠?"

"그 세겐 아직 이승과 같은 질서 체계가 없겠지. 질서 체계가 맞을 리도 없을 거고."

"맞아요. 기원 전 귀신들도 있고 바로 어제 새로 태어난 귀신들도 있고 그러니 그들이 어떻게 어울리겠어요."

둘은 의좋은 형제처럼 말을 주고받았다.

"그러니까 고사를 지내야겠네."

윤식이 결론을 내렸다. 그는 재명에게 필요한 제수에 대해 묻고 책방을 부리나케 빠져나갔다. 흰 실과 명태와 막걸리를 사왔다.

"가자!"

"졸본으로 가는 거죠?"

재명의 책방 사람들을 둘러보았다. 백제인 은미, 백제를 몸주로 둔 역사 낙주, 사이메이 공주를 몸주로 둔 자신과 귀신잽이에 이골이 난 판수 진고랑 그리고 귀신을 보고 어느 순간 투명해질지 모를 걱정으로 밤잠을 설치는 윤식과 오랜 세월 경찰로 지낸 시경이 있었다. 재명은 누구보다 시경이 보기완 달리 큰 인물이라는 생각이 들었지만 지금까지 하는 짓으로 보았을 땐 자신의 판단이 틀릴 수도 있겠다는 생각도 했다.

재명은 앞으로 매두었던 슬링백을 등 뒤로 돌리고 책방 출입문을 열었다. 졸본에 무엇이 있는지 모르겠지만 이 정도 멤버라면 부족함이 없을 듯했다.

"졸본으로 가자."

그들이 오봉서점을 나서는 모습을 도로 건너편 골목에서 건우가 지켜보았다.

2

방경언은 지휘봉을 벽에 기대놓은 후 불이문(不二門) 앞에 섰다. 세상의 진리는 둘이 아니다. 이승과 저승도 둘이 아니며 삶과 죽음도 둘이 아니다. 생성과 소멸도 둘이 아니며 하늘과 땅도 둘이 아니고 남자와 여자도 둘이 아니다.

방경언은 조용히 문을 쳐다보며 혼잣말을 중얼거렸다.

"선생님, 주무시는 동안 두한 도련님께서 연락이 왔습니다."

"무슨 일로?"

"지난번에 보낸 산삼 어떠했냐고 물었습니다."

"자식이라는 있는 게 생색내기를 좋아하니."

"그거보다는 효과가 궁금한 때문인 듯합니다. 다들 쉬쉬하지만 그 산에서 족히 1만 명은 죽었다 합니다. 게다가 마을 사람들이 거의 대부분 죽어서 그 시신을 수습하지 못했다고 하네요. 군인들이 그대로 산에 묻어버렸고요. 여러 생명을 먹은 삼이라 전에 먹었던 것들과는 다르지 않느냐고 물으셨습니다."

"삼이라는 게 본래 신성한 식물이지. 자신의 발아래 널린 영양분이 악하고 부정한 재료들이라면 빨아들이지 않아. 어느 곳에서 자라든 마찬가지야."

"산삼은 자존심이 강한 모양입니다."

"표현 잘했네. 자존심이 굉장히 강한 식물이지. 덕에 잘 먹었다는 말 전해주게. 이놈은 직접 전화를 해도 될 걸 꼭 신 집사를 통해서 하는지 모르겠네."

"누구보다 건강하셔야 하는 분이시니까 아드님이 챙기시는 거라 생각합니다. 저는 회장님이 안 계신 방성은 생각해 본 적이 없습니다. 그리고 도련님이 저를 편하게 생각해서 그런 거겠죠."

방경언의 입가에 희미하게 미소가 걸렸다.

"이보게 시절이 어느 시절인데 아직도 도련님인가? 나이 차이도 많은데 그냥 두한이라도 불러도 되네."

"그래도 박사님이시잖습니까."

"그놈 박사는 돈으로 딴 거라는 거 모르지 않잖은가."

"그래도 매사 열심히 하십니다."

"뭐든 열심히 해야지."

방경언은 불이문의 스마트 키패드에 손을 얹었다. 화면이 밝아지자 그는 10개의 비밀번호를 눌렀다. 그러자 엄지손가락의 지문을 확인할 수 있는 화면이 나타났다. 지문까지 확인한 후 마지막으로 목에 걸린 열쇠를 꺼내 스마트 키패드 바로 아래의 구멍에 열쇠를 밀어 넣었다.

"오랜만이십니다."

"그런가?"

"한 달 쯤 전에 오셨으니 오랜만이시죠."

"늘 가까이 있으니 그러겠지."

신재현은 허리를 한껏 굽히고 서서 방경언과 눈을 마주쳤다. 신재현은 2미터에 가까운 키였다. 방경언은 그를 올려다보지 않았다. 그건 불편한 일이며 이유를 알 수 없지만 자존심이 상하는 일이라는 생각이 들었다. 신재현이 곁에 온 후 방경언은 그의 눈높이에서 이야기할 것을 요구했다.

"형님 볼 수 있는 날이 멀지 않았군."

"저는 어른을 한 번도 뵌 적이 없지만 매일 여길 드나들며 청소하고 그러면서 얼굴을 뵈서 그런지 친근감이 들고 그럽니다."

문이 열리기 전 방경언은 신재현을 힐끔 쳐다보았다.

"황철이 말하지 않아도 느끼는 건데 요즘 세상에 떠도는 귀신들이 부쩍 늘어났다더군."

"네 그렇습니다. 어지간한 귀신들도 그날을 기다리고 있었던 듯 합니다."

"잡귀신들에겐 의미 없는 날인데……"

불이문의 문이 열렸다.

문이 열리며 천장에서 환하게 불이 들어왔다. 두 사람이 계단을 따라 내려가는 중간에도 벽선을 따라서 계속해서 불이 켜졌다.

"그것들이 졸본으로 떠났다면서?"

"네. 다들 그곳으로 몰려가고 있습니다. 왜들 졸본으로 몰려가는지 모르겠지만 말입니다."

신재현은 졸본이 어떤 땅인지 알지 못했다. 하지만 방경언 역시 졸본에서 다시 태어나겠다는 형님의 유언의 이유를 정확하게 알지 못했다. 다만 그곳이 아주 오래 전의 고향이라 짐작만 할 뿐이었다. 그리고 그곳엔 형님이 찾아놓은 신전이 있었다. 지하의 신전이면서 지상의 신전보다 더 밝은 빛이 흘러드는 곳이었다. 신전을 드나드는 입구는 방경언만이 알고 있었다. 졸본으로 귀신들이 모이는 건 그들도 본능적으로 그곳에 존재와 소멸의 문이 있다는 믿음 때문이었다. 졸본에 가면 막연하게나마 다시 태어날 수도 있고 영원히 죽을 수도 있는 곳이라고들 생각했다. 하지만 방경언도 졸본이 어떤 역할을 하는지 알지 못했다.

"졸본은 귀신들에게 수도와 같네."

"수도라니요? 서울 말씀하시는 것인지요?"

"그래 귀신들의 서울이라 보면 되네. 말을 낳으면 제주도로 보내고 사람이 태어나면 서울로 보내고 귀신이 되면 졸본으로 보내라는 말이 있네."

"그런 말은 처음 들어봅니다."

"자넨 인간이니까."

신재현이 고개를 끄덕거렸다. 방경언이 천천히 걸음을 옮겼다. 백 살이라는 나이가 믿어지지 않을 정도의 힘 있는 걸음걸이였다. 하지만 신재현의 눈에는 그 걸음의 속도가 느려진 걸 느끼고 있었다.

"어르신은 어떤 분이셨습니까?"

"누구?"

"여기 계신 어르신 말입니다."

"형님?"

"네."

"한 마디로 이상주의자였지."

방경언이 지하실 중앙에 놓인 방 앞으로 다가갔다. 방 벽 사면은 허리 높이로 두꺼운 창이었다. 창 너머에 방 가운데 유리관 속에 한 남자가 누워 있었다. 티 한 점 없이 깨끗한 얼굴의 남자가 누워 있었다. 키는 컸으며 두 손을 배 위에 곱게 올려져 있었다. 방성사이언스의 핵심이자 전부라 말할 수 있는 방귀언이었다. 이제 며칠 뒤면 부활을 해서 돌아올 인간이었다. 신재현은 그에게 허리 굽혀 인사를 한 후 방경언의 뒤로 한발 물러났다.

"아직도 왜 그날 돌아오겠다 말한 건지 난 모르네. 짐작은 하지만."

방경언은 솔직하게 신재현에게 말했다. 자식들도 믿을 수 없지만 그라면 믿을 수 있었다.

"무슨 뜻이 있으시겠죠.'

"그러게 무슨 뜻이 있겠지. 깨어나야 그 뜻도 이루어지는 건데."

"부활하시리라 믿습니다."

"이봐 신 집사. 장담하지 말게. 누구도 경험하지 못한 일이야. 예수가 부활을 했다지만 그 양반은 부활한 뒤 신의 삶을 살지 않았는가. 형님은 다르네. 인간으로 부활해 인간으로 살아가게 될 거라 말했어. 그래도 믿어야겠지. 우리 방성사이언스가 형님으로부터 시작된 회사이니까. 형님이 안 계셨으면 나도 우리 자식들도 무의미한 거지."

– 참 나, 그렇게 대단하신 분이셨나?

느닷없이 황철의 목소리가 들렸다. 방경언이 고개를 홱 돌려 뒤를 살폈다. 궤를 어깨에 멘 황철이 서 있었다. 방경언의 눈이 불이문의 출입문 쪽으로 향했다. 문이 닫히지 않은 채 살짝 열려 있었다. 방경언이 눈을 부라렸다. 그의 변화를 알아차린 신재현의 얼굴이 사색이 되었다. 그가 출입문 쪽으로 부리나케 뛰어가 문을 닫았다.

"선생님 제가 그만……"

신재현이 머리를 조아렸다. 그는 바닥을 짚은 손을 부들부들 떨었다. 방귀언의 방은 문을 통과하지 않는 한 귀신조차 들어올 수 없는 방이었다.

- 귀신에게만 무서운 존재가 아니라 인간들에게도 무서운 존재였던가? 그럼, 권력자는 그런 정도의 카리스마는 있어야지.

- 황 판수 자넨 언제나 빈정거리는군. 언제부터 여기에 와 있었던겐가?

- 방 선생이 말하는 순수한 귀신, 귀하디귀한 귀신을 잡아 왔으니 이리로 올 수밖에.

황철이 궤를 바닥에 탁 내려놓았다.

- 이 거대한 궤는 아무리 봐도 정이 가질 않아.

황철은 눈살을 찌푸렸다. 그는 불이문 너머의 공간을 늘 궤라 표현했다. 맞는 말이지만 방경언은 그 말이 듣기 싫었다. 여긴 싸구려 궤짝이 아니라 신성한 공간이었다.

– 인간들은 예전이나 지금이나 왜 이리 솔직하지 못하지? 솔직하고 직접적으로 말하면 우스운가? 솔직하게 말하면 섭리가 바뀌느냐고? 나는 영원히 살고 싶다고 말이야.

– 황 판수, 그렇게 천박하게 말하지 마시게.

황철이 한 차례 더 낄낄거리며 웃었다.

– 그래, 난 천박한 존재지. 그러니 천박하게 말할 수밖에. 그런 방 선생은……

황철은 뒤의 말을 이으려다 말았다. 세상에 천박하지 않은 게 어디 있단 말인가. 결국 죽음 앞에서 무의미했다. 그래서 죽음을 극복하려 하는 것일 테고. 황철은 방경언과 자신의 인연은 운명이라 생각했다. 선택의 여지가 없는 일이었다. 그가 가야 왕릉의 무덤에서 자신을 찾아 불러내고 그가 방경언을 위해 귀신잽이가 되어 준 일은 선택이 아니라 운명이었다.

– 방 선생, 한 가지 명심해 둘 일이 있어.

황철은 자신의 생각을 접었다.

신재현은 방경언이 입을 우물거리는 걸 보고 그제야 이 공간에 누군가 들어왔다는 걸 알아차리고 뒤로 물러났다. 이곳에 드나들 수 있는 존재는 드물었다. 방경언과 방두한, 방성태와 신재현 정도였다. 하지만 최종적으로는 방경언의 열쇠가 없으면 들어올 수가 없었다. 그와 함께하지 않는다면 들어올 수 없다는 말이었다. 방 전체가 복숭아나무로 이루어져 귀신들도 침투해 들어올 수 없었다. 출입문을 통해서만 가능했다. 그러니 신재현이 지금 큰 실수를 한 것이었다. 문을 여는 건 방경언이지만 문을 닫는 건 신재현의 몫이었다.

'그래도 오래 모셨는데 이 사소한 실수쯤이야.'

신재현은 저도 모르게 제 양손을 만지작거렸다.

- 한 가지 명심하라니?

- 그 계집애를 잡아오는 건 나 혼자선 역부족이야.

- 그래서 내가 가둬놓았던 귀신들까지 모두를 건네준 게 아닌가? 두한이도 네게 협조하고 있고.

- 그걸로 부족해. 그리고 그 귀신은 좀 달라. 나처럼 한 모습으로 세상에 존재해 왔던 게 아냐.

- 그럼?

- 수 백 차례 환생을 한 존재야.

- 그건…….

- 그게 가능한 존재는 드물어.

- 드문 존재라? 더 흥미롭군. 어쨌든 그년도 이 곳으로 끌려오지 않겠는가? 여기에 몸이 있고 열쇠가 있는데.

- 그건 보통의 귀신들 이야기지. 아무리 주문을 외워도 나의 궤에 그년은 끌려오지 않았어. 우리가 알고 있는 것과는 좀 다른 존재야.

- 호, 천하의 황철이 귀신을 무서워한다?

- 그런 뜻이 아니라는 거 알 텐데.

황철이 방경언을 보고 눈을 부라렸다.

– 나까지 나설 일은 아닌 거 같은데?

방경언이 황철에게서 시선을 거둔 후 방귀언이 든 방에 눈길을 주었다. 황철의 시선도 자연스럽게 방귀언에게 향했다.

– 이제 우리의 시간은 얼마 안 남았다는 거 자네도 잘 알고 있겠지. 내가 자네를 깨워준 건 그날을 위해서라는 거 명심해. 그 약속을 지켜야 나도 약속을 지키겠지.

방경언이 갑자기 몸을 돌려 출입문 쪽으로 걸어갔다.
"신 집사."
신재현이 득달같이 그에게 달려갔다.
"그놈들 지금 어디 처박혀 있는가?"
"누, 누구 말씀이신지요?"
"왕산동 놈들!"
"그놈들은 그날 이후로 조용히 지내라고 말씀하셔서 지금 아드님 밑에 가 있습니다."
"두한이 밑에?"
"두한이가 왜?"
"선생님께서 그 밑에 가서 있으라고 하셨습니다."
"내가?"
"거기서 뭐하는데?"

"황학동에 있는 그 패거리들 감시하며 지내는 걸로 알고 있습니다."

"그런 지시도 내가 했던가?"

"심장 이식 수술하시기 전에 이미 말씀하셨습니다. 언젠가 거기로 사람들이 모일 것이라고요. 진고랑이라는 작자를 주시하라고도 하셨고요."

"그래?"

방경언은 심장이식 수술을 받은 후 주변 일에 신경을 쓰지 못했다. 겉보기엔 건강했지만 몸의 속살들은 100년이 지나자 하나 둘 노쇠하기 시작했다. 그 노쇠함을 늦출 수는 있지만 막을 수가 없었다.

"내가 다른 지시한 게 있던가?"

"그곳에 모이는 귀신 중에 은미라는 년을 잡을 수 있으면 잡아오라는 것과 거기 귀신들과 어울리는 인간들 면면을 조사해 놓으라고."

"정낙주, 진고랑, 김시경, 고윤식, 연재명이 맞는가?"

방경언은 지금 이 순간에 이르러서야 이름이 확연하게 기억에 떠올랐다.

"네 맞습니다."

"왕산동 패거리들에게 전해. 다른 인간들은 필요 없고 정낙주라는 년 잡아 오라고. 수단과 방법을 가리지 말고. 단 죽이면 안 돼."

– 그들 몇몇으로 그 역사를 잡을 수 있을까? 기이한 봉까지 가진 년인데.

황철이 혼잣말을 중얼거렸다. 방경언은 못 들은 척했다.

신재현의 눈가에 안도의 기운이 감돌았다. 적어도 문을 닫지 못한 일에 대해 문책을 받지는 않겠다는 생각이 들었다.

"신 집사 실수는 그 후에 다시 묻겠어."

신재현이 어깨를 움찔 떨었다.

"선생님 죄송합니다."

그때 신재현의 휴대폰이 몸을 떨었다.

"전화 좀 받아도 되겠습니까? 비상전화로 온 전화라서."

방경언이 그에게 받으라는 뜻으로 손을 내저은 후 출입문 쪽으로 걸어갔다.

– 내가 말 안한 게 있는데.

어느새 황철이 방경언의 곁에 다가와 같이 걸었다. 방경언은 코를 찡그렸다. 왜 그런지 알 수 없지만 황철이 가까이 다가오면 유황의 냄새가 지독하게 났다. 이해될 수 없는 일이었다. 귀신인 그에게서 냄새가 난다는 게 불가능한 때문이었다.

– 뭘?

– 그 패거리들 중에 몸주가 누구인지 모르는 인간들이 있어.

– 누구?

– 사당 늙은 년도 그렇고 그 책방하는 그 인간도 그래. 무엇보다 어린 계집애가 하나 있는데, 그년은 뒤가 완전히 까매, 도무지 알 수가 없어.

– 그래봐야 은미라는 년보다 뛰어난 몸주가 또 있을까?

– 그야 모르지. 은미를 잡으려면 그들을 다 잡아야 해. 낙주 한 년

만 잡아서는 해결이 안 된다는 뜻이야. 특히 책방 늙은이는 비형을 부를 줄 알아.

– 뭐?

방경언이 걸음을 멈추었다.

– 그걸 왜 이제 말하는가?
– 비형을 부를 수 있다는 걸 바로 며칠 전에 알았으니까.
– 비형이라, 비형이라…….
– 비형을 봤는가?
– 못 봤지. 귀신들이 비형 이름만 듣고 죄 도망갔거든.
– 그럼 비형이 없을 수도 있는 거잖아.
– 비형이라는 이름은 그 이름이 언급되는 순간 어디에선가 나타난다고 보면 돼. 마치 내 이름이 불리는 순간 내가 등장하는 것처럼.

방경언이 마지막으로 두꺼운 철문 앞에 섰다. 작은 창을 통해 방안이 보였다. 방 중앙 진열대 위에 위례산에서 구해 온 궤와 김시경에게서 빼앗아 온 열쇠가 진열되어 있었다. 궤는 아직 열지 못했다. 궤를 열려면 은미라는 귀신이 같이 있어야만 하는 듯했다. 방경언의 짐작이 맞다면 궤 안엔 한 벌의 옷이 들어 있을 터였다. 1억 4천 년 전부터 지구에 존재했던 꽃인 연꽃의 잎으로 실을 뽑아 만든 연꽃의 옷이. 하지만 지금 그 옷을 볼 수가 없었다. 은미라는 귀신이 있어야 궤를 열 수 있었다. 낙주 패거리들이 그 동안 궤를 지고 있음에도 열지 못했다는 건 여는 방법을 몰랐을 공산이 컸다.

방경언은 말없이 불이문을 열고 복도로 빠져나갔다. 그가 나가자 입구 쪽만 남겨두고 먼 곳에서부터 천정의 전등이 차례대로 꺼졌다.

2.

혼돈의 시간

혈투

1

졸본으로 들어가는 길은 한적했다. 버스가 고갯마루에 섰을 때 창밖으로 멀리 푸른 바다가 보였다. 멀리서 보니 졸본이라는 동네가 번잡하다는 게 이해되지 않았다. 쏠라티에서 내리던 윤식은 검정색 선글라스를 벗고 사방을 둘러보았다.

윤식은 골목과 거리를 채운 귀신들 때문에 놀라 뒤로 한 걸음 물러났다. 시경도 놀라고 진고랑도 놀라 입을 다물지 못했다. 당황한 건 낙주였다. 발 디딜 틈 없이 돌아다니는 귀신들의 수도 수지만 그들이 떠들어대는 소리에 귀가 멀 지경이었다.

- 언니 정말 귀신들 많네.
- 여긴 어느 시댄지 도무지 종잡을 수가 없겠어.

은미의 말 그대로였다. 갑옷을 입고 돌아다니는 귀신도 있고, 조선

시대 관복을 입고 돌아다니는 귀신, 반바지에 선글라스를 끼고 돌아다니는 귀신, 비키니 수영복 차림의 여자 귀신, 밍크코트를 입은 귀신, 찢어진 청바지를 입은 귀신, 흑인인 귀신……. 그들은 동행들과 어울려 각자의 목소리로 떠들어댔다.

- 여기에 왜 이렇게 귀신들이 많이 모이는 거지?
- 나도 잘 몰라. 할머니라면 알까?

낙주가 재명을 쳐다보았다.

- 나도 자세한 건 몰라. 이 동네가 귀신들을 불러 모은다는 것만 알지.
- 그러니까 왜 불러 모으냐고?
- 귀신들에게 필요한 게 있으니까 그렇겠지.
- 이 동네에 있으면 소멸되거나 영생할 수 있다는 소문이 있잖아.
- 다만 그 이유 때문만은 아닐 거야.

재명이 귀신들을 피해 마을 안쪽으로 걸어 들어갔다.
윤식은 바닷가와 인접해있는 마을 방송탑을 쳐다보았다. 심지어 탑에 기어 올라가는 귀신들도 보였다.
"여기서 뭘 찾는다는 건 정말 무리겠는데요?"
시경은 허리춤에 양손을 얹고 눈을 바쁘게 굴렸다. 그 뒤에 낙주가 섰고 진고랑과 재명이 그녀의 곁에서 서성거렸다.
"양 형사가 방성태랑 이근배가 여기 보육원에서 자랐다는데?"

"보육원?"

재명이 물었다.

"할머니 없을 때 전화 온 게 있어. 방 형사라는 인간하고 이근배라고 죽은 인간하고 여기 보육원 출신이래. 그게 사실인지는 모르겠지만."

"나가 여길 샅샅이 뒤졌는디 보육원 모양새 건물은 없었는디."

"그 인간들이 여기에 있을 때라면 오래 전 이야기이겠죠."

그들은 내리막길을 따라 천천히 바닷가 쪽으로 내려갔다. 귀신들은 삼삼오오 모여 수다를 떨거나 단순한 놀이에 몰두해 있거나 바둑을 두거나 춤을 추거나 노래를 부르기도 했다. 그러면서도 그들은 복잡한 이 상황을 짜증스럽게 받아들이지 않는 듯했다. 시경이 앞서서 걸어나가며 골목골목을 뒤졌지만 귀신들만 보일 뿐 사람은 그림자조차 보이지 않았다.

"낙주야, 귀신하고 사람하고 어떻게 구분해?"

"낮에는 그림자가 없으면 귀신이라고 구분하면 되고. 정 답답하면 찔러봐."

"찔러봐?"

"손으로 찔러봐. 통과하면 귀신 안하면 사람."

"귀신인 줄 알고 찔렀다가 사람이면?"

"미안하다고 하면 되지."

낙주에게 배운 귀신 구분법이었다. 구분법이라 말하기는 원시적이었지만 한낮에는 유용했다.

그들이 바닷가에 이르렀을 때 한 가지 기이한 풍경을 보았다. 바닷가 쪽으로 해안도로가 나 있었는데 도로 안쪽으로 운동장이 보였다. 운동장에서 귀신들이 달려가며 공을 차거나 뜀박질을 하거나 공 던지기를 했다.

"아니 여기에 사람이 얼마나 산다고 운동장이야?"

그들의 시선이 일제히 운동장 쪽으로 쏠렸다.

"귀신들이 많잖아. 귀신들이 잘 이용하고 있네."

재명이 너스레를 떨었다.

"할머니도 참. 잠깐 서울 물 먹더니 농도 느셨어."

낙주가 재명의 팔을 손가락으로 찔렀다.

"낸 사람이니께 손가락으로 찌르고 그러지 마라."

재명의 말에 낙주와 윤식이 한바탕 웃었다. 웃음소리에 귀신들이 일제히 낙주 일행을 쳐다보았다. 하지만 그 뿐 귀신들은 낙주 일행에 더이상 관심을 보이지 않았다.

"이쪽이 남쪽이다 보니 겨울 시작되믄 축구부 애들이 전지훈련 올거야. 내가 역도 할 때도 한 겨울에 이렇게 남쪽으로 전지 훈련오고 그랬거든."

낙주의 말이 맞았다. 바닷바람을 견디느라 집들의 지붕이 낮았다. 좁은 마당 하나 있고 유독 처마가 긴 집들의 구조였다. 처마 밑에는 어김없이 귀신들이 모여 해바라기를 하며 소곤소곤 이야기를 나누고 있었다.

"젠장 이것들이 궤랑 열쇠를 어디로 빼돌린 거야!"

시경은 길바닥에 놓인 돌을 바다로 향해 걷어찼다. 돌은 해변을 채 벗어나지 못했다. 그는 담배를 꺼내 물더니 연신 뻑뻑거리며 피워 댔다.

"참말로 이상혀. 소멸이나 영생을 바라는 거 같은디, 귀신들 노는 모양새가 꼭 그런 거 같지도 않고 말이여. 몇몇이야 진지하게 이곳으로 오는 거 같은데, 사실 대다수는 그냥 나들이 온 듯한 얼굴이야. 그래서 그란가 여그에 귀신들이 몰려오는 이유를 아직도 해석이 안 되네."

귀신들이 밀물처럼 혹은 썰물처럼 몰려다니기도 했다. 일행은 누가 먼저랄 것도 없이 해변으로 내려가려고 도로를 건넜다. 자신들이 걸어온 길을 돌아다보니 바다를 마주한 식당 두어 개가 보였다. 졸본 횟집, 졸본 밥집. 문이 굳게 닫혀 있었지만 역시 가게 앞과 주변에 귀신들이 널려 있었다.

낙주는 해변으로 내려가지 않고 졸본 횟집이라는 간판의 가게 앞에 섰다. 딱히 간판이랄 것도 없었다. 유리문에 졸본 횟집이라고 빨간색의 페인트로 적혀 있었다. 문은 미닫이 문이었다.

낙주는 화살표가 그려진 방향으로 문을 밀어보았다. 문은 빡빡해서 잘 밀리지 않았지만 그런대로 문이 열렸다. 모두 4개의 테이블이 바다를 바라보고 있었다. 한낮이지만 약간 어두워 가게 안쪽이 금방 눈에 들어오지 않았다. 테이블마다 귀신들이 차지하고 앉아 물을 마시거나 음식을 먹고 있었다. 허상의 것들인데 진짜처럼 보였다. 낙주가 헛기침 몇 번 하는 사이 가게 안쪽 방문이 보였다. 바닷가에 흔한 가게의 구조였다.

"계세요?"

안쪽 방문에서는 아무런 반응이 없었다. 가게 안에 모여 있는 귀신들만 낙주의 입과 방문 쪽을 번갈아 보았다. 그동안 낙주는 가게 안을 둘러보았다. 방문 곁에 진열대가 세워져 있었고 그 위에 잡다한 과자들과 삼양라면이 쌓여 있었다.

"계세요? 아무도 안 계세요?"

그래도 반응이 없었다. 낙주가 등을 돌리는데 방문 열리는 소리가 들렸다.

"무슨 일이죠?"

낙주는 화들짝 놀랐다. 귀신들은 많지만 사람은 살지 않는 빈 집이라 생각하고 있었는데 등 뒤에서 목소리가 들리니 당황했던 것이다.

"아, 그게 저 라면 좀 먹을 수 있을까 해서요."

"라면이요?"

여자가 방문을 열고 나오며 카디건 앞섶을 단단히 여몄다.

"여기 사람들이 잘 안 오는데……."

'귀신들로 빽빽한데요.'

낙주는 속엣 말을 꺼내진 않았다.

"그럼 라면 먹을 수 없나요?"

"아니 끓여드릴 수는 있어요. 일행도 있나요?"

"아, 네. 모두 다섯 명입니다."

"다섯 명이라고요? 뭔 일로 이 바닷가에 사람들이 많이 왔대요?"

여자가 출입문 쪽으로 다가오더니 밖을 내다보았다. 네 사람이 해변에 서 있는 게 보였다.

"끓여 드릴게요. 낚시하러 오셨나?"

"아, 네 낚시……. 요즘은 뭐가 좀 나오나요?"

"인근에 뭐가 잡히겠어요. 배 타고 좀 나가야 잡히지."

여자가 방문 왼편의 부엌으로 들어갔다. 낙주는 일행을 부르러 가게 문을 열고 밖으로 나갔다. 그녀가 가게를 나가자 부엌으로 들어갔던 여자가 다시 나와 밖을 살폈다.

낙주는 해변을 서성거리는 일행에게 다가가는 동안 기이한 생각이 들었다. 이토록 외지고 누추한 바닷가 마을에 살기에는 여자가 너무 젊었다. 일행에게 가까이 다가가 재명을 쳐다보다가 한 가지 사실을 더 깨달았다. 여자는 표준말을 썼다.

"라면 먹자고?"

"누나 바닷가까지 와서 라면이 뭐야?"

"우리 놀러 온 거 아니잖아. 저 식당에서 라면을 먹어야 그래도 이 동네 소식 좀 들을 수 있지 않겠어?"

"라면 먹어본 지 오래구만."

재명이 혼잣말처럼 말했다. 이럴 때 보면 귀신들도 함부로 드나들지 못하는 사당의 여주인이라는 게 거짓말 같았다. 일행은 낙주가 이끄는 대로 가게까지 갔다. 출입문을 열고 안으로 들어가자 여자가 나타났다.

"라면 다섯 개만 끓일까요?"

낙주는 나머지 사람들을 둘러보다가 일곱 개를 끓여달라고 부탁했다. 여자는 일행을 한 차례 훑어본 후 부엌으로 들어갔다.

"누나, 저 여자 분 이런 데 있기는 너무 젊어 보이는데."

윤식이 낮은 목소리로 말했다.

"나도 그렇게 생각하긴 했지만 어쩌면 고향집에 잠깐 쉬러 온 것일 수도 있어. 요즘 젊은 친구들이 취직도 제대로 못하잖아."

낙주는 스스로 말하고 스스로 고개를 끄덕거렸다. 일행들이 가게로 들어와 자리를 잡았다. 그제야 가게 안에 귀신들의 냉기가 밀려나고 사람들의 온기로 활기가 돌았다. 그들은 가게 안에서 바다를 내다보았다.

"귀신들이 거의 대부분 이 졸본에 대해서 말했는데. 한결같이 명상원 이야기도 했고."

낙주가 혼잣말처럼 중얼거렸다.

"귀신들 눈에만 보이는 게 있을 수 있다고 했잖아요."

"귀신들 눈에만 보인다고 했지만 지금은 우리들 눈에도 다 보여야 하는데."

시경은 쉴 새 없이 한숨을 내쉬었다. 시경과 인접해 앉아 있는 귀신이 자꾸 시경을 쳐다보았다. 처음엔 귀신들과 겹쳐 앉는 게 어색했는데 이젠 귀신들을 깔고 앉는 게 익숙했다. 서로 겹치지 않는다는 것도 깨달았다.

여자가 라면을 내왔다. 플라스틱 라면 사발에 각자 몫의 라면을 담아왔는데 양이 제각각이었다. 어느 사발에는 국물이 많았고 어느 사발에는 국물이 거의 바닥이었다. 김치를 가져 온 후 여자는 잘 먹으라는 한 마디만 남기고 방으로 쏙 들어가 버렸다.

"이 김치는 한 5년쯤 됐겠는데."

김치를 먹은 시경이 눈살을 찌푸리며 말했다. 모두 젓가락으로 김치를 집어 들고 냄새를 맡거나 먹어보았다.

"이것은 오래되어도 너무 오래된 거구만. 나가 먹어본 김치 중에 최악이여. 남도서 이렇게 김치를 맛없이 담근다는 건 있을 수가 없는디. 하다못해 중국산 김치도 이렇진 않을텐디."

재명이 힐끔 방문 쪽을 쳐다보았다.

"라면도 완전히 뽈었네."

이번에는 시경이 투덜거렸다.

"라면도 하나 제대로 못 끓이는데 식당이다? 여주인은 너무 젊고."

윤식이 투덜거렸다.

"아주머니!"

시경이 느닷없이 방 쪽을 쳐다보며 말했다. 아무런 기척이 나지 않았다.

"왜요?"

윤식이 시경의 팔을 잡고 나직이 물었다.

"야, 단무지라도 달라고 해야지. 이걸 어떻게 먹냐?"

"그냥 먹어요."

"뭘 그냥 먹어."

"남의 나와바리에 왔음 그 나와바리 법에 따라야죠."

"뭔 뚱딴지같은 소리야. 식당이 나와바리가 어딨어?"

"여기 왔음 여기 법에 따르라는 거지."

"인마, 이게 법 따질 일이냐. 난 그냥 단무지 달라는 거지."

한동안 잠잠하다 싶더니 윤식과 시경이 투닥거리기 시작했다. 윤식은 가까운 상대가 아니면 투덜거리는 걸 자제하는 편이었다. 크게 불편해도 참는 인간이었다. 자주 투덜거리고 평소 불만이 많은 그의 성격대로라면 따지고 들어야할 일도 그는 그냥 넘어갔다. 특히 대외적인 장소에서는 더더욱 그랬다.

"단무지도 없을 거 같으니까 그냥 먹어요."

"나 원 참. 이걸 어떻게 먹냐?"

"그럼 라면만 먹어요. 우리 여기 온 거 동네방네 다 소문낼 거 아니잖아요."

"인마, 내가 단무지 달란다고 동네에 소문이 나겠어?"

"이 작은 동네에서 소문 안 나겠어요?"

시경이 윤식의 팔을 뿌리쳤다.

"아줌마!"

시경은 윤식에 대한 반발심리 때문인지 목청껏 불렀다.

"팀장님!"

윤식은 방문과 시경을 번갈아보았다.

"인마, 난 너처럼 쓸데없는 눈치 같은 건 안 봐. 돈을 내고 먹는 건데 당당하게 먹을 수 있는 거잖아."

"남도 배려를 해야죠. 전직 강력계 형사라는 분이 왜 그래요? 한때 민중의 지팡이였잖아요."

"하, 참. 민중의 지팡이랑 단무지가 무슨 상관이 있냐고?"

가게 안이 소란스러워 내다 볼 법도 한데 방문은 닫힌 채 열릴 줄 몰랐다. 윤식과 시경을 방문을 쳐다보며 실랑이를 벌였고 낙주는 다 불어터진 라면 먹기를 포기하고 창문 밖으로 바라보다 벌떡 일어났다. 둥근 의자가 뒤로 발랑 자빠졌다. 귀신들이 두리번거렸다. 진고랑과 재명도 젓가락을 내려놓고 서서히 일어섰다. 그때까지 실랑이를 벌이던 시경과 윤식이 세 사람을 올려다보다 고개를 뒤로 돌려 밖을 쳐다봤다. 사람인지 귀신인지 모를 존재들이 식당 쪽으로 우르르 몰려오고 있었다. 그런데 그들은 그림자를 갖고 있었다. 그들의 등장 때문인지 귀신들이 하나 둘 가게를 빠져나갔고 가게 밖의 공터에 모여 땅따먹기를 하고 놀던 귀신들도 사라지고 보이지 않았다.

가게밖엔 엄청난 무리의 사람들이 모여 있었다. 그들은 떠들지도 않았고 웅성거리지도 않았다. 그저 조용히 가게 안을 동물원 구경하듯 들여다보았다.

"누나 저 사람들 뭐야?"

윤식과 시경도 일어서서 밖을 내다보았다.

"아깐 귀신들만 천지더니 지금은……"

진고랑의 말이 채 끝나기도 전에 유리문이 와락 열렸다.

"어이 손님들 여긴 뭐허러 왔는가?"

머리통에 착 달라붙은 파마 머리 스타일의 남자는 한 겨울임에도 반팔 셔츠에 슬리퍼 차림이었다. 낙주는 사내의 어깨 뒤편으로 눈길을 주었다. 100여명이 넘을 듯한 사내들이 어깨를 맞대고 서서 가게 쪽을 쳐다보다 품에서 혹은 등 뒤에서 뭔가를 꺼내들었다. 누군가는 사시미를 들었고 또 누군가는 야구방망이나 쇠스랑을 또 누군가는 중식용 부엌칼을 꺼내들었다.

"니가 정낙주지?"

문을 열고 들어온 사내가 일말의 망설임도 없이 품에서 재빠르게 사시미를 꺼내더니 낙주의 배를 향해 들이밀었다. 순간 재명이 그녀를 옆으로 밀친 덕에 사내의 칼이 재명의 배에 꽂혔다.

"이것들이 감히!"

재명이 배에 힘을 주자 사내는 당황했다. 칼이 빠지지 않았다. 그녀의 뱃살은 두꺼웠고 칼은 짧았다. 그녀가 손바닥을 펼친 후 어깨 위로 들어 올렸다가 파마머리의 사내 얼굴을 후려쳤다. 가마솥의 뚜껑과 다르지 않은 크기의 손이 뺨을 강타하자 사내는 가게 문 밖으로 나가 떨어졌다.

"저, 저, 저……"

사내는 그 몇 마디 남기고 그대로 기절했다.

"할머니!"

놀란 낙주가 재명의 배에 꽂힌 사시미를 잡았다.

"호들갑 떨지 말아라. 이거슨 별 게 아니니께. 아 낳을 때 비하믄 따끔한 정도니께."

재명은 말을 끝내고 간단하게 칼을 뽑았다. 잠깐 피가 뿜어졌지만 금방 잦아들었다.

"나가 평소에 잘 먹어둔 게 이 순간에 효과가 있네, 그려."

"할머니 괜찮아?"

"이년아, 지금 날 돌볼 겨를이 어딨어. 낸 괜찬흔께 너그 식구들이 나 구혀."

재명은 입고 있던 카디건으로 자신의 배를 힘껏 감싸고 조였다.

"내 배는 삼겹살이 많아 암치도 않다."

재명의 말이 끝나기 무섭게 사내들이 하나 둘 가게 안으로 밀고 들어왔다. 몸 쓸 줄 아는 사람이라면 시경과 낙주뿐이었다. 시경이 몇 번 폼을 잡아봤지만 그가 익히 생활 무술로는 사내 몇 감당하기도 버거웠다.

"낙주야."

"누나!"

윤식은 한 사내에게 멱살이 잡힌 채 끌려가기 일보 직전이고 시경은 한 사내의 목에 헤드락을 걸고 있었다. 그 순간 윤식이 염려했던 일이 벌어졌다. 윤식이 손가락 끝에서부터 서서히 몸이 투명해지기 시작하더니 한 순간에 윤식이 사라져버렸다. 윤식의 멱살을 잡았던 사내가 당황해서 두리번거렸다. 윤식은 사내의 손에서 벗어나면서 자신이 투명해졌다는 걸 깨달았다.

'긴장을 하면 투명인간이 된다? 그래서?'

투명인간이 되었지만 이 싸움판에서 크게 도움이 되지 않았다. 윤식이 사라지는 걸 낙주가 순간 보았다. 윤식에 대해선 걱정하지 않아도 될 것 같았다.

낙주는 마고봉을 꺼내들었다. 양 손에 하나씩 봉을 잡고 봉 하나는 진고랑의 멱살을 잡은 사내에게 다른 하나는 시경의 등 뒤에 달라붙은 사내를 후려쳤다. 사내들은 맥없이 나가 떨어졌다. 사내들이 가게 안으로 들어오려다 주춤했다. 가게 안이 좁기도 했고 드나드는 문이 작았다.

"도대체 저것들이 뭣이여?"

재명이 앞으로 나섰다. 낙주는 재명의 배를 살폈다. 워낙 강골의 체질이라 그런지 더 이상 피가 배어 나오지 않았다.

"저것들이 어떻게 니 이름을 안단가?"

"그러게요. 그리고 은미 못 봤어요? 여기 올 때까지 있었는데. 얘는 도대체 어디 있는 거야."

"이것아, 냔중에 벌 받아. 백제님을 그렇게 부르면 못 쓴다고."

"할머니, 지금 그게 중요한 게 아니잖아. 은미든, 은미님이든, 백제님이든 그게 중헌 게 아니라고!"

사내들이 다시 식당 출입문 앞으로 모여들었다. 재명의 손에 맞고 기절했거나 낙주의 마고봉에 맞아 나가떨어진 다른 사내들의 상태 따위는 염두에 두지 않았다. 그들은 오로지 식당 안으로 몰려드는 일에만 골몰했다. 그것들은 좀비들 같았다.

"저것들 이상해. 이런 동네에 젊은 것들이 저렇게 많이 나오는 것도 이상허고, 이 라면집도 이상허고."

"할머니 여기 라면집 아니거든요. 횟집이에요."

"횟집이든 라면집이든 암튼 이상하다고."

"그리고 낙주 이름을 알고 있는 것도 이상혀!"

시경이 다시 주먹을 쥐고 그들 앞에 섰다.

"이것들이 왕년에 강력계 형사를 뭘로 보고."

말은 그렇게 하지만 그는 다리를 떨고 있었다.

"안되것다. 낙주야, 니랑 내랑 나가자."

낙주는 재명을 빤히 쳐다보았다.

"할머니, 낼 모레가 팔순이잖아."

"이것아 그건 눈에 보이는 나이일 뿐이여. 내는 니 못지 않어."

재명이 시경의 허리춤을 잡고 그의 허리띠를 풀어냈다.

"요놈 진짜 가죽이것지?"

"아니 왜 제 허리띠는?"

"진짜 가죽이냐고?"

"그럼 진짜죠. 거시기 책방 뒷집에서 산거라고요. 백화점에 납품하
는 그 가게요. 백화점서 20만원엔가 파는 거라고요."

시경이 손을 뻗었지만 재명이 그의 손을 막았다. 그 사이 시경의 바
지가 흘러내려 엉덩이에 걸렸다.

"가자!"

재명이 먼저 문밖으로 나갔다. 낙주가 그 뒤를 따랐다. 시경이 덩달
아 나오려하자 낙주가 그를 막았다.

"형은 여기서 선생님이랑 윤식이 보살펴 줘."

"윤식이 이놈은 어디로 튄 모양인데."

"팀장님, 나 바로 곁에 있거든요."

윤식은 보이지 않는데 윤식의 말이 들렸다. 시경이 사방을 두리번거
렸다.

"나 안 보여요. 그러니까 선생님이나 보살펴요."

"진짜로 투명해지네."

시경이 엉뚱한 방향에 대고 말했다.

"나 여기 있어요."

윤식이 시경의 얼굴을 잡고 자신을 바라보게 만들었다.

"놀랄 일이야. 진짜 투명해."

"그럼 가짜로 투명해져요? 나도 내가 왜 이렇게 된 건지 정말 심란해요."

그 사이 밖이 소란스러워지고 있었다.

"윤식아, 놈들이 못 보니까 어떤 놈들인지 좀 살펴봐. 저기 앞에 팔짱 끼고 서 있는 놈이 우두머리 같은데."

시경이 마당 뒤쪽에 서 있는 사내를 가리켰다.

"햇빛 아래 서면 확 드러나는 거 아닐까요?"

어쩔 수 없는 노릇이었다. 윤식은 슬금슬금 걸음을 옮겼다. 행여 마당에 진을 친 사내들이 자신을 알아볼 지도 모른다는 두려움은 가시지 않았다. 윤식은 무리들 맨 뒤에 서 있는 사내에게 다가가야 한다고 생각했다.

그 사이 낙주는 가게를 빠져나간 뒤 힘차게 문을 닫았다. 그 바람에 멀쩡하던 유리창이 깨지고 말았다.

"이년아 좀 살살 닫어!"

"지금 유리창이 문젠가. 그나저나 은미는 도대체 어디로 간 거야?"

재명은 양손으로 허리띠를 잡아 팽팽하게 늘렸고 낙주는 두 개의 봉을 연결해 하나의 봉으로 만들었다. 두 개의 거대한 산이 가게 앞에 서 있는 듯했다.

"저것은 뭣이다냐?"

재명이 무리들의 맨 뒤에서 팔짱을 끼고 있는 사내를 가리켰다.

"이놈들 우두머리쯤 되겠지. 할머니 잠깐만, 지금 우리 앞으로 다가오는 놈들은 몇 달 전에 왕산동에서 본 사람들인데."

"왕산동?"

"은미가 자기 몸 찾아달라고 처음으로 같이 갔던 데야."

"그놈들이 여길 왜?"

"거기 흔적도 없이 사라졌다고 했거든."

"낙주야, 지금 윤식이 저놈 쪽으로 가고 있을 거야."

시경이 말했다.

"어디요?"

"투명한데 보일 턱이 없지."

"투명한 채로 살면 어쩌냐고 맨날 우울해 하더니 진가를 발휘하겠네."

낙주의 말이 끝나기를 기다렸는지 사내들이 일제히 제각각의 무기를 들고 달려들었다. 사시미는 사시미대로 햇빛에 반짝거렸고 야구 배트는 배트대로 춤을 췄다. 사내들은 앞의 누군가 쓰러지면 그를 밟고 앞으로 나왔다.

"이놈들 미친 거 같아."

"니도 그리 생각허냐? 이놈들 약 빤 거 같으네."

낙주가 숨을 헐떡거린 반면 재명은 땀 한 방울 흘리지 않았다.

"할머니 괜찮아?"

"니도 내를 잘 모르지만 나도 실은 나를 잘 모린다."

"그게 뭔 소리여."

"내 능력을 나도 모른다고!"

재명은 손에 든 허리띠를 채찍처럼 휘둘렀다. 허공을 무섭게 갈랐다. 사내들의 얼굴과 어깨 목을 공격했고 허리띠가 한 차례 지나갈 때마다 사내들이 우수수 쓰러졌다. 낙주에게 달려드는 사내들도 마고봉의 타격으로 한 방이면 쓰러졌다. 거기에 낙주의 힘과 휘두르면서 붙는 가속의 힘까지 더해져 사내들을 단 한 번의 타격으로도 쓰러졌다. 사내들이 맥없이 쓰러지기 시작하자 비로소 미친듯하던 사내들이 뒤로 주춤거리며 물러났다. 한 발 더 뒤로, 이번엔 두 발 더 뒤로 물러났고 한 차례 공격을 하면 서너 발 뒤로 도망갔다. 낙주와 재명이 앞으로 나가면서 멀쩡하게 서 있는 사내들의 숫자가 줄어들었다.

팔짱을 끼고 서 있던 사내가 앞으로 나왔다. 열 명쯤 되는 사내들이 그를 호위했다.

"제법이야. 이 정도일 줄은 몰랐어."

윤식이 겨우 그의 곁에 바짝 다가가 섰다. 피부는 하얗고 단정한 옷차림이었다. 스니커즈를 신은 발도 깔끔 해보였다. 그들은 윤식의 염려와 달리 그의 등장을 전혀 눈치 채지 못하고 있었다.

'내가 진짜로 투명해진 모양이네.'

윤식은 여전히 자신의 상태를 믿을 수가 없었다. 그런데 지금 이 순간에 비로소 자신에게 나타난 기이한 능력을 받아들일 수 있을 것 같았다. 다시 본래의 모습으로 어떻게 돌아가는지 알지 못하지만 일단은 깡패 같은 사내들의 눈에선 벗어날 수 있어서 좋았다.

"선생님께서 말한 그 계집애가 저년입니까?"

팔짱 낀 사내 뒤에서 누군가 말했다. 사내는 방두한이었다. 윤식은 그를 살폈다. 지나칠 정도로 깨끗한 얼굴의 두한이었다. 입술 사이로 살짝 드러난 이도 희었다. 두한은 사내들 뒤에 몸을 숨기고 서서 어깨 너머로 앞을 살폈다.

"그래, 저년이지."

두한은 사방을 살폈다. 아직은 비물질적인 존재를 보거나 느낄 수는 없었다.

'은미라는 년이 중요하다고 했는데⋯⋯. 저년하고 늘 같이 다닌다고 했는데.'

두한은 자신의 한계를 느끼고 있었다. 은미를 둘째 치고 낙주라는 여자를 처리할 수가 없었다.

"박사님 아무리 봐도 장사라는 게 믿어지지 않는데요."

"그래. 저 미모에 미친 힘이라니. 놀랄 일이야."

"그러게요. 제대로 공격해야할 놈들이 맥을 못추네."

"그래봐야 여자라고 생각했는데⋯⋯"

"박사님께서 관심 보이는 건 처음인 거 같습니다."

윤식은 두 사람 가까이에 서서 마고봉을 들고 현란하게 몸을 놀리고 있는 낙주와 그들을 번갈아 보았다. 상대의 이야기를 이렇게 걸림 없이 들을 수 있다는 게 신기했다. 일행을 공격했던 사내들이 힘과 공격에서 밀리기 시작했다. 그러자 두한이 호위하는 남자들을 끌고 마당 앞으로 나왔다.

"너 누구야?"

"나? 그건 알거 없고. 니년이 내 영업장에 와서 깽판치고 간 년이지?"

"뭐?"

"우리 몸뚱이 하나도 걷어가고 말이야."

낙주는 두한을 빤히 쳐다보았다. 가늘고 긴 눈매에 피부가 티 한 점 없이 깨끗했다. 수염도 없고 얼굴 좌우의 균형도 기이할 정도로 일치했다. 사람이라기보다는 마네킹에 가까운 외모의 남자였다.

"네 놈이 장기 팔아먹는 놈?"

"장기를 팔아먹어? 어디다가? 그거 불법이야."

"그런데 여자들 몸은 왜 그렇게 만들어 놓은 거야?"

"장기가 필요하니까."

"그게 그거잖아!"

"팔아먹진 않거든. 기증하지. 멀리서 봤을 땐 남잔데 가까이에서 보니 여자 티가 나긴 나네. 사람이 어떻게 너 같은 인간을 낳을 수 있는 거지?"

두한의 말이 끝나기도 전에 재명의 허리띠가 그를 향해 날아갔다. 허리띠는 그의 목을 세차게 후려치자 선명하게 붉은 자국을 남겼다. 그런데 사내는 자신의 목에 난 상처를 대수롭지 않게 생각했다. 마치 전혀 고통을 느끼지 않는 듯했다.

둘이 사내와 무리를 대적하고 있는 사이 가게 안에서 소란이 벌어졌다. 잠시 후 진고랑이 뛰어나왔다.

"뒷문이 있었어."

진고랑의 점퍼가 너덜너덜했다. 낙주가 뒤를 살펴보았다. 한 무리의 사내들이 사시미와 야구방망이를 들고 시설물들을 때려 부셨다. 앞은 고통을 느끼지 못하는 사내들이 뒤는 큰 덩치의 사내들이 일행을 몰아붙였다. 포위된 꼴이었다.

'누나 이 인간을 박사라고 불러. 무슨 박사인지는 모르겠고.'

윤식이 낙주의 귀 가까이 다가가 속삭였다.

'박사라고?'

'그렇게 부르는데?'

낙주는 유독 창백한 피부의 두한을 노려보았다.

"야, 네가 박사라며?"

"어?"

그가 뒤에 숨어 있는 쥐 형상의 사내를 쳐다보았다.

"저년이 나를 아는 거 같은데? 니가 말했냐?"

"박사님 아, 아닙니다. 저, 저년을 저도 오늘 처음 봅니다."

'나를 안다? 저것들이 어떻게 나를 알지? 도대체 마라는 또 어디로 사라진 거야?'

두한에게 깃들어 있는 마라는 수시로 사라졌다가 나타났다. 두한은 히죽히죽 웃었다. 주변에 서 있는 남자들은 섣불러 공격을 해오지 않았다. 그들의 주 임무는 두한의 보호인 듯했다. 전방 쪽 사내들의 공격이 느슨해진다 싶었는데 뒤에서 시경의 말소리가 들려왔다.

"낙주야……"

시경이 낙주를 쳐다보았다. 그들은 일행을 향해 바짝바짝 조여들었다. 낙주는 앞뒤를 살폈다. 대적하면 자신과 재명은 별일 없겠지만 시경과 진고랑은 큰 피해를 입을 수밖에 없을 것 같았다. 재명의 얼굴도 사색이 되었다. 지금 공격하고 있는 사내들은 정상의 정신을 가지고 있는 사람들이 아니었다. 기이한 것은 그들은 앞만 쳐다볼 뿐, 좌우를 살피지 않았다. 가게 유리창이 깨지는지 진열대가 찌그러지는지 개의치 않았다. 어떤 사내는 내부 기둥에 머리를 박았는데도 피 흘리는 자신의 머리 따위는 안중에도 없다는 듯 달려들었다.

"끝내버려!"

재명에게 공격을 받았던 두한이 내뱉듯 말한 후 뒤로 물러나자 앞뒤에서 일제히 일행을 향해 달려들었다. 시경이 쓰레기통을 집어 던지고 부서진 진열대 따위로 사내들을 막아내려 했지만 무용지물이었다. 낙주와 재명을 향해서도 전혀 고통을 느끼지 못하는 사내들이 밀고 들어왔다. 거침없이 사시미를 휘둘렀다. 서로가 휘두른 사시미에 어깨나 팔에 상처가 나도 그들은 표정 변화 없이 조여들었다. 낙주가 휘두른 봉에 맞아 나가떨어져도 비틀거리는 몸으로 달려들었다. 점점 시경과 진고랑의 등이 낙주와 재명의 등에 닿았다. 진고랑은 그들 틈에 박혀 어찌할 바를 몰랐다. 귀신들이라면 어찌 해보겠지만 이들은 사람들이었다. 하지만 이들은 사람이면서 사람 같은 냄새를 풍기지 않았다.

'누나 내가 어떻게 해야 하지?'

윤식이 허둥대며 말했다. 하지만 그의 말이 낙주의 귀에 들리지 않았다.

"낙주야, 우리 이제 끝장나는 거야?"

시경의 몸이 어디가 찔린 것인지 그의 점퍼가 피로 흥건했고 진고랑의 얼굴도 반쯤 피로 물들어 있었다.

"여긴 사람 세상이 아냐. 귀신들만 있는 무법천지지. 아 40년 산 내 인생 여기서 쫑나는구나."

사내들이 일격을 가할 듯 그들을 덮쳤다. 낙주의 마고봉이 앞쪽으로 몰려드는 사내들을 저지할 뿐 밀어내지 못했다. 시경과 진고랑은 뒤에서 달려든 사내들에 의해 곧 이승의 순간이 끝날 것만 같은 분위기였다.

"이놈들!"

시경과 진고랑을 공격하던 사내들 사이에서 갑자기 균열이 생기기 시작했다.

"악귀의 탈을 쓴 놈들!"

벽을 허물어버릴 듯 굵고 강한 목소리가 사내들의 등 뒤에서 모습을 드러냈다. 목소리의 주인은 사내들의 뒷덜미를 잡아 마치 포대자루 던지듯 뒤로 내던졌다. 누군가는 방으로 던져지고 또 누군가는 뒷문으로 구겨지듯 나가 떨어졌다. 솥뚜껑 같은 큰 손이 사방에서 번쩍거렸다.

"이것들이 감히!"

사내들이 내던져지자 목소리 주인공이 나타났다. 사내는 담적이 었다.

"담적 아저씨!"

낙주는 그가 여기에 어떻게 나타나게 되었는지 따위는 궁금하지 않았다. 담적은 재명 못지않은 거구에 낙주 못지않은 힘을 지닌 장사였다. 턱을 온통 흰 수염이 덮고 있었고 사대천왕이 무서워할 정도로 눈매도 부리부리했다.

낙주와 재명은 이제 뒤를 살피며 상대를 대적할 필요가 없었다. 처음 주눅 들었던 시경도 제 몫을 해냈다. 사내들이 쓰러지고 밀리기 시작했다. 뒤에 서서 이 싸움을 구경하던 두한이 사내들을 걷어 들였다. 그러자 사내들은 좀 전의 싸움은 까마득히 잊은 사람들처럼 비틀거리며 자신들을 부른 사내 쪽으로 몰려갔다. 걷다 쓰러지면 기어서 갔다. 낙주나 재명 혹은 담적에게 심하게 공격당한 사내들은 움직이지 못했다. 그들은 동료를 구하거나 거들어주지 않았다. 기어가지도 못한 사내들은 그 자리에 쓰러진 채 미동도 하지 않았다. 낙주는 겨우 숨을 돌렸다.

"담적."

재명이 다가가 담적의 손을 잡았다.

"아저씨 어떻게 된 거예요?"

"재명이랑 네가 여기 올 수밖에 없듯이 나 역시 이리로 올 수밖에 없었던 거지."

시경과 진고랑도 숨을 돌리며 지옥 같은 풍경을 둘러보았다. 가게는 대부분 부서졌고 여기저기 일행이 흘린 피로 비린내가 풍겼다. 사방에 깨진 유리들과 피 또는 살점들로 발 내딛기가 두려웠다.

"다들 무사해서 다행이네."

진고랑이 시경의 상처를 살폈다.

"윤식인?"

그들이 사방을 살폈다. 그러자 윤식의 몸이 서서히 나타났다. 멀쩡한 건 윤식 혼자였다.

"투명해지는 게 좋을 때도 있네."

윤식이 씁쓸한 기분에 젖어 말했다. 그의 몸이 완전히 돌아왔다.

"좋긴 한데 아무 도움도 못 드려서 미안해요."

윤식이 시경과 진고랑 그리고 낙주와 재명의 상처를 보고 울먹거렸다.

"괜찮아. 몸이 사라지는 특이한 능력이 생긴 데에는 그만한 이유가 있을 거야."

낙주가 그의 어깨를 토닥거렸다.

"도대체 이 인간들이 왜 우리를 공격한 거지?"

윤식이 바닥에 털썩 주저앉으며 누구에게랄 것도 없이 물었다.

"운명 참 더럽게 꼬였어요. 귀신을 다 보지 않나? 죽기 일보 직전까지 가질 않나?"

시경이 투덜거렸다. 진고랑도 넋 놓고 앉아 도로 쪽으로 몰려가는 사내들을 구경했다. 그들은 결코 부상자를 거들어주지 않았다.

"도대체 저것들 뭐야?"

재명이 담적을 쳐다보며 물었다.

"보믄 모르것소? 이미 죽었어야 하는 인간들을 어찌 살려낸 것들이 잖어."

"프랑켄슈타인 같은 건가?"

윤식이 말했다.

"그건 또 뭐야?"

"윤식아, 그건 공상과학 소설에나 나오는 거지."

낙주가 손바닥으로 얼굴을 훔치며 말했다.

"고통을 느끼지 못하게 잔뜩 약을 먹인 거 같았어. 나이도 그리 젊은 사람들도 아냐. 중년 이상은 되어 보이던데. 아까 우두머리인 놈이 사람들한테 수작질을 한 거 같아."

재명과 낙주는 서로를 쳐다보며 고개를 끄덕거렸다. 기진맥진해서 퍼질러 앉아 있던 진고랑과 시경은 아픈 상처도 잊은 채 벌떡 일어났다.

"누나, 그런데 그 우두머리라는 작자가 누구랑 통화를 하더라고."

사람들의 눈길이 윤식에게 쏠렸다.

"저 편에서 그 작자 이름을 부르는 거 같아 바짝 귀를 갖다 대 봤는데. 정말 살 떨리긴 했지만 아무튼. 방두한 어쩌고 그러던데? 그리고 가까이에서 보니까 굉장히 낯이 익은 얼굴이었어."

"방두한?"

시경이 혼잣말처럼 되물었다.

"아. 방성태!"

시경의 그 한 마디에 윤식은 우두머리였던 사내가 방성태 형사와 닮았다는 걸 깨달았다. 그래서 낯설지 않았다는 점도.

"지난핸가 방두한이라는 그놈이 방성태를 경찰서로 찾아온 일이 있었어. 나도 왜 낯이 익은 얼굴이다 싶었는데."

사내들은 사라졌다. 다시 거짓말처럼 가게 앞은 고요해지더니 금방 빈자리에 귀신들이 나타났다.

2

"젠장, 빌어먹을 새끼들……"

방두한은 지난번 해질 무렵 무리를 이끌고 도망갈 때를 생각하면 울화통이 치밀어 올랐다. 돈들이고 정성도 들여 죽은 지 반나절도 보내지 않은 인간들을 데려다 인체실험도 하고 수하로 삼겠다고 노력했지만 대부분 허사였다. 알다니가 무수한 실험을 했지만 결국에 죽은 인간을 살려낼 수는 없었다. 어쩌면 큰아버지는 한번 죽은 인간은 똑같은 모습의 인간으로 다시 회생될 수 없다는 걸 알았던 인물인지도 몰랐다. 그러니 스스로 명이 다해 죽기 전에 질소관에 들어간 것이라는 생각이 들었다.

"판수들도 못 잡는 걸 내가 어떻게 잡아!"

방경언은 투덜거리는 방두한을 노려보았다.

"한두 번도 아니고 수십 명이 그 몇 놈을 처리하지 못하니."

졸본에서 참패를 당한 방두한은 방경언에게 들리게끔 큰 소리로 투덜거렸다. 두한은 제 손가락을 들여다보느라 방경언을 쳐다보지 않았다. 불안한 건 오히려 신재현이었다. 그에게는 이 상황이 큰 폭탄이 터지기 일보 직전처럼 보였다.

"아버지, 우리도 군대를 만들어야 된다고. 매번 무슨 일이 터질 때마다 용병들 잔뜩 약 먹어서 대처할 수는 없잖아. 내 말은 진짜 사람을 쓰자는 겁니다. 이것들은 좀비보다 못해요. 좀비는 그래도 인원수라도 되지, 이것들은 멈추라고 하면 언제 싸웠냐는 듯이 뒤돌아선다고요. 도무지 정이 가질 않아요. 진짜 좀비가 있다면 차라리 그놈들하고 어떻게 한바탕 해보겠는데 이것들은 뒤에서 누가 칼을 찔러도 돌아보지도 않는단 말입니다. 이것들 믿고 있다가는 우리가 당한다고요."

두한이 다리를 꼬고 앉아 허공에 뜬 발을 까닥거렸다.

"좀비도 아니고 그렇다고 살아 있는 놈들도 아니고 귀신도 아니고."

"내가 그놈들을 쓰는 이유를 진짜 모르는 거냐?"

"아버진 현장을 뛰어다니지 않아서 현장 사정을 잘 몰라요. 살겠다는 의지가 없는 노숙자들 데려다가 약 먹인다고 갑자기 용병이 되는 게 아니란 말입니다."

두한은 여전히 제 손톱을 들여다보거나 물어뜯었다.

오늘도 황철은 궤를 들고 소리도 없이 들어와 두한의 맞은 편 소파에 앉았다. 방경언은 그를 한번 힐금 쳐다본 후 다시 눈길을 두한에게 주었다.

"우리의 신성한 일에 진짜 폭력배들은 쓸 수 없단 말이다. 죽은 놈들은 쓸 수 있지만 그 이상은 아냐!"

"진짜 앞뒤가 꽉 막히셨어요. 돈 주고 쓸 거 이왕이면 용병도 제대로 된 용병을 써야할 거 아닙니까. 아버지를 교주처럼 따르는 인간들은 그냥 나무토막이에요. 그 사람들 어디 데려다 쓸 데가 없다고요. 지금은 옛날하고 다르단 말입니다. 옛날에야 귀신을 맘대로 부릴 줄 아는 인간도 없었고, 무식한 철근을 휘두르는 미친 여자도 없었을 때니까 가능했지. 지금 이대로 나갔다간 죽도 밥도 안 될 겁니다."

방경언은 베란다 창가 부근을 좌에서 우로 다시 우에서 좌로 걸음을 바삐 옮겼다.

"그리고 말이 나왔으니까 하는 말인데. 큰아버지를 깨어나게 해서 뭘 할 겁니까? 그냥 아빠랑 나랑 해 먹으면 되지."

"해먹어? 뭘 해먹어!"

급기야 방경언의 노기가 터졌다.

"우리의 일을 그렇게 상스럽게 생각할 일이 아니라고 했지. 새로운 섭리를 세우는 일이야. 아니 제대로 된 인간만의 섭리를 만들어보자는 거야."

"판수들의 세상 만들어보자는 거잖아요. 결국 내 발 아래 다 두겠다는 거 아닙니까? 인간이건 신이건. 돈으로든 권력으로든 항상 위이어야 하고."

"이놈! 말을 너무 함부로 하는구나!"

방경언은 고함을 내뱉었다.

"아버지 난 아직도 이해를 못하겠는데……. 큰아버지가 깨어나실 거라 생각하지 않지만 그분이 깨어나야 할 이유가 도대체 뭐냐고요? 깨어나시면 영생의 비밀 같은 거라도 알려주신답니까?"

"이놈아, 이게 형님의 계획이고 섭리야."

"아버지 잘 계산해 보세요. 막말로 큰 아빠 깨어나면 아버진 회장에서 부회장으로 밀려나는 꼴이에요."

방경언은 창 쪽으로 비틀거리며 걸어가더니 자신의 흔들의자에 앉았다.

"이놈아, 우리는 형님이 설계한 대로 그냥 밀고 가는 거야."

"아버지 지금까지 그렇게 살아왔잖아요."

"그 덕에 충분히 영광스럽게 살아왔다."

"아버지 그건 영광이 아니라 더부살이 해 온 거지."

"더부살이?"

"좀 더 쉽게 말하자면 큰아버지 덕에 우리가 살았다. 그 말이지."

"우리 서로 도우며 살아온 거야."

"아버지도 참 순진하시긴 방성사이언스가 큰아버지 이름으로 되어 있잖아. 그리고 큰아버지는 법적으로 아직도 살아있는 존재고. 우린 허수아비라고. 죽은 거나 다름없는 큰아버지의 허수아비."

"이놈이 그래도. 형님이 아니었으면 내가 존재치 못하고 너 역시 존재할 수 없었어."

"그래서 꼰대라는 소리 듣는 겁니다. 과거의 일을 꺼낼 건 아니죠. 과거의 선택은 내 몫이 아니었으니까. 그런데 지금은 선택할 수 있잖아요."

방두한은 지지 않고 꼬박꼬박 대꾸했다.

"내, 내가 널 너무 많이 공부시켰다는 생각이 든다."

"우리 아버지 진짜 담력 약하네. 내가 큰아버지한테 반기를 들면 나를 도와야지, 큰아버지를 지키시겠다?"

방경언의 얼굴이 붉게 달아오르기 시작했다. 팽팽하던 피부에 주름이 생기더니 목주름은 늘어나 나이를 실감할 수 있게 만들었다. 격한 스트레스는 받으면 나타나는 증상이었다.

"큰아버지가 우릴 존재할 수 있게 허락해줬다? 큰아버지가 신도 아니고."

두한이 소파에서 발딱 일어섰다.

"형님은 천재 그 자체야!"

"참말로 말귀 못 알아들으시네. 내가 볼 땐 사람들이랑 귀신들이 정말로 무서워하는 건 큰아버지가 아니라 아버지라고요. 그럼 된 거 아냐? 그러니까 애써 큰 아빠 깨우지 않아도 된다는 말입니다. 큰 아빠가 깨어난다고 해서 달라질 게 없다는 겁니다. 아세요?"

– 흠, 그놈 보면 볼수록 당차네. 이 집 피가 그런 모양이네. 성태라는 놈도 그렇고. 이승의 세계든 저승의 세계든 한 가락 할 놈들이야.

황철이 방경언을 쳐다보며 말했다.

– 저놈은 내가 수양아들 삼아야겠다.
– 무슨 헛소리야. 귀신이 어떻게 산 사람을 양아들 삼아?
– 이봐 방 선생, 양아들 삼는다고 뭐 별스러운 걸 해달라는 거 아냐. 내 호적에 딱 이름만 넣어주라는…….
– 백여시 같은 놈! 호적에 이름을 올리는 순간 네 놈의 지배에 들어간다는 걸 내가 모를 줄 아냐?
– 어? 그걸 어떻게 알았어? 그건 그야말로 아무도 모르는데.

황철의 말 때문에 격앙되던 방경언이 심사가 조금 달래졌다.
"이 방에 누가 온 거야?"
두한이 거실을 두리번거렸다. 두한은 문가에 서있는 신재현이 보일 뿐 다른 존재를 알아차리지는 못했다.
"두한아. 다시 말하지만 오늘의 나는 형님이 만든 거야."
방경언이 잠깐 신재현을 쳐다보았다. 그리곤 눈을 한번 지그시 감았다가 떴다. 신재현은 금방 그의 의중을 알아차리고 거실 문을 열고 밖으로 나갔다. 두한은 신재현이 밖으로 나가는 걸 확인한 후 방경언이 앉아 있는 쪽으로 가까이 다가갔다.

"저 신 집사 정말 고지식해요. 아, 지금 좀 달라는데 도통 안 넘어온다니까."

두한이 뒷짐을 쥐고 창가에 서서 밖을 내다보았다. 도시의 마천루에 피 같은 노을이 구름과 섞여 핏방울처럼 떠 있었다.

"정말 죽이네. 귀신이 되어도 저런 풍경을 그냥 볼 수 있다는 게 참 다행이야. 아빠 그 말 사실이지? 귀신이 되어도 살아 있던 사람들이 보고 느끼고 듣는 모든 게 똑같다고?"

방경언은 황철에게 한번 눈길을 준 후 입을 열었다.

"귀신이 되어 보면 안다."

방경언의 말에 두한이 어깨를 움찔거렸다. 그의 말을 듣고 황철이 슬금슬금 그의 곁으로 다가왔다. 방경언은 황철이 다가오는 걸 의식하지 않았다. 어차피 막을 수도 없는 존재이며 언젠가는 드러날 비밀이었으니.

"아버지, 그러니까 그 말은……"

두한이 방경언에게 가까이 다가들었다.

"네 놈이 상상하는 게 맞아. 네 놈이 태어나기도 전의 일이었으니까. 죽은 나를 살린 게 형님이다. 그리고 내가 이 순간 이 자리에 앉아 있게 될 것이며, 황철이란 고대 판수가 나타나 나를 도울 것이며 곧 자신을 깨어나게 될 것이라는 것까지 모두 예언 했다."

두한이 방경언의 얼굴 가까이 자신의 얼굴을 들이밀었다.

"에이 설마. 큰 아버진 그냥 사람이었잖아."

"사람이자 귀신이며 귀신이자 판수이기도 했고 내세의 문을 연 자이며 내세의 문을 닫을 수 있는 자이기도 하지."

"그럼 큰아버지가 신인가?"

두한의 물음에 진지한 말투의 방경언을 당황하게 만들었다.

황철은 두한의 말을 듣고 깔깔거리기까지 했다. 그가 웃는 바람에 방경언은 더 당황했다.

"아빠, 내가 보기에 큰 아빠 그냥 좀 신령한 판수일 뿐이야. 아빠가 말한 그 계집애 혼령을 잡아 오면 진짜 내가 끌고 다니는 그 나무토막들과 다르게 진짜 부활할 지도 모르지. 그래도 난 큰 아빠 말은 따르지 않을 거야. 난 단 한사람 아빠 말만 믿고 따르니까. 난 물리학자이자 생물학자이기도 하지만 우선 아버지의 아들이니까. 하긴 박사야 돈으로 딴 거긴 하지만, 돈도 실력이니까 뭐 상관은 없지."

방경언은 한바탕을 욕을 퍼부으려다 말았다. 자식이 아비만을 믿고 따르겠다는데 욕을 할 수는 없었다.

- 호, 대단한 효자네. 실은 나도 방 선생의 형님이 부활한다는 거 반신반의야.

- 황 판수 보지 않았는가? 이놈이 데리고 다니는 애들 말이네. 이놈들은 어떤 반항도 하질 않아. 아주 충실한 개지. 인간은 쉽게 배신해. 하지만 이들은 오로지 충성뿐이야. 그런데 믿지 못하겠다? 그럼 황 판수도 다시 태어나기를 바라지 않는다는 말 같군.

- 참으로 신묘한 일이야. 그게 어떻게 가능한 일이란 말인가.

- 형님께서 그러셨네. 심장이 씨앗이라고. 그 씨앗에 난 물만 주는 거네. 다만 형님이 깨어나려면 그 심장이 특별해야 한다는 게 좀 다르

지만.

　– 은미? 은미라는 계집애? 지난번에도 말했지만 그년은 도무지 정
체를 알 수가 없어. 아무튼 내가 그년을 잡아다 주면 약속이나 잊지 마
시게. 나의 궤에는 세상을 궤멸시키고도 남을 만큼의 귀신들이 들어
있다는 거 알고 있겠지.

　방경언이 웃었다.

　"아빠 왜 웃는 거야? 내 말이 웃긴다 이거지."

　방경언이 고개를 저었다.

　"너도 어차피 알게 되겠지. 지금 이 방에 황철 판수가 와 있어."

　"황철? 그 유명한 황철?"

　두한이 사방을 둘러보았지만 그를 볼 수 없는 모양이었다.

　황철이 두한의 얼굴 가까이 다가가 그를 놀리듯 쳐다보았다.

　– 이놈 귀물이야, 귀물. 부족한 구석이 있긴 하지만 잘 키우면 이승
은 몰라도 저승은 호령할 놈이야.

　– 좀 진지하면 좋겠다는 건가?

　– 그렇지. 이놈은 생각하기보다는 먼저 행동하는 놈이지? 그건 스
스로 자멸하는 길로 뛰어들 수도 있다는 말이야. 지난번에 봤던 성태
라는 놈과 반반 섞어 놓는다면 더이상 좋을 수 없겠는데 말이야.

　– 둘이 상극이네. 나와 형님은 안 그런데…….

　– 상극은 또한 상합이 되기도 하지. 둘 중 하나가…….

　– 둘 중 하나가 뭘? 설마?

　– 그렇다면 좋겠다는 말이지.

- 둘 중 하나가 저승의 존재가 된다?

방경언은 황철의 의미 있는 말에 놀라지도 않았고 당황하지도 않았다.

- 방 선생도 늘 그런 생각을 해왔던 모양이군. 아무튼 잊지 마시게. 내 경고를.
- 궤에 수천억의 귀신이 들어 있다고 해서 이승에 어떤 해악도 끼치지 못한다는 걸 나보단 자네가 더 잘 알고 있지 않은가?

방경언의 말에 이번에는 황철이 웃었다.

- 그건 방 선생 자네 생각이지. 때론 무상의 존재들이 유상의 존재를 덮어버릴 수 있네. 그들의 모든 영혼을 말이야. 모두가 한 순간에 스스로 죽어버리게 만들 수 있다는 걸 명심하게. 자네 형님을 백성 없는 임금으로 만들지 마시게.
- 그년도 그년이지만 근배 그놈도 잊지 말고 잡아와.
- 귀신들은 내 손바닥 안에 있다는 거 모르는가? 만약 그놈이 누군가의 장막으로 호위를 받고 있다면 모를까 세상을 떠돌고 있다면 금방 내 시야에 나타나게 되어 있어. 곧 잡아다 줄 테니 우리의 약속일랑 잊지나 마.

황철은 그 말을 남기고 사라졌다.
방경언은 피식거리며 웃었다.

"황철이라는 판수는 어떻게 생겼어?"

두한이 천천히 거실을 둘러보며 말했다.

"나갔다. 은미라는 그년 잡아다 주겠다며."

"은미라, 은미라……"

두한도 자신의 폰을 챙겨들고 발걸음을 돌렸다.

"너는 어디 가?"

"난 은미라는 년 몸주인 낙주라는 년을 잡아와야지."

두한도 거실을 빠져나갔다. 방경언은 텅 빈 거실을 둘러보았다.

"형님, 멀지 않았습니다. 그날을 위해 모든 게 준비되어가고 있습니다. 조금만 기다리세요."

신재현이 거실로 들어왔다.

"선생님, 아드님께서 큰 금액을……"

방경언은 손을 저었다. 섭리의 세상에서 돈 따위가 무슨 소용에 닿겠는가. 다만 이승의 세상에서 조금 편하게 움직이게 해주는 수단일 뿐. 방경언이 염려하는 건 이승의 돈이 때때로 황철 같은 판수조차도 지배했던 적이 있기도 했는데 그걸 염려한 때문이었다.

"소식은?"

"광복동에서 출발했답니다."

방경언이 가만히 고개를 끄덕거렸다. 이제 성태나 두한이 제 몫의 역할을 다해주기를 바랄 뿐이었다. 만약 그들도 형님의 부활에 걸림돌이 된다면…….

"물건은 제대로 있다고 하던가?"

광복동에 아직까지 남아 있는 일본 가옥의 다다미 밑에서 '소화'라는 한자가 양각되어 있는 금괴가 발견되었다. 방성에서 조성하는 조선

시대사 리조트를 건설하는 중에 발견되었다. 사실은 입지를 먼저 고른 게 아니라 이근배가 던져 준 장소 중 하나였을 뿐이었다. 개발이라는 명목으로 집을 샅샅이 뒤지는 과정 중에 금괴 150개가 나타났다.

"초대할 분들에게 두 개씩 선물로 준비하지."

"회장님, 하나씩만 준비하시라 하셨는데 정말 두 개씩 준비할까요?"

"신 집사 돈이라는 건 말이야. 조금 주면 뇌물이 되지만 감당할 수 없을 정도로 많이 주면 그건 명령이 되지. 명심하게. 만에 하나라도 동티가 나서는 안 되니까."

신재현이 고개를 끄덕거렸다. 방경언의 입가에는 살며시 미소가 걸렸다.

악귀

1

방경언의 집을 나온 황철은 골목 초소의 꼭대기에 서서 서울이라는 도시가 밤에 물들고 있는 걸 내려다보았다.

2천 년의 세월을 흘려보냈지만 이토록 화려하고 가슴 벅찬 불빛의 향연을 본 적이 없었다. 황철이 방경언의 제안을 받아들일 건 이 도시의 밤 불빛이 너무 아름다워서였다. 잠들어 있던 수천 년의 세월이 안타까웠다. 지난 시절의 밤은 어둠의 연속이었을 뿐이었다. 인간도 잠들고 짐승도 잠들고 세상도 잠들었고 심지어 귀신들도 잠드는 세월이었다. 세상이 이토록 화려하게 바뀌리라 예상한 적이 없었다. 지금 세상의 밤은 밤이 아니었다. 또 다른 낮일 뿐.

다시 살아나 세상을 맘껏 휘젓고 싶었다. 그런데 귀신이나 잡는 재주가 이 세상에 중요한 재주라는 걸 방경언을 통해 알게 되었다.

황철은 초소 꼭대기에서 내려와 널찍한 거리에 섰다. 골목을 지나는 몇몇 귀신들이 황철을 알아보고 숨기 바빴다. 그래야 소용없다는 걸

아는 귀신들조차 이젠 없었다. 그런 잡귀들을 궤에 잡아넣을 마음은
없었다.

  ─ 은미 그년은 도대체 어떤 존재지?

황철은 혼잣말을 중얼거렸다.

  ─ 오제 중 하나인가?……

황철의 등 뒤 어둠 속에서 말하는 소리가 들렸다. 황철은 한 손으로
내려놓은 궤를 잡은 채 가볍게 고개만 뒤로 돌아보았다. 어둠 속에 숨
어 있는 존재가 금방 파악되지 않았다.

  ─ 귀신이거든 물러가라. 까불지 말고.

황철은 고개를 돌린 후 도로로 향하는 길 쪽으로 걸어갔다. 부자 동
네라 그런지 담벼락 하나가 끝날 때마다 초소가 나왔고 초소 안에는
어김없이 젊은 사설 경비들이 앉아 있었다.

  ─ 황철!

같은 목소리가 황철을 불러 세웠다. 황철은 몸을 홱 돌리며 궤를 왼
쪽 어깨에 멨다. 들고 다닐 때는 오른쪽 어깨에 메지만 귀신을 불러들
이거나 강제로 끌어 모을 때는 왼쪽 어깨에 메고 옥추경을 읊었다.

황철이 입을 열고 옥추경을 읊기 시작했다. 그러다 어둠 속에 숨어 있던 사내가 낄낄거렸다.

– 그건 귀신들한테나 통하는 거잖아.

목소리의 주인공이 서서히 가로등 아래에 모습을 드러냈다.

– 네, 네 놈은…….

황철은 너무 놀라 궤를 바닥에 떨어트리고 말았다. 궤에서 기이한 소리가 들렸다.

– 네 놈이 나를 본다?

가로등 아래 온전하게 모습을 드러낸 인물은 두한이었다. 그의 오른 손엔 땅콩이 가득했다. 왼손으로 땅콩 껍질을 깐 후 입에 툭 털어 넣었다. 좀 전까지 조바심내고 다급하게 굴었던 이전의 존재가 아니었다.

– 방 선생 아들이라 귀신을 볼 수 있다? 요즘 세상이 아무리 위계가 깨졌다 해도 위아래가 있는데 내 이름을 함부로 불러?

그러거나 말거나 두한은 계속해서 땅콩을 까먹었다.

– 설마 오래 전부터 나를 볼 수 있었던 건가?

두한은 그 말에도 대꾸하지 않았다.

- 이런 초보 인간 새끼가 날 놀리겠다?
- 누가 초본데?

두한이 그제야 대꾸를 했다.

- 지 애비도 속이는 천하의 잡놈이군.

황철의 말이 끝나기 무섭게 두한의 손이 불쑥 황철에게 다가와 그의 멱살을 잡았다.

- 천하의 잡놈?

황철은 놀라 궤를 떨어트리고 말았다. 그가 무엇보다 놀란 건 그는 사람이라는 사실이었다. 사람이 귀신의 멱살을 잡았다. 사람이 귀신을 맘대로 부릴 순 있지만 귀신이라는 비물질을 잡을 수는 없는 게 섭리라 알고 있었다. 그런데 두한은 황철의 멱살을 잡았다.

- 이제부터 내 말 잘 들어둬.

황철이 몸부림을 쳤다. 하지만 몸이 꼼짝할 수가 없었다. 마치 두한의 손 전체가 부적이라도 되는 양 전신의 맥이 빠져나가버린 기분이었다.

– 황철 곰곰 생각해보면 내가 어떤 존재인지 알 수 있을 거야.

– 네, 네 정체가 뭐냐?

– 나? 물리학자이자 생물학 박사지. 그건 대외적인 내 모습이고. 내 안이 안 보인다고? 허, 천오백 년을 헛산 모양이네. 나 같은 존재가 세상이 몇이나 있다고?

– 호, 혹시 마라……

– 빙고!

– 비 빙고라니? 그게 무슨 뜻인지……

황철은 그 뜻을 알지 못했다. 그가 인간으로 살던 시절에는 존재하지 않는 단어였다.

– 맞았다는 말.

가로등을 등지고 선 두한의 눈이 보이지 않았다. 황철은 눈알을 이리저리 굴리며 두한의 눈을 보려 애를 썼다. 눈은 사람이든 귀신이든 상대를 말해주는 가장 빠른 창이었다.

– 왜? 내 눈이 보고 싶어?

두한의 말에 황철은 한 차례 더 놀랐다. 그는 귀신의 생각까지 읽는 존재가 분명했다.

– 맞아. 난 마라지. 이제 감이 좀 잡히는가?

－ 이, 이거라도 좀 놓고 말씀…….

두한이 그의 멱살을 놓았다. 그는 다시 땅콩을 까먹기 시작했다.

－ 천오백 년을 넘게 살면서 마라는 본 일이 없지?

황철이 빠르게 고개를 끄덕거렸다.

－ 그럼 잘 봐둬. 내가 마라니까. 인간과 귀신의 중간. 인간도 죽일 수 있고 수천 년을 산 귀신도 죽일 수 있는 그 마라니까.
－ 마라는 사람 몸주를 하진 않는 존잰데 언제부터…….

황철의 말은 두한과 마라 모두에게 들렸다.

－ 두한은 내게 맞춤한 몸이고 두한에겐 내가 마땅한 몸주이지. 아무래도 이 시대에 움직이려면 몸 하나는 있어야 해서 이 몸과 합의를 봤지. 두한에게 무한의 권력을 주는 조건으로 말이야.

황철은 두한의 모습을 슬쩍슬쩍 살폈다.

－ 내 말 한 가지만 명심해. 네 놈이 궤에 가둔 귀신들이 어찌하든 좋아. 하지만 방견언이 네 놈에게 지시하는 것들 하나도 빼먹지 말고 내게 말해야 해.
－ 방경언은 지금 은미라는 계집을 잡으려는 데 혈안이 되어 있는

데…….

마라의 눈이 번들거렸다.

– 은미라…….
– 네 놈 아비의 속을 모르겠군.

마라가 두한에게 말했다.

– 부활에 써먹을 존재인가? 어떤 존재든 내 말 명심해. 괜한 공명심 발동했다가 영원히 구천에서 맴돌게 될 테니까.
– 마, 마라님이 어디에 계시는지 알아야.
– 그건 걱정하지 마. 난 세상의 어둠 어느 곳에나 있으니까.

황철이 재빠르게 고개를 끄덕였다.

– 우리 방 선생에겐 비밀. 영원히.
– 그럼 혹시 방두한이라는 몸은 잠시 빌린…….
– 뭐 그렇다고 볼 수도 있고 아닐 수도 있고. 내가 알기로 지금 세상엔 딱 두 존재만이 나와 같아. 추측이지만 그 하나가 은미고 다른 하나가 바로 나지. 나는 내 존재성을 깨달았지만 은미는 못 깨달았다는 정도? 하지만 궁금해 은미라는 그년의 능력이 말이야. 나와 비슷한 능력을 가지고 있다면 그건 나와 그년이 같은 종족이라는 말과 비슷하거든. 그런데 그년의 진짜 정체가 어렴풋해. 뭔가가 내 기억을 막고 있

는 기분이지. 도대체 그년 정체가 뭘까? 나와 똑같은 존재라……. 그건 나와 비슷한 능력을 가지고 있다는 말인데.

– 그건 불가능한 일입니다.

– 넌 한참을 더 살아야 해, 내가 말하는 종족이란 게임 속 캐릭터 같은 거야.

– 네?

– 내가 너한테 무슨 말을 더하겠냐. 이 시대를 제대로 살아가려면 이 시대를 공부해야 해. 어느 순간 나도 깨닫지 못한 무언가가 나를……

두한은 뒷말을 잇지 않았다. 그는 황철의 곁을 지나 도로 쪽으로 걸어갔다. 황철은 마라를 잡을 수 있는 유일한 기회라는 생각이 들었다.

– 천하의 귀신잽이가 마라 따위를 못 잡아서 되겠어?

황철은 속으로 중얼거렸다.

– 귀신들이 가장 무서워한 판수가 바로 나라고. 마라는 좀 다르지만. 그래도 영혼이라도 거둘 수 있겠지.

황철은 궤를 두한의 뒤통수 쪽을 향해 겨누었다. 그리곤 옥추경을 읊어댔다. 그러자 갑자기 돌아선 두한이 황철에게 빠르게 발을 놀린 후 그의 목을 잡았다.

- 네 놈이 뒤통수를 칠거라 예상은 했지만 이건 너무 빠른데. 네 놈이 아직 마라 무서운 줄 모르지?

방두한이 황철의 몸을 공중으로 내던지더니 갑자기 다리를 들어 황철의 배를 향해 질러 넣었다. 멱살을 잡혔을 때처럼 황철은 두한의 발길질에 극심한 고통을 느꼈다.

- 어, 어떻게 이게 가능하지? 어떻게 이게 가능하냐고?

황철이 바닥으로 나가떨어지며 절규했다. 더 기이한 것은 이미 두한에게서 떨어져 있는데도 몸을 움직일 수 없다는 것이었다. 마치 두한이 움직이는 일정 정도의 반경은 그의 세상인양 돔이 형성되어 버린 것 같았다. 하나의 구처럼. 그 구 안에서 빠져나갈 수가 없었다. 한 가지 이해되지 않고 기이한 것은 황철의 궤는 직각으로 서 있는 그대로 쓰러지지도 않고 그대로 머물러 있다는 점이었다. 두한은 궤를 힐끔 쳐다보기만 할 뿐 쓰러트리지 않았다. 황철은 반짝 머릿속에 스치는 생각이 있었지만 생각을 하지 않으려고 기를 썼다. 궤는 두한도 어쩌지 못한다는 것, 궤의 세상은 두한으로부터 영향을 받지 않는다는 것. 황철은 두한이 자신의 생각을 읽지 못하도록 소리를 질렀다.

- 이건 불가능해. 불가능하다고!
- 불가능하다? 네 놈은 세상의 진리를 알기엔 여전히 무식해. 태어나길 천박한 존재로 태어났으니까. 하나만 알려주지. 귀신도 비물질적 존재라 생각하고 있겠지만 귀신 역시 물질적 존재야. 모든 시작이 물

질이며 마지막도 물질이야. 물질이 소멸되어야 비로소 존재 자체가 소멸되지. 귀신의 존재가 무게가 존재하지 않다고 여기기 때문에 판단을 잘못하는 거지. 귀신에게도 무게가 있지.

– 그, 그건 다 헛소리야.

– 헛소리야?

– 허, 헛소리입니다.

– 공기에도 무게가 있고 인간들의 숨에도 무게가 있지. 저승의 존재라 해서 무게가 없다는 건 세상을 알지 못한다는 거지. 그 무게를 느낄 수 있는 존재가 드물지만.

두한이 쓰러져 있는 황철 앞으로 다가왔다.

– 괜한 반항하지 마. 아직도 순진하게 귀신을 백만 마리쯤 모으면 환생할 수 있다고 믿고 있는가? 아님 귀신의 빛을 모아 부활할 수 있다 믿는가? 아님 방 선생이 널 부활시켜 주겠다고 했을까? 무엇이든 과연 부활이라는 게 가능할까? 비물질에 가까운 존재가 물질이 된다는 게 이 세계에서 성립할까. 그건 없는 우주를 다시 만들어낸다는 말과 다르지 않아. 그 인간이 그런 경험이 있어서 떠벌이는 게 아냐. 그냥 그 형이라는 존재에게서 주워들은 게지.

– 그, 그럼 불가능하다는 건가요?

– 나도 세상을 다 알지 못하니까. 세상을 다 아는 존재는 아무도 없어. 신도 창조주도 세상에 대해서 얼마나 알까? 이 우주에 대해서도 다 모르는데 우주 밖의 그 끝이 없는 세상에 대해 다 안다? 오만이지. 그래서 모른다는 거야. 부활이 가능할지 불가능할지에 대해서.

- 그렇다면 가능할 수도 있다는 말이군요.

- 그건 알 수 없어. 나도 너도 우주도. 다만 3천 년이 넘는 세월 동안 부활을 한 존재들을 수도 없이 만나봤지.

- 부활한 존재들이 많았나요?

황철이 놀라 물었다.

- 인류 역사를 통틀어 그런 존재들은 많았어. 다만 그 존재들은 당대의 일이었을 뿐. 시대를 관통하는 존재는 나 하나일 뿐.

황철이 일어나 공손하게 두 손을 모으며 고개를 끄덕거렸다.

- 부활은 가능한 세계야. 내가 끌고 다니는 그 인간들을 보면 가능하겠다는 생각도 들지 않는가. 싱싱한 시체들은 전기 자극의 강도와 수혈을 통해 잠깐은 살아나곤 하지. 게다가 인간이라는 존재가 갖고 있는 비이성적 신묘함은 나도 알 수 없으니까. 인간이 부활한 기록은 무수하게 많아. 남들은 모두 신화나 전설로 치부해버리지만 그건 사실이었어. 하지만 방 선생의 형이라는 작자는 죽은 지 30년이 넘었고, 그러니까 명목상 나의 아버지는 물론 네 놈은 1천 5백년도 넘었잖아. 그런 존재들이 부활한 예는 아직 못 봤지만 말이야.

두한이 고개를 저었다.

- 아무튼 이놈의 세상은 너무 말을 많이 하게 만들어. 이 세상에 드

러난 존재들은 내 마음을 도무지 읽지 못해서 그래. 비천한 것들! 내 이번엔 살려주지. 방경언의 모든 걸 내게 알려. 그럼 부활의 영광을 줄 수도 있어.

두한은 예의 반항기 많은 청년으로 되돌아가 주머니에서 땅콩을 꺼내 까먹기 시작했다.

– 잊지 마, 나를 이기려 들거나 속이려 들지 마. 네 놈이 상대할 수 있는 존재가 아니니까.

두한이 뒤돌아서며 자동차로 가득 찬 도로 쪽으로 걸음을 옮겼다. 도로는 자동차의 불빛들과 건물에서 흘러나온 불빛들로 화려했다.

– 살을 좀 빼야겠네. 그새 술 마시고 좀 놀았다고 몸이 둔해졌어.

두한은 혼잣말을 중얼거리며 앞으로 걸어 나갔다. 골목, 골목에서 상체를 흔들지 않고 걷는 존재들이 하나 둘 나와 그의 뒤를 따랐다. 그 수가 점점 불어나더니 수백 명에 이르렀다. 그들이 넋 잃고 서 있는 황철을 한 차례씩 뒤돌아보았다.

2

윤식이 모는 차가 보령 리조트 쪽으로 들어서고 있었다.

– 저 뒤편이에요.

건우가 손가락으로 붉은 벽돌로 이루어진 긴 담벼락을 가리켰다. 담 위엔 의외로 가시철망이 놓여 있었다.

– 건우야, 여기가 맞아? 꼭 교도소 같은데?
– 맞아요. 얘들이 하도 담 넘어서 도망가니까 도망가지 못하게……
– 아니 얘들이 왜 도망가?

은미가 물었다.

– 앵벌이 안 하려고요. 좀 머리 굵은 얘들은 앵벌이 하거나 구걸하는 걸 죽기보다 싫어하거든요. 누구든 그렇겠지만.
– 그렇다고 담벼락에 철조망을 쳐 놔?
– 얘들이 도망가면 돈 벌어들일 노동자 한 명이 사라지는 거니까요.

건우가 힘없이 말했다.

지금 낙주는 윤식, 은미 그리고 건우와 함께 해수보육원 담벼락 곁을 지나고 있었다. 건우는 자신을 입양한 부모님의 영혼은 만나지 못했지만 약속대로 희귀 동전을 전해주겠다는 뜻을 전해 나선 길이었다.

"누나, 여긴 꼭 강제보육원 같은 분위기야."

담벼락은 높았고 보육원 입구 경비실에는 청년 경비 두 사람이 지키고 있었다.

"완전 사설 감옥 같은 분위기인데."

윤식은 차로 보육원 정문 앞을 천천히 지나갔다.

"곧 해 지겠다. 그때 들어가자."

윤식이 낙주의 말을 들으며 룸미러를 살폈다.

"누나 뒤에서 따라오던 승합차가 보육원으로 들어가는데?"

보육원 철문이 열리고 승합차가 안으로 들어가는 게 보였다.

 - 원정 앵벌이 다녀오는 팀이에요.

"원정 앵벌이 다녀오는 팀의 차래."

낙주가 윤식에게 설명했다.

낙주 일행은 바닷가 쪽에 차를 주차해놓고 서편으로 해가 완전히 넘어갈 때까지 기다렸다.

"……가자!"

낙주가 마고봉을 들고 차에서 내렸다. 그녀는 보육원 정문으로 다가가며 시경에게 전화를 걸었다.

"팀장님 몸은 좀 어때요? 괜찮아지겠지. 우리? 이제 보육원에 들어가고 있어. 그런데 여긴 그냥 깡패집단 숙소 같아. 몸 조심히 일처리 잘하고 돌아가겠습니다."

어느새 보육원 앞에 다다랐다.

 - 누나, 사회복지과에서 나왔다고 말하면 군소리 안하고 문 열어줄 거야.

낙주는 경비초소 앞으로 걸어갔다. 그러자 득달같이 경비원이 나왔다.

"무슨 일입니까?"

"사회복지과에서 나왔습니다."

"아니 이 시간에 왜……"

"조금 전에 들어오셨죠?"

경비원은 윤식과 낙주를 살폈다.

"원장님이 늦게 오신다고 이 시간에 방문해 달라고 했는데 전달이 안 된 모양이네요. 저도 업무 다 끝나서 오고 싶지 않았다고요. 주무관님 우리 그냥 내일 오죠."

윤식이 재치 있게 말을 이었다.

"아, 아닙니다! 어서 오십시오."

경비원은 낙주와 윤식의 눈치를 끊임없이 살피며 쪽문을 활짝 열어주었다.

"원장님은 조금 전에 오셔 가지고 훈육실로 곧장 가셨어요."

사람 둘과 귀신 둘은 경비실에서 멀어지자 운동장 쪽으로 방향을 틀었다. 운동장 둘레로 가로등 하나 없어서 담벼락도 희미하게 보였다. 멀리 파도가 오고 가는 소리가 들렸다.

– 저 연못이에요.

건우가 출입문에서 대각선 방향에 놓인 물웅덩이를 가리켰다.

"윤식아, 저 연못이란다."

윤식은 백팩에서 비닐작업복을 꺼내 입었다. 그나마 보육원 건물에서 흘러나오는 불빛과 출입문을 밝힌 가로등 덕에 사방이 아주 어둡지는 않았다.

"한 가운데에 던져 놓았어?"

윤식이 말했다.

"가끔 물도 빼고 그래서 물가 쪽 물풀 아래에 감춰뒀대."

– 우연히 연못 청소한다고 물 다 빼내고 그랬다면 발견되었을 지도 몰라요.

– 물이 엄청 탁해 보이네. 윤식이 오빠 들어가기 찝찝하겠다.

낙주는 건우와 은미의 말을 전했다.

"아니, 왜 자꾸 나보고 윤식이 오빠라고 그런대? 그냥 윤식이라고 불러. 한참 누나뻘이겠구만."

윤식이 보육원 건물 쪽과 정문을 한 차례 살핀 후 조용히 연못 속으로 들어갔다.

"연못 벽 쪽이래. 잘 더듬어봐."

낙주나 윤식은 희귀 동전을 얻으려고 보령까지 내려온 건 아니었다. 건우를 이해하고 건우의 슬픔을 달래주자는 의미가 더욱 컸다. 동전이 사라져버렸다 하더라도 상관없는 일이었다.

"어! 있다!"

윤식이 낮게 탄성을 지른 후 뭔가를 들어 올렸다. 배구공만한 크기였는데 물 밖으로 나오자 제법 무거웠다. 윤식은 비닐에 묻은 오물들을 물속에 흔들어 닦아냈다. 연못에서 나온 윤식은 백팩에서 깨끗한 비닐을 꺼내 연못에서 건져낸 물건을 담았다. 다시 비닐작업복과 동전

꾸러미를 백팩에 넣고 어깨에 멨다.

"누나, 좀 미안한데. 건우 그분 부모님은 찾지도 못했는데……."

낙주는 보육원 건물을 쳐다보았다.

"저리 가 보자!"

"뭐라고?"

본래의 계획은 조용히 보육원에 들어가 동전만 가지고 나오는 것이었다.

"누나!"

– 언니, 지금 나랑 비슷한 생각했지?

– 뭐?

– 저기 두 사람이 기다리고 있을 거라는 거.

낙주가 희미하게 웃었다.

– 무슨 말이세요?

건우가 물었다.

– 건우야, 어쩌면 오래전부터 널 입양해주신 부모님이 여기에 와 있을 지도 모르겠다고 말했어. 여기에 내려와 보니까 문득 그 생각이 드는 거야. 가장 미련이 크게 남은 곳이 여기겠구나 싶은 거지.

"누나, 그럼 우리 조용히 둘러보고 나가는 거다."

"그럼 조용히 둘러보지 시끄럽게 둘러보겠냐!"

사람 둘과 귀신 둘이 운동장을 가로질러 환한 빛이 흘러나오는 훈육실 쪽으로 걸어갔다.

– 정신 교육하는 곳이에요. 사실 원생들 때리는 곳이긴 하지만…….

훈육실로 다가갈수록 일정한 간격을 두고 둔탁한 소음이 들렸다. 소음의 끝에 낮은 울음소리가 이어 나왔다.

"버러지 같은 새끼들! 밥 먹여주고 재워주고 학교도 보내주는데 이따위로 밖에 못해?"

"원장님 잘못했습니다. 사람들이 너무 많아서……."

다시 매질이 들렸다. 낙주와 은미는 그저 둘러보려 했던 건데 발길이 저절로 훈육실 쪽으로 향했다. 낙주와 윤식은 복도 창가에 서서 고개를 빼꼼히 내밀고 안을 들여다보다 놀랐다.

– 어, 언니. 저 저 저게 인간이야?

몸 가릴 필요가 없는 은미와 건우도 고개만 내밀고 안을 들여다보았다.

"누나! 저 인간이 원장이라고?"

"그렇대."

"이거 완전히 인간 백정이네."

윤식은 재빨리 바지 주머니를 뒤져 폰을 꺼내들었다. 카메라 앱을

실행하고 창 너머의 훈육실 안을 촬영하기 시작했다.

"니 년들도 마찬가지야. 쌍년들!"

원장이 혁대를 휘두르는데 낙주는 자신도 모르게 놀라 얼른 입을 막았다.

원장 앞에는 열 명 정도 되는 소년 소녀들이 무릎을 꿇고 앉아 있었다. 모두 초등학교 고학년이나 중학생쯤 되어 보였다. 그런데 그들은 모두 발가벗은 상태였다. 원장도 속옷 하나만 걸친 채 아이들을 향해 혁대를 휘두르고 있었다. 혁대가 아이들 몸에 닿을 때마다 선명하게 빨간 줄이 남았다.

"미영이 너 일어나!"

지명을 받은 아이가 일어나며 손으로 제 가슴과 아래를 가렸다.

"내가 오늘 어떻게 하라고 했는지 말해봐."

"슬쩍, 슬쩍 아저씨한테 보여줘서……"

원장은 가차 없이 혁대를 날렸다. 미영의 어깨에 굵은 핏자국이 생겼다. 낙주는 제 몸이 맞은 듯 숨이 막혔다.

"뭘 슬쩍 슬쩍 보여줘?"

"제, 제 몸을……"

"그 다음에?"

"현기증이 일어난 것처럼 쓰러지면……"

"동호가 나선다. 동호 나와!"

가냘픈 체격의 소년이 역시 발가벗은 채 원장 앞에 섰다.

"너는 미영이 실패를 할 경우 어떡하라고?"

"물건을 들고 무작정 뛰……"

"잡히면?"

"아빠께서 나서서 수습하니 걱정하지 마라."

– 아빠?
– 건우야 네가 여기 있을 때도 원장을 저렇게 불렀니?
– 초등생들한테만 그랬는데…….

아이들이 힘과 폭력에 굴복당하면 길들여진다. 상대가 절대적인 권력을 가진 인물이라면 더더욱. 결코 반항할 생각이 들지 않기 마련인 것이다. 지금 아이들이 그랬다.

은미는 분노를 참을 수 없어 낙주가 느낄 정도로 부들부들 떨었다.

"이 아빠한테는 그 액자가 중요하다고 했지. 늙은 놈 눈 하나를 못 속여서 나를 실망 시켜!"

대답을 잘한 동호의 허리에도 혁대가 날아가 붉은 자국을 남겼다.

"그 늙은 놈한테는 소용없는 물건이라 미영이 니가 애교만 잘 부려도 그냥 줄 수도 있다고 했지!"

어떤 액자인지 모르겠지만 건우는 짐작이 갔다. 원장은 병적으로 컬렉션을 좋아했다. 훈육실 벽에도 수십 개의 액자가 걸려 있었다. 주로 기념우표로 대통령이 새로 바뀔 때마다 발행한 16장이 하나의 그림으로 형성된 우표들이었다. 벽에 빈자리가 있었는데 지난 정권 대통령의 기념우표가 걸릴 자리였다.

건우의 설명을 듣고 낙주가 이를 바드득 갈았다. 고작해야 기념우표 갖자고 아이들을 짐승 다루듯 하는 원장을 이해하려 해도 이해가 되지 않았다.

"지영이 지수 나와!"

둘은 여자였다. 역시 벌거벗은 채였다.

- 언니 도대체 저 인간 왜 저러는 거야?

은미가 말했다.

- 변태라 그래요. 애들 하는 짓이 자기 마음에 들지 않으면 저렇게 애들 벌거벗겨 놓고 때려요. 자기도 팬티만 입고. 완전 변태예요.

지영과 지수는 원장 앞에 서기 전부터 부들부들 떨었다.
"한번 해 봐~"
둘은 서로를 잠깐 바라보더니 입을 오물거리기 시작했다.
"저희는 어려서 부모님이 돌아가시고……"
"더 크게!"
"……백혈병에 시달리고 있지만 차마 동생들을 굶길 수 없어서……"
낙주는 지금 보는 광경이 참혹했다.
"개년들이 더 크게 하란 말이야! 더 슬프게! 진짜 슬픈 것처럼!"
혁대가 날아가 두 소녀의 허리와 엉덩이를 후려쳤다. 빨간 자국이 선명하게 남았다.

- 이보시오, 좀 그러지 마시오. 애들이 무슨 죄가 있소.

어딘가에서 낯선 목소리가 들렸다. 사람의 목소리가 아니라 귀신의 목소리.

- 부모 없이 살아가느라 누구보다 불쌍한 아이들한테 어찌 그렇게 모질게 하는 거요.
- 여보 저놈은 악마야. 내가 살아만 있었어도 저놈 요절을 냈을 거야.
- 언니 우리 말고 누가 여기 더 있어.

낙주와 건우도 귀를 기울였다. 윤식은 부들부들 떨면서도 계속 이 만행을 촬영했다.

- 여보 우리 아들이 얼마나 고생했겠소. 다시 졸본에 가 봅시다!

낙주는 목소리의 주인이 누구인지 알 것만 같아 소름이 돋았다.
훈육실 문밖으로 손이 하나 불쑥 나오더니 상체와 몸이 등장했다.
남자와 여자 귀신이었다. 여자는 남자에게 기댄 채 걸었다.

- 우리 아들이 얼마나 아프고 괴로웠을까. 이런 데서 살았다고 생각하니 가슴이 찢어져요.
- 아, 아버지!

건우의 눈이 화등잔만해졌다. 그의 목소리를 떨렸고 물기가 배어 축축했다.

– 뉘, 뉘시오?

– 저, 저 건우예요.

두 귀신이 걸음을 멈춘 후 건우에게 다가왔다.

– 거, 건우? 우리 건우?

여자 귀신이 먼저 달려와 건우를 끌어안고 그의 얼굴을 살폈다.

– 어, 어디 보자. 진짜 우리 건우네. 여, 여보 진짜 우리 건우야. 당신 말이 옳았어. 여기 오면 언젠간 만날 수 있을 거라고 했던 말. 당신이 옳았어.

건우의 아버지 귀신도 건우에게 다가왔다. 윤식은 그들의 말을 알아듣진 못하지만 표정만으로 이 상황을 이해하고 있었다. 귀신들 모두 눈물을 흘렸고 윤식도 촬영하는 폰에 눈길을 둔 채 눈물을 흘렸다.

– 어떻게 이런 데서 살았니. 이 엄마 마음이 미어터지는데 너는 얼마나 아팠겠니. 미안하고 미안해. 우리가 좀 더 빨리 너를 데려왔어야 하는데.

한바탕 울음바다가 된 후에야 그들은 낙주와 윤식 그리고 은미의 존재를 확인했다. 건우는 낙주 일행에 대해 천천히 설명했다. 그동안에도 원장은 아이들에게 매질을 해대고 있었다.

－ 고마워요. 저 아이들은 어떻게 해요?

건우 어머니의 말이 끝나기 무섭게 낙주가 훈육실 문을 와락 열어젖혔다.

"너, 너 뭐야?"

원장은 벌겋게 달아오른 얼굴로 엉거주춤 서서 낙주를 맞이했다.

"뭐하는 년이야?"

원장은 속옷만 걸친 채 배를 출렁거리며 낙주에게 다가왔다. 그는 혁대를 휘두르며 실실 웃어댔다.

"어디서 굴러먹다 온 년인지 몰라도……."

원장은 낙주에게 혁대를 날렸다. 낙주는 날아오는 혁대를 한 손으로 잡아챘다. 원장이 낙주에게로 끌려갔다.

"헉!"

"네 놈은 인간이 아냐!"

훈육실로 들어온 윤식은 아이들에게 옷을 입으라 말했다.

"이년이 어디 남의 집에 와서!"

낙주는 그의 입에서 말이 흘러나온다는 것조차도 견딜 수가 없었다. 낙주의 주먹이 그의 입을 향해 날아갔다. 이빨이 부러지고 입술이 터졌다.

"네 이년 내가 누군 줄 알고!"

건우에게서 들은 이야기들이 떠올랐다. 집안사람이 국회의원이며 시장과도 친하고 세무서장이나 경찰서장 등과도 친한 지역의 유지라고.

"악마 새끼지!"

낙주는 그의 관절 마디마디를 꺾고 시작했다. 그의 비명이 훈육실을 벗어나 복도에 울려 퍼지자 원장의 동생들이 나타났다.

"아니 이년이!"

그들은 방망이를 들고 있었는데 그 폼이 익숙했다. 아이들은 한쪽 구석에 몰려 앉은 채 여전히 부들부들 떨었다.

– 언니!

은미가 낙주를 불렀다. 낙주는 힐끔 그들을 쳐다봤다. 세 명의 덩치 좋은 남자들. 하지만 낙주의 상대는 아니었다. 낙주가 마고봉을 휘두르자 방망이는 모두 부러지고 그 충격에 사내들이 얼어붙은 듯 서 있었다.

"이년이 여기가 어디라고. 시장도 함부로 못 들어오는……"

낙주는 사내들의 말조차 듣기 싫었다. 그녀는 사내들의 팔꿈치와 무릎을 가격했다.

"이, 이년이!"

"실장, 얼른, 겨 경찰 불러!"

"경찰은 우리가 부를 테니 걱정하지 마! 이 인간쓰레기들아!"

낙주는 움직이지 못하는 그들의 손과 다리를 묶어 훈육실에 처넣었다. 아이들은 옷만 입었지 그때까지도 떨고 있었다.

"너희 괴롭힌 이 인간들 내가 감옥에 넣을 테니까 걱정하지 마."

아이들이 하나 둘 낙주에게로 다가왔다. 아이들은 대부분 울었고 눈물을 훔쳤다.

낙주는 시경에게 전화를 걸었다. 그리고 보육원의 상황을 설명했다.

"그럼 거기 경찰하고는 이야기가 안 되겠네. 내가 도청 쪽에 있는 경찰 보내줄게. 영상 찍었다며? 영상 보내줘. 그 영상 그 쪽 경찰한테 보내게. 사안이 사안이라 금방 갈 거야."

윤식이 시경에게 조금 전 촬영했던 동영상을 보냈다.

"야, 니가 말해."

복도를 서성이던 아이 둘이 서로에게 뭔가를 미루었다. 윤식이 얼른 눈치 채고 아이를 불렀다. 두 아이 뒤에 다른 아이들이 서서 눈만 깜빡거렸다.

"무슨 이야기니?"

"저기요. 운동장 연못 속에……"

"아, 연못 속에 누가 동전 던져났다고?"

"네?"

아이가 고개를 갸웃거렸다.

"그게 아니고요. 연못에 얘들 둘이 있다고요."

아이가 고개를 연못 쪽을 가리켰다.

"거기에 애들이 있어?"

"그게 아니라요. 물에 묻는 걸……. 우리 친구 둘을 수장했다고요."

"뭐?"

윤식이 털썩 주저앉았다.

"누, 누나!"

아이 둘이 원장에게 맞다 기절을 했는데 확인해보니 죽었다는 말이었다. 말이 새어 나갈 수도 있고 행여 누군가 보게 될 걸 염려해 아이들이 잠든 시간에 죽은 아이들 몸에 돌을 달아 비닐로 싸서 돌덩이와 함께 연못에 넣었다고 말했다. 윤식의 얼굴이 사색이 되었다. 낙주는 시경에게 다시 전화를 걸었다.

"……뭐? 악마 같은 새끼들이네. 알았어. 그리고 동영상 다 봤는데 그런 놈들은 최소 사형 시켜도 할 말이 없을 정도네. 어떻게 그런 인간이 보육원을 하지?"

경찰이 들이닥쳤다. 시경이 얼마나 일을 크게 벌였는지 중앙일간지 기자와 방송국에서도 출동했고, 소방대원도 달려왔다. 소방대원들이 연못에 배수펌프가 설치했다. 보육원 직원들 중 일부는 부리나케 도망갔고 내막을 알지 못하는 직원들만 남아 사태를 구경했다. 원생들도 모두 운동장에 나와 연못의 바닥이 드러나는 걸 구경했다. 탁한 진흙 바닥이 드러났고 진흙을 뒤집어 쓴 메기며 잉어 따위가 파닥거렸다. 그리고 울타리 쪽에 작은 해골이 나타났다. 아이들이 비명을 질렀고 직원들 몇몇은 구역질을 했다. 윤식은 바닥에 털썩 주저앉아 일어서지 못했다.

– 저 정도로 나쁜 인간인 줄 몰랐는데.
– 나 나갈 때 모두 신고를 했으면 애들이 죽지는 않았을 텐데……

건우가 흐느꼈다. 건우의 양아버지와 어머니가 건우를 감싸 안았다. 은미는 건우의 등을 토닥거렸다.

– 네 잘못 아니야. 그나마 네가 우릴 찾아와서 더 이상 나빠지지 않을 거야.

건우는 그의 부모와 가기로 했다.

– 혹시 몸을 찾고 싶으면 그때 다시 올게요. 우리 아버지 어머니도 화장하신 거 같다던데 소멸되지 않으신 걸 보면 뭐가 잘못된 거 같긴 한데……. 지금은 귀신의 존재라 하더라도 부모님하고 같이 있는 그 자체가 행복해요.

건우는 몸을 찾지 못했지만 처음의 목적은 완성했다. 그의 바람대로 부모님을 만났으니 뜻은 이룬 셈이었다.

윤식과 낙주 그리고 은미는 다음 날까지 보육원에 머물렀다. 수사관들이 낙주와 윤식을 참고인 조사를 했지만 보육원을 나온 아이들의 이야기를 바탕으로 찾아오게 되었다고 말했다. 당분간 보육원은 정부에서 위탁 운영을 한다는 사실을 확인하고 셋은 서울로 돌아왔다.

"누나! 우리 이 돈 우리가 가져가면 안 될 거 같아."

윤식의 결정에 모두 따르기로 했다. 동전 외에도 원장이 알뜰살뜰하게 모아놓은 우표며 옛날 지폐들 금고에 숨겨둔 금괴와 달러들도 압류되었다. 그 동안 원생들의 증언이 나와 속속 뉴스 속보로 인터넷에 올라왔다.

원장과 그의 동생들은 아동 성폭행과 아동착취, 공금횡령, 절도교사, 살인, 사체 유기……. 원장과 동생들은 곧바로 구속되었다. 관리 감독을 맡은 복지과의 담당 공무원들은 파면되었고 원장과 친분이 깊었던 경찰서장은 경질되었다.

돈 한 푼 건지지 못했지만 낙주는 오랜만에 뿌듯했다. 진고랑과 시경 윤식도 비슷한 마음이었다.

3.

꿈

고대로부터

1

"윤식아, 담적이라는 그 양반하고 낙주 할머니랑 뭔가 좀 있는 거 같지 않나?"

시경이 깁스한 팔을 들어 올리며 셀카를 찍으려고 스마트폰을 들여 다보며 화면에 손가락을 눌러댔다. 깁스한 상태 때문에 손가락 놀리기 가 수월하지 않았다.

"이리 줘 봐요."

윤식이 시경에게서 폰을 빼앗아 들었다.

"셀카를 뭐 하러 찍어요. 볼 사람도 없는데."

"나도 집에 딸이 있거든."

– 언니 시경 아저씨가 왜 거짓말하지?

은미가 조용히 낙주의 귀에 속삭였다.

- 요양원에 있다고 했는데.

　- 그냥 그렇게 말하는 거지. 요양원에 있다고 말하면 부인이 자살한 것도 말해야 하고 무슨 일이 있었는지도 말해야 하잖아. 그냥 누군가 자기를 동정하는 걸 싫어하는 사람들도 있어.

"어디에요?"

"지금 호주에 가 있지."

윤식이 여러 차례 시경의 얼굴을 찍어주었다.

"야, 깁스한 건 나오면 안 돼."

"따님이 있다는 말 한 번도 한 적 없잖아요."

윤식이 찍은 사진을 시경에게 보여주었다.

"물어보지 않았으니까 말 안했지. 가족이 누구누구 있냐 뭐 그런 거."

"그런 거 물어보는 거 촌스럽잖아요."

"그런 거 물어보는 게 촌스러운 거야?"

"아, 그럼요. 촌스러운 거지. 그냥 만난 존재들끼리 잘 어울리면 되는 거지. 가족이 어쩌고 엄마 아빠가 어쩌고 하는 순간 갑자기 신경 써야할 세상이 늘어나면서 피곤해지거든요."

"아무튼 요즘 놈들은 이해가 안 돼."

"아니, 뭐가 이해가 안 돼요. 사실은 그게 정상이에요. 내가 연애를 하면 난 일절 상대의 가족에 대해서 알고 싶지 않거든요."

"그게 가능하냐?"

"팀장님도 참, 요즘 젊은 애들은 알고 싶어 하지 않아요."

"가족을 모르면 결혼은 어떻게 해?"

"결혼을 왜 해요?"

"그럼 결혼 안 해?"

"팀장님은 결혼이라는 고리타분한 인습을 염두에 두니까 그런 소리 하는 거예요."

"인마, 결혼이 왜 고리타분해."

"고리타분하죠. 더군다나 우리나라는 더 그래요. 그냥 둘이 만나 좋으면 살다가 정 결혼하고 싶으면 하면 되는데. 상견례다, 상대방의 집 안일에 다 참석해야지. 명절이면 다 쫓아다녀야지. 아주 질렸어요."

"너 결혼 해 본 놈처럼 군다."

"딱 보면 몰라요? 우리 엄마 아빠는 맨날 그 일로 싸우던데."

"그래도 그게 인간의 정이잖아."

"정 좋아하고 있네. 그런데 쓸 정 만나고 있는 상대한테나 잘하면 돼요. 딸한테도 그러지 마세요."

"우리 가족은 안 그러거든. 얼마나 가족 간의 사랑이 깊은데."

"그건 팀장님 착각이에요."

"착각? 아 이놈 열 받게 하네. 전화 한 번 해볼까?"

"해봐요."

진고랑은 둘 사이의 언쟁을 듣다가 고개를 저은 후 책방을 빠져나갔다. 시경은 전화를 거는 시늉을 하다 말았다.

"왜 전화 안하세요?"

윤식이 비아냥거렸다.

"그게 아니라, 호주랑 지금 시차도 다르고 자고 있을 수도 있고, 일하고 있을 수도 있잖아. 깨어 있다고 해도 누구랑 이야기하고 있으면 예의상 받지 못할 수도 있고."

"귀찮을 수도 있고, 지금 남자랑 데이트 중이라 난감할 수도 있고,

깊이 잠들었는데 잠을 깨워서 짜증날 수도 있고 뭐 그렇죠."

시경의 얼굴이 달아올랐다. 윤식의 시경의 얼굴을 슬쩍 바라보았다.

"다 그런 건 아니겠죠."

"그, 그렇겠지."

"뭐 전화 받을 상황이 아닌가 보죠. 호주는 지금 몇 시인줄 아세요?"

"호주 시간? 그게 그러니까……"

시경이 얼버무렸다.

"호주에 딸이 있지도 않아도 몇 시인줄 나는 아는데?"

"몇 신데?"

"호주는 우리랑 한 시간 시차 밖에 차이가 안나요. 우리보다 1시간 빠르죠. 지금이……"

윤식이 스마트폰의 화면을 들여다보았다.

"여기가 5시니까 거긴 6시네요."

"네가 그걸 어떻게 아냐고?"

"알 수도 있죠……."

윤식은 뒷말을 얼버무렸다. 시경이 연속적으로 질문을 해댈 것 같아 윤식은 얼른 말머리를 돌렸다.

"담적 아저씨랑 낙주 누나 할머니가 뭐요?"

"담적 아저씨랑 낙주 할머니?"

"아까 두 분에 대해 말하려고 했잖아요."

"그, 그렇지. 그 두 사람 말이야. 썸씽 있는 거 같지 않았냐?"

윤식이 책 방 안을 둘러보았다. 낡은 책들의 보관 창소로 쓰던 창고를 확장하면서 '오봉서점'은 제법 넓은 공간이 되었다. 앉아 책을 읽을 수 있는 테이블이 두 개나 더 늘었다. 뒷문 쪽으로는 6인용 소파를 놓고 괴목으로 만든 테이블을 놓을 수 있을 정도로 넓어졌다. 진고랑은 나눈 돈으로 책방을 넓혔다. 그리고 한 가지 그가 공들인 게 있다면 청계천 지하로 이어지는 통로를 비밀번호가 달린 자동문으로 바꾼 일이었다.

윤식은 두어 차례 더 사방을 둘러보았다. 늘 책방을 찾아와 하릴없이 자리 지키고 있던 상도나 소영도 보이지 않았고 낙주는 담적과 재명을 배웅하러 나갔으며 진고랑은 인사동엘 다녀온다며 나간 상황이었다. 다른 귀신들도 보이지 않았다.

"팀장님, 썸씽 아니라. 내가 볼 땐 담적 그 아저씨랑 재명이 할머니랑 부부인 거 같아."

"뭐?"

시경도 책방을 빠르게 둘러봤다.

"그런 소리 함부로 하지 마. 두 양반 다 아주 이름난 판수라며. 괜히……"

"그런다고 두 분이 우릴 해코지 하시겠어요. 아무튼 내 생각이 그래요. 그 뿐만 아니라."

"그 뿐만 아니라…… 너 설마 낙주가 그분들 자식일지도 모른다는 말 하려는 거지?"

"어떻게 아셨어요?"

시경은 농담처럼 말했던 것인데 윤식은 진지하게 받아들였다. 둘은 서로를 쳐다보며 놀랐다. 두 사람이 입을 벌린 채 정지해 있을 때 책방 문이 열리며 낙주가 등장했다. 두 사람은 더 놀라 의자에서 벌떡 일어났다.

"왜들 그렇게 놀라고 있어요."

낙주는 손에 들고 있던 군고구마를 윤식에게 건넸다.

"이건……"

"요 앞에 팔더라. 다들 군고구마 입에 달고 살았는데. 참 소영인 아직 안 들어왔어?"

"들어왔다가 누나 찾는 거 갔던데. 금방 들어오겠……"

소영이 등장했다.

– 언니, 시경이 아저씨가 알려준 대로 가 봤는데. 거기서 진짜 엄마 이름 발견했어.

– 형이?

– 언니 나 진짜 헷갈려.

– 뭐가?

– 시경이 아저씨를 왜 자꾸 형이라고 불러?

– 그럼?

– 오빠잖아. 언니가 여자니까.

낙주는 히죽 웃었다.

– 그냥 습관이 돼서 그래. 운동할 때 남자 선배들을 그냥 형이라도 불렀거든.

– 아무튼 난 어려서 그런지 그게 헷갈려.

– 그건 그거고 시경이 아저씨가 뭘 알려줬는데? 말도 안 되잖아.

– 재명 할머니가 통역해줬어.

– 통역?

– 언니는 통역이 이상해?

– 그게 아니라 귀신하고 사람하고 나누는 말을 통역이라고 하니까 좀 웃겨서. 그런데.

– 시경 아저씨가 혹시나 싶어서 광주 희생자 명단인가 뭔가를 찾아 봤대. 맞는 사람인지는 모르겠지만 거기에 가면 희생자의 자식들 이름 도 적혀 있다고 그래서. 아무튼 광주라는 곳에 묘지가 있는데 거기에 우리 엄마 이름이 있다고 그래서 성도 아저씨랑 가봤지. 난 뭐가 뭔지 모르겠는데 아저씨가 척척 알아봐 주더라고. 대학생이 괜히 대학생이 아니었나봐.

– 그래서?

– 그래서……. 갔는데 진짜 엄마 이름이 있었어. 그리고 내 이름 소 영이라는 이름도 있었어. 그리고 내가 태어난 동네도 찾았고. 성도 아 저씨가 거기 귀신들한테 수소문해서 알았어. 엄마가 금남로에 있던 친 구 세탁소로 옷 찾으러 갔다가 돌아오지 않아서 아빠가 찾으러 갔고. 둘 다 그 뒤로 못 봤대. 엄마는 간신히 희생자들 주검 속에서 신분증이 있어서 묘역을 썼고 아빠는 그냥 어디로 가버렸는지 모른대.

– 그게 벌써 40년 가까이 된 이야기인데. 그렇게 생생하게 기억 을 해?

– 그때 죽은 귀신들은 그때 일을 한 순간도 잊지 못하고 기억하고 있지. 기억이 선명하다는 거 징그럽대. 첨엔 아무 말도 안 해주려고 하 는 걸 상도 아저씨가 설득해서…….

– 그래, 엄만 만나봤어?

소영이 고개를 저었다.

- 아무리 불러도 엄마가 안 나오는 걸 보니까 다른 귀신들 말 그대로 소멸된 모양이에요.
 - 아빠도 못 만났겠구나…….

소영에게 딱히 위로해 줄 말이 없었다. 살아 있는 존재에 대한 이야기라면 그 약속이 지킬 수 없다하더라도 허세라도 떨어 보련만.
낙주는 입맛을 다시다 소영을 가까이 불렀다. 손에 닿지도 큰 느낌도 전해지지 않았지만 소영을 끌어안는 시늉을 해서 소영의 등을 토닥여주었다.

 - 언니 그럼 난 이제 어떻게 되는 거야?
 - 그게 실은 저 소영이 동네 살았다는 귀신들 말로는 소영이가 엄마 아빠 사라진 뒤 집에서 꼼짝도 안했다고 하더라고요.

상도가 쭈뼛거리며 말했다.

 - 그래서요?
 - 그런데 거기가 재개발되면서 집들이 헐렸는데 소영인 발견하지 못했대요. 어디 꽁꽁 숨어 있다가 그냥 그대로 잠이 들었을 텐데…….
 - 내가 잠을 자요?

소영이 물었다.

 - 진짜 잠을 잤다는 게 아니라.

상도가 얼버무렸다.

윤식과 시경도 상도와 소영의 표정을 읽고 입을 꾹 다물었다. 말은 알아듣지 못하지만 표정은 금방 읽을 수 있을 정도의 눈치는 충분했다. 분위기가 숙연해지고 말았는데 문이 열리며 진고랑이 책방 안으로 들어왔다.

"저 앞에 있는 덩치는 도대체 누구야?"

진고랑의 입에서 허연 김이 흘러나왔다. 그는 소파 쪽으로 다가와 난로를 쬐며 겨우 어깨를 풀었다.

"이름이 고산지야."

낙주가 대답했다.

"고산지? 언제부터 여기 와 있었어?"

"전에 장형사 부인 만나러 가다가 회기동에서 마주쳤는데 다른 귀신들이 죄다 도망가더라고."

"덩치 때문에?"

"선생님이 보기에도 좀 위압적이잖아요."

"하긴 나도 살다 살다 저렇게 큰 귀신은 처음이야."

상도가 진고랑의 말을 듣고 부리나케 책방을 빠져나갔다. 소영은 우울할 법도 한데 금방 화사한 얼굴로 돌아와 미소 짓더니 상도의 뒤를 쫓아나갔다.

"은미 씨는?"

"친구들 만난다고 나갔어요."

"친구들? 귀신들도 친구들이……"

시경이 입을 열었다가 서둘러 닫았다.

"허, 참. 난 내 생각만 하고 있네 그려. 우리도 친구가 있듯이 귀신들에게도 친구들이 있을 텐데. 귀신들은 친구들이 없을 거라고 생각한 이유를 모르겠네."

"그야 그 쪽 세계를 모르니까 그런 거죠."

낙주는 눈을 크게 뜨고 시경을 쳐다보았다.

"그런데 이런 판국에 혼자 보내도 될까?"

"멀리 안가고 동대문역에 다녀온대요. 졸본 이야기를 했더니 알아본다고 나갔어요."

"그래도 졸본에 본 것들은 예삿 것들이 아닌데."

"그 사람은 뭐라던가요?"

진고랑은 인사동에서 무덤만 전문으로 터는 갑수라는 사람을 만나고 왔다. 그가 농담처럼 죽은 시체가 깨어난 걸 봤다는 말을 흘리고 다닌 적이 있었다.

"갑수야 충분히 그런 일이 생길 수 있다고 보지."

"그런 말은 나도 하겠다."

윤식이 말했다.

"요건만 갖추면 바로 죽은 사람이라면 깨어나게 만들 수 있는 시대라는 거야. 그냥 허무맹랑한 이야기가 아니라."

"나도 과학수사대에서 듣긴 들었지. 미스터리한 사건들 몇이 그런 유형이기도 했어. 죽은 놈한테 칼에 맞아 죽었다는데. 그게 말이 돼야지. 결국 미제로 남았지만."

"누나 잘 생각해봐. 우리가 은미 씨랑 처음 간 곳이 장기 적출하던 곳이었잖아."

"그런데?"

윤식이 입을 한번 훔친 후 좌중을 둘러보았다.

"거기서 사람들 장기들을 빼 간다며? 그때 한 놈 잡아왔어야 하는데. 아무튼 바로 죽은 사람이라면 심장 같은 거 새로 이식해주면 부활하는 게 아닐까?"

"갑수도 그 말을 하더라. 만약 진짜 봤다면 그랬을 가능성이 크다고. 좀비 같은 건 사실 없다고 못을 박았어. 이런 연구는 아주 오래 됐대. 최근에는 이탈리아하고 영국에서도 죽은 사람 살리려는 연구들이 은밀하게 진행이 되었었다는군. 지금이야 워낙 비윤리적인 사안이라 음지에서 진행되고 있을 거라더군."

"그걸 어떻게 알아요. 영화 보면 죄 좀비들인데, 소설도 좀비, 영화도 좀비, 드라마도 좀비, 좀비 좀비……. 영화가 현실이 되는 세상이라니까요."

"넌 영화를 너무 많이 봤어. 좀비는……"

시경이 뭐라 확답을 못한 채 사람들을 둘러보았다.

"갑수가 불가능한 이야기라고 말은 했지만 사실 난 전혀 불가능한 이야기는 아니라고 봐. 지금 우리가 영화 같은 걸로 본 좀비 말고. 우리가 지난번에 졸본에서 본 그 인간들도 사실상 좀비와 다를 게 없지."

"그것들은 전염이 되거나 그런 존재는 아닐 거예요."

좀비가 있을 거라 떠벌이던 윤식이 다른 말을 꺼냈다.

"그랬다면 우릴 물거나 그럴 자세를 갖춰야 했는데 걔네들은 우릴 죽이려고만 들었잖아요. 그런데 막상 보니까 뭐랄까 그냥 막대기들 같았어요. 그냥 달려들더라고요. 자기 옆에 누가 있는지 어떻게 공격을 해야 하는지 같은 건 전혀 중요하지 않은 놈들이었다고요."

"그렇긴 한데……"

재명과 담적도 그들에 대해 알아보겠다며 부산으로 떠났다. 그곳에 그런 존재들에 대해 알고 있는 작자가 있다고 말했다. 재명 혼자 가겠다는 걸 담적이 말렸고 담적 혼자 가겠다는 걸 재명이 말려 결국 둘이 내려갔다.

"어쨌든 당분간 경계 잘 해야 해."

진고랑이 주머니에서 리모컨을 꺼내 책방 출입구 쪽을 향해 버튼을 눌렀다.

"다 들어왔지?"

"그럼 우리 당분간 집에 못 가는 건가?"

윤식이 세로로 된 창살문이 입구 위에서부터 내려오는 걸 쳐다보았다. 진고랑은 졸본에서 올라오자마자 청계천을 뒤져 안전문 제작을 의뢰했다. 앞 출입문과 뒷문 쪽, 그리고 그에게 청계천 통로로 나가는 문까지 맡겼다.

"여기가 우리 안전 가옥이야. 그리고 말을 안했는데. 이 집의 외곽은 사실 복숭아나무로 만들었어. 낙주 할머니 사당처럼 강력하진 않지만 처음 지을 때부터 복숭아나무를 구해다가 지은 거야."

"그럼 다른 귀신들은 못 들어오는 거잖아요."

"그게 아니라 우리 책방에 들어오는 귀신들은 죄 사람들처럼 문으로만 들어오잖아. 그러니까 가능한 거야. 그냥 벽을 뚫고 들어온다거나 할 수는 없다는 거야. 출입문에는 부적도 붙이지 않았고 문틀도 복숭아나무는 아니었거든. 이제 우리 책방에는 허락 받은 귀신들만 들어오게 될 거야. 저 철문에 박힌 문양이 모두 부적이라 이제는 은미 씨도 뚫고 들어오기 힘들……"

그때 불쑥 은미가 들어왔다. 모두 놀란 눈으로 은미를 쳐다보았다.

- 언니 다들 왜 날 뚫어지게 쳐다봐? 내가 너무 예뻐서?

　- 그, 그게 아니라.

　- 아무튼 언니 그 졸본에서 만난 것들 있잖아. 이미 죽었어야 하는 인간들이었대.

　- 이미 죽었어야 하다니?

　- 원래의 운명대로라면 죽은 인간들인데 무슨 연유인지 모르지만 살아있는 거지. 쉽게 말하자면 누군가 죽음을 연장시켜준 거지.

일리가 있는 말이었다. 그런 존재들이니 누군가는 죽은 것들이라 말할 수도 있을 터였다.

　- 누가 그래?

　- 오다가다 만난 귀신들이 그러지. 특히 파고다에서 터 잡고 있는 귀신들이 모두 그러던데.

　- 그 귀신들이 세상에 대해 다 알고 있나?

　- 언니도 참, 사람들 사이에서 점 봐주고 그런 사람들 있잖아. 재명 할머니처럼.

　- 그래.

　- 귀신들 세계에도 있거든. 언제 몸을 찾게 된다, 어디로 가야 몸이 있다, 소멸되면 다음 생에서 귀인이 된다, 돈은 많이 번다, 못 번다.

　- 그래?

　- 그럼. 그 귀신들이 그러더라고. 그놈들 운명이 그렇대. 잠깐 몇몇 놈이 떠돌기도 했는데 갑자기 사라졌대.

　- 귀신들이야 갑자기 사라지고 나타나고.

– 그게 아니라 몸을 찾는다고 방황을 하는 놈들인데 그렇다면 말이 다르지. 이번에 둘러보니까 파고다는 주로 몸 찾는 귀신들이 모이는 곳이더라고. 거기 가면 몸 찾으려는 귀신들 득시글해. 언니 거기다 홍보할까?

– 뭘?

– 몸 찾아준다고.

– 아, 아냐. 지금도 머리 터질 거 같아.

– 아무튼 고객은 많다 이거야.

– 지금 그 이야기가 아니잖아. 그러니까 운명적으로 좀비 비슷하게 되는 귀신들이 있다고?

– 그래. 그런데 좀 이상한 건.

– 이상한 건?

– 누가 나타난 후에 한꺼번에 싹 사라진다는 거야.

– 누가?

– 그게 아마 언니가 봤던 그 요상한 인간인지도 몰라. 나타나선 죽은 지 하루 이틀 되는 귀신들만 데려간대. 어느 땐 귀신 하나, 어느 땐 둘이나 셋도 데려가고 그런다는데. 일찍 죽은 것도 서럽다는 말이 유행어래. 꼭 인력시장 같아.

낙주는 그래도 의문들이 풀리지 않았다. 그녀는 은미의 이야기를 사람들에게 전달했다.

"요상한 짓이긴 하지. 그놈이 장기 적출하던 그곳의 대장이라면 진짜 무서운 놈이지. 은미 씨 말로는 산채로 장기들을 적출했다고 하던데. 마취나 시켰을까? 깨어나 봐야 어차피 죽을 목숨인데."

"그렇게 얻은 장기들을 쓸 만한 인간들을 살리는 데 썼다?"

시경이 말하고 윤식이 의심했다.

"그랬겠지. 버리진 않았을 거야. 아무튼 다들 조심해야해. 특히 혼자는 다니지 말고."

진고랑은 리모컨을 자신의 주머니에 집어넣은 후 소파에 둘러앉았다.

"특히 낙주는 더욱 조심해야해. 그놈들이 경계하고 살피는 게 낙주랑 은미 씨이니까."

진고랑의 말에는 이견이 없었다.

"얼른 낙주 할머니랑 담적 그 양반이 돌아와야 할 거야."

"아, 이거 답답하네. 그럼 우리 언제까지 여기 처박혀서 살아야 하는 거야?"

"곧 그런 순간이 올 지도 몰라."

"선생님이 그걸 어떻게 알아요?"

윤식 특유의 빈정거리는 말투였다.

"그 정도는 알아. 그런 순간이 어떤 연유로 시작되는지 잘은 모르겠지만 곧 올 거고 그 전에 은미 씨랑 낙주를 잡아가려고 기를 쓸 거야."

"몇 년씩 여기 갇혀서 살 수도 있다는 건가요?"

낙주가 물었다.

"그건 아닐 거야. 누군가 집에만 처박혀 살 수밖에 없는 그런 상황을 깨부술 테니까."

"그런 게 보이나요?"

"오래 살다보면 그것도 판수로 오래 살다보면 조금은 보여. 아주 조금."

윤식은 진고랑의 말이 조금은 섬뜩하게 들렸다. 어쩌다 필요할 때 투명인간이 되는 건 이해할 수 있는 일이었다. 그런데 만약 투명한 인간으로 평생을 살게 된다면?

'난 영원히 연애도 못하고 장가도 못하겠지.'

윤식은 가장 먼저 연애를 할 수 없을 지도 모른다는 사실이 가장 걱정이었다.

"그런데 지난번에도 봤지만 저놈들이 떼거지로 덤벼들면 겨우 우리 넷 가지곤 택도 없을 텐데."

진고랑이 말했다. 그의 말 덕분에 윤식은 망상에서 빠져나올 수 있었다.

"그러니까 두 양반이 빨리 올라오셔야 한다는 거야."

"선생님, 우리 편으로 좋은 귀신이나 사람들은 없나요?"

진고랑이 단순한 질문에 당황해서 헛기침을 했다.

"있겠지."

진고랑은 괜히 낙주의 얼굴을 쳐다보았다. 좋은 귀신이라는 게 과연 무엇인지 나쁜 귀신이라는 게 인간 세상에서 어떤 의미인지 헤아려지질 않았다. 좋은 귀신이든 나쁜 귀신이든 그들이 인간 세상에 어떤 영향을 미친 적이 없기 때문이었다.

"그나저나 우리가 졸본에 갔을 때 그놈이 파고다에 나타난다는 놈 같은데……"

진고랑이 출입문 밖으로 눈길을 주었다. 그의 눈가가 어두웠다. 윤식이 뭐라 입을 열려고 할 때 시경이 그의 입을 막았다. 지금은 그저 침묵하는 게 옳은 순간인 듯했다. 윤식과 시경은 물론 낙주도 진고랑의 눈길을 따라 밖을 내다보았다. 은미도.

2

"들려?"

당분간은 오봉서점에서 기거를 하기로 결정된 후 네 사람은 책방에서 잠을 청했다. 세 사람이 다락방을 쓰고 낙주가 응접실 쪽 소파에서 지내기로 했다. 책방 뒤쪽으로 주방이 있고 그 앞에서 공간이 넓었지만 어쩐 일인지 세 남자가 똘똘 뭉쳐서 잠을 자겠다고 했다.

"들리냐고?"

시경이 다시 말했다. 낙주는 다락방에서 나누는 이야기를 자장가 삼아 잠이 빠져들기 일보 직전이었다. 은미도 그냥 낙주의 곁에 누워 눈을 감고 있었다.

"뭐가요?"

"저 소리 안 들려?"

도로에서 무거운 물체를 이리저리 옮기는 듯한 소리가 들렸다.

"팀장님도 참, 뭐 누가 이사하나 보죠."

"새벽 2시에?"

윤식이 스마트폰을 들어 시간을 확인했다. 새벽 2시가 좀 넘고 있었다.

"막 잠들려고 했는데……"

윤식이 다락방에서 계단을 타고 내려오다 소파에 앉아 있는 낙주를 보았다.

"누나는 왜 안 자?"

"나도 소리가 들려서."

다시 소리가 들렸다. 이번에는 크고 선명하게 들렸다. 거대한 해머로 땅바닥을 두드린 듯 발바닥이 울린 듯했다. 시경도 내려오고 진고랑도 응접실로 내려왔다.

"도대체 어느 놈들이 이 야밤에."

윤식이 출입문 쪽으로 걸어 나갔다. 책방 불이 꺼져 있어서 밖에선 이들의 움직임이 보이지 않았다. 윤식은 출입문에 얼굴을 바짝 붙이고 밖을 살폈다. 그러다 그가 뒷걸음질 치며 물러났다.

"누, 누나! 밖에 좀 봐."

"뭔데 그래?"

낙주와 시경이 어슬렁거리며 출입문 쪽으로 다가갔다.

낙주와 시경이 유리문에 얼굴을 바짝 들이댔다. 번개처럼 번득이는 빛이 나타났다가 사라지곤 했다. 어느새 은미도 곁에 다가와 섰다.

"저게 뭐지?"

시경이 혼잣말을 했다.

"형이 모르는 데 내가 어떻게 알아."

"나, 낙주야 저거 사람이 아닌데……"

낙주는 눈에 힘을 주고 거리를 내다보았다. 진고랑도 다가와 밖을 살폈다. 시간이 지나고 어둠에 눈이 익자 서서히 거리의 풍경이 보였다. 거대한 두 명이 서로를 엎어치거나 명치를 때리거나 발길질을 하고 있었다. 서로에게 타격을 입힐 때마다 빛이 번쩍거렸다.

"저것들 뭐냐?"

"고대 귀신들 같은데?"

"고대 귀신?"

"그래. 지난번에 경희대 가다가 봤는데 고대 귀신이라는 귀신이 나타났는데 엄청 크더라고. 꼭 저 귀신들만 했어."

"그런데 저 귀신들이 왜 여기서 쌈박질이지?"

윤식이 연신 하품을 하며 뒷걸음질 쳤다. 진고랑도 물러나고 시경도 뒤돌아섰다.

"귀신들 보니 진짜 피곤하다. 내가 점점 미쳐가게 생겼다. 싸우는 소리가 희미하게라도 들리는 걸 보니까 머잖아 우리들도 모두 귀신들 말을 들을 수 있는 게 아닐까?"

시경이 소파에 몸을 맡기며 주머니를 뒤적거렸다. 그는 담배를 꺼내 물었다.

"팀장, 책방에선 담배 안 피우기로 했지."

진고랑의 말에 시경은 담배를 집어넣고 일어났다.

"어디 가려고?"

"밖에 나가서 담배 한 대 태우려고요."

"어허, 안 된다니까. 당분간은 밖에 나가는 거 위험하다고 몇 번을 말해야 알아듣겠나."

시경은 걸음을 멈추고 입을 다셨다.

"그럼 언제 담배를 펴요?"

"이번 기회에 끊어봐. 돈도 굳고 몸도 신선해지고 좋아."

진고랑이 말했다.

"진 선생도 참. 여전히 담배 피우면서 어떻게 그런 소리를 할 수가 있지?"

"김 팀장, 이제 나랑 같이 늙어간다?"

"그렇잖아요. 같이 늙어가는 처지니까……"

"그래도 사람들 사이에 예의라는 게……"

순간 거리에서 더 큰 소리가 들렸다. 그래도 세 남자는 무덤덤했다.

낙주만 출입문으로 다가갔다. 그리고 보았다. 무릎 아래에 깔려 있는 귀신을 향해 거대한 주먹을 내려치는 귀신들을. 뭐라 중얼거렸는데 그 말은 알아들을 수가 없었다. 주먹이 바닥에 깔린 귀신을 머리를 내려 치자 바닥에 깔려 있던 귀신은 홀연 사라졌다. 공격을 했던 귀신은 그 자리에 주저앉았다. 낯익은 모습이었다. 낙주는 잔뜩 지친 몰골로 바 닥에 앉아 있는 고대 귀신을 보았다. 고산지일 지도 모르겠다는 생각 이 들었다. 잠깐 보았고 지금은 밤이라 그가 맞다고 확신할 수 없었다.

"저 귀신들 도대체 뭐지?"

"고대 귀신들이라며?"

낙주가 말하고 시경이 대꾸를 했다.

"내 말은 그게 아니라 왜 저런 고대 귀신들까지 이 세상에 나타나느 냐는 거야."

"그, 그거야 나는 모르지."

공격을 하던 귀신도 어디로 사라졌는지 보이지 않았다.

"뭔가 뒤틀리고 있는 거 같아. 지구라는 땅덩어리가 소화할 수 있는 가용의 범위를 벗어난 거 같다고나 할까?"

"선생님 좀 쉽게 말해줘요."

"지구가 포화 상태라 스스로 다른 세상을 열고 있는지도 모른다는 거야."

"지구 스스로?"

윤식이 빈정거릴 태세를 갖추자 진고랑은 그를 외면하고 다락방으 로 올라갔다.

"말씀해 보세요. 지구가 생물이에요? 네? 이번 기회에 그 진실을 확 밝혀서 초딩들부터 배울 수 있게 해주자고요."

윤식은 말을 끝내놓고 혼자 낄낄댔다.

"너는 애새끼가 왜 그러냐? 새벽에 깨어나서 예민해진 거야?"

시경이 그의 웃음을 막았다.

"아니 나는 선생님께서 말도 안 되는 소리를 하니까."

"왜 말이 안 돼?"

"말이 안 되잖아. 지구가 생물이고 스스로 생존하기 위해 뭔가를 선택한 거 같다는 말이잖아."

"그게 왜 말이 안 돼? 설령 아니라 하더라도 남의 의견을 존중해서 웃지는 말아야지."

"팀장님, 내가 웃을 수도 울 수도 있는 일이잖아요."

"그래도 이놈이!"

시경이 윤식의 머리통을 쥐어박으려할 때 낙주가 말렸다.

"선생님이 말씀하신 것처럼 뭔가 이상해. 마치 지구가 한바탕 뒤집어 질 것 같은 느낌이야. 완전히 천지개벽하기 전의 고요함 같은 기분도 들어. 그리고 귀신이 모여드는 수준과 그렇고 그 수도 점점 감당할 수 없을 정도로 많아지는 거 같아."

"아, 그거야 자기 몸 찾아달라는……"

윤식이 대수롭지 않게 입을 열었다가 제 손으로 입을 막았다.

"얼른 어떤 형태라도 빨리 사단이 나야지. 갑갑해서 어디 살겠어."

윤식이 말머리를 돌렸다.

"고대 귀신들도 나타나는 걸 보면 뭔가 이상하긴 해."

시경이 말했다.

"시간이 뒤엉킨 거 같다는 생각이 드는군. 시간이 무의미한 존재들이 너무 많이 나타나고 있어."

은미가 잠깐 진고랑을 쳐다보았다가 낙주에게 다가갔다.

– 언니 나도 기분이 그래. 상도 아저씨랑 소영이도 안 보이고.

은미의 말을 듣고 보니 그랬다. 소영이 제 엄마 죽음의 내력을 알고
우울해졌을 거라는 생각은 들었다.

– 소영인 상도 아저씨와 같이 있겠지.
– 그럼 다행이고. 건우도 안 보이잖아.
– 그러게…….

그의 소식이 궁금하긴 했다. 어쩌면 귀신이라는 존재는 그렇게 정처
없이 떠돌게 되어 있는 지도 모르겠다는 생각이 들었다. 다른 건 모르
겠지만 그런 점에서 은미는 나름 행복한 귀신일까?
거리는 다시 조용해졌다. 사람들이 듣지 못하는 소리를 듣는 밤이
서서히 깊어지고 있었다.

고대 귀신

1

- 누구 안에 없소?

잠깐 잠이 들었다 싶었는데 아무도 깨어있지 않았다.

- 언니! 언니!

낙주는 은미가 깨워 겨우 눈을 떴다.

- 왜?
- 누가 왔어.
- 책방에 사람 없소?

다시 목소리가 들렸다.

그 사이 다락방의 남자들이 잠에서 깨어 내려왔다.

"오늘은 기필코 나갈 거야. 나가서 건강식 말고 컵라면도 잔뜩 사오겠어."

윤식이 눈곱을 떼어내며 말했다.

"그러게. 햇반 먹는 것도 지겹다. 삼각김밥도 좀 사오고. 왜 그거 있잖아. 딸내미가 잘 해주던 건데. 아, 국물 떡볶이 하고 컵라면 살 때 매운 닭발면도 좀 사오고 그래."

"그런 건 팀장님이 사세요. 이젠 돈도 있잖아요."

"내가 너랑 무슨 말을 하겠니. 염려 마셔. 내가 먹을 건 내가 살 테니까."

"아무튼 눈만 뜨면 서로 못 잡아먹어서 안달이니. 좀 조용히 해 봐."

낙주가 다시 문 밖으로 귀를 기울였다.

– 확실히 여기가 맞소?

누구 있느냐 묻는 목소리였다.

– 맞다니까요. 여그가 그 귀신들 사정 들어준다는 곳이오. 헌디 뭐 줄 게 없는 귀신은 엄두도 못내지.

– 아니 귀신들이 줄 게 뭐가 있다고?

문밖에서 나누는 이야기가 낙주와 은미의 귀에 고스란히 들렸다.

– 인간들은 보물 같은 거 좋아하니. 그런 걸 숨긴 델 알려주면 되는

겁니다.

　－ 그래요? 그런 거라면 내가 잘 알지. 지천에 깔려 있으니까.

　－ 나도 잊지 마시오. 내가 알려준 거니까.

　－ 난 한 입으로 두 말하지 않소.

　－ 그렇게 생기긴 했지만 귀신의 약속을 내 어찌 믿것소.

그 말이 책방에서 점점 멀어졌다. 대응의 말이 나올 법한데 밖은 조용했다. 그러다 다시 목소리가 들렸다.

　－ 이보시오. 진짜 아무도 없소?

낙주와 은미만이 그 목소리를 듣고 출입문 쪽을 쳐다보았다.

　－ 당췌 들어갈 수가 없네. 안에 누구 있으믄 답 좀 하시오.

목소리를 한 차례 더 일행을 불렀다.

　－ 은미야 어디서 들어 본 목소리 아니냐?

　－ 그러게 아주 낯설지 않아.

　－ 고산지?

　－ 고산지?

둘은 동시에 입을 열었다. 나머지 사람들은 낙주의 입이 오물조물 움직이는 것만 쳐다보았다.

낙주는 출입문 쪽으로 걸어갔다. 낙주가 뒤를 돌아다보자 진고랑이 알겠다는 듯 책방 출입문을 가렸던 부적의 창살을 거둬버렸다. 그때 출입문을 꽉 채운 귀신이 나타났다. 낙주뿐만 아니라 은미와 다른 사람들도 놀라 책방 안쪽으로 재빠르게 물러났다.

"저 귀신은 책방 앞에 있던 덩치잖아."

진고랑이 말했다.

– 혹시 여그가 오봉서점이라는 데 맞소?

낙주가 고개를 끄덕거렸다.

– 바로 코앞에 두고도 헤맸으니 나 원 참. 이자는 제대로 왔구만. 덩치 크다고 어느 놈 하나 책방 위치를 알려줘야 말이지. 우리 시절에는 다들 이렇게 덩치가 컸는데.

– 무슨 일입니까?

낙주가 물었다.

– 아, 이제 기억이 나오. 거 저기 회기라는 곳에서 만난 신기한 사람 아니오?

– 맞습니다.

얼굴만 출입문에 들이댄 그가 미소를 지었다. 흰 눈썹에 부리부리한 눈과 뭉툭한 코 흰 수염이 덮고 있는 입만 보이는 풍경이 만화의 캐릭터 같았다.

– 소문에 들자니 참말로 귀신들 사정을 들어준다고 하기에 내 여기까지 정말 어렵게 찾아왔소. 그놈의 지하철도 영 탈 수가 없고 뭐 다른 탈 것들은 더하고. 걸어서 왔는데. 아, 이것들이 말을 해줘야지. 늙은 귀신들이 간혹 도움을 주긴 했지만. 아무튼.

고산지가 눈알을 굴리며 책 방 안을 살폈다. 그의 눈이 낙주와 은미 사이를 오갔다.

– 내는 사람을 찾고 있소. 한 2천 5백 년 전에 사셨던 분인데, 나는 그분의 수호자요. 요즘말로 치면 뭐 보디가드? 아무튼 그래요. 그런데 내가 먼저 죽게 되면서 그만 그분의 행적을 놓친 거요.
– 호위 무사? 저 덩치가 호위할 정도면 대단한 여자네요.

은미가 말했다.

– 덩치? 지, 지금 누가 말했소?

고산지가 얼굴을 더 바짝 책방 쪽으로 들이대는 바람에 그의 낯짝이 일그러졌다. 그건 기이한 풍경이었다. 귀신이라면 이승의 물질과는 어떤 교환도 이루어지지 않을 텐데 그는 오봉서점의 출입문에 영향을 받았다. 그건 어쩌면 진고랑의 부족 때문일 수도 있었다.
낙주와 은미가 웃었다. 그의 볼살이 금방이라도 책방 안으로 쏟아질 것만 같았다.
은미가 고산지와 눈이 마주쳤다.

– 혹시 얼마 전에 책방 앞에서 싸우던 고대 귀신이 댁이었습니까?

낙주가 물었다.

– 맞소. 내요. 작은 귀신들을 괴롭히길래 그러지 말라고 타이르는
데 그 귀신이 먼저 주먹질을 하는 바람에…….

고산지는 계속해서 은미를 살폈다.

– 어? 지난번에 우리 봤지요?

고산지가 말했다.

– 그래요.
– 그땐 긴가민가했는데……. 혹시 3천 년 전에 백두산 부근에 사신
적이 없오?
– 네? 난 그런 적 없는데.
– 호, 혹시 백제님?

고산지의 입에서 백제라는 단어가 흘러나왔다. 그 단어는 재명만 쓰
는 줄 알았기에 낙주도 적잖이 놀랐다. 고대 귀신이 어떻게 현재의 귀
신을 알아보느냐는 것이었다.

– 댁이 그걸 어찌 아십니까?

낙주가 은미 앞으로 가리며 물었다.

– 내 말하지 않았소? 내가 그분 수호자라고.

험악한 인상이 아니니 믿을만하지만 그건 가면일 수도 있었다.

"누나 뭐래?"

윤식이 물었다. 그는 손전등을 들고 있었다.

"아침부터 그건 뭐하려고 들었어?"

"전에 보니까 귀신들이 밝은 불빛을 유독 싫어하더라고. 이거 굉장히 강한 거야. 아무튼 뭐라고 그래?"

"은미 수호자래."

"뭐?"

윤식이 무심결에 고산지를 향해 전등 불빛을 비추었다. 그가 눈을 찡그렸다.

– 참 기이한 곳이네. 여그 사람들은 모두 내가 보이오?

– 그렇습니다.

– 그거 참 벨일일세. 아가씨 참말로 3천 년 전쯤 기억이 없소?

고산지가 은미를 쳐다보았다.

– 잘 모르겠네요. 산 적이 없는 게 아니라 기억이 없네요.

– 그분 만나려고 3천 년을 기다렸는데.

3천 년의 세월이라. 낙주는 가늠이 되질 않았다. 그녀는 할머니에게서 들은 이야기를 가슴에 묻어둔 채 꺼내야할지 말아야할지 갈등했다. 고산지의 얼굴이 출입문에서 좀 멀어졌다. 그리고 그의 눈가가 물기에 젖었다. 그 점도 기이했다.

- 은미야, 귀신들도 눈물을 흘려?
- 그건 나도 모르지. 나름 능력 있는 귀신들은 울기도 할 걸.

고산지의 눈에 괸 물기가 낙주의 마음을 움직였다.

- 당신이 백제님의 수호자라는 걸 어떻게 알 수 있나요?

낙주가 고산지에게 물었다.

- 우리 시절에는 누군가의 수호자가 되믄 몸에 징표를 새기게 되어있소. 영원히 평생 그분을 모시겠다는 뜻의 징표를. 그리고 그 징표는 수호자만 새기는 게 아니라 수호 받아야 하는 분도 새기게 되어 있소. 그리고 그 둘은 저승의 세계에서도 그 관계는 영원하오. 혹 소멸되지만 않았다면 말이오. 그분이 소멸되었다면……. 3천 년의 기다림이 허사란 말인가.

고산지의 얼굴이 출입문에서 점점 멀어졌다.

- 그 징표를 보여주시오.

낙주가 멀어지는 고산지에게 말했다.

– 뭐요?
– 당신이 말한 그 징표.
– 잠깐 망설이던 고산지가 오른쪽 팔을 덮고 있는 너덜해진 소매를 걷었다. 팔이 드러나면서 그림 하나가 나타났다. 하늘의 나는 새. 정확하게 어떤 새라고 말할 순 없지만 꼬리가 손등까지 이어져 있고 머리는 고산지의 머리를 향해 있었다. 용 같기도 하고 학 같기도 했으며 주작이나 공작 같은 분위기를 가진 새였다.

낙주가 은미를 쳐다보았다. 낙주는 그녀의 손등까지 덮고 있던 소매를 쳐다보았다. 한 번도 그녀의 팔을 본 적이 없었다. 은미 자신조차 소매를 걷어본 적이 없는 듯했다. 은미는 소매를 걷으며 자신의 팔에 드러나는 그림을 놀란 눈으로 쳐다보았다. 고산지의 팔에 드러난 그림과 거의 흡사한 그림이 은미의 팔에서도 드러났다.

고산지는 그림이 드러나는 걸 확인한 후 문에서 멀어졌다. 그런 후 그는 무릎을 꿇고 앉아 은미 쪽을 향해 머리를 조아렸다.

– 이 불충한 고산지를 벌해 주소서. 백제님을 보호하지도 못하고 먼저 죽은 죄, 이렇게 오랜 세월 동안 찾지 못한 죄, 홀로 오랫동안 외롭게 사시도록 만든 죄, 오랜 세월 방황하시도록 만든 죄, 허름한 세상에 머물도록 한 가난한 죄…….

고산지는 엎드린 채 흐느꼈다.

고산지의 팔뚝에 새겨진 그림과 은미의 팔뚝의 새가 미세하게 꿈틀 거리기 시작했다. 은미의 눈이 조금씩 빨갛게 충혈되어 갔다. 무존재 의 존재가 물질의 상태를 드러내고 있는 기이한 순간이었다. 낙주는 가만히 손을 뻗어 은미의 손을 찾아 쥐었다.

2

"이게 얼마만이야?"

방두한이 방성태에게 손을 내밀었다. 하지만 방성태는 그 손을 그저 바라보기만 했다. 둘은 대조적이었다. 방두한은 희고 방성태는 검었 다. 방두한은 히죽 웃은 후 손을 바지 주머니에 찔러 넣었다.

"날 왜 보자고 한 거야?"

방성태가 물었다. 방두한이 담배를 꺼내 물자 그의 곁에서 붙박이로 서 있던 사내 하나가 라이터를 켰다.

"넌 학자라는 놈이 아직도 담배를 피우냐?"

"나 원 참. 생물학자들이 얼마나 스트레스를 받는지 모르지? 대학 강의도 못해 먹겠어. 여자 제자들 손 한번 잡고 기특해서 포옹 한번 해 주면 난리가 나요."

"인마, 요즘이 어떤 세상인데 여자 제자들을 희롱해."

"희롱? 아이고. 내가 무슨 희롱을 해. 손잡고 악수하고 그야말로 기 특해서 한번 안아주고 그런 거지."

"그거 다 성희롱이야. 박사까지 한 놈이 그런 것도 몰라?"

"나 원 참, 박사면 그런 거 알아야 해. 아무튼 대학 교수 진즉에 때려치웠어. 그리고 지금은 학자가 아니라 그냥 벤처사업가로 불러줘."

"사람들 잡아다 해체하는 게 벤처냐?"

"정말 말 그렇게 막 할래? 난 사람을 해체하는 게 아니라 살리려고 하는 거라고. 그 과정에서 약간의 희생은 불가피하고."

방성태는 고개를 저었다.

"내 공부는 정말 스트레스 많이 받거든. 내가 원하는 대로 딱딱 부활이 되는 것도 아니고, 부활이 됐다고 해도 며칠 못 가 죽고."

"너 그렇게 살려놓고 죽은 좀비들은 다 어떻게 처리하냐?"

"좀비라니? 우리 반장님께서 영화를 너무 많이 보셨구만. 좀비는 상상의 존재들이고. 나는 그야말로 부활이야. 죽은 인간을 당분간이지만 살게 만든다고. 그 인간들이야 법적으로 죽은 인간들이니까 다시 죽여도 상관없지. 화력 발전소에 다 보내. 그만한 땔감이 없지."

방성태는 그런 그가 못마땅했다.

"그건 그거고, 아빠한테 이야기 들었지? 그 진고랑이라는 노인네랑 패거리들 반역죄로 좀 엮으라고."

"요즘이 어떤 세상인데 그런 걸로……"

"내 생각도 같아. 하지만 손 안대고 코 풀면 서로 좋잖아. 그놈들이 우리 발목을 잡고 있기도 하고 말이야. 그러니까 지난번에 확실하게 잡아넣었어야지."

"무슨 명분으로?"

방성태가 방두한을 노려보았다.

"명분? 그 명분 하 나 못 만들어? 시체도 빼갔잖아."

"시체는……"

방성태는 할 말을 찾지 못했다.

"그래, 시체는 걔네들 하수인이 빼 간 거라고. 몰랐어? 그놈들이 문제가 생길 걸 염려해서 빼간 거라고. 처음부터 그 시체에 욕심을 부린 놈들이잖아."

방성태는 고개를 저었다.

"만에 하나를 위해 그놈들 주변에 감시조를 붙여놓기는 했지. 그런데 그놈들 별 움직임이 없어."

"그러니까 그 움직임을 반장님께서 만들어줘야지. 안 그래?"

방성태는 누구보다 김시경이 싫었다. 서에서 항상 경쟁 대상이었고 비교의 대상이었다.

'김 반장님 인간성 짱이라니까.'

'우리 서에선 김시경 반장님만 여경들한테 함부로 안 해요.'

'이번 사건도 김 반장이 맡아줘야겠는데.'

'김 반장이 가야 피의자들이 순순히 불어. 비법이 뭐야?'

'올해도 최우수 형사로 선정되는 건 당연하지.'

'방 반장, 김 반장 절반만이라도 해라.'

방성태는 새록새록 그와 자신의 주변에서 떠들어대던 말들이 기억났다. 그가 해고당해서 좋았는데 여전히 자신의 발목을 잡고 있다는 생각이 들었다. 어떤 방식으로든 그를 추락시키고 싶었다. 마침 무연고 시신을 건네받았다. 왕산동에 간 연유도 밝히지 못했다. 게다가 왕산동은 방두한의 실험실이 있는 곳이었다. 왜 그런지 모르겠지만 김시경은 자신과 끈질기게 연이 이어져 있다는 생각을 떨쳐버릴 수가 없었다.

"아무튼 이번엔 확실히 잘 엮어봐. 여간 성가신 게 아냐. 특히 그 봉 휘두르는 낙주라는 년 잡아둬야 해. 그날 전까지는. 위에도 다 손을 써놓았다고 하던데?"

"누가?"

"누구겠어, 우리 꼰대가 그랬겠지. 그리고 한 가지 부탁 좀 할게."

방두한은 주머니를 뒤져 땅콩을 꺼내더니 껍질을 까고 입안에 털어 넣었다.

"너 땅콩 먹었냐? 옛날엔 땅콩 먹는 걸 죽기보다 싫어했잖아."

"그러게 이상하긴 하지만 땅콩이 주머니에 없으면 불안할 정도야. 아무튼 부탁 하나 할게."

방두한은 땅콩 껍질을 까서 발아래 떨어트렸다. 방성태는 그의 발 앞에 쌓인 땅콩 껍질을 쳐다보았다. 둘이 만나기 전부터 땅콩을 먹어 댄 듯했다.

"나 곤란하게 만들 부탁이면 아예 하지 마."

"한 사람에 대해서 좀 알아봐줘."

"누구?"

"신재현."

"신 집사?"

"그래. 그 인간 뒤가 너무 구려. 사실 그놈에 대해서 아버지도 그렇고 우리도 아무 것도 모르잖아. 그놈에 대해 아는 인간도 없어. 샅샅이 좀 알아봐야겠어. 결정적일 때 보면 꼭 가장 가까운 인간이 배신을 하더라고. 본래 인간들이 그런 동물이기도 하잖아. 그날이 되기 전에 뭔 일이 생겨서 안 되겠지."

그날이 멀지 않았다. 3333년 만에 오는 단 하루. 어긋나 있던 세상의 달력이 음력과 양력이 모두 맞춰지는 날, 그레고리력에서 사라지며 사라진 열흘의 시간을 부활시키는 하루. 그날은 하루이지만 시간은 240시간을 지닌 하루가 될 터였다. 인간은 의식하지 못하지만 방귀언과 방경언은 시간은 그렇게 열흘의 시간이 준비되어 있다고 믿었다. 그 시간이 세상을 창조할 수도 있고 멸망시키기에도 충분한 시간이었다. 방두한도 방성태도 긴장한 듯 눈살을 찌푸렸다.

"다른 방법 찾아봐."

"뭐?"

"낙주 그것들, 다른 방법으로 고민해 봐야할 거야. 내가 김시경이 해결했던 사건들 뒤져보고 있어. 그런데 이 자식은 뭐 하나 구린 게 안 나와. 더 뒤져봐야겠지만. 그리고 반역죄로 그놈들 엮는 건 진짜 진부한 이야기야."

"형은 형사로서는 쓸 만한지 모르겠지만 정보엔 젬병이야."

방두한은 한꺼번에 여러 개의 땅콩을 입안에 털어 넣었다.

"너보단 빠르거든."

"그래? 늦고 빠르고의 문제가 아냐. 아무튼 진고랑이라는 그 노인네는 충분히 엮을 수 있을 거야."

방성태도 전자담배를 꺼내 전원을 켰다. 방경언이나 방두한이 진고랑에 대해 언급하기 이전부터 그에 대해 알고 있었다. 진고랑의 부친이 김일성과 북한 체제를 다지는 데 결정적인 역할을 한 인물이었다는 걸. 진고랑이 평생 직장을 잡지 않고 떠돌이처럼 산 데에는 그런 이유가 있었다는 걸 방성태도 잘 알고 있었다.

"고작 그 이야기 하려고 바쁜 나를 불러내?"

방성태가 자신의 차 쪽으로 걸어갔다.

"네 놈만 바쁜 게 아니거든. 나도 바빠!"

방두한이 눈을 부라리며 말했다.

"그 충주호 유람선 말이야."

"유람선?"

"알면서 왜 그래? 3년 전에 침몰한 우리 배!"

모를 리가 있을까. 국민적으로 공분을 한 사건이었다. 선장과 선원들의 근무 태만과 규정을 어긴 승선 인원 초과, 구명정 불비 등 안전 불감증이 빚은 참사로 기록되었다. 인원 피해가 많지 않았다. 몇 사람이 목숨을 잃었는데 출산을 한 달 남긴 임산부 한 명과 세 달 뒤 출산을 앞 뒤 또 다른 임산부 한 명, 그들과 함께 여행을 나섰던 산부인과 병원 간호사 한 명과 일반 관광객인 남매 둘이 사고를 당했다. 잠시 논란이 일었다. 출산을 앞 둔 임산부들이 유람선을 탔다는 것, 별다른 문제제기나 소송 없이 보상이 주어진 대로 마무리되었다는 점 등에서 논란이 있었다. 선박회사의 대표가 책임을 지고 물러난다든지, 선박 관리를 하는 부처에서도 책임을 져야 하며 규정을 어긴 사실과 관련자들을 모두 색출해서 벌을 받도록 해야 한다는 여론이 일어났지만 잠시 시끄러웠을 뿐, 한 달여가 지나자 잠잠해졌다. 그 일로 방성해운은 충주사업소를 폐쇄했을 뿐이었다. 선박 피해에 대한 보험보상이 이루어져 방성해운의 입장에서는 어차피 낡아서 처리해야할 배가 침몰하면서 전체적으로 보면 오히려 큰 덕을 본 사건이었다.

"그 배가 뭘?"

방두한이 서류를 내밀었다.

"이게 뭐야?"

"잘 들여다봐."

방성태는 서류를 들춰보았다.

'……임산부 조영숙(여, 28세) 씨는 방성사이언스 기획실에 6년간 근무했던 여성입니다. 그의 동생인 조영호 씨에 의하면 조영숙 씨가 임신한 아이의 부친은 방경언 회장으로 그의 비서실장인 신재현 씨로부터 끝없이 낙태할 것을 종용받아와 왔다고 합니다. 하지만 방성사이언스 측은 사실무근이며 방경언 회장의 명예 실추에 대한 책임을 물을 것이라고 밝혔다. 뿐만 아니라 다른 한 명의 임산부인 이미영(여, 26세) 씨 역시 방성사이언스 총무실에 4년간 근무했던 직원으로 이미영 씨의 외삼촌인 박수근 씨에 의하면 그녀 역시 방경언 회장의 아이라고 밝혔습니다. 이 사실에 대한 확인 요청을 위해 방성사이언스 기획실에 전화를 넣었지만 방경언 회장에 대한 명예 훼손이라며 강력하게 항의를 해 왔으며, 진실 여부를 확인하지 않고 음모론에 불과한 가십을 그대로 언론에 보도할 경우 조영호 씨와 박수근 씨를 포함해 한국일보를 상대로 법적 소송에 들어가겠다고 밝혔다. 하지만 두 여성이 방성사이언스에 근무했던 여성이었던 점, 두 여성이 집중적으로 케어를 받았던 산부인과도 방성사이언스 계열사인 방성종합병원의 산부인과였던 점 또한 친권자에 대한 기록은 물론 산부인과에서 진료 여들을 상대로 특이하게도 유람선 관람을 유도했던 점 등은 석연치 않은 점이라고 조영호 씨가 말했다. 한편 조영호 씨는 더 나아가 유람선 사고는 이 두 여성을 합법적으로 살해하기 위한……

한국일보 정해경 기자.'

방성태도 알고 있는 이야기였다. 그런데 기사로 나왔다는 말은 들은 적이 없었다. 만약 기사로 나왔다면 모든 언론으로부터 집중적으로 조명을 받았을 터였다. 방성사이언스는 이제 굴지의 제약회사였다. 제약

회사에서 출발해 병원의료물품 전반을 생산하는 회사로 성장했다. 해외관광객의 의료 케어 서비스를 시작했고 관광사업과 건설업, 해운업에까지 뛰어들었다. 그러면서도 부채 비율이 낮은 견실한 중견기업으로 성장했다. 전국 각지에 12개의 호텔을 가지고 있었고, 한국과 외국에 10개의 리조트와 종합병원 5개, 대학교와 고등학교를 가진 그룹으로 성장했다.

"말 그래도 음모론이잖아."

방성태는 방두한이 보여준 종이를 무시했다.

"설마 일부러 부정하는 건 아니지? 그정도 감 없이 형사 생활하는 건 아닐 테고. 난 진짜 알다가도 모르겠어. 사장 자리로 오라고 해도 안 오고 마음에 드는 일을 해보라 해도 안하고 왜 경찰을 하는지 모르겠지만……. 아무튼 형이 경찰이어서 다행이긴 한데. 그 기사 알다시피 언론에 공개된 건 아냐."

"그런데 이걸 왜 나한테 보여주는데?"

"형 진짜 모른 척 하는 거야, 정말 모르는 거야?"

방두한이 빙글빙글 웃으며 말했다.

"그때 우리 직원이었던 두 명의 여직원이 죽은 거 알지?"

방성태가 고개를 끄덕거렸다.

"그 직원들이 똑같이 임신 중이었고."

그 사실도 알고 있었다. 방성의 일이니 외면하려고 해도 외면할 수가 없었다. 방성은 아버지로부터 시작되었으니 자연스러운 관심이었다.

"그런데?"

"누가 그 일을 다시 조사하고 다니는 거 같아."

"이미 끝난 일이잖아."

"그러게 말이야. 이미 끝난 일을 누가 다시 뒤지고 다닌다니까."

"누가?"

"장만도라고 알아?"

"우리 서에 장 형사?"

"그래. 그 인간이."

"그놈이 왜?"

"진짜 몰라서 묻는 거야?"

"그래, 몰라."

"그 인간 부인이 정해경이잖아. 그래도 몰라?"

"정해경……."

"한국일보 기자!"

그 한 마디에 모든 게 확연하게 떠올랐다.

"죽은 그 여 기자?"

"그래."

"그 사건도 미제로 끝나버렸잖아."

"그러니까 끝난 사건을 다시 뒤지고 다닌다니까."

"그래서?"

"그래서가 뭐가 그래서야. 그 자료들 남은 거 모두 파괴하라는 거지. 종이든 파일이든 남은 게 있으면 말이야."

"나더러 또 똥을 치워라?"

방두한이 방성태를 쳐다보며 눈을 치켜떴다.

"형님아, 그렇게 막말을 하면 되겠어."

"결국 똥 치우라는 거잖아."

"내가 아니라 아버지랑 연관된 거야."

"누가 됐든."

"이럴 때보면 진짜 정나미 떨어진다니까."

"나보고 자료 없애라는 건 그때 배 침몰 사건이 단순한 규정 위반이 아니라 뭔가 있다는 이야기잖아."

"그게 아니라 사소한 빌미라도 만들지 말자는 거잖아. 지금 우리 그룹 잘 성장하고 있잖아. 그리고 조만간에 중요한 일도 치러야하고 말이야."

방성태가 무슨 일이냐며 눈으로 물었다.

"태양력과 달력이 3333년 만에 어긋나는 하루에 치를 행사 말이야. 큰아버지를 볼 수 있을 지도 모를 행사, 정말 이렇게 계속해서 모른 척 할 거야?"

방성태는 답답했다. 방성사이언스는 중요하지만 아버지의 부활은 그야말로 미신이었다. 스스로 죽은 사람이 되살아온다면 그 상황을 반겨야할지 두려워해야 할 지 알 수 없었다. 아버지이며 과학자였고 방성을 세운 설립자이니 존경은 하지만 정은 없었다. 하지만 귀신이 보이기 시작한 지금 무턱대고 미신으로만 치부할 수도 없었다.

"행사 치르는 거랑 그 배 사건이랑 무슨 연관이 있는데? 확실히 알아야 대처를 하든가 하지."

"형 그러니까 진즉에 그 낙주 패거리들 잡아넣었어야 했다니까."

"그놈들이 왜?"

"지금 그놈들이 뒤지고 다니는 거 같아."

"그게 무슨 소리야? 그럼 김 반장이 그 사건을 뒤지고 다닌다고?"

"요즘 장 형사가 그놈들하고 어울리는 거 모르지?"

"너는 실험실에 있는 놈이 그런 걸 어떻게 그렇게 잘 알아?"

"난 정보원들이 많거든. 아무튼 알아 몰라?"

방성태는 담배를 꺼내 물었다.

"그 장 형사가 미제 사건 기록들 중에 그 사건 파일을 가져갔다는구만. 이유가 뭐겠어?"

"좋아. 가져갔다고 치자. 그래서 장 형사가 그 사건을 풀면 방성하고 무슨 연관이 있는 건데?"

"방 반장님 알면서 왜 그럴까?"

"뭘 알아?"

"그걸 꼭 내 입으로 말해야 하겠어? 형님이야 방성이 잘 되든 엎어지든 상관이 없겠지만 우린 다르거든. 나도 가족이 있고 말이야."

방성태는 이를 앙다물었다. 대부분은 방성이 사회적 기업이라고 알고 있을 터였다. 방성태가 견디기 힘든 건 방성의 위선이었다. 적어도 아버지가 방성을 이끌어갈 때는 정직했다. 그런 회사를 키워놓기는 했지만 속은 지옥까지 타락한 회사를 만들어버렸다는 게 방성태의 생각이었다.

"또 작은아버지 여자 문제지?"

"오, 빙고! 그러니까 정리 좀 해봐. 사전에 차단도 하고. 그것들 빨리 엮어 넣어야해."

"장 형사가 그 패거리하고 어울려서?"

"나 원 참. 그것들 귀신들하고 어울리는 거 알잖아. 형도 귀신 보기 시작했으니까 알 거고."

"미친 놈, 너도 너희 아버지도 미쳤어. 100살이 다 된 사람이 젊은 여자들하고 놀아나질 않나? 문제 터지니까 수습해 달라고 하질 않나?"

방두한의 얼굴이 붉게 달아올랐다.

"뭘 잘 모르나본데. 미친 건 큰아버지야. 인류가 생존하기 위해 탁월한 적자만 남기고 다 죽어야 한다는 사람이 미친 거지. 탁월한 적자는 누가 선택하는 건데? 큰아버지가 노아라도 돼? 노아라 해도 그런 선택을 하지 않아. 그리고 난 큰아버지의 그 뜻이 의심스러워."

"그래도 내가 아는 한 아버지는 정직했어. 지금처럼 방성이 오만 인간들하고 엮이진 않았다고."

"이거 왜 이래? 우리 아버지가 경영을 우습게 했다는 말처럼 들리네. 기업이 정권에 빌붙지 않고 살아남을 수 있을 거 같아? 뭐 하나 제대로 허가나 내주는 거 같아? 그리고 사회단체들이 가만히 있을 거 같아? 썅! 자기만 도덕적으로 훌륭한 척 굴고 지랄이야."

막말을 하는 걸 보니 방두한도 참을 만큼 참았다가 터진 모양이었다.

"니미 다들 나를 호구로 아는데. 방성이 내가 개발한 약들 덕에 이만큼 컸다는 걸 아는 놈이 없어요."

방성사이언스의 주력 상품은 복제약이거나 다른 제약회사들의 연구 상품을 가로챈 약들이었다. 방성태도 그런 저간의 사정을 알고 있었다. 귀신을 보게 된 뒤로는 귀신들의 도움을 받아 반발짝 빠르게 개발한 약입네 하고 발표를 한다는 사실도 깨달았다. 아버지라면 용서하지 않을 일이었다.

"도대체 그렇게까지 하는 이유가 뭔데?"

"몰라서 그래? 큰아버지가 살아 돌아온다니까."

"그 인간이 돌아오면? 세상이 달라지나?"

"달라지지!"

방두한은 망설임 없이 단언했다.

"다들 미쳤으니까 그런 짓 하지 마."

방성태는 미친 짓을 이쯤에서 접어야 한다고 생각했다. 더 나가서는 안 되는 일이었다.

"방 반장! 몰라도 한참 모르시네. 우린 이제 원래대로 돌아갈 수가 없다고."

"그냥 안 하면 되는 거야."

"이봐 방성태! 너도 그렇고 나도 그렇고 소모품으로 탄생됐다는 거 몰라? 큰아버지나 아버지가 자식을 귀하게 여겨서 우릴 낳았다고 생각해? 우린 그 인간들 소모품이야, 소모품!"

방두한에게 이토록 적나라하게 듣고 싶진 않았다.

"그러니까 더 이상 하지 말자고!"

"그럴 수 없어. 나도 너도 이미 저승의 세계에 눈을 떴으니까."

"내가 안 하면 안 하는 거지. 그런 말도 안 되는 강짜가 어딨어?"

방두한은 끝모를 하늘을 쳐다보았다.

"방성태, 네 뒤에 서 계신 분 누구지?"

방성태가 뒤를 돌아다보았다. 그곳에 대복이 서 있었다.

"너도 귀신을 본다?"

방성태가 방두한과 대복을 번갈아보았다.

"이제 내 말 알아듣겠어? 우린 이제 어디로든 흘러가도록 섭리에 의해 설계된 거야. 그리고 큰아버지 부활시켜드리면 좋아하시지 않겠어?"

방두한은 말을 끝내고 낄낄거렸다. 방성태도 보았다. 그의 몸에 깃든 황색의 그림자를. 기이하게도 그림자는 방두한의 움직임과 따로 놀았다. 한 몸에 두 개의 영혼이 깃들어 있는 듯했다.

"그 인간은 그저 다시 살아나고 싶을 뿐이야."

"음, 굉장히 솔직하게 말하네. 나나 너 그리고 우리 아버지 역시 그럴 걸."

방성태는 황색의 그림자에게서 눈을 뗄 수 없었다.

"너한테 붙어 있는 거 뭐야?"

"호! 내 몸주가 보여? 이거 대단한데."

방두한과 일체가 되어 움직이는 몸주가 방성태의 눈에 점점 더 선명
하게 들어왔다.

"이제 알겠지. 너나 나나 이젠 어디로든 달려가야 한다는 거 말야."

방두한이 방성태에게서 멀어졌다. 그는 걸음을 걷다 멈추고 손가락
으로 방성태가 들고 있는 서류를 가리켰다.

"그 친구들 적어도 큰아버지 깨어나실 때까진 잡아둬야 해."

방성태가 방두한에게 바짝 다가서자 그의 똘마니들이 삽시간에 두
사람의 주변에 모여들었다. 방두한이 똘마니들을 눈을 부라리며 쳐다
봤다. 방두한이 방성태에게 가까이 다가들어 귓속말을 했다.

"형, 내 말 잘 들어. 큰아버지도 그렇고 내 아버지도 우리가 모르는
뭔가가 있어. 눈 잘 뜨고 살펴보라고. 형 뒤에 저 귀신은 대복이지? 큰
아버지 몸주이지 않았나? 그 몸주가 형한테 온겨? 잘 살펴. 귀신이 우
릴 속이면 그건 진짜 무서운 거니까."

방두한의 눈빛이 빛났다.

"네가 그걸 어떻게 알아?"

방성태가 물었다.

"나는 애초에 판수로 길러졌어. 그게 싫어서 죽도록 공부를 팠던 거
고. 물리학자도 되고 생물학자도 됐지만 결국 난 이 짓이 마음에 들어
버린 거야. 죽음에 대항하는 거. 멋있잖아. 내가 가진 지식과 논리로
죽음을 이겨버리는 거야. 그건 시간을 이기는 일이기도 하고."

"궤변은 여전하네."

"궤변은 나보다 큰아버지가 원조 아닌가? 대통령의 고문이었던 큰아버지 말이야. 대통령이 연설문을 써놓고 큰아버지와 의논하고 그랬다는 건 너도 잘 알 텐데. 당장 자신이 부활할 거라 예언을 했잖아. 이런 큰 궤변이 어디 있을까? 나야 실험물들 가지고 하는 거지만 큰아버지는 당신이 모월 모일에 살아나겠다잖아. 그야말로 기가 막힌 일이지."

방성태는 산등성이로 눈길을 보냈다. 그런 인간이 왜 교주 노릇을 하고 판수가 되고 죽은 지금은 부활을 꿈꾸는지 알 수가 없었다.

'13월의 13일에 돌아오리라.'

방귀언은 마치 당연하다는 듯 그렇게 유언을 남겼다. 마치 죽음과 삶의 경계를 수시로 드나들었던 사람처럼.

"우리 집안이 어쩌다 이 지경이 된 건지 모르겠지만……. 나한테 이해를 구하지 마."

"이해? 이해 같은 건 없어. 그냥 일어나는 거야. 하루가 지나면 시간이 흐르고 시간이 흐르면 늙고 늙으면 죽는 거야."

"그런데 우린 거스르고 있잖아. 죽은 걸 살려내려고 하잖아."

"뭐 필요하다면."

방두한은 대수롭지 않다는 듯 대꾸했다. 방성태는 한 차례 더 깊고 깊게 한숨을 내쉬었다. 방두한이 그에게서 멀어지면서 서늘한 기운이 느껴져 주차장 마당 쪽으로 눈길을 주었다. 대복이 그에게 눈길을 주고 있었다.

– 대복이 맞는가?

방두한이 그를 힐금 쳐다보았다. 방성태에게도 들렸다.

  – 오늘에야 전설적인 대복을 보게 될 줄이야.
  – 너는 마라냐, 두한이냐?
  – 그러는 너는 대복이냐, 방귀언이냐?

방두한이 방성태에게 멀어지며 낄낄거렸다.

  – 인간의 몸과 하나가 될 수 있는 존재는……. 몇 안 되는데. 마라
겠군.

방성태는 그러거나 말거나 주차해 놓은 차에 올라탔다. 방두한도 대
복도 그런 그를 신경 쓰지 않았다.

  – 내가 네 놈을 부른 적이 없는데.

대복이 말했다.

  – 부르는 사람이 없어도 찾아가는 게 마라 아니던가? 여기에 멋진
잔치가 벌어지려고 하는데 그래도 와봐야 하지 않겠어?
  – 마라, 여긴 네 놀이터가 아닌데. 두한이에게서 떨어져라.

방두한의 눈길이 대복에게 건너왔다.

- 이봐, 대복. 마라는 말이지. 누군가 간절하게 원하지 않으면 나타나지 않는다는 거 모르지 않겠지? 이보게 대복, 날 떨쳐낼 생각은 마. 난 조용히 내 목적만 달성되면 사라질 테니까.

- 목적이 뭔데?

대복이 물었다. 방성태는 차 안에 앉아 그들의 이야기를 들었다. 한쪽은 귀신이며 한쪽은 사람이었다.

- 네 놈 목적은 뭐지? 그 속을 내가 모를 줄 아냐? 네 놈 목적과 내목적은 같아. 너도 부활을 원하고 나도 부활을 원하지. 안 그래?

마라가 되물었다.

- 부활은 제물의 영험함에 따라 몇이라도 가능하지만 아직은 아무도 몰라.

- 걱정하지 마시게. 방경언의 열망이 강해서 결국엔 부활이 일어날거야. 대복 자네도 알고 있겠지. 방경언 그 인간 죽어가고 있다는 걸. 잘 생각해볼 필요도 없겠지. 그 인간이 부활에 목을 매는 건, 자네 원래의 몸주를 살리기 위한 게 아냐. 지가 살라고 하는 게지.

대복은 대꾸할 말이 떠오르지 않았다. 대복은 귀언을 찾아가봐야 한다고 생각했다. 하지만 방귀언이 죽으며 예언한 날이 아니면 그를 만날 수 없도록 준비되어 있었다. 그를 만나려면 그의 방과 관에서 부적을 뗄 수 있는 힘이 있어야만 했다. 지금 그럴만한 힘이 있는 인간은 없었다.

– 혹 진고랑의 패거리 중에 정낙주라면…….

방두한이자 마라가 차를 몰고 주차장을 빠져나갔다. 방성태는 서류를 한 차례 내려다보았다.

4.

귀신의 나라

슬픈 제주

1

– 언니!

소영이 낙주를 쳐다보며 활짝 웃었다. 늘 차가운 색감의 피부를 가진 귀신이라 하더라도 미소를 짓는 얼굴은 보기에 좋았다.

시경은 양 형사의 연락을 받고 외출 중이었고, 진고랑은 졸본을 볼 수 있는 단서를 발견할 수 있을 지도 모른다며 진주 남강으로 내려갔다. 재명과 담적은 책방 응접실에 앉아 장기를 두고 있었다.

"우리가 지금 이렇게 보내믄 안 되는 거 아니요?"

담적이 말했다.

"그라게요. 뭔가 겁나게 바쁘게 돌아가고 있는데 그게 뭔지를 알 수가 없으니. 밀본께서 아무런 언급도 없으신가요?"

"법사님께서도 감감무소식이신데…. 이런 것도 전에 없던 일입니다요."

"허긴 밀본 법사님 참 말이 많으신 양반인데."

"그 덕에 요즘엔 좀 잘 자긴 하지만."

담적이 차를 재명의 왕 부근에 가까이 붙이며 '장'을 불렀다.

"그새 장기만 두었소? 장기를 뒀다하면 지네."

– 쩌기 있는 거 가져다 멍 하믄 되것네.

문득 어디선가 말소리가 들렸다.

담적이 고개를 들자 재명도 얼굴을 들고 소리가 들린 쪽을 쳐다보았다.

호피무늬 외투를 걸치고 포수 방한모를 쓴 밀본 법사였다.

– 아이고 법사님 오랜만입니다.

재명이 손을 모으고 밀본에게 합장을 해 보였다.

– 재명 씨 미모는 어찌 거꾸로 가는가? 나이를 들믄 좀 주름도 지고 피부도 탁해지고 그래야 정상이지

– 법사님 그간 농이 느셨네요

– 저 미모의 처자가 혹시…….

밀본이 낙주를 힐끔 쳐다보았다. 낙주가 잠깐 밀본을 쳐다보았다. 낙주와 밀본이 눈이 마주쳤는데 밀본은 얼른 시선을 거뒀다.

– 아이고, 아이고 암 말도 하지 마세요.

재명이 손을 쑥 뻗으며 다급하게 손사래를 쳤다.

– 설마 아직까지도 진실을 안 알려준 거?

밀본이 낮게 중얼거렸다.

– 진실을 알았다간 세상 뒤집어지게요.

담적도 얼굴이 사색이 되며 밀본에게 눈짓을 했다.

– 어이쿠 백제님이 언제 붙으셨대?

밀본도 은미를 알아보았다.

– 은미님은 알은체해도 다른 말은 하시면 안 됩니다.
– 은미님? 백제님이 은미님?
– 하여간 내막이 깁니다. 은미님이라고 안 부르면 사라지시겠다고
엄포를 놔서.

　재명과 담적이 밀본과 이야기 나누는 동안 낙주와 은미는 소영과 함
께 온 낯선 노인과 말을 나누고 있었다.
　밀본이 눈을 찡긋거리며 재명과 담적의 뜻을 알겠다는 듯 눈을 찡긋

거렸다.

　－ 재명 씨 비형은 요즘 안 보이시던데?
　－ 요즘 바쁘신 모양이에요. 그래도 하루에 한 번은 잠깐씩 들르셨는데, 요 며칠은 아예 안 보이시는 게 뭔가 좀 수상합니다.

　밀본이 담적의 곁에 앉았다.

　－ 지금 세상에 나와서는 안 될 물건들이 몇 나와서 돌아다니고 있어.

　담적이 손에 들었던 말을 장기판 위에 내려놓았다.

　－ 물건이요?
　－ 진즉 저승으로 갔어야할 물건들이 귀신의 힘으로 살아 있는 것처럼 움직이고 있고.

　담적은 졸본에 갔을 때의 일들이 떠올랐다. 그들이 부딪쳤던 존재들에게선 사람의 온기가 느껴지지 않았다.

　－ 무엇보다 대복과 마라가 나타난 거야.
　－ 대복과 마라요?

　담적이 제 소리에 놀라 손으로 제 입을 막았다.

- 대복은 알겠는데 마라는 누구죠?

밀본이 재명을 쳐다보았다.

- 재명 씨, 마라는 비형도 어쩌지 못하는 귀신이오. 나도 실제로 본 적은 없지만 이승과 저승의 경계를 무너트린 존재라고도 들었소.
- 경계를 무너트린다는 건……
- 그러니까 이승에 있으면서 저승의 존재를 손으로 직접 휘어잡을 수도 있고 저승의 존재가 되어서도 이승의 존재를 해칠 수 있다는 말이지요.
- 그런 존재가 어디 있겠습니까?
- 나도 말만 들었지, 실제로 본 적이 없습니다.

밀본은 책방 안을 천천히 둘러보았다.

- 여긴 완전히 요새네. 보기엔 그냥 흔한 책방이지만 책방 전체가 하나의 부적이구만. 여긴 몸주이거나 암묵적으로 허락된 귀신들만 드나드는 곳이구만.
- 법사님, 마라 말입니다. 혹시 그 마라라는 귀신은 살아있는 사람에게 발길질도 할 수 있다는 말인가요?

밀본이 책방을 둘러보며 고개를 끄덕거렸다. 재명은 순간 낙주에 대해 생각이 미쳤다. 지금까지 낙주를 해칠 수 있는 귀신은 없었다. 하지만 이제 그럴 수 있는 귀신이 나타났다는 말이었다. 재명의 눈길이 낙주에게로 향하자 담적과 밀본의 눈도 낙주를 쳐다보았다. 낙주가 세 존재의 눈길을 느껴 잠깐 손을 들어보였다.

－ 나도 아직 경험해 보지는 못했지만 들리는 소문에 의하면 좀 힘 센 장정 정도라 하니 그리 놀랄 일은 아닐 거여.
－ 사람일 때요, 아님 귀신일 때요?
－ 사람일 때. 귀신일 때는 감당 못할 존재고.

책방의 소파에 앉아 있는 윤식은 양쪽을 번갈아보느라 정신이 없 었다.
"내가 내 명에 못 죽지, 못 죽어."
윤식이 양쪽 눈을 손으로 가렸다. 낙주는 그런 윤식을 쳐다보며 희 미하게 미소를 지었다. 윤식은 금방 자신이 보던 책 속으로 눈길을 주 었다. 고대에서부터 투명한 존재가 되었던 기록이 담긴 책이었다.

－ 언니!

소영이 낙주의 얼굴 앞으로 자신의 얼굴을 바짝 들이밀었다.

－ 무슨 생각해요. 이 아저씨가 아까부터 기다리셨다니까.

소영이 사내를 낙주에게 다시 소개했다.

－ 죄, 죄송합니다. 잠깐 다른 생각을 했네요.

낙주가 사내에게 사과를 했다.

 - 괜찮수, 나야 죽은 몸이니 산 몸이 먼저요. 그란데 참말로 내가
보이오?
 - 보입니다.

낙주가 어색하게 미소를 짓다 말았다. 사내의 눈가에 맺힌 눈물 때
문이었다. 사내는 불그스름한 소복 차림에 검정고무신을 신고 있었다.
옛날 귀신이라는 말이었다.

 - 제주도서 오셨어.
 - 제주도?

낙주는 사내에게 의자를 권했다.

 - 무슨 일로…….

처음에는 알지 못했다. 사내가 입고 있는 옷이 그저 붉게 염색한 옷
이라고만 생각했다.

 - 몸을 찾을 수 있다고 혀서 처자를 찾아왔소. 세월이 너무 오래되
어서 찾을 수 있으라나 모르것지만.
 - 얼마나 오래 되었는데요?

윤식이 사내의 말은 알아듣지 못하지만 일을 의뢰하러 왔다는 걸 눈치 챘다. 그는 책을 덮고 귀를 기울였다.

  ─ 내가 살았던 곳은 곧을동이라고. 제주도 동북쪽이라 보믄 되오. 그러니까 그것이 4.3때 말이지요. 그러니까 그것이 몇 년도지? 아무튼 그날 말이오. 마을 사람들이 한 곳에 죄 모였는데, 아가들 때문에 집에 있는 여자들꺼정 죄다 모조리.

  사내는 횡설수설했다. 게다가 그는 바지주머니에서 붉은 당목 손수건을 꺼내더니 흐르지도 않는 땀을 훔쳤다. 손수건마저 붉었다. 낙주는 그제야 사내의 옷이 붉은 이유를, 손수건마저 붉은 이유를 어렴풋이 깨달았다.

  ─ 그날 마을 사람들이 아이들꺼정 하나도 남기지 않고 모두 죽어버렸는데. 어찌어찌 몇몇은 어렵게 몸들을 찾았는데 수만 명은 못 찾았소. 이제 좀 내 가심에 생긴 한도 좀 풀어버리고 훨훨 어디론가 가고 싶은데. 떠날 재간이 있어야지. 그래서 소문 듣고 여까지 찾아왔소.

  낙주는 사내를 바라보며 한숨을 내쉬었다. 사내는 낙주와 눈을 마주치지 못했다. 그는 서른에서 마흔 사이의 나이로 보였는데 살아 있다면 지금은 백살이 넘었을 나이였다.

  ─ 실은 넘사스럽다고들 그냥 우리들 가심에 묻어두고 가자고 했는데. 그게 그렇게 안 됩디다. 지금도 곧을동 사람들은 그 일에 대해 말

하지 않아요. 70년도 더 지난 일인데 아직도 쉬쉬하지. 그래선 안 되는데, 이자는 그래선 안 되는 거잖아요. 그래서 내 용기를 내서 바다를 건너왔소.

제주도까지 오봉서점이 소문난 모양이었다. 사람들이 아니라 귀신들이 전하는 말이니 오죽 빨리 퍼져나갈까 싶었다.

시경과 진고랑이 책방 문을 열고 들어왔다. 두 사람의 손에 구슬 아이스크림이 들려 있었다. 서로를 쳐다보며 미소 짓는 품이 연애를 하는 청춘들 같았다.

"아니 두 분이 어떻게 같이 들어와요?"

윤식이 두 사람을 번갈아 보았다.

"요 앞에서 만났지."

"뭔가 좀 수상한데……"

윤식이 두 사람을 살폈다.

"선생님은 진주 다녀오신다면서 뭐 좀 찾으셨어요?"

"내가?"

진고랑이 말했다. 시경이 그의 옆구리를 찔렀다.

"그, 그렇지. 진주 갔었지. 그런데 별 게 없었어."

"두 사람 저한테 뭐 숨기는 거 있죠?"

윤식이 말하는 동안에서 두 사람은 손가락 한 마디만한 숟가락으로 아이스크림을 퍼 먹었다.

"웬 아이스크림?"

윤식이 눈을 흘리며 물었다.

"요 앞 가판대 아주머니가 주신 거야."

윤식이 자리에서 벌떡 일어났다.

"설마, 그 아이스크림 두 개로 죽은 아저씨 만나게 해드린 걸로 퉁친 건 아니겠지? 혹시 두 분 그 아주머니 남편 만나고 온 거 아니죠?"

시경과 진고랑이 서로를 쳐다보며 눈을 깜빡거렸다.

"난 양 형사 만나고 왔잖아. 선생님은 진주 다녀온 거고."

"그냥 딴 주머니 차는 것도 좋아요. 하지만 아이스크림 하나로 일봐주고 그러시면 안 되요."

"에이 설마……."

"나이도 드실만큼 드신 분들이 어째 저러실까. 그 아이스크림 두 개로 작업비 끝내신 거죠? 나 원 참……. 우리도 정찰 선불제로 정착을 시키든가 해야지."

"아냐. 아이스크림 두 개로 전철 값도 안 나와. 그쵸 선생님."

"그, 그렇지. 우리가 설마 아이스크림 두 개 값으로 귀신 만나주고 뭐 몸도 찾아주고 그랬겠어. 안 그래 김 반장?"

"그러니까요. 우리도 땅 파서 장사하는 것도 아니고 말입니다."

"그런데 우리가 자원봉사처럼 그런 일도 한다는 걸 보여주어야 우리 감시하는 놈들한테도 별 거 아니라는 인상도 주고 그러지 않을까? 그러니까 예를 들어서 노점에서 아이스크림 파는 아주머니 같은 경우말이야."

진고랑이 얼결에 반쯤 인정을 하고 말았다.

"선생님! 그런 말을 왜 하세요?"

"그만들 하세요. 아주머니가 고맙다고 진즉에 고구마 한 봉지 들고 오셨으니까. 아이스크림 두 개에 고구마 한 봉지. 없는 분들에겐 그렇게 해드려야죠. 그래 그 아주머니 아저씨는 만나 보셨어요?"

"그랬구나. 그 아주머니 증말 딱하드라. 내가 어지간하면 모른 척 하려고 했는데. 그럴 수가 없겠더라고. 아주머니 요 앞에서 장사한 게 20년도 넘잖아. 하루도 거르지 않고 매일 찾아와서 아주머니 얼굴 한 번 보고 가는 아저씨를 어떻게 알겠냐고."

"맞아. 좀 딱해서 내가 물어봤지. 아저씨랑 헤어진 게 25년쯤 됐대. 바로 저 자리에서. 옛날에 저 자리엔 판자촌이 있었거든. 노동일 하셨는데 지방으로 일 간다고 집 나선 후 못 봤대. 간척지 공사장에 갔다가 갑자기 불어난 밀물을 피하지 못하고 휩쓸려 갔다지. 딸이 둘에 아들이 하나 있거든."

"자식들은 잘 키웠드만."

낙주와 윤식은 가만히 듣기만 했다.

"그런데 누가 통역했어요? 두 분은 아직 귀신들하고 말이 안 통하잖아요."

진고랑이 낙주 뒤에 서 있는 은미를 쳐다보았다. 윤식도 진고랑의 눈길을 따라 고개를 돌리다 은미와 눈이 마주쳤다. 은미는 자신은 모르는 일이라며 어깨를 잠깐 들썩였다.

"제가 살림을 맡고 있는 이상, 그런 식으로 일하시면 안돼요. 그냥 일을 해주셔도 저한테 꼭 말해주셔야 해요. 은미 씨도 그렇고 선생님이나 팀장님도요. 저만 나쁜 사람 만들지 마시라고요."

"암, 그래야지. 우리는 한 가족이잖아. 사실 일 끝나믄 다 말하려고 했다니까. 그렇죠?"

"그럼, 그럼."

진고랑이 서둘러 대구를 했다.

"좋아요. 앞으로 그러지 마세요. 막 기분 나빠지려고 하니까."

"그러지 마. 우리도 어쩌다 보니 그냥 그렇게 된 거야."

"아무튼 그 아저씨는 20년 동안 왜 찾아다니신 거래요?"

윤식이 입을 한번 삐죽거리더니 이내 밝은 표정으로 물었다. 사람은 많고 벌어들이는 금액이 많지 않다보니 윤식의 고민이 깊었다. 이들은 가족처럼 모여 세 끼니를 거의 책방에서 해결했다. 성인들 넷에 어쩌다 오는 손님들까지 끼니를 해결하려면 돈이 꽤 들었다. 게다가 먹는 양들이 보통 이상이었다. 윤식은 다른 사람들 모르게 자신의 통장에서 조금씩 돈을 빼내 생활비로 활용하고는 했다. 그래서 그는 책방 사람들에게 좀 예민하게 굴었다. 낙주만은 그런 윤식을 눈치 채고 있었다. 도움을 청할 때까지 모른 척 할 생각이었다.

"글쎄 그 아저씨가 옛날 과자 통에다가 청혼하려고 숨겨놓은 반지가 있는데 그걸 전해주지 못해서 그렇게 매일 찾아왔던 거야."

"그래서 찾아 드렸어요?"

"웨하스 들어있는 과자 통 있잖아. 양철로 된 거. 그걸 아저씨가 남대문에서 한번 사 온 적이 있었다지."

"찾아 드렸냐고요?"

"찾아 드렸지. 다행히 그 과자 통을 유물처럼 애지중지 했는데 그 과자 통 바닥에 작은 나무 판자를 하나 깔고 그 안에 숨겨두었던 거야. 결혼 10주년 때 주려고 그랬다는 거야."

"비싼 거였어요?"

윤식이 눈을 치켜떴다.

"그냥 18케이 실 반지였어."

"그래 실반지. 그걸 20년 만에 찾은 거야. 가족들 모여서 반지 보면서 얼마나 울던지. 없는 사람들이 잘 사는 세상이 되어야 하는데 말이야."

"그 간척지 공사에서 사고 났다면서 보상금 같은 것도 못 받았대요?"

"정식 인부로 기록이 안 되어 있는데다가 시신도 못 찾고 증언해 줄 사람들도 죄다 죽어버려서 억울하지만 그냥 죽은 걸로 끝난 거지."

"뭐 그딴 회사가 다 있어요? 엄연히 일한 거 알 텐데."

"일꾼들이 많아서 관리자들은 알지. 몇이나 왔는지. 아무튼."

"어떤 회사예요?"

"맞아. 그게 우리가 들어본 회사이기도 했어. 선생님 방성건설이었죠."

"그래 방성건설."

"장 형사님 부인이 은밀하게 취재 다녔다는 그 방성사이언스의 방성이요?"

"듣고 보니까 그렇네. 방성이 좀 논란이 있었던 게 간척지 공사를 맡을 수준의 건설사가 아닌데도 맡아서 잠깐 논란이 있었지. 지금이야 다 지난 이야기이지만."

"그 방성 맞다. 방성건설, 방성리조트, 방성호텔, 방성사이언스……"

"뒤 구린 게 많은 회사인 모양이네."

윤식의 말이 끝나기 무섭게 모두의 시선이 은미가 데려온 노인에게로 향했다. 노점에서 아이스크림 파는 아주머니에 대해 이야기하느라 방문한 노인의 존재를 까맣게 잊고 있었던 것이다. 노인은 이들의 이야기를 들으며 가만 앉아 있었다. 사람들이 눈길이 우르르 모여들자 노인이 책장 쪽으로 물러났다.

- 아저씨 죄송해요. 저희가 좀 정신이 없습니다. 그냥 앉아 계셔도
돼요.

낙주가 말했다.

- 염려마세요. 다들 저처럼 아저씨를 볼 수 있고, 저랑 비슷한 일을
하는 사람들이니까요.
- 그래요?

사내가 주저하다 다시 의자에 앉았다.
"다들 자기 일해요. 아저씨가 뻘쭘해서 아무 말도 못하시잖아요."
낙주가 입으로 소리 내서 말했다.
"돌아가셨을 때가 서른 즈음 되셨으니까 지금 100살은 넘으셔서 할
아버지세요."
진고랑은 얼른 테이블 위에 책을 집어 들었다. 재명과 담적은 장기
판에 눈길을 주었다. 윤식은 낙주의 말을 못 들은 척 사내를 쳐다보
았다.
사내는 사람들을 둘러보았다. 그들이 사내에게 목례를 하자 그는 약
간 놀란 눈치였다.

- 우린 다들 보여요.
- 참말로 내가 이제까지 떠돈 게 헛고생은 아니었구만. 몸 찾을 수
있다는 판수들 하고 신들렸다는 무당들을 얼마나 찾아다녔는지. 사실
그란디 내를 제대로 볼 줄 아는 판수나 무당은 한 사람도 없었수.

사내의 말이 맞을 터였다. 귀신을 보는 일은 다른 세계를 보는 것과도 같았다. 그런 눈은 사람에게 쉽게 부여되는 게 아니었다. 사내는 여전히 주변을 두리번거렸다.

요즘 들어 책방 주변을 떠도는 귀신들이 많았다. 그렇다고 선뜻 책방으로 들어오지 않았다. 형사들인 듯한 사내 여럿이 주변을 어슬렁거렸고 귀신들도 책방을 맴돌았다. 사람들도 그렇고 귀신들도 감시자의 냄새를 풍겼다. 사람들은 모습이라도 감추는데 귀신들은 대놓고 책방 안을 들여다보곤 했다. 그렇다고 예전처럼 은미를 데려가기 위해 공격적으로 나오지도 않았다. 낙주는 그게 오히려 기분이 나빴다. 폭풍우가 몰려오기 전의 고요라는 생각이 들었다.

"세상은 진짜 별 맛이 다 있어."

노인이 무슨 말을 하는지 알지 못했지만 입을 꾹 다물고 있는 모습만은 진고랑이나 시경, 윤식에게도 보였다. 사내가 입을 열지 않자, 진고랑이 먼저 말했다. 진고랑이 사내를 편하게 만들어주려는 것 같았다. 그는 시경에게 알록달록한 구슬 아이스크림을 들어 보이며 말했다.

"나 때는 설탕물 얼려놓은 아이스께끼가 전부였는데."

진고랑이 여전히 미동도 하지 않는 사내를 보며 너스레를 떨었다.

"김 반장도 이런 아이스크림 처음이지?"

시경은 의외의 질문에 잠깐 멍청히 쳐다보다 정신을 차렸다.

"아 그럼요. 우리 딸이나 알까. 저도 아이스께끼 세대죠."

"누가 늙은 사람들 아니랄까봐……."

윤식이 투덜거리듯 말했다. 그 덕에 낙주를 찾아온 사내의 굳은 얼굴이 조금씩 풀어졌다. 드디어 그가 입을 오물거렸다. 진고랑과 시경,

윤식은 사내의 말은 알아듣지 못했지만 그가 뭔가를 이야기하고 있다는 걸 알고 조용히 입을 다물었다.

- 졸본이라는 데도 다녀왔습죠.

사내의 입에서 졸본이라는 말이 나오자 낙주는 귀가 활짝 열렸다.

- 졸본이라고요?
- 거기에도 귀신들 몸 찾아주는 판수가 있다는 소문이 있어서요. 살다 살다 귀신들이 그렇게 많은 동네는 또 처음이요. 귀신들 수도라고 하더니만 거짓말이 아니더라고요.
- 그래 누구 좀 만나셨어요?

재명이 노인의 곁으로 다가오며 조심스레 물었다.

- 웬걸요. 귀신들이 해주는 말들이 죄 다르고. 어느 귀신 말 듣고 찾아가 보면 얼마 전까지는 있었는데 사라졌고, 귀신 판수를 찾아가보믄 자긴 이제 판수 안 한다고 하질 않나, 골목, 골목에 귀신 점쟁이들도 몇 만났는데, 이것들은 사람 점쟁이들보다 못 맞추니 내가 뭘 찾겠소. 귀신들이라는 게 귀신 점쟁이한테 솔깃할 때가 나 죽은 날짜를 기가 막히게 맞출 때요. 죽은 날짜를 정확하게 몰라도 그 근방이라도 맞추면 믿음이 가겠는데 아무도 못 맞춥디다.

사내의 말을 알아들은 사람들이 고개를 끄덕거렸다. 무슨 말인지 알지 못하는 사람들도 고개를 주억거렸다.

– 처자, 가능해요?

사내가 낙주에게 물었다.

– 네?
– 내 몸뚱이 좀 찾아줄 수 있느냐고요.
– 사실 그건 장담을 못해요. 저희도 이리저리 찾아보고 알아보고 책도 좀 뒤져보고 그래야 합니다. 혹시 졸본에서 다른 건 못 보셨나요?

낙주는 방두한 일행이 생각나 물었다.

– 졸본에 3천 년 전엔가 만든 지하 도시가 있다는 말도 듣긴 들었는데. 도시라믄 사실 엄청 큰 곳이잖아요. 그런데 저잣거리만 실컷 보고 도시는 못 봤소. 귀신들 잡고 물어봐도 지하에 뭔 도시가 있냐고 내게 되묻더군요.

사내는 혀를 찼다. 낙주는 귀신첩을 테이블 위에 올려놓았다.

– 뭐 더 기억나시는 거 있으면 말씀해주세요.
– 그러지요.

사내가 귀신첩을 내려다보았다.

– 여기가 일 의뢰하시는 분들 내용을 기록해요.

– 아! 그렇군요.

– 말씀해보세요. 곧을동에 사셨고, 이름은 어떻게 되세요?

다시 책방에 모인 사람들과 귀신들의 관심이 사내에게로 쏠렸다.

사내의 이름은 고두근이었다. 어느 날 마을이 빨갱이 마을로 낙인찍힌 후 우익 집단에게 마을 사람들 단 한 명도 남김없이 모조리 살해당했다. 아이도 남김없이.

– 죽은 사람들 상당수는 바다에 버려졌습죠. 그래도 몇몇은 찾기도 했는데, 몇은 영영 못 찾고 있어요. 지금은 찾기를 포기하고 귀신들마저 뿔뿔이 흩어졌습니다. 살아 있을 땐 몰랐는데, 죽어서 보니 귀신들도 때론 기억을 잊기도 한다는 걸 알게 됐습니다. 더 늦으면 나도 그냥 구천을 떠돌게 될 거 같기도 하고, 그렇게 구천을 떠도는 우리 동네 사람들이 안쓰럽고 해서 찾아왔습니다.

낙주는 고두근의 말을 그대로 전달했다. 진고랑과 윤식 그리고 시경은 여전히 귀신의 말을 알아듣지 못했다. 알아들으려 하지도 않았다.

– 사나 죽으나 늘 없는 사람들이 문제여.

재명이 툭 한 마디를 내뱉었다. 시선이 일제히 재명에게로 쏠렸다.

– 할머니 그게 무슨 말이야?

낙주가 물었다.

- 무슨 말이긴 말 그대로지. 있는 인간들이야 몸 잃어버릴 일도 없
고 그렇잖아.
- 꼭 그런 것만은 아닌 거 같은데.

의외로 은미가 재명의 말에 대꾸를 했다.

- 그, 그런가요. 은미님께서 그러시다면야 그런 거죠. 생각해보믄
그런 것도 같아요. 지는 다수가 그렇다는 말이지요.
- 재명 그라게 뭣허러 입을 여는가.

입가에 웃음을 잔뜩 담은 담적이 핀잔 아닌 핀잔을 주었다.

- 그러게 말이요. 내사 백제님, 아니 은미님 속상허라고 헌 말은 아
니지라.
- 그러것지.

은미의 눈이 조용히 감겼다가 떠졌다.

- 거기 제주에도 유명한 판수들이 있을 텐데요.

낙주는 얼른 말머리를 돌렸다.

– 있긴 허죠. 허지만 처자처럼 우리말을 들을 수 있는 무당이나 판수는 없습죠. 그런데 혹시 내 몸을 찾을 수는 있것소? 우리 자석들 몸도 안즉 못 찾은 거 같던데…….

낙주는 가슴이 막막했다. 시경이 슬쩍 낙주의 눈치를 보더니 담배를 권했다. 낙주는 재명의 눈치를 한 차례 살핀 뒤 책방 출입문 쪽으로 걸어가며 담배를 받았다.

"어디서 오셨대?"

시경이 물었다.

"제주도."

낙주는 담배에 불을 붙이며 말했다. 뒤돌아보니 재명과 담적 그리고 은미가 사내를 둘러싸고 앉아 이런 저런 질문을 하는 모양이었다.

"제주도까지 우리 명성이 알려졌다니."

"마냥 좋은 일만은 아니야. 그냥 어쩌다 사고를 당하거나 자신도 모르게 죽은 사람들 몸이나 찾아주고 그러자고 시작한 건데. 우리나라 귀신들은 정말 억울한 귀신들이 많은 거 같아."

"그렇겠지. 그럴 거야……."

낙주는 책방거리 쪽으로 눈길을 주었다. 도로 건너편에 서성이는 패딩 점퍼의 남자와 잠깐 눈이 마주쳤다.

"우리를 지켜서 뭘 하겠다고."

시경이 사내를 알아보았다. 그 사내가 시경의 모습을 발견하곤 어이없게도 거수 경례를 붙였다. 시경도 경례로 대응했다.

"쟤들이야, 위에서 시키는 대로 하는 거니 미워할 수도 없고 그래. 저놈은 나랑 잠깐 같이 지낸 적도 있었던 놈이야."

이제 책방 사람들이 드나들면 방성태의 수하들이 어김없이 따라붙었다. 책방 사람들도 애써 그들을 따돌리려 들지 않았다. 사내 곁에 옹기종기 모여 앉아 책방을 살피는 여러 귀신들도 보였다. 무슨 꿍꿍이가 있는데 알아차릴 수가 없었다.

낙주는 시간이 유독 느리게 간다는 생각도 들었다. 고대 귀신과 근대사에나 있을 법한 귀신들이 공존하니 시간도 뒤틀려 있을 지도 모르겠다는 계산도 섰다.

낙주가 고두근의 곁으로 다가와 앉았다.

- 장담할 수는 없지만 몇 분이나 찾아 드려야 하나요?
- 많지요. 공식적인 희생자가 4만 명이고 기록에 남은 사람들이 1만 6천 명쯤 되는 데 그 중에 아마 삼분지 일은 지 몸이 어디에 있는지 모를 겁니다.

낙주가 윤식과 시경에게도 고두근의 말을 전달했다.

"기록에 나와 있는 사람들만 챙겨서 몸을 찾아본다고 해도 적어도 5천 명은 자기들 몸이 어디에 있는지 모른다는 말이네. 이게 말이 되는 거야?"

윤식이 씩씩거렸다.

"더 되면 더 되지 적진 않을 거야."

"우리나라 역사는 아무튼 진짜 나쁜 놈들 많은 역사야."

- 한 분 몸 찾아드리는 데도 길면 며칠씩 걸리기도 해요. 그렇게 많은 분들을 찾아드릴 수는 없고.

- 그러겠지요. 그래도 누군가 한 사람의 몸이라도 찾으면 아마 수십이나 수백 명쯤 시신을 찾을 수도 있지 않을까 싶네요. 한 곳에 몰아넣고 사살하고 그랬으니까. 나야 동리 사람들하고 같이 죽창에 찔려 죽었는데 나도 그렇고 다른 동리 사람들도 당췌 어디에 몸이 있는지 모릅니다. 몸이라도 어디 눈에 띄는 데다 잘 좀 묻어주던가 허지.

결정되었다. 당장 위례산에서 나온 궤와 시경의 열쇠를 찾아야 하지만 아무런 단서도 찾을 수가 없었다. 진고랑과 시경은 소식을 기다리고 있었다. 몸 찾아준 귀신이 주워들은 말의 진위를 확인해 오겠다는 말을 남기고 사라진 지 일주일 째였다.

2

낙주는 제주 공항을 빠져나오며 고산지를 쳐다보았다.
귀신이지만 얼굴이 잔뜩 얼어 있었다.

- 내가 3천 년 넘게 살았지만 이런 진기한 경험은 처음입니다.

고산지가 은미에게 말했다.

- 고 장군 그렇지. 비행기는 정말 신기해.
- 그러게 말입니다.

고산지는 객실 바닥에 누운 채 비행기를 타고 왔다. 별별 궁리를 다 하다 내린 결론이었다. 은미가 제주도엘 가니 고산지도 동행한다고 말 했다. 은미가 움직이면 고산지도 움직인다는 게 원칙이었다. 문제는 덩치였다.

　- 그냥 비행기에 매달려 오면 어떨까?

　귀신이라 별반 영향을 받지 않을 거라 생각했지만 그 모습은 측은해 보일 듯했다. 결국 객실 바닥에 누워서 비행기를 타기로 결정했고 누운 채로 제주도까지 날아왔다. 제주도 간다기에 상도와 소영이도 동행 했다. 나들이는 아니지만 좋은 일 하러 가는 길이라 동행하기로 했다.

　- 우리 서점으로 돌아갈 때도 비행기 타는 거죠?

　고산지의 얼굴이 상기되어 보였다. 낙주는 히죽 웃으며 은미를 쳐다 봤다.

　- 언니 그럴 거지?
　- 바쁘지 않으면 배를 타고 갈 수도 있고. 요즘엔 배도 시간이 얼마 안 걸리거든.
　- 책방 식구들 다 왔으면 좋았겠다.

　소영이 말했다. 생전에 비행기를 한 번도 타보지 않았다고 했다. 마음만 먹으면 언제든 탈 수 있다고 말해주었지만 소영은 고개를 저었다. 혼자는 싫고 두렵다고 말했다. 상도도 비행기를 타기는 처음이었다.

– 그랬다간 재명 할머니한테 잔소리 엄청 들었을 거야.

상도가 말했다.

– 사실 우리 놀러온 거 아니잖아.
– 그래도. 우리만 제주도 오니까 좀 그래서.

소영은 언제 죽은 것인지 아직도 확인되지 않았지만 천상 아이였다.

– 일단 가보자.

"윤식아 곧을동이라고 그랬지?"
"맞아. 곧을동."
윤식이 배낭을 추스르며 말했다.
"차는?"
"덩치가 있어 가지고 쏠라티로 빌렸지."
윤식은 등 뒤에 서 있는 고산지를 힐끔 쳐다봤다. 쏠라티가 뭔지 윤식이 무슨 말을 한 건지 모르는 고산지를 눈만 말똥거렸다.
"그나저나 확실하대요?"
"뭐?"
"김만덕이라는 분한테서 받았다는 고려전 해동통보요."

진고랑은 조선시대 상평통보는 흔해서 가치가 없고 고려시대의 해동통보는 되어야 가치가 있다고 말했다. 고두근이 몸을 찾아주는 대가로 약속한 건 해동통보였다.

"여전히 의문이야."

"뭐가?"

"김만덕이라는 분은 조선말기 사람이고, 해동통보는 1100년대 동전이거든. 그러니까 고두관 할아버지가 어떻게 김만덕이라는 그분한테서 해동통보를 받았느냐하는 거지?"

"김만덕이 해동통보를 많이 가지고 있었겠지. 그걸 주셨을 테고."

"왜? 그런 건 골동품이라 사실 일반 서민들이 사용할 수도 없고, 어디 가서 팔아먹을 수도 없는 동전인데."

"의문이긴 하네. 아무튼 동전이 있다니까. 가보면 알겠지."

낙주는 윤식과 동전에 대한 이야기를 나누었고 은미와 고산지는 두 사람의 뒤를 졸졸 따라 걸으며 고개를 끄덕거렸다. 하지만 은미와 고산지의 눈은 공항 실내 풍경을 구경하느라 분주했다.

"동전이 중요한 게 아니라 사실 고씨 아저씨 몸을 찾아드려야 하는 거잖아."

"그렇긴 하지만……."

윤식은 책방을 나서기 전에 시경이 신신당부하던 말을 떠올렸다. 동전을 구경하기 전에는 나서지 말라고 했던 말, 땅 파서 일할 수는 없다는 말, 순간적으로 투명해지지 않아야 한다는 말. 윤식은 다른 당부에는 건성으로 대꾸했지만 마지막 말은 심각하게 받아들였다. 여러 날 궁리해보니 극도로 긴장되었을 때 몸이 사라진다는 걸 알았다. 그때뿐인지는 알 수 없지만 지금까지는 그랬다.

'싸우거나 그럴 일이 없으니 투명인간 되는 일은 안 일어나겠지.'

하지만 윤식은 여러모로 걱정이었다. 투명인간이 되는 일이 마음대로 되는 것 같지 않았다. 설령 투명인간이 되었다한들 마음먹은대로 뭔가를 할 수도 없었다. 투명인간이 되면 여러모로 신명날 거라 생각했는데, 여자들만 모인 곳에 갈 수도 없으며 은행 강도짓을 벌일 수도 없는 일이었다. 기껏해야 평소 괴롭히던 누군가를 혼내주는 일일 텐데 주먹을 휘둘렀다가 갑자기 본래의 모습을 되찾아버리면 낭패일 터였다. 좋아하게 된 여자와 같이 있을 때 투명해지면 그 역시 낭패이지 않은가. 무사히 연애를 마치고 결혼이라도 하게 되어 첫날밤을 보내게 될 때 투명해져버리면 그 역시 감당할 자신이 없었다. 막연하게 상상할 땐 재미있을 것 같은 능력이 막상 되고나니 보통 불편한 능력이 아니었다.

'귀신들 보는 것만으로도 혼란스러워 죽겠는데.'

윤식은 그런 생각을 하며 탁 트인 전방으로 시선을 주었다. 그런데…….

윤식과 낙주 그리고 은미와 고산지, 상도와 소영이 출입문을 막 벗어나기 전에 걸음을 딱 멈추고 말았다. 사람이건 귀신이건 심지어 고대 귀신인 고산지까지도 입을 벌린 채 다물지 못했다. 귀신을 볼 수 없는 사람들이야 공항 앞이 그저 한가로운 풍경으로 비춰지겠지만 귀신들을 볼 수 있는 무리들에겐 놀랄 광경이었다. 도로건 인도건 건물 앞이건 잔디 위건 발 디딜 틈 없이 귀신들로 빽빽하게 서서 고두관의 일행이 나오기를 기다리고 있었다. 온갖 색상이 카펫처럼 깔려 꽃밭이 연상되었다. 도로에 차가 지나가든 말든 그들은 상관없었다. 차가 지나갈 때 잠깐 지워졌던 귀신들은 그 자리에 그대로 서서 고두관의 무리를 구경했다.

– 고씨 아저씨다!

귀신들의 무리 중 앞에 선 누군가 환호성을 질렀다. 그러자 귀신들의 무리가 덩달아 환호성을 질렀다. 환호성이 귀신의 무리들 위로 물결치듯 끝 모를 무리의 끝까지 퍼져 나갔다. 소리가 파도의 일렁임처럼 보였다.

– 이기 다 귀신이고?

고산지가 사방을 둘러보며 말했다.

– 허, 이거 참!

고두관이 낙주와 은미를 쳐다보곤 머리를 긁적이며 멋쩍어 했다.

– 아저씨 어떻게 된 거죠?
– 그러게 말입니다. 지야 서울 다녀온다고 한 친구한테 말했을 뿐인데.

딸이라 짐작되는 양갈래 머리의 소녀가 고두관에게 달려왔다.

– 응주야, 이게 어떻게 된 거냐?

고두관이 무릎을 꿇고 소녀를 반겨 안았다.

　– 아저씨 기다리잖아요.

　– 언제부터?

　– 한 사나흘? 아니 일주일 됐나?

　– 그럼 일주일 전부터 여기서 모여 기다렸다고?

　– 그럴 거예요. 처음엔 몇 분 안 계셨는데 날이 지나면서 자꾸 늘어
나기 시작했어요.

　– 이거 원, 제주도 귀신들 다 모인 거 같은데?

낙주는 난감했다.

　– 이렇게 많이 오시면 저희가 어떻게 해드릴 수가……. 한을 풀어
드리는 것도 그렇고, 몸 찾아드리는 일은 더더욱 힘들 거고 그런데.

　– 미안해요. 다들 간절하긴 하겠지만 어쩔 수 없지요.

윤식이 차를 찾아왔다.

낙주와 귀신들이 차에 올라탔다. 차 안은 고산지 하나만으로도 꽉
찼다.

　"출발할까요?"

　"곧을동으로 네비게이션 찍었지?"

　"아무렴요. 그나저나 마중 나와 주신 귀신 분들에게 미안해서 어
쩌죠."

　"그러게."

‐ 언니, 저분들도 그저 우리 구경하러 온 게 아니라 몸 찾으러 온
거지?

‐ 그, 그렇겠지.

차가 출발했다. 그러자 차 꽁무니를 귀신들이 따라붙었다.

‐ 어떡하지?

‐ 우리가 죽을 때까지 찾아도 아마 저분들 만분의 일도 못 찾아드
릴 겁니다.

‐ 일단 아저씨 몸부터 찾아보고 그 문제는 나중에 생각해봐요.

소영이 말했다.

차는 해안도로를 따라 북동쪽으로 천천히 달려가기 시작했다. 낙주
는 간혹 백미러로 뒤를 살폈다. 도로가 온통 그들로 뒤덮여 있었다.

‐ 미안해요. 듣기로는 제주도 사람들 거의 90%가 4.3사건 때 피해
를 입었다고 해요. 그러니 많을 수밖에 없을 겁니다.

고두관은 무릎에 앉은 응주를 끌어안으며 시선을 차창 밖으로 보
냈다.

3

시경은 난로 위에서 고구마 하나를 건져냈다. 그는 뒷문 쪽 책장을 모두 덮어버린 메모지들을 힐금거렸다.

'메모지들 한 장도 떼지 마. 그리고 순서도 바꾸면 안 돼……'

진고랑이 신신당부를 하고 외출을 했다. 숫자들이 나열된 수백 장의 메모지였다. 처음엔 무슨 숫자이려니 싶어 시경이 열심히 들여다보았지만 도통 어떤 의미인지 알 수 없었다. 서력의 년도를 적어 놓은 것 같기도 했고, 달의 일수를 적어놓은 것들도 있는 듯한데 도무지 그 숫자들이 무슨 말을 하고 있는지 알 수가 없었다.

시경은 고구마를 손바닥 위에서 굴려가며 껍질을 벗겼다. 시경이 찾은 숫자 중에 공통점은 간간이 3333이라는 숫자였다.

'3333? 년도를 가리키는 건가? 혹시 로또 숫자? 4진법? 4진법이라고 있나?'

시경은 엉뚱한 생각들을 하며 고구마 하나를 더 건져내 껍질을 벗겼다. 문득 아내와 진희가 유독 군고구마를 좋아했다는 기억이 떠오르자 코끝이 찡했다.

'양 형사 이놈은 연락한다고 한 게 언젠데?'

시경은 아내와 딸에 대한 생각을 접으려고 양 형사를 입속으로 중얼거렸다. 양 형사를 떠올렸을 뿐인데 양 형사에게서 전화가 왔다.

"이거 나도 무당 다 되어가는 모양이다."

"왜요?"

"니 생각하고 있었는데 바로 너한테서 전화가 걸려오는 거 보니까 그래."

"형님도 참, 별 생각을 다……. 아닙니다. 형님도 요즘 귀신들이 보인다고 그랬죠?"

"그래. 아주 미치겄다. 첨엔 신기했는데 차라리 못보던 시절이 나았어."

"형님, 귀신 아무나 보는 거 아니라면서요? 뭔가 다 뜻이 있겠지요."

"뜻은 무슨……. 너도 한번 봐봐. 그러니까 대한민국의 서울은 말이야. 귀신 밀도가 너무 높은 거야. 높아도 아주 높아. 귀신을 스치지 않고는 어디로든 갈 수가 없다니까. 그냥 매일이 귀경길 역에 모인 인파 수준이라고 보면 돼."

시경이 고구마 하나를 입에 넣으며 말했다.

"처음부터 그랬어요?"

"아냐. 처음부터 그랬으면 돌아버렸을 거야. 어느 순간부터 귀신들이 도로며 거리에 나타나는 수가 늘기 시작하더니 지금은 발 디딜 데가 없을 정도야. 그래서 간혹 귀신이 사람 같고 사람이 귀신같다니까."

"뭔가가 변하고 있다는 말처럼 들리네요. 그나저나 공안부에 있는 후배가 연락을 해왔어요."

"공안부?"

"네."

"시경 공안부?"

"맞습니다."

시경이 통화를 하는 사이 재명과 담적 그리고 진고랑까지 같이 책방으로 들어왔다. 시경이 통화하고 있는 모습을 보더니 조용히 움직였다.

"공안부에서 뭘 어쨌는데?"

시경은 두 번째 고구마를 입으로 가져가다 진고랑에게 빼앗겼다. 시경은 입맛을 다시다 다시 고구마 하나를 집어 들었다.

"그게 좀……. 특히 공안 1과 얘들이 긴밀하게 움직여요. 문제는 걔네들만 움직이는 게 아니라 국정원에서도……."

귀신 잡는 사람들을 때려잡겠다?

"아무래도 조 경위를 한번 만나봐야 할 거 같아요."

"조 경위?"

"형님도 참, 꼴통 있잖아요."

"꼴통이라면."

"만년 팀장 있잖아요. 하도 사고치고 그래 가지고 교통으로 내려갔다가 이번에 다시 올라왔는데 이상하게도 공안부로 발령을 냈더라고요."

진고랑과 재명 그리고 담적이 고구마를 먹으며 가만히 시경의 통화를 들었다.

"조 경위가 뇌물 받아 먹은 검사들 휴대폰 압수수색 해야 한다고 무작정 부장검사실로 처 들어갔다던 그 친구잖아."

"맞아요. 그때 검찰에서는 범죄에 사용되었을 가능성이 적다고 우리 쪽 압수수색영장을 기각해 버렸잖아요."

생각났다. 여러 차례 본 적도 있었다. 자신과 닮은 구석이 많아 정감을 느끼던 인물이기도 했다.

"그런데 그 친구 나보다 나이 많지 않나?"

"아마 비슷하거나 한두 살 더 많을 거예요."

"그래도 용케 붙어있네."

"형님 조 경위는 그래도 상사들한테, 특히 검찰 쪽 사람들한테 주먹을 휘두르진 않았거든요."

양 형사의 웃음소리가 들렸다.

"약속 잡았어?"

"아무래도 뭔가 빨리 돌아가고 있어요. 움직이는 인원들도 많고요. 빨리 만나봐야 할 거 같아요."

"공안 애들이랑 국정원 애들 움직이는 게 우리랑 무슨 상관있어?"

"그 책방 어르신 이름이 나왔어요."

"뭐?"

"책방 어르신 이름이 진고랑이죠?"

"그래."

"그 어르신 부친 성함이 진태주일 겁니다."

시경이 진고랑을 쳐다보았다. 진고랑이 고구마를 씹고 있다가 멈추었다. 진고랑이 잠깐 눈을 감았다 뜬 후 고개를 끄덕거렸다.

"진 선생님 부친이 뭐?"

"전화로 더 말씀드리기 힘들어요. 직접 여쭤보세요."

저편에서 소란스러운 소리가 들렸다.

"아무튼 전방위로 민간인 사찰이 있었다는 게 사실인 듯해요."

"그거야 고위공직자들이나 정치인들 이야기지."

"꼭 그렇지는 않았어요. 국정원이나 공안에서는 여당이든 야당이든 후에 누가 정권을 잡을지 모르니까 정보라는 건 다 모아놓죠. 그런데 이렇게 대중적으로 감시하고 정보를 모은다고는 생각해 본 적이 없습니다."

"진 선생이야. 전에 장물아비도 하고 그랬으니까 정보가 있을 수도 있을 거야."

"형님 그 정도가 아니라니까요. 형님도 저에 관한 정보들도 모두 어딘가에 저장되어 있겠다는 생각이 들더라고요."

"그거 망상이야."

"형님도 참, 아무튼 정보는 존재하는 순간 그게 권력이고 힘의 자원이 된다는 거 명심하세요. 그리고 오늘 저녁 조 경위랑 시간 잡아 놨어요. 망원동에 감시카메라 드물고 사람들 많은 쪽 작은 술집인데 장소는 톡으로 보내드릴게요."

양 형사와 통화가 끝났다. 시경의 뒤에 선 세 사람이 시경을 빤히 쳐다보았다. 통화 내용이 심상치 않다는 걸 알고 있었다. 시경은 양 형사에게 들은 그대로 들려주었다.

"허, 오랜만에 아버지 이름을 다 들어보네."

"진 판수, 아니 진 씨 그게 사실이었는가?"

재명이 진고랑에게 물었다.

"다 사실입니다. 아버지가 김일성을 추종했고, 북한을 세우는데 중추적인 역할을 한 것도 맞고. 그런데 그거랑 우리랑 무슨 연관이 있다고."

진고랑은 소파에 털썩 주저앉았다.

"그러게요. 아무튼 조 경위 만나러 가보죠."

시경과 진고랑이 자리에서 일어났다.

"김 반장, 뒤로 나가자."

진고랑이 책장 뒤의 통로를 쳐다보았다. 시경이 출입문 쪽을 쳐다보다 고개를 끄덕거렸다.

부활을 꿈꾸며

1

또 하루가 지났다. 방경언은 초조했다. 방귀언이 깨어난다면 자신 역시 새 생명을 얻을 수 있다는 말이기도 했다. 전기를 이용하는 방두한의 방법은 여전히 신뢰가 가지 않았다. 지금까지 살아난 시신들 몇이 있었지만 곧장 허물어져 버렸다. 그 시체들 처리하느라 졸본의 지하에 소형 소각기 하나를 설치했다. 시도 때도 없이 화장터를 이용할 수는 없어서 소각기를 설치했던 것이다.

'아버지, 핏줄에 피가 공급되면 살아날 겁니다. 물론 심장에서 끝없이 펌프질을 해야죠. 그래서 갓 죽은 몸이 필요해요. 아무래도 죽은 다음에 몸이 경직되면 좀 어려워요.'

방경언은 그런 부활을 원하지 않았다. 인위적인 힘이 아니라 섭리의 힘으로 늙은이의 몸이 아니라 청춘의 몸으로 부활하고 싶었다. 형님인 방귀언도 그러길 바랄 거라 생각했다. 두한의 방법은 그저 잠깐 소모품으로 써먹을 수 있을 정도의 부활이었다. 시간을 거스르는 힘이 필요했고 그 힘이 존재한다는 믿음만은 변함이 없었다. 그리고 곧 그날이 다가온다. 방경언은 등골에 소름이 돋았다.

'전에도 말씀 드렸지만 회장님은 100세의 나이에 50세의 몸을 가지고 계십니다. 어쩌면 그보다 더 젊다고 해도 과언이 아닙니다. 인간이 건강하게 자신의 몸을 관리할 경우, 물론 주변 환경과 여건이 된다는 조건이 붙지만 관리가 잘 된다면 300살까지도 살 수 있습니다. 아직까지 그런 사람을 본 적은 없지만 만약 회장님께서 지금처럼만 관리하신다면 적어도 200살까지는 사실 수 있지 않을까 싶습니다. 다만 외형의 노화는 다른 노력이 필요할 듯 합니다.'

왕진을 왔던 최 박사는 아부하는 체질이 아니었다. 대통령의 주치의를 하는 인간이라 헛된 희망 같은 건 늘어놓지 않았다. 병이 깊은 환자에게 잘만 치료하면 완치될 수 있다는 허언을 내뱉지 않아 좋았다. 그는 냉정하며 냉철했다. 그래서 많은 사람들이 그의 말을 신뢰했다. 하지만 지금 방경언은 100년을 살았다. 그가 장담한 대로 200살까지 산다는 건 상상이 가질 않았다. 완전히 새롭게 태어난다면 가능할까? 육체마저도 완전히 새롭게 리부팅 할 수 있다면 200살이 아니라 300살까지도 살 수 있을 것 같았다. 자신이 이룬 이 거대한 왕국을 두고 세상과의 연을 끊고 싶지 않았다.

방경언이 창밖을 내다보았다. 서울의 중심에 우뚝 솟은 건물이라 남산타워를 비롯해 화창한 날이면 멀리 서울역 광장까지 눈앞에 펼쳐졌다. 세상은 멈추지 않은 채 분주하게 돌아가고 있었다.

방경언이 잔을 들었다. 그러자 기다렸다는 듯이 식탁에 둘러앉은 사람들도 일제히 잔을 들었다. 모두 열두 명이었다. 신재현은 사람들의 수를 세어보더니 속으로 피식 웃었다. 기이한 일이지만 방경언은 수를 계산하는 중요한 문제에 있어서 열둘을 넘지 않았다. 그러니까 자신을 포함해 꼭 열셋이 되도록 설계했다.

구국간담회 열세 명, 새마을지도위원회 열세 명, 청소년선도위원회 열세 명, 종교인조찬회 열세 명, 민주주의성령회 열세 명, 대통령보좌기도회 열세 명, 체육진흥경마협회 열세 명, 건전한 카지노문화협회 열세 명······.

방경언이 몸담고 있는 조직의 숫자를 모두 헤아릴 수 없을 정도였다. 신재현은 모임의 성격과 회원들의 면면까지 일일이 알고 있었다. 그들의 전화번호는 물론 회원의 가족 막내가 어느 대학에서 무엇을 전공하고, 어떤 여자와 연애를 하는 지까지.

"오늘 이 자리에 참석해주신 여러분 진심으로 감사드립니다."

방경언이 잔을 높이 들자 잔에 담긴 와인이 미세하게 출렁거렸다. 출입문 쪽에 신재현과 일꾼들이 손을 모으고 서 있었다. 그들 뒤편 먼 곳에 방두한이 의자에 앉아 이번에도 땅콩을 까먹고 있었다. 그의 발 아래 땅콩 껍질이 수북했다. 여자 요리사가 그의 얼굴을 위아래로 훑어보더니 창고 쪽으로 투덜거리며 걸어갔다.

"그 가시내도 참."

방두한이 맥없이 중얼거렸다.

– 자네 아버지가 사람들을 왜 불러 모았는가?

방두한의 주변을 맴도는 마라가 물었다. 마라가 다른 귀신들과 다른 건 몸주의 몸에 수시로 드나들 수 있다는 사실이었다.

- 늘 있는 일이야.

방두한은 힐끔 마라에게 눈길을 주었다. 한 톨의 털도 보이지 않는 몸의 귀신이었다. 머리카락도 없으며 수염은 물론 수염의 자리도 없는 존재였다. 매끈하고 잘 빠진 하나의 알과도 같았다.

- 왜 열 두 명이지?
- 뭐?

그제야 방두한이 방경언과 조찬을 하는 자리에 눈길을 주었다. 그가 자리에서 일어나 식당 쪽으로 걸어갔다. 조찬 자리의 배치가 좀 특이하다는 생각이 들었다. 방경언의 등 뒤로 광화문과 경복궁의 전경이 펼쳐져 있고 좌우로 조찬에 참석한 사람들이 앉아 있었다. 최후의 만찬이라는 그림을 보고 있다는 기분이 들었다. 방두한은 모인 사람들의 면면을 살폈다.

- '방성해운의 대표, 방성리조트 전무이사, 방성건설사 대표이사, 민정수석, 해경청장, 방성사이언스 기획이사, 방성프랜차이즈 대표이사, 고검장, 논설위원, 채널 B방송국 사장, 법사위원회 위원장, B하스피톨의 원장……'

방두한은 그들을 일일이 마음속에서 되새겨보았다.

- 유치하군.

마라가 말했다.

— 자네 아버지가 예수의 흉내를 낼 줄이야.

마라의 말에 방두한이 낄낄거리고 웃었다. 방경언은 형식과 절차를
중요하게 여기는 인물이었다. 딴죽 걸지 않기로 했다.
방두한은 다시 제 자리로 돌아와 의자에 앉았다.

— 쉽게 생각할 일이 아냐. 최후의 만찬이 끝난 후 예수가 붙들려가
지. 그런 후 십자가형에 처해지고 후에 부활하잖아. 저건 부활로 가기
위한 전초전과도 같아.
— 그럼 저 들 중에 누군가 배신을 하겠구만.
— 자넨 나보다 자네 아버지에 대해 모르는 거 같군. 방경언은 나나
네가 생각하고 있는 것보다 더 치밀해. 누군가 배신할 수도 있을 거란
생각을 왜 안 했겠어.
— 그랬겠지. 부활해야 할 테니까.
— 부활은 대복의 몸주인 방귀언을 두고 하는 말 아닌가?
— 마라! 마라라고 해서 세상의 모든 비밀을 알고 있지는 않은 모양
이네.

마라의 머리통이 반짝거리며 빛났다. 눈썹 한 가닥 없는 그의 눈이
일그러지자 벌레 같은 형상으로 보였다. 방두한이 그에게서 눈길을 돌
렸다.

― 무슨 비밀?

― 내가 보기에 아버진 자기 부활을 꿈꾸고 있는 거 같은데? 그러니까 큰아버지는 실험용이야. 과연 부활을 할 수 있을까? 나도 궁금하지. 그건 너도 궁금하지 않아? 부활을 한다? 그거 진짜 대박이지. 지금까지 어떤 누구도 심지어 신조차도 부활을 증명해보인 자는 없으니까.

― 짐작은 했지만……. 그렇다면 지금은 중요한 거야.

― 뭐가?

― 최후의 만찬이 시작되었으니 부활까지 사흘이 남았다는 말이잖아.

― 아버지가 그렇게까지 표절을 할까?

― 부활의 기록들이 없으니 그걸 따라하겠지. 하필이면 12명과 밥을 먹는 것도 그런 모양새를 만들려고 했던 거 같은데.

― 마라야, 너는 하나는 알고 둘은 모르지? 저기 식탁에 모인 인간들은 그야말로 욕망에 쩐 인간들이야. 진짜 최후의 만찬에 앉을만한 자격이 있는 인간들은 없다고. 만찬에 앉을 수 있는 사람들을 골라서 진짜 최후의 만찬을 연출하겠지. 아무튼 우리 아버지이지만 진짜 재미있는 인간이야.

― 아무튼 뭔가 빠르게 진행되고 있는 건 맞아. 그만큼 방경언이 초조해지고 있다는 말이겠군. 자신의 미래도 달려 있으니까.

방두한은 발을 까닥거리며 여전히 땅콩을 까먹었다. 마라보다도 더 느긋한 얼굴이었다.

― 이보게, 마라. 난 말이지. 아버지의 부활 같은 건 중요하지 않아.

― 그럼 뭐가 중요하지?

― 아버지의 부활이야 유치한 욕심 때문이지. 세상에 이룬 걸 다 놔두고 저승으로 가려니 얼마나 억울하겠어. 그 많은 돈들, 여자들, 명예들……. 결국 죽음과 동시에 훅 날아가 버리겠지. 아버진 그걸 잡고 싶어 하겠지. 그런데 큰아버지는 좀 다른 거 같아. 그 인간이 왜 부활을 하려고 수십 년 동안 동생을 시켜서 준비해 왔던 건지 궁금하다는 거야. 아버지도 그 이유를 모르는 거 같고.

― 부활해서 영생을 누리고 싶어 하는 거겠지.

방두한이 깔깔거리고 웃었다. 웃음소리가 방경언이 조찬 모임을 하고 있는 식당까지 흘러갔다. 잠깐 방경언이 방두한에게 눈길을 주었다가 거뒀다.

― 그런 1차적인 대답 말고. 진짜 이유. 영생을 누리고 싶다면 영생을 누리고 싶은 그 이유가 궁금하다고.

방두한은 손바닥에 모아두었던 땅콩껍질을 개수대에 쏟아 부었다.

― 너는 어쩐 일이냐?

마라가 말했다. 머리를 숙이고 있던 방두한이 고개를 들었다. 궤를 어깨에 멘 황철이 눈앞에 서 있었다.

― 여긴 한남동하고 다르게 정말 전망이 좋군.

- 황철 여긴 어쩐 일이냐고?
- 저기…….

황철이 방두한에게 눈길을 주었다. 언젠가부터 황철과 방두한 사이에는 상하가 결정되었다.

- 무슨 일이야?
- 제주도 쪽에 엄청나게 많은 수의 귀신들이 모여 있길래 무슨 일인가 했더니 낙주와 은미가 나타났더라고.
- 제주도? 거길 왜 갔지?
- 누구 몸 찾아주러 간 거 같던데.
- 몸을 찾아주면 찾아주지 왜 귀신들이 모여들었냐는 이야기지.

방두한이 손에 있던 땅콩을 주머니에 넣고 일어섰다.

- 귀신들이 얼마나 모였는데?

이번엔 마라가 물었다.

- 아무튼 엄청 많이 모였었다고 하던데.
- 누가?
- 제주도 갔다 온 것들이.
- 그러게 누가?
- 졸본에 있는 귀신들이.

– 졸본에 있는 귀신들이 왜 제주도엘 가?

– 마라가 아직은 귀신들 재미를 모르는 모양이네. 귀신들 유일한 취미가 사람들 뒤 쫓아다니는 거라는 걸 모르진 않을 텐데.

– 사람들 쫓아다니는 게 취미라고?

마라가 두한을 쳐다보았다.

황철은 괜히 우쭐해졌다. 마라나 두한은 힘만 있지 귀신의 세계에 대해선 아는 게 별로 없다는 판단이 들었다.

– 사람들 쫓아다니는 게 취미니까 졸본을 지나는 누군가를 따라갔겠지. 졸본은 귀신들의 수도라고 하니까 다들 궁금해 하지.

– 귀신들 취미가 사람 쫓아다니는 거다?

– 사실 그것밖에 없지.

– 네 놈이 나를 정말 우습게 알고 있군.

갑자기 마라가 황철에게 순식간에 다가들었다. 눈 한 번 깜빡일 정도로 빠른 순간이었다. 마라는 손을 뻗어 황철의 목을 잡았다.

– 내가 그걸 몰라 묻는 건 줄 알아?

황철은 다시 두려움에 떨었다. 본래 귀신이라는 존재는 어떤 유형의 타격을 입지 않는 존재이어야 했다. 하지만 마라는 무형의 존재인 자신의 목을 죄었다. 귀신의 존재에게 숨도 무의미한데 기이하게도 곧 죽을 것처럼 숨이 막혔다. 단숨에 소멸되어버릴 듯한 두려움으로 전신이 떨렸다.

　– 그런 게 아니라.
　– 귀신들 할 일이 없으니 사람들 쫓아다니겠지. 내 말은 왜 하필 제
주도로 가고 그것들이 간 곳에 왜 귀신들이 몰려들었느냐고 물었잖아.
　– 그건 나도……

　마라가 황철의 목을 놓았다. 인간의 목을 지니고 있을 때처럼 가슴
에서 기침이 터져 나왔다. 황철은 순간 마라라는 존재가 인간적 존재
로 부활하는 순간 인간 세상이 더러워질 거란 생각이 들었다.

　– 다녀와! 은미랑 낙주 그것이 왜 제주도엘 갔는지, 누구 때문에 갔
는지, 귀신들이 왜 모였는지. 가면 구홀이라는 놈이 있을 거야. 그놈
나와버린데 이것들이 거길 왜 간 거지?

2

　고두관은 절벽을 기어 내려갔다. 그 뒤를 낙주와 윤식이 따라 내려
갔다.
　"누나, 아무리 미운 사람들이라고 해도 동굴 속에 방치했을까?"
　낙주도 괜한 발걸음이 될 지도 모르겠다는 생각이 들었다.
　"가 보면 알겠지. 서울까지 올라와 우릴 찾을 정도라면 뭔가 사연이
있겠지."

"그리고 좀 의심스러운 건 지금까지는 왜 가만히 있었대?"

"우리처럼 말이 통하는 인간들이 없었으니까. 게다가 설령 알았다고 하더라도 귀신들이 몸을 옮길 수도 없었으니까."

낙주는 천천히 설명했다.

고두관은 뒤를 한 차례 돌아다본 후 겨우 한 사람 지나기도 위험한 낭떠러지 길을 따라 아래로 아래로 내려갔다.

– 언니 자기 몸이 어디 있는지 모르는 눈치가 아닌데?

은미가 낙주에게 바짝 다가들며 말했다.

고두관의 움직임은 망설임도 거침도 없었다. 은미의 말대로 이상한 구석이 있었다.

– 그렇기는 해.

– 전에 재명 할머니가 귀신이 한 번 사람을 속이려 들면 누구도 속아 넘어가지 않을 수 없다고 그랬는데……

낙주도 재명의 말이 기억났다.

– 저 아저씨가 우릴 속이면 얼마나 속이겠어.

낙주는 이 상황을 담담하게 받아들이기로 했다.

고두관은 응주의 손을 잡고 걸어 나갔다. 위험한 길이 나오면 응주를 안기도 하고 노면이 거칠면 업기도 하며 응주를 보호했다. 고두관의 등에 기댄 응주가 자는 듯 눈을 감고 있었다.

　– 귀신들은 잠 안 잔다며?
　– 그냥 자는 흉내를 내는 거예요. 그럼 이상하게 기분도 좋고 그래요.

낙주의 질문에 소영이 답을 했다. 은미도 고개를 끄덕거렸다.

　– 참 딸 사랑이 극진하시네.
　– 다른 귀신들에게 들어보니까 진짜 딸은 아니래요.

상도가 말했다.

　– 그게 무슨 말이에요. 공항에서부터 마중 나와서……

낙주는 말을 하다 입을 다물었다. 공항에 마중을 나왔다고 해서 고두관의 딸이라는 생각은 오류였다.

　– 해안가에서 떠돌던 응주를 고두관이 발견해서 데리고 다니셨다네요. 아이들이 무슨 죄가 있다고 아이들까지 모조리 죽여댔는지 참.
　– 마라같은 존재들이면 어른이고 아이고 가리지 않것지.

고산지가 말했다.

─ 고 장군, 마라가 이 시대에 나타나겠어? 그 괴물은 수천 년 전 귀신이잖아.

─ 백제님, 실은 저희도 수천 년 전 귀신이거든요.

고산지가 머리를 긁적였다.

─ 그런가? 내가 백제라면 그렇겠지.

─ 어느 시대나 비극이 일어날 때 보면 마라가 등장해요. 인간의 상식으로는 이해할 수 없는 사건이 벌어졌을 때 보면 그들 주변에 마라가 있어요.

윤식이 고두관의 뒤를 따르며 말했다.

"오, 고윤식 책방서 살더니만 유식해졌는데."

낙주가 말했다.

"누나도 참, 진씨 아저씨가 얼마나 책을 들이대는지. 특히 귀신들과 관계된 건 알아야 한다면서 이 책 저 책 가져다주더라고."

"너 책 안 좋아하잖아."

"전엔 그랬는데, 생각해보니까 난 뭐 나를 지켜줄 몸주가 있는 것도 아니고, 나 혼자 몸이고, 나 혼자 지켜야하고. 그리고 느닷없이……."

윤식의 목소리가 힘을 잃었다. 갑자기 사라져버린다는 말까진 할 수 없었다. 낙주가 걸음을 멈추었다.

"그딴 소리 하지 마. 넌 내가 지켜줄 테니까."

"뭐, 누나 말이라면 믿을 수 있지. 아무튼 진씨 아저씨가 그러더라고 귀신의 세계를 알아야 귀신에게 대항할 수 있다고, 친구로 사귀려

해도 뭘 알아야 친구로 사귈 수 있다고 말이야. 그때 진씨 아저씨가 준 책 중에 '고대 악마'라는 책이 있는데 거기에 마라가 나오더라."

– 그려, 마라는 우리 시대에도 있었어.

고산지가 말했다.

– 언제?
– 백제님 모르세요? 동북 변방 쪽에 우슬지라는 마을 몰살시킨 와족 사람들 말입니다.
– 우슬지? 와족?
– 네, 저희가 달려갔을 땐 그놈들이 마을 사람들을 몰살시키고, 노인이고 아이고 할 거 없이 대나무 창에 꽂아두고 그랬잖아요. 그때 백제님도 그러셨는데, 마라를 잡아 사지를 찢어놓으라고.
– 그래서?
– 그래서라뇨? 백제님 기억이 아직 안 돌아오신 모양이시네요.

모두 고산지의 이야기에 귀를 기울이느라 걸음이 느려졌다. 맨 앞에서 걷던 고두관도 천천히 걸었다.
– 그래서 저희가 군사들 끌고 달려갔잖아요. 막 장백산 넘어가는 와족 패거리를 따라잡아서 놈들을 징벌하는데 저편 언덕에 말을 탄 누군가 서 있었던 거 기억 안 나세요? 언월도를 들고 머리를 산발한 채서 있던 놈 말입니다. 우리 병사들도 그놈이 마라라는 걸 한 눈에 알아봤습니다.

- 도대체 마라라는 놈이 뭐야?
- 반은 인간 반은 귀신입니다.
- 비형 같은 존재로군요.

윤식이 말했다.

- 비형도 그래?

은미가 되물었다.

- 비형은 아버지는 귀신 어머니는 사람이거든.
- 이것이, 백제님에게 반말을 해!

고산지가 등 뒤에 감춘 쌍도끼의 손잡이에 손을 가져갔다.

- 고 장군! 반말하고 존댓말하고 그런 것 좀 가리지 마. 나한테 편한대로 말하게 내버려두라고. 그래야 진짜 친해지고 그래야 진짜 가족이 되는 거야.

고산지가 어깨 쪽에서 손을 내리며 쿡 웃었다.

- 왜 웃어?
- 백제님이 평소에 그랬거든요. 장군급들 제외하고는 모두 이름 부르며 말하라고. 그래서 우리나라가 강했던 겁니다. 전쟁터 나가도 결

정이 빠르고 행동도 빨랐던 겁니다. 그걸 2천 년 넘게 산 후에야 깨달은 걸 보면 전 바보이긴 바보였던 모양입니다.

고산지가 헤헤거렸다.

– 아무튼 마라라는 존재는 죽지 않고 계속 흘러왔다고 그래.

윤식이 말을 이었다.

– 일제강점기 때 독립투사를 검거해서 고문하던 악랄 형사들, 한국전쟁 과정에서 아무런 이유 없이 사람들을 죽인 패거리들, 혁명이랍시고 총 들고 나라를 거머쥔 후 제 멋대로 통치했던 인간들, 거리 시민들을 향해 기관포를 발사하라고 지시한 군인들…….
– 그럼 그것들이 다 마라가 나타나서 조작했다는 거야?
– 그런 게 아니라 그런 현장엔 언제나 마라가 있었다는 거야. 마라가 촉발을 했던 것인지 모르겠지만 마라는 항상 비극적인 상황에 등장을 해. 인간의 죽음과 비극은 나의 양식.
– 그건 또 무슨 말이야.
– 마라송.
– 마라송?
– 아무튼 그런 존재라는 거지.
– 그 해 제주에도 마라가 나타났을까?

은미가 말했다. 윤식은 아직 귀신들의 말을 알아듣지는 못했다.

- 그랬겠지. 마라가 있었겠지.

윤식은 분위기와 입 모양으로 은미가 무슨 말을 하고 있는지 알아차렸다.

고두관이 걸음을 멈추었다. 그의 뒤를 따르던 사람과 귀신들도 일제히 걷기를 멈추었다. 그들의 눈앞에 거대한 동굴의 입구가 펼쳐졌다.

"길이 거친 걸 보니까 사람들 발길이 닿지 않았던 곳이었던 모양이네."

윤식이 검고 거대한 동굴 입구를 보며 감탄했다. 동굴 안쪽으로 바닷물이 흘러들고 있었다. 물길이 휘어져 검고 검은 어둠 속으로 흘러갔다.

"섬뜩하네."

한 가지 다행이라면 매섭던 바닷바람이 잦아들어 그런지 춥지 않다는 정도였다. 추위를 타는 존재라고는 윤식과 낙주뿐이지만 귀신들도 추위했다.

- 언니 분위기 증말 짱나게 무섭네.

은미가 슬쩍 낙주의 뒤로 몸을 숨기자 고산지가 낙주와 은미 앞으로 나섰다.

- 백제님 염려 마십시오. 어떤 존재든 백제님을 놀라게 하는 것들은 모두 베어버리죠.

고산지가 허리에 찬 칼에 손을 얹었다.

－ 놀라게 한다고 다 베어버리면 어떡해? 놀라게 하는 것들 중에 좋은 존재들도……

윤식과 낙주가 발을 동굴 안쪽으로 들여놓자마자 수 백 마리의 박쥐떼가 동굴 안에서 쏟아져 나왔다. 은미는 기겁을 하면서 낙주의 등에 달라붙었다. 고산지는 그저 박쥐를 쳐다보기만 했다.

－ 저것들도 없앨까요?

고산지가 박쥐들에게 눈길을 준 채 물었다.

－ 고 장군도 참, 고 장군 칼에 저것들이 베어지겠어? 우린 저승의 존재라고.

고산지가 입맛을 다셨다.

－ 세월이 참 무섭군요. 백제님이 박쥐를 보고…….

고산지가 은미의 눈치를 봤다.
은미는 고산지의 눈길을 모른 척했다.

－ 저기!

고두관의 손을 잡고 걷던 웅주가 동굴 안쪽을 가리켰다. 몇몇 빛의 무리들이 동굴 안쪽으로 몰려가는 게 보였다.

고두관이 걸음을 서둘렀다.

"누나, 여기 들어가는 게 우리 그때 지하로 내려갔을 때랑 기분이 비슷한데."

윤식이 말했다.

"어디?"

"거 왕산동 말이야. 장기 밀매하는 데라고 생각했던 데."

— 거긴 비교할 것도 아니구만.

은미가 말했다.

"윤식아, 은미가 거긴 비교할 데도 아니란다."

"무섭다는 거야, 아니라는 거야?"

— 살이 다 떨리네.

"살이 떨린대."

윤식이 걸음을 멈추고 은미를 쳐다봤다. 어느 때보다 은미의 눈이 커다랗게 확장되어 있었다.

— 귀신도 살이 떨리고 그래?
— 말이 그렇다는 거지.
— 언니, 정말로 살 떨린다니까.

- 염려 붙들어 매십시오. 이 고산지가 곁에 있으니까.
- 무서운 건 무서운 거거든.
- 참말로 덩치 값들을 못하네.

이번엔 소영이 입을 열었다.
상도는 팔짱을 끼고 서서 귀신들의 말을 들었다.

- 여기 있는 귀신들 중에 남영동 분실에 가 본 귀신들 없지요?

고산지와 은미, 소영. 그리고 낙주가 상도를 쳐다보았다.

- 거긴 건물 안이지만 이런 어둠과는 질이 달라요. 뼈가 시릴 정도
로 무서운 어둠이 깃든 곳이라고요. 거기가 얼마나 무서운데.
- 아저씨! 귀신도 사람도 없는 거리에 서 본 적 없지? 사방은 까만
데 진짜 짐승조차도 없는 거야. 뭐랄까 태초의 어둠 같은 곳에 서 본
적 있느냐고. 그런 데 서 있으면 증말 전신이 떨릴 정도로 무섭거든.
- 참 벨 소리를 다 듣겠네. 나는 3천 년을 살았소. 난 어둠이란 어
둠은 거의 다 목격했단 말이오. 진짜 무서운 건, 이런 게 아니라 환한
데도 아무도 없는 어둠이오.

귀신들이 서로 경험했던 무서운 경험을 토로했다.

- 난 그냥 어둡고 귀신들이 득시글하는 곳이었는데 엄마도 아빠도
어디 있는지 모르고 아는 사람도 없고 어느 순간 혼자라는 걸 깨닫게

되니까 엄청 무섭던데.

응주가 모두의 입을 다물게 만들었다.

일행은 바닷물이 흘러들어가는 길을 따라 조금씩 동굴 안 쪽으로 걸어 들어갔다. 10여분 남짓 걸어 들어간 듯했다. 바다의 찬바람이 훈훈한 바람으로 바뀌어서 각자가 느끼는 무서움이 사라질 듯하고 느끼는데 어디선가 울음소리가 들려왔다.

일제히 걸음을 멈추었다.

"누나, 왜 멈춰?"

"네가 울음소리를 못 듣는 걸 보니까. 방금 들린 건 귀신들 울음소리인 모양이네."

"귀신들이 울었어?"

"응. 어른 귀신 울음이라기보다 아이들 울음소리야."

"아이들……"

"그리고 지금 아이들 울음소리가 점점 커지고 있어."

고두관이 앞으로 발을 내밀자 일행은 다시 그의 뒤를 따랐다.

– 언니 여기에 저 아저씨 몸이 있을 거 같지 않은데?

은미가 낙주의 귀에 대고 말했다.

– 제 생각도 그러하옵니다.

고산지가 은미의 이야기를 듣고 대꾸했다.

― 덩치에 안 맞게 여자들 이야기나 엿듣고 그래.

― 그게 아니라, 저는 백제님의 의견에……

"누나 저게 뭐야?"

윤식이 광장처럼 펼쳐진 곳을 가리켰다. 동굴 안으로 들어온 물이 되돌아 바다로 나가고 있었다. 물이 도는 소 뒤로 넓은 공간이 펼쳐져 있었고, 그곳에 고산지만한 덩치의 귀신이 채찍을 들고 서서 무릎을 꿇고 앉아 있는 귀신들을 향해 채찍질을 해댔다.

"저기 엎드린 귀신들은……"

모두 아이들이었다. 아이들은 고개도 들지 못한 채 채찍질하는 귀신 앞에 엎드려 희미한 빛으로 깜빡거렸다.

― 네 이놈!

느닷없이 고두관이 소리를 지르며 물 위를 뛰어갔다. 낙주에게도 윤식에게도 기이한 광경을 보았다. 귀신이라면 물 위를 걷거나 달릴 수 있어야 마땅했다. 그런데 고두관은 물속에 빠져 허우적거렸다. 보통의 물웅덩이가 아니었다.

― 네 이놈, 멈춰라!

물에 빠져들면서도 고두관은 소리치기를 멈추지 않았다. 물은 늪처럼 고두관의 몸을 서서히 빨아들이고 있었다. 덩치의 귀신이 슬쩍 고개만 돌려 달려오고 있는 고두관을 쳐다보더니 채찍을 날렸다. 채찍이 날아와 고두관의 목을 감쌌다. 덩치의 귀신은 고두관을 자신의 앞으로 핵 잡아당겼다. 물속에 잠기던 고두관의 몸이 빠져나왔다.

 - 오, 고두관? 드디어 만났네.

덩치는 낙주 일행에는 안중에도 없었다. 놀라운 건 덩치의 귀신이 고두관을 알고 있다는 사실이었다.

"저 아저씨가 덩치 귀신을 아는 거 같은데?"

윤식이 물었다.

"그런 거 같아."

은미가 잔잔하게 일렁이든 바닷물을 보고 발을 내디딜지 망설였다. 소영도 상도도 심지어 고산지 역시 선뜻 발을 내딛지 못했다.

 - 네 놈이 여기까지 찾아올 거라곤 상상해 보지 않았는데. 내 아이들 다 어디에 감췄냐?

 - 그 아이들이 어찌 네 놈의 아이들이냐? 그 아이들은 제주의 아이들…….

덩치의 귀신이 채찍을 조이자 고두관의 몸에 금들이 가기 시작했다.

 - 아저씨!

응주가 검게 일렁이는 물웅덩이를 보며 발을 내디딜지 망설였다. 눈앞에 펼쳐진 소는 귀신이라 해도 마음대로 건널 수 있는 물웅덩이가 아니었다. 응주는 망설이지 않고 고두관을 향해 달려갔다. 응주의 몸도 역시 물속으로 가라앉기 시작했다. 마치 뻘과도 같았다.

– 아저씨, 아저씨!

응주의 절규와 덩치 귀신의 웃음소리가 동굴 안에 울려 퍼졌다. 동굴 벽에 달라붙어 있던 박쥐들이 일제히 날아올라 동굴 밖으로 빠져나갔다.

– 고 장군 뭐해?

은미가 고산지를 쳐다봤다.

– 저요?
– 아이가 죽어가고 있잖아.
– 우린 다 죽은 존재들인데요.
– 저건 소멸이야. 이승 저승과의 모든 연을 끊어버리는 소멸이라고!

응주의 몸은 점점 깊이 빨려 들어가고 있었다. 고두관이 응주를 향해 손을 뻗어봤지만 절대 가 닿을 수 없는 거리였다.

– 이봐, 두관이 내 아이들 돌려주면 저 계집앨 구해주지.
– 고 장군! 너는 건널 수 있어.
– 가야죠. 백제님의 명이라면.

– 내 명이 아니라도 가야해. 아이가 소멸되고 있잖아.

　고산지는 더이상 망설이지 않고 앞으로 걸어 나갔다. 그의 발아래에
서 물이 출렁거렸다. 하지만 그의 몸이 잠기지는 않았다. 고산지는 앞
으로 달려가 웅주의 손을 잡고 물속에서 빼냈다. 덩치의 귀신이 일순
간 놀라 고두관의 목을 조이던 채찍 조임을 멈추었다. 고산지는 웅주
를 왼팔 안쪽에 품었다.

– 네 놈들은 뭐냐?
– 나? 아님 우리?

　덩치의 귀신이 고두관을 내팽겨 쳤다. 아이들이 고두관의 곁으로 모
여들었다.

– 호, 제법이야, 제법인데. 그 웅덩인 귀신도 사람도 건널 수 없는
웅덩이야. 그런데 물 위에 서 있을 수 있다. 나랑 같은 고대 귀신인가?
기원전의 귀신들만이 그 물속에 빠지지 않을 텐데.
– 네 놈의 정체가 뭐냐?

　덩치가 깔깔거렸다.

– 남의 집에 왔으면 네 놈 정체를 먼저 말해야하는 거 아냐?
– 나는 백제님의 좌성 장군, 고산지다.
– 백제? 백제국의 백제? 설마⋯⋯.

덩치도 물 위로 걸어오며 고산지를 살폈다.

– 오, 진짜 고산지네. 고산지야. 마라가 언젠가는 고산지를 만나게 될 거라 하던데 드디어 만나는군.

덩치는 망설임 없이 채찍을 날렸다. 고산지는 오른손을 뻗어 그의 채찍을 잡았다.

– 네 놈은 제사장 구홀?
– 야, 3천 년 전인데 나를 다 기억해주다니, 영광스럽네.

구홀이 채찍을 당기자 고산지가 그에게 끌려갔다. 구홀이 은미에게 눈길을 주었다.

– 그럼, 저년이 백제?
– 이런 찢어죽일 놈! 왕께 년이라니!
– 이런 횡재가 다 있나? 저년이 있으면 부활할 수 있다는 소문이 있던데.

고산지는 도무지 힘을 쓸 수가 없었다. 칼을 빼들어야 하는데 칼을 뺄 수가 없었다. 칼을 빼들자니 은주를 물속에 떨어트려야만 했다.

– 고 장군, 은주는 내게 맡겨!

고산지의 머릿속으로 은미의 말이 들렸다. 망설일 수가 없었다. 구홀의 채찍은 위색의 채찍이었다. 새끼줄 같지만 그건 귀신들을 옭아매는 유일한 밧줄이며 매였다. 고산지가 왼팔로 안고 있던 웅주를 내려놓으며 허리의 칼을 뽑아 들었다. 그 사이 은미가 달려와 웅주를 받았다. 이곳에서는 귀신에게도 중력의 법칙이 적용되었다. 상식의 법칙이 소용에 닿지 않는 공간.

고산지의 대도가 위색의 채찍을 잘라버렸다. 그 바람에 구홀이 나자빠졌다. 구홀은 발딱 일어나며 채찍을 휘둘렀다. 고산지를 향해서가 아니라 무리지어 떨고 있는 아이들 귀신을 향해.

– 여긴 내 땅이다, 마라가 점지해 준 내 땅이라고, 너희들이 들어와 내 땅을 더럽혀서는 안 된다고!

구홀이 휘두르는 채찍에 맞은 아이들은 몸에 금이 가고 서서히 연기처럼 흩어졌다. 살아서도 행복하지 못했던 아이들이 귀신의 존재로도 행복하지 못한 채 두 번 죽어갔다.

– 네, 이놈을!

고산지가 아이들을 향해 달려드느라 구홀이 빼든 또 하나의 채찍을 막지 못했다.

– 이건 마라의 채찍이다. 이승과 저승의 경계를 무너트리는 채찍!

마라의 채찍이 고산지의 발목에 감겼다. 그 사이 구홀은 오른손에 든 위색의 채찍으로 아이들을 후려쳤다. 고두관이 아이들을 감싸기 시작했다. 채찍이 날아오는 쪽을 향해 자신의 등을 들이밀었다. 고두관의 등에 채찍 자국이 빛을 뿜으며 선명하게 났다.

　－ 언니, 언니도 갈 수 있어.
　－ 어떻게?

낙주가 소용돌이치는 소를 바라보았다.

　－ 나도 몰라. 그냥 가능하다는 생각만 들어.

낙주는 어깨에 매두었던 마고봉을 꺼내 하나의 봉으로 만들었다. 애초 귀신의 세상을 믿지 않았는데 귀신의 세상에 발을 들여놓았다. 믿을 수 없는 세상을 믿게 되었다. 게다가 다른 누구도 아니고 은미의 말이라면 믿을 수 있겠다는 확신이 들었다.

　－ 다른 사람은 안 되도 언니는 갈 수 있어. 고산지야 어떡하든 빠져나오겠지만 저 할아버지는…….

낙주가 물의 표면 위로 발을 내디뎠다. 신발 바닥이 조금 잠길 뿐, 단단한 바닥이 느껴졌다. 낙주는 더 이상 망설이지 않고 구홀을 향해 달려갔다. 그가 착한 귀신이건 나쁜 귀신이건 중요하지 않았다. 그는 아이들을 죽이고 있었다. 그건 어떤 세계든 용서할 수 없는 일이었다.

– 저년은 또 뭐냐?

고두관에게로 향했던 채찍이 낙주를 향해 날아갔다. 바람을 가르는
소리가 낙주의 귀에 선명하게 들어왔다. 낙주는 양손으로 봉을 잡고
채찍을 받았다. 채찍의 끝이 돌돌 말렸다. 구홀이 봉을 잡아채려고 용
을 썼지만 낙주는 꼼짝도 하지 않았다. 오히려 낙주가 봉을 잡아당기
자 구홀의 몸이 앞으로 쏠리며 고산지의 발을 휘감았던 마라의 채찍이
느슨해졌다. 그 덕에 고산지는 마라의 채찍에서 발을 뺐다.

– 네 놈이 나를 아주 우습게 알았구나.

고산지는 멀어지던 마라의 채찍을 왼손으로 잡았다. 구홀은 오른쪽
은 고산지에 의해 왼쪽은 낙주에 의해 점점 끌려갔다.

– 아니 이것들이 감히, 난 마라의 충복이자 마라의 대변자란 말이다!

구홀의 발악적인 목소리가 울려 퍼졌다. 동시에 고산지와 낙주가 동
시에 구홀을 잡아당겼다. 고산지는 검을 휘둘렀고 구홀이 딸려오면서
채찍의 감김이 느슨해지자 봉을 빼낸 낙주도 허리 뒤까지 보냈던 마고
봉을 휘둘렀다.

순간, 고산지의 칼과 낙주의 봉에 맞기도 전에 구홀의 몸이 반짝거
리더니 사라졌다. 낙주와 고산지가 동시에 황철을 보았다. 그는 동굴
안쪽 깊은 곳에서 세워두었던 궤를 어깨에 매고 어둠 저편으로 스며들
고 있었다. 구홀이 그의 궤로 빨려 들어가는 빛이 보였다. 고산지가 그

를 향해 달려갔다.

– 고 장군, 그만 하시게.

은미가 고산지를 불렀다. 공터엔 고두관이 누운 채 어린 귀신들에게
둘러 쌓여 있었다. 낙주가 고두관에게 달려갔다. 소 건너에 있는 윤식
은 그저 안타깝게 바라보기만 했다.

– 소영아, 물이 빠지는데.

상도가 말했다.
소영이 윤식의 눈앞에서 알짱거리며 소를 가리켰다.
"누나, 물이 빠지고 있어."
윤식이 낙주를 향해 소리를 질렀다. 물은 빠른 속도로 바다 쪽으로
빠져나가기 시작했다. 물보라가 일고 물 빠지는 소리가 동굴을 채웠
다. 구흘이 사라지고 불과 5분 여 남짓 흐르자 소의 바닥이 드러났다.
"누나!"
윤식이 소리를 질렀다.

– 언니!

은미도 소리를 질렀다.
고산지와 낙주가 물이 빠져나간 소 쪽으로 다가왔다. 낙주는 소 바
닥을 보다 울컥 눈물을 흘리고 말았다. 소 바닥엔 어린 시신들이 고여

있었다. 거의 생전의 모습으로 부패되지 않은 채 잔잔한 바닥의 물 아래에 모여 있었다. 손을 모두 단전에 모은 채 차갑고 창백한 얼굴로 동굴의 천장을 바라보고 있었다.

- 이 나쁜 놈들! 이게 사람이 할 짓이야, 이게 사람이 할 짓이냐고. 사람은 악마보다 더 악마 같은 족속들이야!

윤식이 울먹이며 소리를 질렀다. 윤식의 몸이 손끝에서부터 사라지기 시작했다. 단순하게 긴장할 때에만 몸이 사라지는 게 아닌 모양이었다. 오늘처럼 슬픈 순간에도 몸이 사라지는 듯했다. 그제야 한 가지 더 새로운 사실을 깨달았다. 알몸이 되어야 비로소 투명해지는 건 아니었다. 옷을 입은 그대로 몸에 닿은 모든 것들이 동시에 투명해졌다. 가슴 아프고 슬픈 장면을 앞에 두고 아파하지 않거나 슬퍼하지 않을 수 없었다. 점점 몸이 사라지는 윤식을 낙주가 살폈다. 낙주는 윤식을 쳐다보며 희미하게 고개를 끄덕거렸다.

소는 아이들의 무덤이었다. 모두 49구의 시신이 누워 있었다. 그 사이 고두관이 소 바닥까지 기어 내려갔다.

- 아저씨 왜 그래요?

응주도 고두관을 따라 내려갔다.

- 없어, 여기도 없어…….

몸의 구석구석이 깨진 고두관은 아이들 시신을 일일이 확인해본 후 바닥에 털썩 주저앉았다.

- 응주야, 여기도 없구나.
- 언젠가는 찾을 수 있겠지.

상처 입은 고산지와 근육들이 툭툭 불거져 화난 듯한 낙주와 소영, 상도도 소 바닥으로 내려왔다. 공터에 모여 있던 아이들도 내려와 제 몸을 찾아 들어갔다.

- 불쌍한 것들! 불쌍한 것들!

제 몸을 찾아들어가는 아이들은 고두관에게 인사를 했고 고두관은 손을 흔들어주었다.

- 구홀에게 혼을 잃은 몸들은 어찌되는가.
- 낙주 씨, 미안하게 됐소. 실은 내 몸 찾으러 온 게 아니오.

고두관이 바닥에 널린 아이들의 시신을 쓰다듬으며 입을 열었다. 응주는 그의 깨진 몸을 쓰다듬었다.

- 내 아들, 내가 죽던 그 순간에 내 아들이 갓 백일 지났을 거요.

고두관이 울기 시작했다. 눈물이 흐르지 않지만 눈물이 흐르는 울음보다 더 구슬펐다.

　─ 동주라 이름 지었는데, 고동주. 마을 사람들이 아 어른 할 거 읎이 모두 죽었다고 하던데. 어른들이야 지 몸 못 찾아도 살만큼 살아봤으니 괜찮지만 아이들이 무슨 죄가 있다고, 이승에서조차 떠나지도 못하게 한단 말이오. 아이들은 지가 죽었는지, 지 몸을 어찌 해야 하는지도 모르는데.

　"누나 경찰에 전화해야겠지."
　어느새 윤식이 현실의 시각 속으로 돌아와 있었다. 낙주는 그런 그가 어지럽겠다는 생각이 들었다. 투명해졌다가 다시 본래의 모습으로, 본래의 모습에서 투명해지고. 투명한 몸에서 다시 본래로…….
　"형한테 전화해 봐."
　"형?"
　"김 반장한테."
　"누나는 쫌 형이라고 부르지 좀 마. 그런데 저 노인은 자기 몸 찾으러 온 거 같지도 않은데 누굴 찾아온 거야?"
　"제주 4.3 때 죽은 아들."
　"아들? 아들이 어린 아이였나?"
　"태어난 지 갓 백일 지났었단다. 우리가 어쩌다 그런 시절을 살아온 건지 알다가도 모르겠다."
　윤식은 몸 찾지 못해 두런거리고 까불고 떠드는 듯한 아이들 귀신을 보았다.
　"쟤네들은 몸이 없는 모양이네."

"다른 데서 아까 그 구홀이라는 귀신이 잡아온 모양이야."

"아이들 잡다가 뭘 한 거야?"

"내막이야 잘 모르겠지만, 짐작해보면 부활 같은 거 꿈꾸지 않았을까? 인간은 죽기 싫어하잖아. 귀신들은 다시 태어나고 싶어 할 거 같은데."

낙주가 소영과 상도를 쳐다보았다.

– 그런 몇몇이 있기는 있을 겁니다. 하지만 난 내 몸 찾아 이 지긋지긋한 운명을 끊어버리고 싶을 뿐입니다. 몸을 찾고 제대로 소멸되면 다음 생이 보장되는 건지 알 수 없지만 아무튼 그렇게 믿고 빨리 다음 생으로 건너가고 싶을 뿐이에요. 다시 부활하면 뭘 합니까. 어딜 가나 악마 같은 사람들 천진데. 듣기로는 그때 그렇게 일 저질렀던 사람 중엔 아직도 살아 있는 사람이 있다던데.

– 아저씨 생각이지.

소영이 말했다.

– 살아 있을 때 많은 걸 가진 사람들은 다시 부활하고 싶을 거야. 갑부였다는 귀신들 몇 명 만난 적이 있었는데, 죽은 게 억울하다고 내내 입에 달고 살았거든.

– 허긴 나도 그런 이야기는 많이 들었다. 강남의 건물이 몇 챈데, 벌어놓은 돈 실컷 써보지도 못했는데…….

– 에이, 아저씨는 졸부들만 만나봤구나.

– 그런 너는?

― 진짜 갑부. 살아 있었을 때 종업원이 몇 만쯤 되었다는 갑부. 그 할아버지는 한 시도 쉬지 않고 억울하다, 다시 태어나는 건 싫다, 부활해야한다. 그 돈이 어떤 돈인데 지들이 맘대로 쓰냐, 나도 벤틀리 못 타봤는데 자식 새끼들은 펑펑 쓴다, 이럴 줄 알았으면 부인 둘은 더 얻었어야 했는데. 얼마나 주절주절 떠들어대는지 곁에 누가 붙어 있으려고 하질 않았어. 그래봐야 귀신인데, 그걸 모르는 거야. 자기가 생전에 가진 돈으로 다시 부활할 수도 있다는 엉뚱한 믿음까지 갖고 있더라고.

윤식은 소영의 입놀림을 보며 무슨 말인지 짐작하기만 했다.

"소영이가 뭐래?"

"귀신 중에 살아 있을 때 돈 많았던 귀신들이 부활하려고 엉뚱한 생각을 한단다."

"미친…… 그나저나 저 아저씨는 자기 자식 못 찾아서 어쩐대? 이번에도 우리 무료봉사하는 거네."

"이런 주검들 찾아주는 거라면 무료봉사라도 해야지. 안 그래?"

"그렇긴 하지. 자꾸 이런 시신만 찾아주다 보면 우울해질 거 같아서 그래. 내가 이런 나라에 살고 있나 싶어서 말이야."

윤식의 귀에 고두관의 흐느낌은 들리지 않지만 충분히 느낄 수 있었다. 그의 슬픔이 윤식의 심장을 바늘로 찔러대는 것만 같았다.

"전화 안 해?"

윤식이 시경에게 전화를 걸었다. 시경은 바로 전화를 받았다. 윤식이 상황을 설명했다. 저희들끼리 노는 몇몇 아이들에 대해서도 말해주었다. 모두 데리고 가야 할 것 같다고 말해주었다.

"누나, 시경이 형이 저 아저씨 아이 이름이 뭐냐는데? 자기가 한번 데이터가 있는지 찾아보겠다고."

"고동주란다."

"어, 팀장님, 고동주라고 하는데요. 1948년에 태어났을 거야. 갓 태어났다니까 그때가 맞을 거야. 4.3때 백일 지났다고 했으니까 아마 1월생이지 않았을까? 그래야 맞는데. 고동주라고……. 잠깐만."

윤식이 휴대폰을 내려놓고 낙주를 쳐다보았다.

"고동주라고 그랬어?"

"그래 고동주."

윤식은 등골을 타고 소름이 돋았다.

"누나 한 번만 더 물어봐줄래?"

고두관의 몸에 깃든 빛이 서서히 꺼지고 있는 듯했다. 그대로 소멸되어 버리고 있는 듯했다.

낙주가 물었다.

─ 아드님 이름이 어떻게 된다고요?

─ 언니도 참, 아저씨 아들 이름은 고동주야. 우리들은 다 알아. 아저씨가 여기저기 하도 묻고 다녀서.

웅주가 대신 말해주었다.

고두관의 눈이 반쯤 감겨 있었다.

─ 고 장군, 저렇게 그냥 소멸되는 거야?

은미가 고산지에게 물었다.

– 그대로 소멸되기도 하고, 어떤 경우는 다시 귀신의 형체를 갖추기도 합니다. 사람의 상처와 비슷합니다. 상처가 아물면 다시 살아나고 상처가 깊어지면 죽는 것처럼 귀신도 똑같아요.

– 그래 똑같겠지.

낙주가 맥없이 말했다.

"고동주래. 고동주가 맞대. 다른 귀신들에게 하도 묻고 다녀서 다들 안다고 하네."

"팀장님 내가 다시 전화할게. 아무튼 여기로 경찰 보내야해."

윤식이 서둘러 전화를 끊었다. 휴대폰을 든 그의 손이 부들부들 떨었다. 다리를 떨다 힘까지 빠져나갔는지 제자리에 털썩 주저앉았다. 손끝과 발끝이 사라지려는 기미가 보였다.

'아, 안 돼. 지금은 투명해지면 안 된다고.'

윤식이 입을 강하게 다물었다.

"윤식아 왜 그래?"

윤식의 귀에 낙주의 말이 들리지 않았다. 은미는 몸 찾지 못한 어린 귀신들 다독이면서 윤식에게 눈길을 주었다. 고산지는 동굴 주변을 샅샅이 뒤지고 다니느라 윤식의 변화를 알지 못했다. 소영은 윤식을 쳐다보며 발을 굴렀다.

– 언니, 윤식이 총각 아저씨 왜 그래? 손하고 발이 없어지고 있어.

윤식이 긴장하지 않으려고 애를 썼지만 손에 들고 있던 스마트폰과 손까지 사라지고 있었다. 윤식이 애써 미소를 지었지만 소용없었다.

– 소영아, 실은 윤식이한테 투명해지는 능력이 생겼대. 아직 조절할 줄은 모르고. 게다가 이런 현장은 사실 너무 충격적인 거잖아. 이렇게 충격적인 상황에서도 투명해지고 그러는 모양이야.

상도가 말했다. 낙주도 그러려니 싶었다.

"엄마!"

윤식이 통화가 이루어졌다. 다행히 손목과 발목은 사라졌고 손에 들고 있는 폰도 보이지 않았지만 더 이상 진행되지는 않았다. 동굴 안인데다가 잡음이라곤 없어 그런지 작은 소리도 메아리가 되어 동굴 안을 맴돌았다.

"우리 아들이 이 시간에 어쩐 일이니? 내일 모레가 제산데 설마 이번에도 못 온다는 건 아니지?"

"엄마 지금 그게 중요한 게 아니고. 아빠 이름이 뭐지?"

동굴을 둘러보던 고산지도 윤식의 곁으로 다가왔다. 응주와 고두관의 시선까지 윤식에게 쏠렸다.

"새삼스럽게 아빠 이름은 왜?"

"글쎄, 아빠 이름이 뭐냐니까?"

"너, 정말 몰라서 묻는 거니?"

"아냐. 확인하려는 거야. 뭐냐고?"

"고동주!"

"고, 고동주 맞지?"

"그래."

"그럼, 아빠 고향은 어디야?"

"그건……."

윤식의 엄마가 말을 멈추었다. 귀신들조차 숨을 멈췄다. 고두관이 기어서 윤식에게 다가갔다.

"실은 아빠가 제주도 태어나신 걸 감췄어. 돌아가시기 전에야 말해 주었는데. 죽기 전까진 나도 부산이 고향인줄로 알았지. 제주에서 그 사건 났을 때 엄마랑 아빠. 그러니까 너한테 할아버지랑 할머니 모두 돌아가셨대. 자긴 너무 어려서 아무 것도 모르고. 너한테 말은 안했지 만 그러니까 아빤 다행히 신부님한테 발견되어서 살아나셨대. 아빠도 클 때까지 몰랐다가 신부님께서 돌아가실 때 진실을 말해주었다고 하 더라. 왜들 그렇게 선량한 사람들을 죽이고 그랬는지……. 거기 살았 던 노인 분들은 지금도 쉬쉬한대."

"어, 엄마. 호, 혹시 아빠가 1948년 1월이나 1947년 12월쯤 태어나 셨어?"

"얘가 무슨 소리야. 아빠 생일은……. 여름이라고 말했지만, 그건 신부님이 정해준 생일이고. 자기가 찾아보니까 겨울에, 그러니까 네 말대로 1월이나 12월……."

"어, 엄마. 다, 다시 전화할게."

윤식이 통화를 끝내고 휴대전화를 떨어트렸다. 윤식은 자신도 모르 게 고두관을 쳐다보았다. 고두관도 윤식과 눈을 맞췄다. 윤식은 뜨거 운 불덩이 하나가 가슴을 뚫고 지나간 것처럼 전신이 뜨거웠다. 고두 관이 윤식을 향해 손을 뻗었는데, 그 손의 형체들이 희미해져 갔다. 윤 식의 몸도 조금씩 더 많이 사라져갔다. 고두관이 놀랐다.

'투명해지면 안 돼!'

그 간절함이 하늘에 닿은 것인지, 사라짐이 멈추고 그의 손에 들린 폰이 서서히 드러났다.

"누, 누나. 아, 아저씨, 이대로 사라지는 거지?"

윤식이 다급하게 말했다.

"모레 아버지 제사에 오라고 말씀드려줘. 그래 주소가 서울특별시 구로구 경인로20길 13번지야. 누나 얼른 좀 전해드려."

윤식의 눈가가 눈물로 번들거렸다.

"사람들은 귀신의 말을 알아듣지 못하지만 귀신들은 사람들 이야기 모두 알아들어."

낙주가 말했다. 고두관이 고개를 끄덕거렸다.

― 살아나서 오래 살았다니 그거믄 됐다. 난 그런 줄도 모르고 죽은 뒤 지금까지 줄곧 아들놈만 찾아다녔네. 한 번만 볼 수 있다면 좋으련만. 한 번만……. 마누라가 어느 구천을 헤매고 있을지 모르겠지만 만나믄 동주는 잘 살다 갔다고 전해주어야겠소. 동주가 장가까지 가서 아들을 보았다니……. 내가 걱정할 만큼은 아니었구나. 다행이다, 다행이야. 처음 본 손주야, 내가 네 집에 갈 수 있다면 가보도록 하마. 갈 수 있다면……. 낙주 씨 고마웠소.

고두관의 마지막일 지도 모를 이야기가 낙주의 귀에 들렸다. 낙주는 손끝을 가늘게 떨고 있는 윤식의 손을 오랫동안 쳐다보았다.

5.

그대로
모든 것

빛의 과거

1

시경과 진고랑은 동대문역 8번 출구에서 택시를 잡았다.

"기사님 망원동 갑시다."

택시가 출발했다.

"요즘도 합승 같은 걸 합니까?"

시경이 기분 나쁜 말투로 기사에게 말했다.

"네? 합승이요?"

시경이 조수석을 쳐다보다가 진고랑이 옆구리를 치는 바람에 사실을 깨달았다.

"아, 아닙니다."

"참, 싱거우신 분이시네."

시경은 조수석에 앉아 있는 여자 귀신을 힐끔 쳐다보았다. 진고랑이 귀에 바짝 대고 말했다.

"소영이랑 상도가 그러는데 귀신들 봐도 못 본 척하래."

"왜요?"

"우리 귀신첩에 있는 사람들 몸만 찾아주려고 해도 평생을 해줘도 모자랄 판이라네."

"그, 그렇기야 하죠. 우리도 지부를 만들던가 직원을 더 뽑던가 해야 하는 거 아닐까요?"

"말이 통해야 만들든가 뽑든가 하지."

– 선생님들 혹시 내가 보이시나요?

여자 귀신이 몸을 반쯤 돌려 뒤를 쳐다보며 말했지만 시경과 진고랑은 알아듣지 못했다. 시경은 여자와 눈을 마주치지 않으려고 시선을 멀리 주었다.

"지금 우리 쳐다보고 있어요."

"김 반장 눈 마주치지 마. 모두 다 들어주면 좋겠는데, 지금은 우리 능력 밖이야. 말을 알아들을 수도 없고."

"선생님 그런데 아주 참하게 생긴 아가씬데요. 죽어서도 예쁜 사람이 있다는 말을 들었는데 꼭 그런 사람이에요. 안전벨트까지 하고 있어요."

"김 반장 자꾸 쳐다보지 말라니까."

"안 봐요. 밖을 내다보면서 곁눈질로 보는 거예요."

– 선생님, 지금 저 보고 계시죠? 저도 다 듣는 이야기가 있어요.

도로에 차가 많아 차량 흐름이 느렸다. 시경은 여자를 못 본 척 의자 뒤로 등을 붙이며 앉았다.

"선생님 뭐라 말하는데 뭐라 하는지 대충 알 거도 같아요."

"오늘은 그냥 모른 척 해. 지금 조 경위라는 사람 만나러 가야 한다면서?"

"뭔가 사연이 깊은 사람 같아요."

"김 반장, 귀신치고 사연이 깊지 않은 귀신이 얼마나 되겠어. 오늘은 눈 감아."

"아니 그게 아니라……"

시경은 입을 다물었다. 무심하려 했지만 자꾸만 여자에게 눈길이 갔다. 그녀의 차림새가 수수했고, 단정한 때문만은 아니었다. 그녀에게서 죽은 아내의 분위기가 풍겼다. 아내가 아닌 줄 알지만 자꾸만 생각이 나자 여자가 더 측은하게 느껴졌다.

─ 선생님도 요즘 세상이 이상해지고 있다는 거 알고 계시죠? 저도 첨엔 정말 몰랐어요.

여자는 시선을 앞에 둔 채 혼자 이야기했다.

─ 제가 죽었다는 것도 오랫동안 알지 못했으니까요. 그리고 전 바보같이 제 몸이 어디에 있는지도 몰라요. 엄마랑 아빠를 만나 물어봐도 몰라요. 그러던 어느 날이었어요. 전 택시 타는 걸 좋아해요. 아마 살아 있을 때도 택시를 자주 타고 다녔나 봐요. 죽을 때 충격이 컸는지, 전 몇 가지 일들은 까맣게 잊어버렸어요. 귀신들은 기억을 잃어버리면 다시 찾기 힘들대요. 그거야 뭐 귀신 나름이겠지만 전 아무튼 기

억이 나지 않아요. 아무튼 택시를 타고 광화문을 지나가는데 제 얼굴을 본 거예요. 어머, 어머 저기 있어요.

귀신이 손을 들고 한쪽 방향을 가리켰다. 시경의 눈이 저절로 귀신의 손이 가리키는 방향으로 향했다.

'나의 딸입니다. 금방 집에 들어오겠다는 전화를 받았는데 지금까지 들어오지 않고 있습니다. 저희의 딸을 찾아주세요. 이름은 송민주입니다.'

시경은 눈치로 조수석에 앉은 여자의 이름이 송민주라는 걸 알게 되었다.

– 보셨죠? 저도 놀랐어요. 제가 어디로 간 건지 저조차 알 수가 없다니까요. 아까 저도 다 듣는 이야기 있다고 말씀드렸죠? 저도 다 알아요. 요즘 귀신들이 갑자기 많아졌어요. 귀신들이 막 애들을 낳거나 그런 것도 아닐 텐데 많아졌어요. 나중에야 알았는데, 옛날 귀신들이 쏟아져 나오고 있대요. 숨어 있던 귀신들도 나오고요. 한 달 쯤 뒤엔가 다른 세상의 문이 열린대요. 그게 저승 세계의 문인지 명확하게 아는 귀신들은 없어요. 그렇다고 다른 세상으로 향하는 문이라고 확답을 해줄 수 있는 귀신도 없고요. 그 전에 그 문이라는 게 어떻게 열리고, 열리기는 열리는 건지 아는 귀신도 없죠. 아무튼 이상한 건 귀신들이 엄청나게 많이 돌아다닌다는 것과 무서운 판수들도 많이 나타났다는 말도 들었어요. 전 그래서 택시 안에서 꼼짝도 안 해요. 사실 좋은 판수만나서 제 사정 이야기하면 가만히 내버려 두실 거라 생각해요. 적어도 제 몸을 찾을 수 있을 때까진 잡아가진 않을 거라 생각해요. 그런데

제 몸이 어디에 있는지 저도 잘 몰라요.

시경은 여자가 어깨 떠는 걸 보았다.

시경은 무릎을 모으고 주먹을 쥐었다. 죽은 자들의 세상을 보는
것만으로도 기가 찰 노릇인데 이제는 귀신들의 미세한 변화까지 느껴
졌다.

"망원동 다 왔습니다."

택시가 멈췄다.

'송민주 씨 다음에 또 인연이 닿으면, 낙주나 재명 할머니와 담적 아
저씨랑 같이 만나게 되면 그때 다시 말해줘요.'

— 그냥 가시는 거죠? 그냥 하소연할 데도 없고 마음도 아프고 그래
서 말해봤어요. 제 이름은 송민주이고요. 혹시라도 제 몸을 찾으시면
꼭 좀 엄마, 아빠에게 알려주세요. 제 몸을 찾아야 저도 어디로든 갈
수 있대요. 이렇게 평생 택시 안에 앉아서만 보낼 순 없잖아요. 이 세
계에 미련이 너무 많지만 다른 곳으로 가고 싶어요. 나와 엄마와 아빠
를 아프고 슬프게 만드는 세상에서 떠나버리고 싶어요. 그러면서도 떠
나고 싶지 않고 그래요. 죄송해요. 혼자 주절주절 떠들어서.

시경은 여자의 말이 거의 전부 들린 듯했다. 택시 요금을 계산하고
영수증을 받는 동안 여자가 한 말이 모두 선명하게 머릿속에 들어온
듯했다.

"어디야?"

"필경이라는 술집이랍니다."

"필경? 술집 이름도 참. 요즘 술집 이름은 알다가도 모르겠어."

둘은 번잡한 술집 거리를 걸었다. 시경은 휴대폰을 꺼내 양 형사가 보내 준 지도 화면을 몇 차례 확인했다.

"선생님, 진짜 귀신들 많아요."

"그러게. 옛날부터 그랬던 건지……"

사방이 귀신들이었다. 무슨 연유인지 모르겠지만 시경의 직감으로도 귀신들이 늘어났다는 생각이 들었다.

"전에 소영이랑 상도 씨 이야기 들어보니까 옛날엔 거리에 귀신들이 이렇게 많지는 않았다고 하던데."

"그러게 나도 그 이야기 듣긴 들었는데. 뭔가 우리가 알지 못하는 변화가 생기고 있는 거 같긴 해. 그게 뭔지 잘 모르겠지만."

"그 이유를 찾으려고 뭔 숫자 적어놓은 것들을 벽에 잔뜩 붙여놓은 거 아닌가요?"

"그렇긴 한데, 아직은 답을 모르겠어. 좀 어이없는 답을 얻긴 했는데 너무 어이없어서 말하기도 우습고 그래."

두 사람은 술집들이 모여 있는 골목 안쪽으로 들어갔다.

"한번 말해 봐요."

진고랑이 시경을 슬쩍 쳐다보았다.

"그러니까 그게 3333년 만에 우리가 정한 달력과 실제의 시간이 하루가 차이나는 날이 생겨. 그리고 그날이 멀지 않았고."

"하루 차이가 나요?"

"그건 계산해보면 하루 차이가 난다는 게 나와. 문제는 그날의 의미야. 그날의 의미를 파악할 수 있는 자료들을 찾아보는데 영 찾질 못하겠어."

"찾든 안 찾든 그 하루랑 귀신들이 늘어난 거랑 무슨 연관이 있을까요?"

"그야 모르지. 그럴 수도 있고. 짐작이지만 그 하루는 마치 손 없는 날과도 같은 작용을 할 거야."

"손 없는 날이라면……. 신들이 모두 하늘로 올라가서 사람 하는 일에 간섭을 하지 않는 날이다?"

"그보다 더 강렬하겠지. 선도 없고 악도 없다? 아무튼 지금까지는 그래."

시경은 뒤의 이야기가 더 궁금했지만 어느새 '필경'이라는 술집 앞에 다다랐다. 두 사람은 미닫이문을 열고 안으로 들어갔다. 테이블 3개, 손님은 없었다. 주로 꼬치를 구워 파는 술집이었다.

"조 경위는 아직 안 온 모양이네."

시경은 모든 꼬치 한 접시와 소주와 맥주를 주문했다.

"한 잔 해도 되겠지요?"

시경은 괜히 사방을 살폈다. 거리에 귀신들이 넘쳐나는 게 마음에 걸린 때문이었다.

"귀신들 많아졌다고 해서 우리가 한 잔 못할 일은 없지. 다만……"

"다만?"

"무슨 일 생길지 모르니까 아주 취해선 안 될 거야."

"뭔 일이 있겠습니까? 그나저나 언제 다시 졸본에 가봐야죠."

"가야지. 궤도 찾고 열쇠도 찾아야 하니까."

"내가 열쇠만 생각하면 자다가도 분통이 터져요."

"그건 나도 그래. 그런데 그 궤와 열쇠 그리고 지금의 현상들이 긴밀하게 연결되어 있다는 생각이 자꾸만 들어."

그건 시경도 마찬가지였다. 어떤 뚜렷한 논리적 근거가 아님에도 그런 생각이 들어 기분이 나빴다.

 "그나저나 이근배 그 인간 시신은 어디로 갔는지 알아냈대?"

 "졸본에 있겠죠."

 "참 알다가도 모르겠어. 거기에서 귀신들만 잔뜩 보고 돌아온 게 다니……"

 "거기에 뭐가 있긴 있는 거고요?"

 "판수 짓을 오래 하다보니까 그냥 직감으로 느끼는 건데. 간혹 그런 땅이 있어. 신들의 땅이라고 불러야 옳을 그런 땅."

 "신들의 땅?"

 "그래. 귀신들, 신들, 영혼들 뭐 그런 존재들이 거처할 수 있는 귀기 서린 그런 곳 말이야."

 "그런 게 있겠습니까?"

 "있어. 그런 동네에서는 사람들이 오래 살지 못해. 사실이 그래. 돌아올 때 윤식이한테 한번 알아보라고 했거든. 그런데 졸본이라는 동네 사람들은 드물기도 하지만 거의 대부분 단명했어. 병으로 죽은 것도 아냐. 그냥 대수롭지 않은 병으로 시름시름 앓다가 죽어버렸어."

 "에이 설마……"

 "사실이야."

 "난 아직도 내가 귀신을 본다는 게 믿어지지 않아요. 뭔가 과학적으로 밝힐 수 있을 거라는 믿음을 버리지 않았어요. 귀신도 뭔가 물질적 존재라고 생각하는 거죠. 이근배 그놈도 찾아낼 거예요. 낙주더러 은미 씨한테 부탁해보라 했으니 뭔가 소식이 있겠죠."

 "그거 알아?"

진고랑이 맥주에 소주를 만 잔을 천천히 비웠다.

"정말 오랜만에 마셔보네."

"뭘 아냐는요?"

"이근배 아버지가 친일 인사였는데, 뭘 관리했냐면. 바로 일본군 비밀군자금이야."

"군자금이요?"

"비상금 같은 거지. 위기에 봉착했을 때 쏟아낼 수 있는 자금. 중요한 건 그 군자금이 사용되기도 전에 우리가 해방이 됐다는 거야."

시경의 귀가 솔깃했다.

"우리가 지난번에 여의도에서 찾은 금괴도 일본군 비자금이었어. 그런데 그런 비자금이 전국 곳곳에 숨겨져 있다는 거야."

"벌써 아는 인간들이 다 가져갔겠죠."

"그럴까? 서울 한복판에 있었는데도 멀쩡히 숨겨져 있었는데?"

시경은 자신도 모르게 침을 삼켰다.

"만약 있다면 얼마나 있을까?"

시경은 혼잣말을 중얼거렸다.

"아마 엄청날 거야. 우리 땅 금광에서 나는 금이란 금은 죄 모아 놨을 테니까. 그리고 중국에서 가져온 금괴들도 같이 숨겨놨을 거고."

"그렇게 큰 덩치로 금을 모았다면 여러 사람이 알고 있겠죠."

"아닐 걸. 내 생각은 좀 달라. 그거 관리한 사람은 이근배 아버지가 유일했을 거야. 그리고 그걸 그놈 아버지가 그놈한테 알려주고 죽었을 거고."

"아버지 대에서부터 나쁜 놈이었네요. 진짜 있다면 궤나 열쇠보다 더 구미가 당기는데요."

“이봐 김 반장.”

진고랑이 손에 들고 있던 잔을 내려놓으며 테이블 바짝 다가앉았다.

“그 궤랑 열쇠는 말이야.”

“궤랑 열쇠는?”

“그건 금은 보화나 보물, 그런 걸 찾을 수 있는 열쇠나 궤는 아닌 거 같아.”

“그럼요?”

시경이 재차 질문을 하는데 조 경위가 술집 안으로 불쑥 들어왔다. 시경은 단숨에 그를 알아보았다. 단단한 몸을 가진 사내였다.

“반장님 정말 오랜만입니다.”

조 경위도 시경을 알아보고 빠르게 다가와 손을 내밀었다. 시경이 그의 손을 힘있게 잡았다.

“그러게 말입니다. 정말 오랜만이네요.”

“소식 들었습니다.”

“무슨?”

“고검장 면상을 갈겼다는……”

“이젠 오래 전 이야깁니다.”

“김 반장님이 안 그랬으면 아마 저라도 날렸을 겁니다.”

“조 경위님도 그 사람하고 무슨 일이 있었습니까?”

“반장님도 참, 아시잖아요. 그 양반 자기 조직만 챙긴다는 거. 말도 안 되는 이유로 증인 신청하면 기각하고. 이유야 그럴 듯한데, 자세히 들여다보면 다 자기들 식구인 겁니다. 그런 일이 어디 한 두 번입니까.”

“지검장이 그런 일까지는 관여하지 않잖아요.”

"나중에 들여다보면 결국 지검장 목소립니다."

"허긴……"

시경은 진희와 아내 생각이 났지만 얼른 이미지를 지웠다. 두 사람만 생각하면 총이라도 들고 찾아가 그의 면상에 박아주고 싶었다. 사랑하는 딸을 가진 부모라는 존재, 사랑하는 아내를 가진 남편이라는 존재는 무서울 게 없었다. 그럼에도 자신이 경찰이기에 넘지 말아야할 선이 있었다. 그나마 고검장에게 주먹을 휘두른 건 참고 참은 인내의 결과였다.

서빙을 하는 아르바이트생이 맥주잔과 소주잔을 들고 왔다.

"이 집 꼬치가 맛있습니다. 둘이 먹다 하나가 죽어도 모를 정도입니다."

"오사카식 꼬치인 거 같은데……"

진고랑이 메뉴판을 들춰보며 말했다.

"맞습니다. 오사카식. 그런데 사실 한국에서 팔면 그냥 한국식이죠."

조 경위가 허허거리며 웃었다. 시경과 진고랑도 덩달아 웃었다. 술잔이 몇 순배 돌았다. 요즘 경찰 분위기, 검찰 분위기에 대한 말이 화제가 되었다. 경찰은 경찰대로 불만이고 검찰은 검찰대로 불만이었다. 서로 기싸움에서 지지 않으려고 무서울 정도로 견제를 한다는 이야기였다.

"……아무래도 사직하라고 공안부에 보낸 거 같습니다."

조 경위가 말끝에 자신의 심정을 달았다.

"대학 때 격렬하게 학생운동 했던 놈을 공안부로 보낼 땐 다 이유가 있지 않겠습니까?"

"그냥 누군가 조 경위님 쫓겨날 걸 미리 선수 쳐서 그 자리에라도

가 있으라 그런 건지도 모르잖습니까."

"그건 아닐 겁니다. 검찰하고 우리 고위 간부들한테는 반장님이나 나나 가시 같은 존재잖아요. 지시를 제대로 따르기를 하나, 적당히 하기를 하나, 눈 감으라는 데 눈 감을 줄 아나. 가끔 제가 반장님 꿈을 다 꾼다니까요."

"어떻게……"

"저는 부인이 되고 반장님이 남편이 되어서 부부싸움을 하는데……"

시경이 한바탕 웃어젖혔다. 조 경위도 호탕하게 웃었다.

소주와 맥주 두 병과 매운 족발을 더 주문했다. 조 경위는 테이블 위에 술병들을 한 차례 쳐다본 후, 실내 전신거울 속에 담긴 술집 밖의 풍경을 살폈다. 그걸로도 모자라는지 직접 고개를 돌려 밖을 내다보았다. 그때까지 싱거운 얼굴을 하고 있던 조 경위의 얼굴이 딱딱하게 굳어졌다.

"저, 진 선생님……"

조 경위의 얼굴이 갑자기 굳어졌다.

"사실 양 형사가 연락했을 때에도 별 일 아닐 거라 생각하고 있었는데 좀 심각한가요?"

"심각합니다."

좀 전까지 미소 짓던 얼굴은 사라졌다. 그가 점퍼 주머니 안에서 몇 장의 서류를 꺼내 내밀었다.

"이게 뭐죠?"

"한번 보세요."

시경과 진고랑이 표를 그려놓은 종이를 들여다보았다.

"모두 33명이라······"

종이의 첫 페이지에 'SS대상자 첩보내용'이라 적혀 있었다.

"SS요?"

"스페셜 스파이."

"스페셜 스파이, 지금 이 시대에? 진짜 웃기는군."

"간첩이라는 말은 낡았으니까 스파이라고 쓰는 겁니다."

시경은 서둘러 종이를 살폈다.

명단의 첫 번째 줄에 진고랑의 이름이 적혀 있었다. 고향, 학벌, 나이, 거주지, 전화번호, 구분에서는 'S'라는 단어가 기록되어 있었다. 비고란에 부친 진태주로 극렬적색분자라 메모되어 있었다. 최근 이동경로라는 항목도 눈에 뛰었다.

"서울 창천동, 황학동, 정읍 백산 농원, 전주 모악산 담적 사당······."

진고랑은 비실비실 웃기만 했다.

"선생님 지금 웃음이 나옵니까?"

"나는 하도 당한 일들이라 뭐 특별하달 것도 없네."

"전에도 이런 일이 있었습니까?"

"걸핏하면 걸고 넘어지지. 필요할 때마다 꺼내서 사건으로 만들기도 하지. 그래서 직장도 못 잡고 그랬는데."

"그래서 장물아비로 살아왔다는 건가요?"

"그것보다는 그렇게 보통의 죄를 짓고 살아야 저들은 안심을 하거든. 별 볼 일 없는 인간으로 생각해서. 그런데 이번엔 좀 색깔이 많이 다르겠는데."

진고랑 뒤에 나열된 이름들은 재야 인사들이었다. 재미있는 건 마지막 장에 진고랑의 세포 조직으로 나열된 이름들이었다. 김시경, 정낙주, 고윤식 심지어 장 형사인 장만도까지.

시경은 종이를 테이블 위에 내려놓았다.

"도, 도대체 이유가 뭔가요?"

시경은 기가 막혀 말을 더듬었다.

"그건 저도 모릅니다. 사실 갑자기 수면 위로 떠오르긴 했지만……"

조 경위가 제 앞의 잔을 비우고 빈 잔에 맥주와 소주를 채웠다.

"떠오르긴 했지만 뭡니까?"

시경이 답답한 심사를 감추지 못하고 물었다.

"사실 이건 아주 오래 전부터 이미 준비되어 있었던 겁니다. 이 시기에 맞추어서 터트리려고 준비하고 있었을 뿐이죠. 김 반장님도 아시잖아요. 가지고 있다가 때를 봐서 터트리는 게 정보를 쥐고 있는 자들의 특성이라는 거."

시경과 진고랑은 착잡했다.

"굳이 왜 이 때이어야 하느냐가 사실은 문제를 풀 가장 큰 실마리예요."

조 경위가 말했다.

"조 경위님 감사합니다."

"감사할 거 뭐 있습니까. 마침 저도 양 형사랑 막역하고 또 김 반장님이야 경찰에서 누구보다 멋있는 분이잖아요. 수사로나 청렴함으로나."

시경이 미소를 지어보였다. 하지만 진고랑의 얼굴은 어두웠다.

"그런데 이 정도 사건이라면 그냥 시경 공안부에서만 관리하지는 않았을 거 같은데."

조 경위가 진고랑을 쳐다보다 그의 어깨 너머로 거리의 사내와 눈이 마주쳤다.

"저, 인간들이……"

조 경위가 의자에서 벌떡 일어났다. 그러자 조 경위와 눈이 마주쳤던 사내가 빠르게 사람들 속으로 사라졌다. 시경과 진고랑이 창밖으로 시선을 주었다.

"누구 아는 사람이라도 보셨습니까?"

"우리 부서 놈들인데, 아무래도 나를 따라 다니는 거 같습니다."

조 경위가 의자에 주저앉았다. 그는 잠깐 골몰한 인상이더니 곧바로 입을 열었다.

"아까 무슨 말씀하셨죠?"

"간첩 사건이라면 시경 공안과에서만 움직인 게 아닐 거라고 말했습니다."

조 경위가 입맛을 다셨다.

"33명이 엮인 간첩단 사건이면 아마 지금까지 일어난 어떤 간첩단 사건보다 큰 규모입니다. 당연히 위와 다 연결이 되어 있죠. 그런데 이 사건에 관해서만큼은 검찰도 매우 협조적입니다. 위로 어디까지 이 시나리오에 대해 알고 있는지 궁금합니다."

시경은 문득 고검장이 떠올랐다. 곧 검찰총장까지 갈 사람이었다. 어쩌면 그에 대한 미움이 괜한 억지를 불러일으킨 것인지도 몰랐다.

조 경위와 헤어졌다. 변동 사항이 있으면 알려 주겠다 약속했다. 하지만 시경은 기대하지 않았다. 조 경위마저 미행당할 정도라면 그에게 중요한 정보 같은 건 흘러가지 않을 터였다.

"아버지가 평생 내 인생에 걸림돌이시네."

진고랑이 허탈하게 웃으며 말했다. 그의 내력을 알고 나니 그가 외로워 보였다. 그 뿐만 아니라 그의 가족들 모두가 이 땅에서 받았을 핍박이 떠오르기도 했다. 그는 한국 땅에서 정상적인 직업을 가질 순 없었을 터였다. 귀신 잡는 판수나 골동품 밀거래하는 장물아비로 살 수밖에 없었을 터였다.

"낙주랑 윤식이한테서 연락이 없네요. 일은 끝났을 텐데. 우리 기분도 그런데 책방에 가면 곱창이나 한 접시 하러 가죠."

"그려, 곱창에 소주 한 잔 더 하자. 소주라도 한 잔 해야 잠 잘 수 있겠지."

띵! 시경의 스마트폰에 톡이 들어왔다. 시경은 길가에 서서 지나가는 택시를 부르다 톡을 확인했다.

'김 반장님, 저 장만도 형사입니다.'

느닷없이 장 형사가 톡을 보내왔다. 아내의 이야기를 증명해 줄 것들이나 증명해줄 사람을 찾은 것일까. 세계 어느 나라 법원에서도 귀신의 증언을 증거로 채택하지 않으니 이근배를 잡으려면 필요한 요소들이었다. 그런데 이근배는 이미 죽고 없었다. 그런 줄 알았는데.

'기사 하나가 떴습니다. 아내가 취재하던 내용들인데. 아마 그때 같이 사진 찍어주고 그랬던 사진 기자가 폭로한 거 같습니다. 중앙일간지나 주요 검색 사이트가 아니고 인터넷 전문 시사잡지인데…… 난리가 났습니다. 일단 보시죠.'

장 형사가 기사를 링크 걸어 시경의 톡으로 보내왔다.

'사회적 기업으로 알려진 방성사이언스의 두 얼굴'

기사의 조회 수가 1백만에 가까웠다. 시경은 숫자를 확인하며 깜짝 놀랐다. 시경은 진고랑과 눈에 보이는 커피전문점으로 들어갔다.

"갑자기 왜?"

"장 형사가 기사를 보내왔는데 조회 수가 장난이 아니에요."

진고랑이 커피 두 잔을 주문하고 시경의 곁으로 돌아왔다.

"도대체 뭔데?"

"장 형사 부인인 정해경 기자 사건 있잖아요. 이근배한테 당했다고."

"그런데, 그 기사가 떴대요. 인터넷에."

"그동안은 왜 드러나지 않은 거지?"

"올해부터 진실검증위원회라는 게 발족을 하잖아요. 정해경 씨랑 같이 취재 다녔던 사진기자가 거기에다 꾸준히 제보를 했던 거 같아요. 거기서도 나올 건데 미리 온라인에 뿌린 거겠죠."

링크를 타고 들어가 보니 기사는 동영상이었다. 여자 내레이션이 깔려 있었다.

'지금 보시는 내용은 기사의 원본입니다. 사실과 다르지 않게 작성되었지만 어쩐 일인지 기사로 실리지 못했습니다. 한번 읽어보도록 하겠습니다.'

내레이터의 목소리가 스마트폰에서 흘러나왔다.

'…… 임산부 조영숙(여, 28세)씨는 방성사이언스 기획실에 6년간 근무했던 여성입니다. 그의 동생인 조영호 씨에 의하면 조영숙 씨가 임신한 아이의 부친은 방경언 회장으로 그의 비서실장인 신재현 씨로부터 끝없이 낙태할 것을 종용 받아왔다고 합니다. 하지만 방성사이언스 측은 사실무근이며 방경언 회장의 명예 실추에 대한 책임을 법적으로 단호하게 물을 것이라고 밝혔다. 뿐만 아니라 다른 한 명의 임산부인 이미영(여, 26세)씨 역시 방성사이언스 총무실에 4년간 근무했던 직원으로 이미영 씨의 외삼촌인 박수근 씨에 의하면 그녀를 임신시킨 인물 역시 방경언 회장이라고 밝혔습니다. 이 사실에 대한 확인 요청을 위해 방성사이언스 기획실에 전화를 넣었지만 방경언 회장에 대한 명예 훼손이라며 강력하게 항의를 해 왔으며 진실 여부를 확인하지 않고 음모론에 불과한 가십을 그대로 언론에 보도할 경우 조영호 씨와 박수근 씨를 포함해 한국일보를 상대로 법적 소송에 들어가겠다고 밝혔습니다. 하지만 두 여성이 방성사이언스에 근무했던 여성이었던 점, 두 여성이 집중적으로 케어를 받았던 산부인과도 방성사이언스 계열사인 방성종합병원의 산부인과였던 점, 또한 친권자에 대한 기록은 물론 산부인과에서 진료 여성들을 상대로 특이하게도 유람선 관람을 유도했던 점 등은 석연치 않은 점이라고 조영호 씨가 말했다. 한편 조영호 씨는 더 나아가 유람선 사고는 이 두 여성을 합법적으로 살해하기 위한……'

'여기까지가 한국일보 정해경 기자가 쓴 내용입니다. 다음은 방성에서 근무했던 직원들을 상대로 취재한 내용들입니다. 방성레저에 근무했던 분들도 취재에 응해주셨지만 다른 계열사에서 일하시는 분들도 취재에 응해주셨습니다. 거대 기업의 민낯을 낱낱이 공개해주신 그분들의 용기에 끝없는 찬사를 보냅니다. 취재에 응해주신 분들이 후일 불이익이나 불상사를 당하는 일이 없길 바라며 경찰에게 이 기사와 관련된 사람들의 보호에 각별히 힘써 줄 것을 당부합니다. 다만 담당관할 경찰과 검사들이 진실을 밝히는 우리를 보호해줄 의지가 있을지 모르겠지만 말입니다. 그래도 시작하겠습니다. 아래의 내용들은 취재를 바탕으로 작성되었습니다. 신원을 밝히기 꺼려하셨으나 직업 특성상 신분이 밝혀질 수 없는 몇몇 분들이 있습니다. 그분들은 위험을 무릅쓰기로 하셨습니다. 다만 이름은 적지 않기로 합니다.'

'3년 전 오늘일 겁니다. 날이 좀 추웠지만 호수는 얼지 않았습니다. 충주호가 눈 온 겨울에 비경이거든요. 그래서 관광객들이 한 겨울에도 많은 편입니다. 그날도 관광객들이 많았는데, 그날은 임산부가 여럿 눈에 띄었습니다. 방성 사람들도 많이 보였는데 배가 방성레저 소속이니 그러려니 했지요. 아무튼 방성 사람들이 좀 있었던 편입니다. 방성 사람들과 임산부가 이야기하는 걸 보곤 방성 직원의 가족이거나 회사 동료라고 생각했었죠. 그 배요? 수리가 다 뭡니까? 침몰한 그 배는 수명도 다해서 폐선시켜야 하는 배였어요. 정 바쁠 때나 나가는 밴데 회사에서 그날은 그 배를 띄우라는 겁니다. 박 선장이 의아해했죠. 저는 농으로다 박 선장이 마지막으로 운항하라고 말했던 기억이 납니다. (전 방성레저 수운호 선장)'

'그 사건 종결되었나요? 사고로요? 설마요? 제가 그 배에 있었는데 침몰할 때 보니까 구명정이 딱 한 척만 있는 거예요. 배에 탄 사람은 100명이 넘는데 20명 타는 구명정이 있으니 그게 말이 되요? 근처에서 낚시하던 분들이 없었으면 아마 더 큰일 났을 겁니다. 그만하길 다행이죠. 모든 게 낡았더라고요. 계단도 삐거덕거렸지, 창은 누렇게 때가 끼어서 밖을 보려면 나와야하지, 의자는 찢어지고 보풀이 일어나 엉망이지. 아무튼 그랬어요. 제 이름은 안 나오죠? 목소리 변조도 꼭 좀 부탁해요. (당일 승선했던 P씨(남, 30세)) '

'사실 전 담배 피는 중이었어요. 선장이 잠깐 설명할 때 몇몇만 갑판으로 나와 구경하지 대부분 선실 안에서 구경하죠. 겨울치고는 따뜻하다지만 배가 호수 위를 달리면 춥거든요. 습기 때문에 더 춥죠. 아무튼 담배를 피우고 있는데 기관실이라고 짐작되는 곳에서 작업복 입은 남자가 올라오더라고요. 선원 같았는데 얼굴은 희멀건 했습니다. 딱 마주쳐서 수리하던 건 잘 되어 가느냐고 물었습니다. 그냥 한번 힐끔 쳐다보곤 지나쳐 버리더라고요. 그 남자가 지나갈 때 가스 냄새 같은 게 났어요. 왜 그 부탄가스 냄새 있잖아요. 그런 생각이 들었나 싶었는데 갑자기 기관실에서 뭔가 벽에 부딪치는 소리가 들리더니 연기가 피어오르는 거예요. 내 앞을 지나간 남자는 어디로 갔는지 보이지 않고요. 꼼짝없이 겨울 호수에 빠져 죽는다고 생각하는데 사람들 독려해서 뛰어내리게 만들고 서로 도와주고 그러는 걸 보면서 생각이 달라졌죠. 지금도 담배는 핍니다. 좀 줄였어요. (당일 승선했던 K모씨(남, 52세))'

'말이 되는 소리를 해야 믿죠. 승선 인원에 죽은 임산부의 뱃속 아이들도 따지더라니까요. 이게 무슨 엿같은 상황이냐고 따졌더니 그래야 제대로 된 보상을 받는다나 어쩐다나……'

'임산부 둘이 죽었다면서요? 거의 만삭이었다고 들었는데. 보통은 그 정도 되면 누가 유람선을 타겠어요. 그것도 한 겨울에. 전 스스로 자발적으로 배를 탔다고 생각하지 않아요. 뭔가 어쩔 수 없었던 거죠. 같은 여성의 입장에서 보자면 정말 불쾌한 일이에요. 회사에서 시키는 대로 해야 하잖아요. 임신해서 퇴직한 여직원들이었다고요? 그럼 더 더욱 이상하네요. 퇴직한 여성들 초청했다? 뭐 그럴 수도 있지만 저라면 안 갔을 거예요. (전 방성리조트 여직원).'

'그때 그 사건은 회사 관리 잘못으로 결론이 나지 않았나요? 승선 인원 규정 어겨서. 그 이상은 저도 들은 것만 있지 잘 몰라요. 그때 죽은 사람들만 억울한 거죠. 저흰 한 겨울에 신입사원 오리엔테이션 때문에 충주에 내려가 있었고요. 신입사원들 거의 대부분 승선했을 겁니다. (전 방성미디어 직원)'

'죽은 임산부 둘 다 방성 직원이었다면서요? 비서실에서 근무하던. 두 여성 모두 배우자가 없다고 들었어요. 어디까지나 소문이라고도 생각하지만……. 그 두 아이가 방성 회장 아이였다는 소문이 있던데요. 사실인가요? 방성이 사회적 기업이라고요? 웃기는 소리 하시네요. 물론 사이언스에서 시중에 공급하는 고가의 약들은 다른 제약회사에 비하면 아주 싼 거죠. 그런데 원가를 생각하면 역시 폭리를 취하고 있는 겁니다. 다른 제약회사에 비해 원가가 백분의 일도 안 들었다고도 해요. (전 방성사이언스 직원 (여, 31세))'

'뭔가 많이 하기는 하죠. 그런데 세상에 알려진 것과는 많이 달라요. 성금이요? 그거 우리 월급에서 나가는 거예요. 그래놓고 무슨 사회적 기업이라고. 소년소녀 가장 장학금도 그래요. 죄다 협력업체들로부터 상납 받은 돈으로 하는 거예요. 방성은 절대로 돈 안 써요. 특히 그런 돈은 더더욱. (전 방성미디어 직원 A모씨(32세 남))

'방성 회장이 100살이잖아요. 그런데 그렇게 안 보여요. 얼마나 철저하게 자기 몸 관리를 하는지. 다른 노인들 100살이라면 젊은 여성을 임신시키는 게 불가능하겠지만 방성 회장이라면 가능할 겁니다. 기자님도 직접 보시면 놀랄 겁니다. 100살인데 50살쯤 먹어 보이니까요. (전 방성상사 영업본부장 L모씨(49세 남))

'당연한 거겠지만 당사자는 아이의 친자여부를 확인할 겁니다. 뭐라 말씀 드릴 수는 없지만 친자 확인이 이루어졌을 테고 아마 일치 확률이 99% 이상 나왔을 겁니다. (전 방성사이언스 연구원(O모씨 43세))'

'그 두 분의 가족들이 계약을 하고 가셨죠. 비용은 방성에서 모두 지불한다고 되어 있고요. 저희 조리원은 최고급이라 어지간한 사람들 아니면 입주하기 힘들거든요. 그래서 그분들이 좀 있는 분들 자제인가 생각은 했었죠. 그런데 그렇게 안타깝게 잘 줄 누가 알았겠어요. (쉼 조리원 대표 원장 Y모씨(62세 여))'

'이런 말해도 되는지 모르겠지만. 회장님 빼고 그 다음으로 무서운 분이 아마 사모님일 겁니다. 그나마 회장님은 쌍욕은 안 하시죠. 사모님은 입이 정말 거칠어요. 아는 사람들은 다 알아요. 회장님 여자 정리는 그 양반이 다 했죠. 다들 쉬쉬거리지만. 그래도 나쁘게 정리하지는 않는다고 하네요. 욕은 하지만. 회사에 사모님이 나타나면 비상 걸려요. 다들 숨기 바쁘고요. 사모 눈에 안 거슬리는 게 없죠. 이름이 김순 잔데 이름만 생각하면 순할 거 같죠? 오산입니다. 기사 중엔 사모한테 대가리 안 맞은 사람이 없을 겁니다. 특히 여직원들한텐 혹독해요. 여 직원들한테도 쌍년 이년 저년 욕을 해대는데, 아휴 살다 살다 그렇게 입 건 여자 첨 봤어요.(전 생활도우미 K모씨 (55세 여))'

'가끔 이근배 씨랑 만나곤 했죠. 모르긴 몰라도 사모 앞에서 당당했 던 사람은 아마 이근배 씨가 유일했을 겁니다. 사모가 이근배 씨에게 부탁도 많이 하고 그랬는데, 이근배 씨가 전직 국정원 직원이었다는 것도 그렇고 워낙 카리스마가 장난이 아니다보니 사모도 어쩌지 못했 어요. 그리고 이근배씨는 방성 회장이나 사모의 여러 약점들을 다 알 고 있었던 거 같아요. 정보를 취급했으니까요. 다시는 그 회사 안 들어 갑니다. 연봉을 아무리 높게 준다고 해도 차라리 굶고 말지. 개 될 각 오가 아니면 방성에 입사하는 건 반댑니다.(전 방성프랜차이즈 이사 U모 씨(61세 남))'

화면 몇 개가 이어졌다. 방경언이 건물 앞에 서 있는 직원들의 조인 트를 걷어차는 장면, 방경언의 부인인 김순자가 한 사내를 지휘봉으로 어깨며 머리통을 후려 패는 장면, 컵을 들고 여직원 향해 날리는 장면, 쌍욕을 하는 장면 등등.

"이게 사실이야? 방성이 타격 좀 크겠는데."

"어떡하든 막겠죠."

"그렇겠지만 벌써 조회수 백만이면 방성에 원한이 있는 사람들이 많았던 모양이야."

시경이 커피를 들고 카페를 나섰다. 골목 안쪽에 담배를 피우는 몇이 보였다.

"저 담배 좀 피울게요."

진고랑도 골목으로 따라 들어왔다.

"담배 연기 싫어하시잖아요."

담배 연기가 기이하게도 진고랑의 허리 부근을 떠다녔다.

"그러니까 언젠가 말했을 거 같은 그날이 멀지 않았다는 거."

"도대체 무슨 일이 일어날지 정말 궁금하군."

"지금 방성은 뒤집어지고 난리가 났을 겁니다."

시경은 골목 밖으로 도로를 지나가는 차들에게 눈을 주었다. 많은 것들이 순리대로 돌아가고 있었다.

2

방경언은 신재현에게 서류를 돌려주며 그를 올려다보았다.

"두한이는?"

"이미 밖에 와서 기다리고 있습니다."

방경언은 별다른 말없이 창밖으로 시선을 주었다. 아름다운 서울의 밤이 그의 시야에 펼쳐졌다. 땅과 도시를 덮은 각색의 불빛들. 저 빛들도 해가 뜨면 사라진다. 방경언은 사라진다는 단어를 떠올린 후 진저리를 쳤다.

'세상이 이토록 아름다운데……. 곧 이 아름다운 세상을 형님과 함께 영원히 볼 수 있을 지도 모르는데. 빌어먹을!'

형인 방귀언의 얼굴이 떠올랐다.

'형님, 진짜 부활이 가능하오? 형의 말대로 착착 준비되어 가고 있소. 만에 하나 잘못되었을 때를 대비해 두한이에게 준비해두라 했오. 어쨌든 기다리시오. 내 곧 그 질소관에서 생생하게 살아나도록 해드릴 테니까. 궤를 열 은미라는 년만 잡아오면 되오. 하필 이런 때에 엉뚱한 기사가 터져 좀 시끄럽지만 한국 사람들은 곧 잠잠해질 거요'

방경언은 거실 유리창에 되비친 자신의 얼굴을 쳐다보았다. 100세라는 나이를 자신도 믿을 수가 없었다. 비단 셔츠 안의 몸은 군살 한 조각 없이 매끈했다. 배도 나오지 않았고 그렇다고 근육이 시간의 흐름에 녹아 내려 흐물거리지도 않았다. 20대 건장한 청년과 팔씨름을 해도 지지 않을 자신이 있었다.

백살의 나이는 사실 무서운 나이였다. 형의 예언도 두려웠다. 백살이 넘기 전에 꼭 새로운 길을 모색해야 한다고 했던 말. 부활이든 기억을 그대로 간직한 환생이든. 하지만 무엇 하나 분명하지 않았다. 경험해보지 못했기 때문에 모든 게 두렵고 아쉬웠다. 노인의 삶은 하루하루가 다르다 했다. 오늘 평안하다가도 내일 저승의 길을 넘어갈 수 있는 나이였다. 어떤 일이든 어떤 관계든 어떤 일상이든 자신이 있었는데 요즘 들어 균열이 일고 있었다. 지난 밤 결정적으로 큰 균열이 나타났다. 전혀 예상하지 못했던 일이 터진 것이다. 방성 곳곳에서 방성을 성토하는 인터뷰들이었다. 점점 조회수가 많아지고 있는 것도 여간 찜찜한 게 아니었다.

회사 중역회의에 나가 회사의 변화를 들으며 귀찮다는 생각이 든 일도 있었다. 이 역시 방경언으로서는 상상할 수도 없는 일이었다. 수만 명의 삶이 엮인 회사와 스위스에 박아 둔 비자금들과 영원할 수밖에 없는 자산과 아름다움을 간직한 모든 것들을 두고 이승의 문턱을 넘어야 한다는 건 불합리했다. 이 모든 걸 시작은 형이 했지만 완성은 자신이 이루었다. 무엇보다 아쉬운 건 아직도 청춘의 근력을 가진 몸을 버려야 한다는 사실이었다. 그런데 또 하나의 균열이 생겼다. 4년 전 사건이 지난 밤 대형 폭발을 했다.

3333년 만에 발생하는 단 하루의 오차가 이루어지는 그날까지는 어떤 균열도 용서될 수 없었다. 형님이 깨어나 왕국을 이룬 방성을 봐야만 했다. 결코 못난 동생이 아니었음을, 형이 살린 몸이지만 철저하게 관리해 백살까지 살아낸 자신을 보여주어야만 했다. 그가 깨어났을 때 지저분한 가십이 세상을 떠돌게 만들 수는 없었다.

"다 연락이 된 건가?"

방경언이 신재현에게 물었다.

"네, 회장님의 뜻은 신문사는 물론 인터넷 언론 그리고 지방지에서부터 지방 언론에까지 모두 엠바고 요청했습니다. 그 쪽에서 적극적으로 움직여만 준다면 아마 대부분 그대로 묻힐 겁니다."

"몇 년이 흘렀는데 이제 와서 그 유치한 사건을 다시 꺼내는지 이해가 가질 않네."

"저도 그렇습니다. 허물이라 말할 수도 없지만 설령 허물이라 하더라도 회장님께서 이 나라 발전을 위해 애쓰신 걸 생각하면 나라에서 그런 모함은 막아주는 게 당연한 일이라 생각합니다."

"신 집사는 믿지. 나중에라도 혹 못난 아들놈들이 여론을 우습게 알거든 꼭 일러주게. 단 한 번의 모함이 지옥까지 나를 끌어내린다는 걸 말이야."

"제가 말하면 잘 받아들이지 않으실 겁니다. 회장님께서 말씀해주십시오."

"이보게 신 집사. 내가 아주 열심히 운동하는 건 곧게 잘 죽기 위함이야. 삶에 미련이 있어서가 아니라. 한 번의 오보라도 그건 돌이킬 수가 없어. 후에 진실이 밝혀진다지만 정정기사나 정정 보도를 한다고 해도 추락된 사람은 다시 원래의 자리로 돌아가기 힘들어. 나나 우리의 방성이 그런 꼴로 오점을 남겨서는 안 돼."

"회장님 일단 그날에 대해 어떤 일이든 터질 경우를 대비해 놓았습니다. 언론만 연결이 되어 있는 게 아니라 해경, 경찰 ,검찰, 텔레비전 뉴스에서 지방 방송국은 물론 지역까지 모두 아무 일도 없었던 것처럼 일사분란하게 움직일 겁니다."

방경언은 '그날'이라는 단어가 유독 신경 쓰였다. 신재현조차 '그날'이라는 표현을 쓴다면 익명의 유저들은 '그날'이라는 단어를 두고 음모론을 만들어내고 찧고 까불 게 뻔했다. 사장된 기사이지만 유추해 보면 '그날'의 핵심 주인공은 바로 자신이었다. 그런데 어찌된 일인지 어제 오늘 '충주호의 그날'이라는 가십성 기사가 수면 위로 떠오르고 있었다.

"신 집사, 그날이라니? 그날 우리는 잘못한 게 없어."

"마, 맞습니다."

방경언은 신재현의 말이 아이를 돌보는 침모의 말처럼 들려 기분이 언짢았다. 신재현은 그런 방경언의 심중을 읽었다.

"염려 놓으셔도 됩니다. 만일의 경우를 대비해 말씀을 드린 겁니다. 어딜 가나 돈에 눈이 먼 젊은 여자들이 있기 마련입니다. 그리고 어딜 가나 작은 돈에 눈이 어두워 규정을 어기는 작자들은 많습니다. 어딜 가나 성인들을 음해하거나 음모론으로 모는 작자들도 있기 마련이고요."

방경언이 고개를 끄덕거렸다.

"그렇지. 모든 게 음해고 음모야. 두한이나 성태 이놈들이 좀 자네 반만 닮았으면 내가 맘대로……"

방경언은 뒤의 말을 아꼈다. 요즘처럼 사소한 몇 가지들이 마음을 불편하게 한 적이 없었다. 더군다나 충주호 침몰 사건으로 태어나지 못한 아이 둘이 죽었다. 마음 아프지만 넘지 말아야할 선을 넘은 건 여자들이었다. 그날의 사건과 기획실에 근무했던 두 여성의 얼굴과 그 무렵 자신을 쳐다보다 눈이 마주치면 얼른 눈을 내리깔던 직원들의 눈빛이 자꾸만 떠올랐다.

"저, 회장님, 밖에 있는 사람들 들어오라 할까요?"

방경언이 고개를 끄덕거렸다.

사람으로는 방두한, 방성태, 나상원 고검장, 동조일보 부사장인 이고안, 야당 원내대표인 김두팔, 새시대중년연맹 구명신 총재가 들어왔고 귀신으로는 황철과 구홀이 거실로 들어왔다. 황철은 마라를 찾아 두리번거렸지만 보이지 않았다. 어제 인터넷에 음해 기사가 나간 뒤 긴급하게 소집한 사람들이었다.

－ 왜 마라는 나타나지 않았지? 방 선생이 마라의 존재를 모른다?

그럴 리 없었다.

－ 마라는 어디에나 있어.

황철은 방두한에게 눈길을 주었다가 말소리가 들려 깜짝 놀라 얼른 고개를 돌렸다. 방두한의 몸에 마라가 보였다.

방경언은 좌우를 한 차례 훑어보았다.

"우선 이 자리까지 와주셔서 진심으로 감사드립니다. 잠깐 신 집사의 브리핑을 받은 후에 여흥을 즐기도록 하지요. 사소한 문제이지만 사회적 기업인 방성이 엉뚱한 오해를 받고 있는 걸 제가 견딜 수가 없군요."

– 우릴 부른 이유가 뭔가?

구홀이 참다못해 물었다.

두한이 그를 노려보았다.

– 인간 주제에 나를 왜 그렇게 뚫어지게 쳐다볼까? 귀신을 볼 줄 아는 특별한 능력이 있다는 걸 과신하는 모양이네.

구홀이 빈정거리듯 말했다. 황철은 그저 입을 다물고 지켜보기만 했다.

– 인간이면 인간답게 인간이나 쳐다봐!

구홀의 말투는 거칠었다. 가뜩이나 데리고 있던 아이들을 모두 잃은 뒤라 심사가 뒤틀려 있었다.

– 이봐 구홀! 잡귀들 하나 처리 못해서 아이들 잃은 게 자랑인가?

– 이 새끼가!

구홀이 품에서 위색의 채찍을 꺼내 들었다.

두한이 빙긋 웃었다. 그가 손을 뻗어 구홀의 목을 쥐었다.

방경언이 말릴 사이도 없이 방두한이 구홀의 목을 잡고 들어올렸다.

– 그 채찍을 누구에게서 받았는지 기억이 나지 않는 모양이네.

신재현은 물론 다른 사람들은 방두한이 저 혼자 손을 올리고 있는
광경을 보고 고개를 갸웃거렸다. 인간의 눈에는 구홀이나 황철 그리고
마라는 보이지 않았다. 인간 중에는 방경언과 방성태만이 그들을 보았
다. 중요한 건 이제 마라는 방두한의 몸을 빌었지만 마라의 존재를 숨
기지 않았고 마라 역시 숨지 않았다. 끝이 다가오고 있음을 알고 있기
때문이었다.

– 네, 네가 어떻게 나를…….

구홀이 숨을 몰아쉬며 말했다.

– 이해할 수가 없어. 어떻게 인간이 나의 목을…….

구홀이 방두한의 얼굴을 노려보다 마라의 모습이 깃들어 있다는 걸
알게 되었다. 그는 위색의 채찍을 슬그머니 거두었다.

- 죄, 죄송합니다.

구홀의 반성에 방두한은 그의 목을 잡았던 손에서 힘을 풀었다.

- 네 놈이 보는 것만이 진실이라는 오만을 버려야 한다.

살아온 세월이 그나마 긴 축에 드는 인간들은 분위기로만 지하실 만찬장에 깃든 서늘함을 느낄 수 있었다. 방두한의 거침없는 행동을 보면 방성사이언스의 실질적인 우두머리는 어쩌면 그 일지도 모른다는 생각까지 하게 되었다. 그런 사실을 인정하지 못하는 건 방경언 뿐이었다.

"이보게, 방 회장님! 저희가 뭘 도와드려야 할까요?"

방두한의 노골적인 말이 방경언의 심기를 불편하게 만들었다. 방경언은 물론 신재현 그리고 초청된 사람들이 눈을 크게 뜨고 두 사람을 번갈아 쳐다보았다.

"자식이 아비에게 할 법한 말투는 아닌데?"

방두한이 피식 웃었다.

"그런가요? 이제 저는 제가 아니고, 마라도 아닙니다. 저는 마라와 두한의 하나라는 말입니다. 무슨 말인 줄 아시지요? 젊은 시절 판수 생활을 좀 하셨으니 충분히 아시겠지요."

방경언은 방두한의 말을 금방 알아차렸다. 이 밀실에서 '마라'라는 단어를 알 수 있는 존재는 귀신들과 자신뿐이었다.

'마라가 나타났다? 두한이 몸을 빌려서? 그런 악마가 여길 왜? 놀랄 일이군! 마라도 3333년 만에 오는 그 단 하루를 맞이하러 온 건가?'

방경언은 놀라지 않았다. 오만 잡귀신이 다 몰려올 거라고 그의 형 방귀언이 예언했다. 형의 예언이 아니라 하더라도 단 하루 선과 악이 사라지는 그날을 귀신들이 놓칠 리 없었다.

순간 방경언의 입에서 옥추경의 주문이 흘러나왔다.

"……청조는 발령/천상신장 대장신 지하신장 대장신 오방신장 대장신 사해신장 대장신 갑진신장 대장신 갑오신장 대장신/갑신신장 대장신 을유신장 대장신 육병신장 대장신 육정신장 대장신 육무신장 대장신 육계신장 대장신/육경신장 대장신 육성신장 대장신 육신신장 대장신 육임신장 대장신 육천뇌공 대장신 오방뇌로 대장신/팔만운뇌 대장신 오방만뇌 대장신 뇌부총명 금사자 만적도반 관뇌사 호사진성인 속거백만 대장신 진조……"

구홀과 황철은 주문을 듣게 되자 저절로 몸이 옥죄어지는 기분에 사로잡혔다. 판수들이 흔하게 읊는 옥추경이지만 판수의 도력에 따라 옥추경은 천근의 칼이 되기도 하고, 위색의 감옥이 되기도 하며, 귀신의 목을 조이는 밧줄이 되기도 했다. 하지만 방두한과 마라는 낄낄거리기만 했다.

‒ 방 판수님! 아직도 이 세계의 질서를 모르시는 모양이군요? 난 그 따위 옥추경으로 물러날 귀신이라 보지는 않겠지요?

방경언의 목소리가 점점 커졌다. 그럴수록 구홀과 황철의 몸은 뒤틀어졌지만 방두한이자 마라는 전혀 위축이 되지 않았다.

‒ 방 판수!

마라이자 두한이 소리를 지르자 거실의 유리창들이 일제히 몸을 떨었다. 방경언도 주문을 멈추고 말았다.

방두한이자 마라의 말을 들은 자 역시 방경언과 황철 구홀이 전부였다. 테이블 앞에 앉아 신재현의 브리핑을 기다리는 사람들은 멀뚱멀뚱한 눈으로 두 사람을 쳐다보기만 했다.

– 수하들이 있으니 체면은 지켜드리지요. 자, 중대한 하루를 망칠지도 모를 무슨 사건이 터지고 있는 모양인데, 우리가 뭘 도와주면 될까요?

방두한이 빈정거렸다.

– 네, 이놈!

방경언의 목소리가 높아졌다. 한낱 귀신 따위가 자신에게 명령하듯 말하고 있는 게 몹시 기분 나빴다.

– 한낱 귀신 따위가 명령하니 기분이 나쁜 모양이군.

마라라면 그 정도의 통찰력은 있을 법했다.

– 그래, 우리가 뭘 준비하고 해줘야 하지?

마라는 의외로 순순히 말했다.

- 여긴 네가 낄 자리가 아냐. 그리고 그날은 형님의 날이지 네 놈이 기웃거릴 자리가 아니라고.

- 이보게 방 판수. 땡땡 언 몸이 깨어날 수 있을 거라고 생각하는 가? 방두한이 몸을 녹여주고 네가 숨을 불어넣으면 방귀언이 부활할 거라 생각하는가? 그리고 그날은 방귀언만의 날이 아니라 모든 귀신 의 날이기도 해. 그러니 세상의 귀신들이 모두 지상에 나타나겠지. 그 귀신들 모두의 욕망이 뭔 줄 아는가?

방경언은 침착해지려고 이를 다물었다.

- 귀신들마다 욕망이 달라. 그건 마라라 해도 그렇겠지. 네 놈의 욕 망은 세상의 멸망이겠지.

방두한이자 마라가 깔깔거리며 웃었다.

- 역시 한 기업의 오너이자 그날을 준비하는 제사장답군. 하지만 세상의 멸망은 그 다음이야. 내가 살아나야겠지.

- 네 자리는 없다고 했을 텐데. 네가 세상의 모든 걸 알고 있다고 생각하지 마.

- 하긴 3천 년을 살았어도 모르는 건 모르는 거지. 그리고 부활이 어떻게 이루어지는지도 모르고. 나는 방귀언이 어떻게 깨어날지 궁금 해 미칠 지경이야. 난 이승의 존재로 깨어나지 않아도 좋아. 죽은 인간 이 제대로 부활한다면 그것만으로도 박수를 쳐주지. 자, 우리가 뭘 해 야 하지?

방경언은 그가 순순히 물러나는 듯한 자세가 불안했지만 그를 달리 처리할 수 있는 방법이 없었다. 지금 그를 대적할만한 사람이 있다면 백제나 그녀가 깃든 낙주 정도나 가능할까? 어쩌면 재명이나 담적도 그와 충분히 대적할 수 있을 거란 생각이 들었다. 황철이나 구홀은 이미 마라의 졸개로 전락했다는 게 눈에 보였다.

하필이면 이럴 때…….

방경언의 생각이 거기에 미쳤는데, 마라이자 두한이 슬쩍 고개를 들고 방경언을 빤히 바라보았다. 그건 자신의 아들 두한이 아니라 마라였다. 불가에서도 골치 아픈 악마로 내놓은 귀신 마라. 그가 어떻게 이 시대를 찾아온 것인지는 알 수 없으나, 형이 부활만 한다면 박수를 쳐주겠다 호언했지만 그도 태양의 날이자 실제의 시간보다 하루 앞서는 날 뭔가를 이루려 적어도 3천 년은 기다렸을 터였다. 사람들과 귀신들의 욕망은 짐작이 가지만 마라의 욕망은 짐작이 가지 않았다.

방경언은 속으로 중얼거렸다. 그리고 결심했다. 이제 퍼즐을 단단하게 맞춰나가야만 했다. 조용하고 은밀하게 어떤 일도 일어나지 않았던 것처럼 흘러가야만 한다. 방경언이 신재현을 쳐다보았다.

신재현이 앞으로 나서며 천장의 스크린을 내렸다.

"항상 저희 방성을 사랑해주시는 여러분들께 깊은 감사를 드립니다."

신재현은 쳐다보는 사람들이 민망할 정도로 깊이 허리를 숙여 절을 했다. 당신의 발에 깔릴 준비가 되어 있으니 언제든 밟고 가라는 자세. 방두한이자 마라와 방경언만은 그가 무서운 인간임을 느끼고 있었다.

"제가 여러분들에게 드릴 말씀은 여러분들 앞에 페이퍼로 놓아드린 내용입니다."

스크린에 검색한 화면이 올라와 있었다. 검색어 공란에는 '그날' 혹은 '충주호의 그날'이라는 단어들이 채워져 있었다.

"인터넷이라는 훌륭한 소통의 수단이 지금은 음해와 음모의 수단이 되어버린 걸 보여주는 화면입니다. 아시겠지만 우연히 직원 지원 차원에서 관광을 떠났던 저희 여직원 둘이 배 침몰 사고로 안타깝게 목숨을 잃은 사건이 있었습니다. 한 가지 더 애석한 일은 그 두 여직원이 모두 임신 중이었다는 겁니다. 저희 방성은 어떤 책임이 없음에도 근무 중 사고로 받아들여 최선을 다하여 노력했습니다. 직원의 슬픔이 곧 저희의 슬픔이라는 건 저희 방성의 모토입니다. 회장님께서도 며칠 동안 잠을 이루지 못하셨습니다. 방성의 말단 직원이라 하더라도 사고를 당하든 지병으로 목숨을 잃든 회장님께서는 괴로워 하셨습니다. 저는 바로 곁에서 회장님을 모시는 직원으로 그런 회장님을 뵐 때마다 제 가슴이 다 찢어지곤 했습니다."

신재현의 말은 묘한 매력과 설득력이 있었다. 게다가 그의 목소리는 굵은데다가 약간의 저음을 띄고 있었는데 호소력이 짙었다. 사람의 마음을 울리게 만들었다. 지하 밀실이라 그런지 저음이 섞인 그의 말은 메아리처럼 되돌아오면서 울렸다. 방두한이자 마라조차 그의 말에 귀를 기울였다.

"장례식장을 찾아가신 회장님은 슬픔을 이기지 못하고 무릎까지 꿇고 흐느끼셨습니다."

스크린에 우연처럼 찍힌 방경언의 사진 한 장이 올라왔다. 사람들 틈 사이로 찍힌 화면 속의 방경언은 정말로 흐느끼고 있었다. 신재현은 그렇게 내용이 바뀔 때마다 스크린의 화면을 바꿔가며 모인 사람들과 귀신들이 몰입하도록 만들었다.

"……그 무렵에도 순수하신 회장님을 음해하는 기사들이 여럿 나왔었습니다. 그리고 그 여직원들이 임신한 아이들이 회장님의 아이라는 얼토당토않은 음모론까지 제기 되었습니다. 그래도 회장님은 그런 음해나 음모론을 고소하거나 고발하지 않으셨습니다. 회사 차원에서 고소고발을 해야 한다고 했지만 회장님은 말리셨습니다."

조용한 가운데 침 넘어가는 소리가 간간이 들렸다.

"그런데 요즘 다시 이 음모론이 회자되고 있습니다. 인터넷이라는 공간이 특수하다보니 한번 노출된 내용들이 완전히 삭제되거나 사라지지 않더군요. 아시겠지만 지금 저희 회사는 중요한 시기에 와 있습니다. 글로벌 기업으로의 도약을 앞두고 있는 이 시점에서 이런 음해와 음모론은 열심히 일하는 방성의 가족들을 힘들게 하고 있습니다. 문제는 미투와 연관이 되면서 일파만파로 퍼져나갈 조짐까지 보인다는 겁니다. 저희 회사의 젠더 감수성 만족도 조사입니다."

스크린에 그래프가 나타났다. 여성 직원과 남성 직원의 성평등과 관련된 몇 가지 항목들의 설문조사와 결과가 기록된 내용들이었다.

"……이 기록을 보시면 아시겠지만 저희 방성은……"

– 이봐 두한.

마라가 두한을 불렀다.

– 왜?
– 원래 자네 아버지가 저렇게 치밀했나?
– 그런 편이지. 그러니까 방성사이언스를 대기업으로 키웠겠지.
– 내가 알기로는 다른 회사들은 누리지 못하는 편법을 쓴 걸로 아

는데?

– 편법이야 있었겠지.

두한의 눈길이 황철에게로 향했다.

방두한에게 고민하던 약들의 분자식이나 배합률 등이 전달되었다. 그 정보들은 수년 간 연구를 해야 얻을 수 있는 데이터인 경우들이 많았다. 하지만 먼저 개발하고 먼저 제품으로 출시되면서 방성은 직원들이 상상하는 이상으로 발전했다. 매년 가장 많은 신입사원을 공개채용하면서 정부의 신뢰도 굳건해졌다. 게다가 육아 문제에 있어서 전일 소액의 비용으로 보육을 책임지는 어린이집을 운영하면서 선호하는 직장 상위권에 랭크되는 회사가 되었다. 어떤 방식으로 성장했든 방성은 글로벌 기업이 되어가고 있었다. 방경언이 떠날 수 없을 만큼 훌륭한 회사가 되었다.

– 다른 대기업들도 다들 편법을 쓰고 있지. 지금도 그럴 거야.

– 그런데 뭐 하러 부활이니 뭐니 하려고 하지?

– 백살을 살았잖아.

– 그럼 곧 죽나?

– 죽겠지. 아까워서 어떻게 죽을 진 모르겠지만.

– 단지 그 이유 때문에 부활을 실험해?

– 그러게 나를 생물학과에 보낸 것도 아버지의 그런 욕망 때문이긴 한데. 그리고 큰아버지의 예언이 있기도 했고.

– 예언?

– 3333년 13월의 13일 날 돌아오겠다고.

― 그게 올해지.

― 아마 다들 미친놈이라고 하겠지만……. 뭐 난 어쨌든 믿는 편이야. 마라도 만나고 대복이랑 황철 그리고 구홀이라는 귀신까지 지금 내 눈으로 보고 있으니까.

― 그래도 말이 안 돼. 더 오래 살고 싶다면 정당한 방법으로 더 오래 살 수 있을 만큼 돈으로 해결할 수도 있잖아.

― 그래도 인간이니까 한계가 있겠지. 그러니까 이 부활 실험은 앞으로 아버지의 미래를 말하기도 하는 거야. 마라 당신도 현존하고 싶지 않은가?

― 두 개의 정신을 끌고 다니고 싶지 않지. 온전히 나 혼자만의 몸이라면 모를까.

― 그러니까 갓 죽은 싱싱한 몸이 있으면 가능할 수도 있다니까. 영혼이 떠난 빈 몸 말이야. 영혼은 소멸시켜버리고 그 몸에 마라가 들어가면 되잖아.

― 그게…….

― 가능할 거야. 몇 가지 조건만 맞으면.

마라가 두한을 빤히 쳐다보았다. 마라는 방금 자신의 궁극적인 목적을 깨달았다. 현존해서 세상을 파멸시키는 것이었다. 그리고 매번 큰 살육의 현장에 자신이 현존했었다는 사실도 깨달았다.

"……잠깐 테이블에서 팔을 내려주시면 감사하겠습니다. 종이와 폰들도 사각의 선 밖으로 치워주시고요."

신재현이 말했다. 그는 테이블을 향해 리모트 컨트롤을 작동시켰다. 그러자 사람들 앞에 일부가 위로 천천히 솟아올랐다. 노트북 크기의 검정색 가방이었다.

"그 가방은 여러분들의 음력 생일에 비밀번호가 맞추어져 있습니다. 한번 열어보시겠습니까?"

그들이 박스 안에서 가방을 꺼냈다. 한두 명씩 가방을 열었다. 가방 안에서 '소화'라는 한자가 양각되어 있는 금괴 10개가 들어 있었다.

"저희 방성에서 수고해주시는 여러분들에게 드리는 선물입니다. 그리고 염려하지 않으셔도 되는 게, 그 금괴들은 일제강점기 때 일본군들이 숨겨놓았던 금괴로 어떤 기록도 남겨져 있지 않다는 겁니다. 저희 회장님께서 너무 약소한 게 아니냐고 염려하셨습니다. 자신의 안녕을 위하든 주변의 누군가를 위해 슬퍼하든 회사를 위하든 남의 억울함을 막아주시든 하시는 일들이 궁극적으로는 이 나라를 위한 일이 되는데 너무 적은 자금이지 않을까 하셨습니다. 자본주의 사회이니 어떤 단순한 일을 하시더라도 분명 돈이 들기 마련이라고 하셨고요."

테이블 앞에 앉은 사람들 얼굴이 벌겋게 달아올라 있었다. 감동적인 연설을 들은 뒤 어떤 절대자가 아무 탈이 없는 전리품을 하사하는 자리의 분위기였다.

"요즘 1킬로그램짜리 금괴 하나가 7천만 원 정도 한다고 하던데……"

테이블에 앉아 있던 누군가 말했다. 적지 않은 금액이 그들의 손에 쥐어졌다. 그리고 그들이 하는 일이란 방성과 방경언에 관한 음모와 음해의 말들을 잠재우는 것이었다. 그냥 무시해도 될 일을 방성은 적극적으로 제지하고 나서고 있는 것이다. 방경언과 그의 부인에 관한 루머가 사실이고 진실이라는 말이기도 했다.

- 하나같이 입이 귀에 걸렸군. 이근배 그놈을 잡은 건가?
- 저건 그 전에 이근배를 닦달해서 찾아낸 것들이야.
- 그런데 뭘 저렇게 많이 주지?
- 뇌물이 아니까.
- 뇌물이 아니고 뭐야?
- 저건 명령이지. 우리 아버지의 명령.

마라가 자신의 무릎을 쳤다.

- 3천 년을 산 나보다 탁월한 면모들이 있긴 있군.
- 오래 살았다고 세상을 다 안다고 까부는 거 좋지 않아.
- 이놈이!

"그리고 앞으로 해주셔야 할 일이 있습니다. 혼란스러운 정국을 안정화시키고 분열된 여론과 균열이 생기기 시작한 국민들 간의 단합을 위해서 파격적인 일을 하나 준비해 두었습니다."

신재현이 흰 벽면을 향해 버튼을 누르자 화면이 나타났다. 바닥까지 내려온 화면에 배가 나타났다.

"이 배가 일본 후쿠오카를 오가는 여객선입니다. 길이는 109미터, 폭은 20미터, 무게는 대략 5천톤, 승객 인원은 승무원까지 450명입니다. 그러니까 이번에 출발하는 날 남해 부근 졸본 앞 바다에서 침몰합니다. 시각은 대략 밤 12시 그러니까 자정 무렵이 될 겁니다. 물론 저희 뱁니다."

그때까지 냉소적이고 잔뜩 일그러진 표정으로 관망만 하던 나상원의 눈이 반짝거렸다. 다른 사람들과 귀신들도 귀를 쫑긋 세웠다.

"여론 몰이를 위해……. 저 큰 배를 어떻게 침몰시킨단 말인가?"

나상원이 물었다. 사람의 힘으로 온라인상에 떠도는 루머들을 삭제하거나 걷어낸다는 건 한계가 있었다. 확실하게 국민들의 관심을 돌려야만 했다. 확실하게 국민들의 관심을 끄는 데에는 재난만한 게 없었다. 신재현이 방경언을 쳐다보았다.

"부산에서 시모노세키까지 가는 배로 11시간 소요됩니다. 이 배에 지금까지 3백 명이 넘는 승선 인원이 예약되어 있습니다."

"그러니까 어떻게 침몰을 시키느냐고요?"

나상원이 재차 물었다.

"고검장님 성질이 급한 줄은 알지만 차차 말해주지."

방경언이 말했다.

"부산에서 출발한 2시간 남짓 지난 후 선박에서 화재가 발생할 거야."

"화재?"

나상원만이 계속해서 질문을 해댔다. 구명신, 이고안과 김두팔 그리고 방성태는 입을 다문 채 그저 지켜보기만 했다. 그래도 침 넘어가는 소리까지는 감추지 못했다.

"더 위에도 이미 보고가 된 내용이지."

방경언이 말했다. 나상원의 얼굴이 일그러졌다. 이런 중요한 사안을 자신이 모르고 있다는 사실에 화가 난 듯했다. 침몰이 정해져 있다는 건, 이미 오래 전부터 준비되어 있었다는 말이기도 했으니까.

"화재가 발생해도 규정에 맞는 구명정도 있고 구조팀이 출동을 하면 대부분의 승객들을 구할 수 있을 거야. 예전처럼 단 한 명의 사망자도 나와선 안 되는 거지."

"그럼 애초 침몰 시킬 필요가 없잖은가. 예전처럼 낡은 배 침몰시키곤 보상으로 손해나는 부분을 채우겠다?"

"고검장도 참, 무슨 말씀을 그렇게 하는가?"

방경언의 얼굴에 썩은 미소가 피었다.

"그렇지 않은 다음에야 굳이 배를, 그것도 300명이나 탄 배를……"

"전 나쁘지 않은 프로젝트라 생각합니다."

동조일보 부사장인 이고안이 입을 열었다. 그의 눈이 반짝거렸다.

"대신 그 사건은 저희가 독점 취재합니다."

"제 생각에도 나쁘지 않을 거 같은데. 우리 고검장님이 우리보다 좀 보수적인 거 같네."

이번에는 야당대표인 김두팔이 입을 열었다.

– 돈 값들을 하겠다는 거군.

– 난 심심하겠는데.

황철이 방두한이자 마라를 쳐다보며 말했다.

– 무슨 소리야?

– 아, 아무도 안 죽으면 나야 할 일이 없잖아.

– 그러게 사고가 나면 사람이 죽어야 제 맛인데.

구홀도 한 마디 거들었다.

"그, 그런가요? 가만 생각해보니 사람이 죽지 않는다면 나쁘지 않은 선택이란 생각도 드네요. 국민들 관심도 쏠리고."

"그 프로젝트는 도랑 파고 가재도 잡고 사금도 줍는 거야. 일석 삼조의 프로젝트라고."

새천년 중년연맹의 구명신도 질 수 없어 입을 열었다.

"중요한 건 영웅이겠지요."

이구안이 스크린을 쳐다보며 말했다.

"영웅이 탄생하지 않으면 이 사건은 의미가 없어요. 영웅도 많으면 좋고요. 절망적인 상황에서 의인이 나타나야겠죠."

"그렇지, 영웅 좋지. 영웅은 사회를 환기시키고 미담을 만들고 희망이 없는 국민들에게 희망을 안겨주기도 하지. 요즘은 영웅이 너무 없어요. 그야말로 좋은 프로젝트입니다."

이고안이 손뼉까지 치며 말했다. 방경언이 자리에서 일어났다.

"때론 중대한 결정을 하기 위해 수백 수천 명의 사람들이 희생당하기도 합니다. 수백 명을 산 채로 신께 제물로 받치기도 하지요. 그들의 희생은 값진 겁니다. 저희는 그 희생의 제스처만 취하는 겁니다. 아무도 죽지 않는 얼마나 아름다운 희생입니까. 결국 그 희생으로 인간이 새롭게 태어나게 되는 거거든요. 무엇보다 이 정권을 한 차례 쥐고 흔들 수도 있을 사건으로 확장시킬 수 있을 겁니다. 이 정권이 이대로 흘러가도록 내버려 두시면 다들 기득권 잃으실 수도 있지 않겠습니까? 여기 계신 분들 이번 정권으로부터 압박 받지 않는 분들이 있으신가요? 곧 옷을 벗고 자리에서 물러나야할 분들일 텐데. 그러니까 이 사건은 모두에게 득이 되는 일이다 이겁니다. 이런 정도의 사건이 아니면 이번 정권을 흔들 수가 없어요. 배가 침몰하는 총체적 부실, 부실의 정부. 물론 우리도 희생이 큽니다."

– 희생? 이봐 두한, 방성이 희생하는 게 있는가?

– 당신이 몰라서 그렇지. 저 양반은 돈 한 푼도 의미 없이 쓰는 분이 아냐. 그러니 우리 방성이 이만큼 큰 거지.

황철과 구홀도 어느새 방두한과 마라 곁으로 다가와 있었다.

– 뭐 조금은 순수한 의도가 있을 때도 있지. 하지만 그 의도 뒤에는 항상 계산도 있고. 그런 양반이거든.

방경언이 방두한 쪽을 힐금 바라보았다. 그는 시선을 그대로 둔 채 말을 이어나갔다.

"……한국판 비리의 결정체로 만들어야 합니다. 자격이 없는 선원들이 청탁에 의해 해운사에 취직을 했고, 승선 인원을 초과했으며 화물 또한 적재량의 두 배가 넘습니다. 항로 관리하는 직원들은 나태해져 있고, 담당 관리들은 해외 연수를 떠납니다. 구조 헬기는 구조에 쓰이는 게 아니라 고위 관리들 전용으로 이용되고 해경은 책임 운운하느라 쉽게 구조에 달라붙지 못합니다. 후에 침몰하게 되면 인양 문제를 두고도 결정을 못합니다. 보험이 걸려 있기 때문이죠. 베테랑 민간 잠수사들이 대거 몰려올 텐데 그들은 아마추어로 격하시켜서 전문적인 구조 활동을 못하게 만듭니다. 이때 우리의 영웅들이 나타납니다."

"그럼 혹시 그 영웅들도 준비되었다는 건가……"

나상원이 물었다. 방경언이 희미하게 웃었다.

"프로젝트의 시나리오가 완벽하지 않으면 전 시도하지 않습니다."

"그럼 사람이 죽는 일은 없다 이거지요?"

김두팔이 물었다.

"세계 역사상 단 한 명도 희생당하지 않는 재난 사고를 연출하는 겁니다. 일반 영웅들과 함께 미담을 만들어내는 겁니다."

"방성의 역할은?"

이고안이 물었다.

"배를 포기하죠. 배를 포기한다는 건, 물론 보험으로 처리가 되지만 그 동안 일본을 오가는 노선에서 벌어들이는 수익을 포기하겠다는 것과 같습니다. 그리고 그 배를 운행하는 직원들의 처우에 대해서도 염두에 두어야 하고, 무엇보다 진실 파악이니 뭐니 해서 오랜 시간 시달릴 수 있습니다. 뭔가 기자회견도 가져야할 거고. 일정 부분 방성의 주가에 타격을 입을 수도 있고요. 그 사고 현장에서 여러분들도 독보적인 역할을 하게 될 겁니다. 동조일보가 독점 취재하게 되면 이번 일도 야당의 목소리를 충분히 높일 수 있을 겁니다. 중년연맹에서는 구국단을 조성할 수 있지 않겠습니까?"

- 방경언이 잔머리 쓰는데 귀재군.

마라가 말했다.

- 그런데 정작 숨겨놓은 이야기는 하지 않는군.
- 부활을 두고 하는 말이겠지. 부활은 피 속에서 이루어져야 값진데 말이야.

마라는 황철의 말에 대꾸하지 않았다. 그는 생각에 빠졌다.

– '방경언이 저토록 자신이 있다면 필요한 것들을 모두 갖추었다는 말인데. 부활의 옷도 준비했다는 말인가.

마라는 생각을 정리했다. 방경언이 설명하거나 말하지 않겠지만 부활의 옷은 준비되어 있다는 말인 듯했다. 누군가 묻는다고 해서 진실을 말하진 않을 터였다. 궤와 열쇠와 매개체까지 모두 준비되었다는 말이었다. 하지만 부활은 엄청난 피를 요구한다고 하던데. 저 친구는 쇼만 하겠다고 하는군. 마라는 저 혼자 신이 나서 떠들어대는 방경언을 지긋이 바라보았다.

"……기관실 발화는 자연스럽게 일어납니다. 탈출 동선은 이미 다 짜여 있고 곳곳에 영웅들이 배치되어 있습니다. 마침 동조일보도 일본으로 취재를 떠나며 이 배에 승선해 있습니다. 그리고……"

이번에는 스크린에 한 남자의 사진이 나타났다.

그 사진 속의 남자는 방두한이었다.

방두한이 놀라 눈을 크게 뜨고 방경언을 쳐다보았다. 그 눈은 마라의 시선이 아니라 두한의 시선이었다.

"내가 왜? 나도 저 배를 탄다고?"

"나도 가니까 배 안타겠다는 말 마라."

"아버지도 간다고요?"

방두한은 딱히 할 말을 찾을 수가 없었다. 배만 타면 멀미를 하는 통에 성년이 된 뒤로 배를 타 본 일이 한 번도 없었다. 그런데 배를 타라니?

"저기 저 멀미 잘하잖아요."

"이번 기회에 좀 고쳐봐. 안 갈 순 없잖아."

"왜요?"

방경언이 좌중을 둘러보았다.

"아들 녀석과 잠깐 개인적으로 할 말이 있습니다."

회의에 참석한 사람들이 일제히 고개를 끄덕였다. 방경언은 방두한을 창가 쪽으로 데려갔다.

"둘 셋 정도만 아는 이야기다. 이번엔 배 안에서 의식이 진행될 거다. 우리 배로 말이다. 그리고 아주 적절한 타이밍이야. 일본으로 약품 수출하는 일행과 같이 일본으로 출장 가는 도중에 사건이 일어나는 거니까. 같이 갈 직원들도 이미 정해 놨지. 명단은 모임 끝나고 나가는 길에 신 집사한테 받도록 해. 너라면 태평양에 던져놔도 헤엄쳐서 돌아올 수 있는 실력이잖아. 해병대 출신이기도 하고, 박사 학위를 가진 인물이고, 전과도 없고, 보기엔 의협심도 넘쳐 보이고 말이야. 사건으로 후계를 네 놈에게 자연스럽게 물려줄 수 있는 빌미를 만들 수도 있고."

"아빠, 난 해병대라고 해도 사무직이었다고. 수영이야 잘하지만. 그리고 진짜로 배를 침몰시킬 거야?"

"그래야 모든 게 바뀔 수 있어. 이 사건 하나로 모든 국면이 전환되는 거야. 우리는 글로벌 회사로 더 성장하고 세계적인 도덕적 기업으로 자리매김할 수 있지."

"아무래도 사고가 나면 사람들은 돌발적으로 변한다고. 그런 변수들은 계산이 안 된 거잖아."

"그렇겠지."

"그런데 어떻게 사람들을 모두 구한단 말이야?"

"구할 수 없을 지도 모르지. 여기 있는 사람들에겐 일말의 양심 같은 걸 지키라 던져준 말일 뿐이야."

"그럼?"

"중요한 인물들만 살아남을 수도 있어."

방경언은 회의 테이블 앞에 앉아 있는 사람들을 한 차례 쳐다보며 미소를 지었다.

― 호, 이것 봐라. 방 판수 생각은 브리핑하는 거랑 완전히 다른데.

마라는 방경언의 이야기가 흥미롭게 들리기 시작했다.

"중요한 인물이 누구야?"

"너, 나. 그리고 부활할 나의 형. 그리고 몇몇 결정권자들이 살아남 겠지. 만약 사고가 나서 질서에 따르지 못한다면 말이야."

"그, 그럼. 애초부터 구할 생각이 없었던 거네."

"꼭 그런 건 아냐. 승선 인원들 중엔 119구조대 출신들이 많아."

"그건 무슨 소리야?"

"방성에서 구조대 사람들을 일본 여행에 초대했지. 이 배에 태우려고. 너도 알잖아. 매년 열 차례씩 각계 사람들 선발해서 여행 보내주고 그래왔던 거. 오늘을 위해 그동안 미리 준비해왔던 거야."

방두한은 고개를 끄덕거렸다. 마라도 덩달아 고개를 끄덕였다.

"멀미는 하지만 흥미롭겠는데. 아주 다이내믹한 현장이 되겠네. 재난 사고에서 사람 몇 쯤 죽어야 긴장감도 생기지. 여론도 아주 확실하게 몰아가고. 그리고 이 배가 규정을 어기지만 사실 관행처럼 해 왔던 일들이야. 그 동안 사고도 없었고."

– 그럼, 그래야. 부활답겠지. 부활은 부활하는 자의 그릇만큼의 피를 요구하지. 제물이 없는 부활은 없어. 그건 이 세상에 없던 게 생기는 거니까 있던 게 없어져야 하는 거랑 같은 이치야. 그래야 부활의 균형이 맞는 거거든. 방귀언이라는 자가 부활하는 게 이 프로젝트의 목적이라면 그에 합당한 제물이 섭리에 의해 바쳐질 거야. 단 한 명이 될 수도 있고 아니면 전부가 될 수도 있어.

마라의 이야기가 방두한의 가슴 깊이 파고들었다.
"제물이 필요해서 사고가 난다?"
"부활은 이 세상에 없던 질량이 새롭게 생기는 거야. 그만큼 이 세상에서 빠져나가야 하는 거고. 고대인들이 동물이나 사람을 제물로 바친 건 본능적으로 그 이치를 알아서인 거야."

– 역시 방 판수군. 3천 년 전의 나와 생각이 다르지 않다니.

방두한의 눈빛이 빛났다.
"역사란 거란 비슷하네. 패자가 있으면 승자가 있는 것처럼. 누군가는 얻고 누군가는 잃고. 아빠 세상은 그렇게 냉정한 거잖아."
"그렇지. 아주 우연히, 천재지변처럼! 이 자리로 돌아오면 너는 방성의 후계자가 되어 있는 거지."

– 역시 한 기업의 오너답군. 그래야지. 그래야 판수이자 오너일 수도 있겠지. 흥미롭겠어. 아주 흥미롭겠어.

마라는 지금의 상황이 흡족했다. 이제 자신은 빈틈만 찾으면 만사 뜻한 대로 풀릴 터였다.

"난 교주 같은 거 싫은데."

"교주가 아니라고 했지. 우린 모두가 선각자일 뿐이야. 선각자와 선 각자를 따르는 사람들이 있을 뿐이라고."

"교주나 선각자나."

"난 이미 늙기도 했고."

방경언이 방두한과 사람들 앞으로 돌아왔다.

"여기 계신 분들은 모두 아시겠지만 방두한 이 친구는 생물학자이 며 방성사이언스의 핵심 인물입니다. 거의 천재에 가까운 두뇌를 가진 인물이지요. 사건이 발생한 후 의협심 강한 영웅 방두한이 방성그룹을 물려받는다는 시나리오가 엔딩입니다."

참석자들이 모두 박수를 치며 방두한을 쳐다보았다. 귀신들도 그에 게 박수를 보냈다.

– 저런 망나니가 회사를 맡으면 망하지 않을까?

황철이 속닥거렸다.

– 너 같으면 이 회사를 망나니에게 맡겨 두겠느냐?

마라가 황철을 쳐다보았다.

– 방경언이 섭정을 하겠지. 죽을 때까진 권력을 놓지 않을 거야. 권력이라는 게 마약보다 더 중독성이 강하거든.

귀신들이 뭐라 떠들어대던 간에 방두한은 싫지만은 않았다. 한남동의 대저택과 방경언이 부리는 수하들과 그의 재산과 명예를 타당하게 모두 물려받을 수 있는데 마다할 이유가 없었다. 무엇보다 흥분이 되는 건, 이근배로부터 빼앗은 금괴들이 모두 자신의 몫이 될 수 있다는 것이며, 마음껏 죽음에 대항할 수 있는 실험도 할 수 있다는 말이었다. 어쩌면 산 사람을 바로 죽여서 부활을 실험할 수도 있었다. 방두한의 입 안에 왠지 모르게 침이 고였다.

"……고검장이 알겠지만 사건이 터진 후 수사의 칼날이 정부로 향하면 되는 거야. 위쪽에게도 이미 연락을 해놓았고. 이고안 국장님은 여론의 방향을 잡아주시면 되고요. 김두팔 의원님께서는 사고가 인재이며 정부의 총체적 부실이 낳은 결과로 끌고 가시면 됩니다. 구명신 총재님께서는 이 나라를 쥐고 흔들어주셔야지요. 광화문으로 사람들 불러 모으시면 됩니다."

나상원이 신음소리를 냈다.

"여론을 잠재우는 사건으로는 너무 큰데. 그리고 단순하게 배 침몰시켜서 보험금이나 타내자는 건 아닐 거고."

이번에는 김두팔이 말했다.

"혹시 소문 속의 여자들 몸에 들어 있던 아이들이 방 회장 핏줄이요?"

이번에는 동조일보 부사장인 이고안이 입을 열었다. 방경언이 빙긋 미소를 지었다.

"제 핏줄이냐 아니냐는 중요하지 않습니다. 음모와 음해란 거대한 물결 같아서 되돌린다는 건 불가능합니다. 그렇다면 더 큰 물결로 덮어야지요."

"역시"

"우린 우주의 섭리를 새롭게 만들어 내는 역사적인 인물들인 겁니다. 소수 몇몇의 희생을 통해서."

마라는 희미하게 웃었다. 지금 눈앞의 인간들은 어쩌면 죽을 때까지 자신의 권력을 쥘 수 있게 만들어준다는 데 마다할 리가 없었다. 끝없이 쥐도 더 갖기를 바라는 인간들. 마라는 방두한의 몸을 빠져나왔다. 마라는 문득 자신이 왜 3천 년이라는 시간을 기다려왔는지 그리고 왜 이곳에 있는지 그 당위에 대해 새삼 궁금해졌다.

– 궤를 뒤져보면 황금 열쇠도 같이 가져왔다니 그걸 볼 수 있다면……

마라는 황철과 구홀에게 눈길 한번 준 후 거실을 빠져나갔다.

삼대

1

"그 아이들 살아 있었다면 대부분 여든이나 아흔은 된 노인들이었겠네."

동굴에서 찾아낸 아이들 대부분은 후손이 찾아갔다. 도 차원에서 위령제와 장례가 치러졌다. 아이들의 시신이 발견된 동굴은 문화재로 지정하기로 방향이 정해지기도 했다. 낙주와 윤식은 언론에도 대대적으로 보도가 되었고 도지사가 표창장을 주겠다는 걸 극구 마다하고 서울로 향하는 비행기에 올라탔다.

'저희가 해 드릴 게 없네요. 비행기 비용이라도 저희가 내 드리겠습니다.'

그것까지는 마다할 수 없었다.

"누나, 책방에 가면 시경 아저씨가 또 잔소리께나 늘어놓겠는데."

"뭐 때문에."

윤식이 동전주머니를 흔들어 보였다. 해동통보 엽전 서른 개가 들어 있었다. 은미와 상도, 소영이 그런 윤식에게 잠깐 눈길을 주었다. 고산지는 비행기 천장을 보고 누운 채 비행기 안과 사람들을 구경하느라 여념이 없었다. 한 가지 달라진 점이 있다면 지금은 윤식이 할아버지라 추측이 되는 고두관이라는 존재에 대해 알게 된 것이다. 그리고 윤식의 할아버지가 구홀이라는 귀신의 채찍에 맞아 소멸되어 버렸다는 것도. 딱히 마음이 아프거나 슬프진 않았다. 아버지의 정도 크게 느끼지 못한 채 살아왔으며 할아버지라 짐작되는 고두관 역시 윤식은 알지 못했다. 다만 마음이 허전하고 아픈 것만은 어쩔 수 없었다.

"누나, 실은 말이야⋯⋯"

"말해."

"오늘 우리 아버지 제사인 거 알지?"

"알아."

"그래서 말인데, 아버지가 진짜 오실지 안 오실지 모르겠지만 오신다면 이야기 나눠볼 수 있을까?"

낙주가 윤식을 쳐다보았다.

"그럼 내가 제사에 가야 하는데?"

"내 말이 그 말이야."

─ 언니 나도 가도 돼?

은미가 말했다.

─ 뭐 하러 남의 제사에 가?

─ 언니, 언니 나도 데려가줘.

이번엔 소영이 끼어들었다.

　– 저기 낙주 씨 나도 좀 데려가줘요.
　– 아니 다들 왜 그러실까?
　– 이보시게 나도 좀…….
　– 하도 제삿밥 맛있다는 말을 들었는데 한 번도 먹어 본 적이 없
어서.

은미가 말했다.

　– 아니 그거야 그냥 형식적인 거잖아. 진짜 먹을 수 있는 게……
　– 언니 제삿밥은 다르대. 우리도 냄새도 맡고 먹을 수도 있나봐. 그
런데 난 못 먹어봤어. 오래 살았을 거 같은데, 누군가 제사도 지내주고
그랬을 텐데.
　– 언니, 나도 그래.
　– 낙주 씨, 저도 그래요.
　– 이보시게, 나는 후사가 없어서 제사고 뭐고 없었소. 거의 3천 년
넘는 동안 말이오.

　낙주는 귀신들을 둘러보았다. 제삿밥이 먹고 싶어서 남의 제사에 간
다? 낙주로서는 이해할 수 없었다.
　낙주는 귀신들의 이야기를 윤식에게 전했다.
　"뭐, 그거야, 자기들 마음이잖아. 아무나 갈 수 있는 게 아닌가?"

－ 1년에 한 번 제대로 대접 받아 먹는 밥을 빼앗아 먹을 수도 없고, 구차하게 껄떡대기도 그렇고 그래서 남의 제사엔 기웃거리지 않아. 아마 다들 그럴 걸?

　은미가 말하자 다른 귀신들이 일제히 고개를 끄덕거렸다.
　윤식은 낙주를 한 차례 쳐다본 후 구름만 떠있는 창밖으로 시선을 보냈다.
　"나한테 더 할 말 있지?"
　"없어."
　"할아버지 어떻게 된 건지 궁금하잖아."
　윤식이 낙주를 쳐다보았다.
　"소멸되신 거 아닌가?"
　"몰라. 은미도 그렇고 고산지도 그랬어. 몸이 깨지고 빛이 나온다고 해서 그게 소멸된 건지는. 다만 그 뒤로 그런 귀신들은 나타나지 않았으니까 소멸된 거라 생각하는 거라 그랬지."
　"그러니까 소멸된 거지."
　"이제 너를 알았으니까 너를 따라 붙었을 지도 몰라."
　"그래? 그런데 안 보이잖아."
　"그건 빛 한 점일 수도 있대."
　"빛 한 점?"
　"그래, 빛이야. 빛이 어떤 원을 만나면 확장되기도 하고 완전히 사라지기도 하고. 그 빛의 존재마저 느껴지지 않을 땐, 그건 진짜 소멸로 보면 될 거라네."
　"누가 그래?"

"은미가."

윤식은 소영, 상도와 함께 비행기 창문에 달라붙어 있는 은미를 쳐다보았다. 은미가 잠깐 고개를 돌려 윤식과 눈을 마주쳤다.

"난 살면서 제주도에서 그런 일이 있었다는 걸 처음 알았어. 아마 내 나이 또래 청년들은 다 모를 걸. 역사교과서에서 시험 보려고 외우는 숫자에 불과한 것들이었지. 그렇게 많은 사람들을 그리고 그렇게 많은 아이들을 죽였다는 게 믿어지지 않아. 그러니까 공항에 우릴 마중 나왔던 그 수많은 귀신들이 대부분 억울하게 죽었고 몸이 어디에 있는 지도 모른 채 지금 떠돌고 있는 거잖아."

윤식은 담담하게 말했다.

"그러게. 언젠가 할머니가 마라라는 존재에 대해 이야기해 준 적이 있어."

"마라? 마라탕 마라? 중국 향신료지?"

"그거랑 같은 이름이긴 해."

낙주가 윤식의 어깨를 쳤다.

"석가모니가 부처가 되기 위해 입적을 할 때 나타나 유혹하는 악마가 있는데 그 악마를 마라라고 불러. 전쟁이나 살육이나 전염병이 도는 그런 지역엔 어김없이 마라가 나타난대. 그러니까 그해 즈음에도 제주도에 마라가 나타났던 거겠지."

윤식은 '마라'라는 단어를 입안에 굴려보았다.

"다만 그때의 일들이 귀신들의 소행이라 말할 수 있을까?"

"아니지. 사람의 짓이지. 내가 말한 마라란 사람도 어느 순간 마라가 된다는 말이야."

인간이 얼마든지 악마가 될 수 있는 현장을 보았다. 이전까지 윤식은 귀신과 연관된 일들이 그저 돈벌이였다. 하지만 기이한 책임감이 자신의 어깨를 짓누르는 기분이 들었다. 낙주처럼 귀신들과 말을 나눌 수는 없지만 자신이 이생에서 당연히 해야 할 일이라는 생각이 들었다.

"……그래서 그냥 기분이 좀 꿀꿀해."

"철이 들었다고 말하기도 그렇고, 철이 들지 않았다고 말하기도 그렇네. 아무튼 돈벌이보다는 귀신들의 이야기에 귀 기울여준다니 다행이다."

"그렇다고 아주 그렇게 살겠다는 건 아냐. 돈 될 만한 일들을 버리겠다는 건 아니거든."

"당연 그래야지."

낙주가 윤식의 어깨를 두드렸다.

"그런데 기분이 좀 묘했어."

윤식이 말했다.

"뭐가?"

"나한테 할아버지잖아. 그런데 나랑 나이가 비슷하니까. 우리 아버지보다 외모는 한참 더 젊어 보이는 거잖아."

"그건 그래. 귀신의 세계는 시간의 흐름이 무용하다는 느낌을 들게 만들지."

"그래도 막연하게나마 알고 있는 시간에 대해 이번에 명확하게 알게 됐잖아. 난 시간 날 때마다 제주도 다녀야할 거 같아."

낙주는 그의 말이 무슨 뜻인지 알 것 같았다. 낙주는 윤식의 어깨를 토닥였다. 귀신들과 말이 통한다면 더없이 좋은 일이 될 터였다. 상도, 소영, 은미가 거의 동시에 두 사람을 쳐다보았다.

김포 공항에 내리자마자 윤식은 어머니에게 전화를 걸었다.

"엄마 실은 말이야. 좀 이야기가 복잡한데. 아무튼 몇 사람 더 먹을 수 있도록 해야할 거 같아. 그런 건 아니고, 아무튼 몇 사람이 아버지 제사에 같이 할 거야. 몇 사람이냐고? 전부 열 두 사람? 근데 그게 좀 이상한데. 아무튼 그 정도는 갈 거야. 우리 둘이서 늘 쓸쓸했는데. 다시 전화할게. 그래 저녁에 봐."

윤식이 통화를 끝냈다.

"왜 열 두 사람이야?"

"은미씨, 고산지 아저씨, 소영이, 상도 아저씨, 아버지 그리고 우리들은 재명 할머니, 담적 할아버지, 시경 아저씨까지, 진고랑 아저씨, 누나, 나."

낙주는 죽은 사람을 산 사람 대접할 필요가 있냐고 토를 달려다 말았다.

"한 사람은 누구야?"

"혹시 몰라서, 할아버지가 오실 수 있지 않을까 싶어서."

쏠라티에 모두 탔다. 안절부절못하던 고산지는 차의 지붕에 앉았다. 은미와 상도, 소영은 쉴 새 없이 떠들어댔다.

‐ 언니, 정말 신나.

은미가 말했다.

‐ 뭐가?

‐ 제사 말이야. 구경도 해 본 적 없거든. 구경이나 해보려고 제사

지내는 집에 들어가 보려고 하면 다른 귀신들이 자존심도 없냐, 왜 그렇게 추접스럽게 구냐고들 그래서.

　– 은미 씨도 그랬어요?

　– 그럼 상도 씨도 그랬단 말이에요.

　– 전 살아 있을 땐 제사가 뭐 별거냐 생각했는데, 죽고 나니까 그게 그렇게 기다려지더라고요. 그런데 아무도 안 불러주는 거예요. 저도 총각으로 죽어서 내 제사를 지내줄 사람들이 없어서 그런 건가 싶더라고요.

　– 나도 첨이야.

소영이 말했다.

　– 나는 하도 저승사자 밥 이야기를 들어서 첨엔 죽은 사람들이나 제사 지내는 집엔 얼씬도 안했거든. 그런데 그게 다 뻥이더라고.

소영이 신이 나서 떠들어댔다.

　– 뻥?

　– 저승사자 같은 건 없더라고. 저승사자 밥이라도 차려놓기는 하는데, 그건 그냥 망자하고 친했던 지인 귀신들에게 망자를 만나거든 잘 봐달라고 밥 한 상 차려주는 거래. 친하게 지내라고.

　– 저승사자 밥이? 그 문밖에 내놓는 밥상 말하는 거잖아. 에이 설마.

　– 진짜라니까. 지금이야 그런 집도 드물잖아. 시골에나 가야 볼 수 있는데. 그렇다 보니까 귀신들도 정나미가 떨어진다고 하더라.

– 왜?

– 저승사자 밥이라도 얻어 먹어볼까 싶은데, 도시에선 구경할 수도 없잖아. 그렇다고 남의 제사상에 불쑥 들어갈 수도 없고 말이야.

낙주는 귀가 쟁쟁거렸다. 시경은 제주도의 이야기를 들은 후 침묵을 지켰다. 귀신들의 이야기를 듣지 못하니 차 안이 조용한 줄로만 생각했다. 떠드는 건 귀신들뿐이었다.

– 지금 생각해보니까 그 저승사자들이 실은 마라들이었던 것도 같아. 아니면 귀신잽이들이었거나.

낙주는 일리가 있을 거라고 생각하고 있는데 차 지붕을 뚫고 고산지의 머리가 쑥 들어왔다.

– 백제님 원래 귀신들이 그렇게 말이 많습니까?

– 좌성 장군, 귀신들이 얼마나 심심한지 알잖아. 보믄 다들 말없이 지나다니고 아는 귀신 만나도 그냥 눈인사하는 정도잖아.

– 그렇긴 합니다만…….

고산지의 머리가 밖으로 나갔다.

차는 개봉역을 지나 오류시장 쪽으로 달려갔다. 윤식은 시장 입구에 차를 주차해놓고 시장 안쪽으로 걸어 들어갔다. 늦은 저녁 시간이라 가게들은 대부분 문이 닫혀 있었다. 시장 골목 끝에서 밝은 빛 한 점이 흘러나와 어둔 바다 속의 섬처럼 떠 있었다.

"저 집이야!"

윤식이 말했다.

"우리 모두 들어갈 수 있으려나 모르겠다."

낙주가 말했다.

"모두 이승의 존재들이었다면 아마 집에 못 들어갔을 거야."

윤식이 앞서 걸으며 말했다.

'스피드 반찬'

가게 이름이었다. 낙주는 왠지 간판의 이름이 윤식에 대한 애정에서 비롯된 게 아닐까라는 생각을 해보았다.

"엄마!"

윤식은 미닫이문을 활짝 열고 가게 안으로 들어갔다. 가게 안에서 전 부친 냄새가 흘러나왔다. 기름 냄새를 맡아 그런지 낙주는 몹시 배가 고팠다. 객지 생활을 오래하게 된 재명과 담적도 코를 벌름거렸다.

"아들, 다섯 분만 더 오신 거잖아."

윤식의 엄마가 낙주의 뒤를 살피며 말했다. 진고랑, 시경, 담적, 재명이 전부였다. 상도와 소영 은미와 가게 밖에서 서성거리는 고산지는 보이지 않을 터였다.

"시장 길에 언제 돔을 올렸어?"

윤식은 골목길을 덮은 천정을 손가락으로 가리켰다.

"요즘 전통 시장은 저렇게라도 하지 않으면 사람들이 안 와. 비 온다고 안 오고, 눈 와도 안 오고 해 뜨거우면 뜨겁다고 안 오고 그래서……. 윤식아, 다른 분들은 나중에 오니? 아무튼 초라한 곳까지 와주셔서 감사합니다. 마땅하지 않지만 좀 앉으세요."

낙주 일행이 앉을만한 물건들을 엉덩이에 붙이고 앉았다. 플라스틱

의자, 상자, 방으로 이어진 마루에 걸터앉기도 했다. 귀신들은 홀 중앙에 철퍼덕 주저앉았다.

– 윤식이 총각 어머니가 정말 미인이네. 윤식이 총각이 누굴 닮아 잘 생겼나 했더니.

은미가 윤식과 그의 어머니 얼굴을 살폈다.

– 나만 그렇게 생각하는 줄 알았는데, 언니 그렇죠? 완전 판박이야.

소영이 말했다.

– 소영아, 너 판박이라는 말도 알아?

상도가 물었다.

– 나도 그거 알아. 손등이랑 팔뚝에 박는 거잖아. 껌 사면 그 껌 껍질이 판박이고 그랬잖아.
– 아무튼 넌 죽은 게 오래되긴 됐다.

윤식이 마루에 올라가 안방 문을 열었다. 마주보이는 벽변에 병풍이 드리워져 있고 그 아래 교자상 세 개가 펼쳐져 있었다. 모두 열 벌의 수저가 준비되어 있었다. 불이 필요하거나 따뜻한 상태가 필요치 않는 음식들이 이미 진열되어 있었다. 과일들, 전들, 돼지머리와 떡 그리고 나물과 한과들이 빈틈없이 놓여 있었다.

"엄마, 언제 이렇게 다 준비한 거야?"

"시장 아주머니들이 좀 도와줬지. 사람들 많이 온다고 해서. 그런데 다섯 분이면 좀 줄여야겠다."

"아 아냐. 그냥 이대로 둬."

"이대로 둬? 왜?"

"나중에 말해줄게."

윤식의 어머니가 고개를 갸웃거리면서도 재차 묻지 않았다. 손님들이 많은 탓이었다.

"자정에 지낼 거야. 지금부터 국 끓이고 밥하면 맞을 거야."

윤식의 어머니가 부엌으로 짐작되는 곳으로 들어갔다.

상도와 소영 은미가 안방을 기웃거렸다.

─ 제사상 차려놓은 거 첨 본다.

소영이 말했다. 낙주는 소영의 말에 괜히 가슴이 저렸다. 세상의 귀신들 중엔 소영이처럼 제삿밥 한 번 받아본 적이 없는 귀신들이 널렸다는 데에 생각이 미쳤다. 언제 죽은 지도 모르고 가족들조차 같이 죽어버려서 모든 길을 잃어버린 귀신들이 널려 있었다. 고두관이 그랬고, 제주도에서 만난 아이들이 그랬다.

윤식의 어머니가 탕국과 밥을 하는 사이 자정은 금방 다가왔다. 탕국과 밥을 상 위에 올리자 임금의 상이 부럽지 않았다.

"아들, 도대체 왜 열 분이나 오신다고 한 거야?"

윤식의 어머니는 서성거리는 가게 안 사람들을 힐금거리며 말했다.

윤식은 아직은 어머니에게 귀신들이 동행했다는 말을 할 수가 없었다.

"궁금하네. 니 말 듣고 상은 차려놨다만 오늘은 니 아빠만 오시믄 되는 거잖아."

"엄마 조금만 더 있다가 말해줄게."

윤식이 열 개의 잔에 술을 올렸다. 이번엔 그의 엄마가 술을 따르지 않고 낙주가 술을 따라주었다. 윤식의 엄마는 그것만으로도 흡족했다. 자동차 끌고 다니며 말썽만 부리던 아들이 왠지 마음잡고 잘 살아가고 있는 것처럼 보인 때문이었다.

술을 올리고 절을 하자, 병풍을 뚫고 한 사내가 나타났다. 윤식은 절을 하고 허리를 펴다가 놀라 엉덩방아를 찧었다. 아버지 귀신을 보는 건 처음이었다.

– 뭘 이렇게 많이 차렸다냐?

상 앞에 앉던 고동주도 윤식과 눈이 마주치자 놀라 엉덩방아를 찧었다.

– 호, 혹시 너 내가 보이냐?

낙주가 말을 전했다.

– 네, 보입니다.

낙주가 대신 답을 주었다.

– 어, 어떻게?

고동주는 천천히 주변을 둘러보았다. 보통은 제사 자리에 다른 귀신들은 찾아오지 않았다. 그런데 오늘 고동주의 눈에는 은미, 소영, 상도 그리고 고산지의 몸통까지 보였다.

– 왜, 웬 귀신들이 이렇게…….

고동주의 눈이 휘둥그레졌다.
재명이 앞으로 나서며 설명했다.

– 실은 제 손녀와 댁의 아드님이 귀신들을 볼 줄 알게 되었습니다.
– 네? 아니 댁은 나랑 말을 할 수 있어요?

고동주는 자신이 찾아온 집을 사방 둘러보았다.

– 분명 맞는데…….
– 맞습니다.

낙주가 그동안의 사정을 설명했다. 담적과 자신의 할머니 재명이 판수이자 무당이라는 것, 자신도 어느 날부턴가 귀신들과 말이 통했다는 것, 그리고 지금은 귀신들의 몸 찾아주는 일을 해왔으며 그 일 중 하나로 제주도에 들렀다가 고두관을 만났고 그분이 윤식의 할아버지라는 걸 알게 되었다는 것. 그리고 고두관이 말하길, 그 지옥 속에서 살아나

제 명대로 살다 갔으니 다행이라고 말했다는 것. 죽은 뒤로 평생을 찾아다녔다는 것 등등.

고동주의 고개가 떨어졌다. 그의 어깨가 가늘게 떠는 게 윤식의 어머니만을 제외하고 모두의 눈에 보였다.

– 그, 그럼 아버진 어찌 되었습니까? 저도 아버지를 평생 찾아다녔습니다. 몸이라도 찾아 제사라도 지내 드리려고. 윤식이 엄마에겐 한 번도 내색하지 못했습니다. 얼굴도 모르는 아버지를 뭐 하러 찾느냐는 말 들을까봐. 행여 그때 일로 윤식이도 빨갱이 소리 들을까봐 조용조용히 혼자 찾아왔건만……

고동주가 고개를 들고 물었다.

– 소멸된 건지, 아직 빛으로나마 남아 있는 건지 알 수 없습니다.
– 아버지…….

고동주는 들고 있던 숟가락을 놓고 손에 얼굴을 묻었다. 윤식은 아버지의 이야기가 귀에 들리지 않지만 표정과 행동만으로 몹시 슬퍼한다는 걸 깨달았다. 윤식의 눈에서 저도 모르게 눈물이 흘렀다. 아버지와 아들이 수십 년을 서로를 찾아 헤매었다는 사실이 느껴졌다.

그러는 바람에 다른 귀신들은 쭈뼛거리며 상 앞으로 나가질 못했다.

낙주는 은미와 소영과 상도 그리고 고산지에 대해 설명했다.

– 아버질 뵐 수 없지만……. 어서 와서 앉으세요. 제가 부인 덕에

제삿밥은 꼬박꼬박 얻어 먹습니다. 아버지나 한 번 보고 다른 세상으로 떠나려고 미련을 못 버리고 있었는데, 이젠 떠나도 될 것 같기도 합니다. 아버지 소식이라도 들었으니.

고동주를 통해 정상적으로 장례가 치러져도 이승을 떠나지 않는 귀신들이 있다는 걸 알게 되었다. 하지만 그 역시 소멸된 뒤에는 어찌되는지 알 수가 없었다.

제사가 끝나고 상 앞에 사람과 귀신들이 둘러앉았다. 고동주가 앉아 있는 쪽엔 귀신들이 앉고 윤식이 쪽엔 사람들이 앉았다. 윤식의 어머니만은 여전히 어리둥절했다.

"윤식아, 좀 넓게 앉아 왜 다들 좁게 한쪽에만……"

윤식의 어머니가 한쪽에만 앉아 있는 사람들을 둘러보았다.

"그게 좀……"

윤식은 잠깐 낙주와 눈을 맞추었다. 낙주는 어깨를 움찔거려 이젠 진실을 말해주어야 하는 게 아니냐는 몸짓을 해보였다.

"엄마, 바로 앞에 아빠 와 계셔."

윤식이 어머니를 보고 말했다.

"응?"

"바로 앞에 아빠 와 있다고."

"그, 그래. 그거야 아빠 제사니까 오셨겠지."

"그게 아니라 진짜로 아빠 영혼이 이 앞에 와 있다고."

윤식과 낙주가 그들에게 부여된 능력에 대해 말해주었다. 그리고 이 자리를 찾아온 귀신들에 대해서도.

– 당신 고생 많았소. 고생한 거에 비하면 곱게 늙었소. 워낙 미인
이니.

　고동주가 말했다.

　"당신 고생 많았소. 고생한 거에 비하면 곱게 늙었소. 워낙 미인이
니. 아버님의 말입니다."

　낙주가 윤식의 어머니에게 들려주었다.

　"에이 정말 다들 왜 이렇게 장난들을 하실까? 우리 아들이 엉뚱한
구석은 있어도 이 정도는 아닌데. 옆에 계신 할머니나 할아버지와 네
가 친구라는 것도 이해되긴 하는데 귀신이라니?"

　윤식의 어머니가 재명과 담적의 얼굴을 살핀 후 말했다.

　"엄마 믿지 못하겠지만 사실이야."

　– 당신 오른쪽 엉덩이 아래에 어렸을 때 불쏘시개에 덴 자국이 있
는데.

　낙주는 그대로 전해주었다.

　– 당신 친구 양희와 강화도에 놀러갔다가 마지막 버스를 놓쳐서 셋
이 같이 여인숙에서 잔 거 생각나? 장모님이 내가 고아라고 사위 되는
거 끝까지 반대하셨다가 마지막에 내 손 잡고 눈물 흘리던 거 기억나
지? 딸이든 아들이든 하나 더 낳으라는 게 장모님 유언이었고.

　어머니의 얼굴이 놀라움으로 점점 굳어졌다. 어머니는 병풍 아래 앉

아 있는 고동주에게로 향했다. 하지만 초점이 맞지 않았다.

"그, 그것들을 다 어떻게 알고……"

　- 고생만 시켜서 미안해.

　- 남몰래 아버지 흔적을 찾아다닌 건데, 매번 등산 간다고 거짓말해서 미안해.

　- 담배 끊었다고 했는데 아버지 찾으러 다닐 땐 줄담배 피워 놓고 안 그런 척 속여서 미안해.

　- 결혼기념일도 알고 당신 생일도 알고 있는데도 아버지에게 미안해서 한 번도 당신에게 축하한다, 고맙다는 말 못해서 미안해.

　- 생전에 사랑한다는 말 못해서 미안해.

낙주가 전하는 말을 들으며 어머니는 자꾸 어깨가 좁아진다 싶더니 급기야 흐느끼기 시작했다.

"담배 피우는 줄 알았어요. 나도 미안한 거 많아요. 당신 경비원 자리에서조차 밀려났을 때 위로해주지 못해서 미안했어요. 우리 어려울 때 당신은 도와줄 친척 하나 없냐고 투정 부려서 미안했어요."

어머니는 어깨를 들썩이며 울었다. 고동주가 상을 건너와 어머니의 등을 토닥였다. 하지만 그의 손길을 느낄 순 없을 터였다.

"차갑지만 당신의 손 느껴져요."

어머니는 고동주가 다가와 있을 거라 짐작되는 공간을 쳐다보며 말했다.

밤이 더 깊어졌고 울음이 잦아들었다. 윤식을 데리고 서울대공원에 놀러 다닌 이야기를 할 정도로 마음의 안정도 찾았다.

"······그런데 왜 밥을 열 두 그릇이나 준비하라 했어요?"

그 역시 몰랐다. 밥 열 두 그릇은 윤식의 제안이었다.

"엄마, 실은 할아버지가 오실 지도 모르겠다는 생각 때문에 그런 거야."

윤식의 말이 끝났지만 방안에 아무런 변화가 생기진 않았다. 제주도에서 본 순간이 마지막이었던 듯했다. 이루어질 수 없는 일에 미련두지 않기도 했다.

"다들 드세요."

윤식은 귀신들과 사람들을 번갈아 쳐다보았다. 귀신들이 어찌 밥을 먹는지 알 수 없지만 궁금했다. 귀신들은 귀신들대로 숟가락을 들어 밥과 국을 먹기 시작했다. 사람들이 밥을 먹는 풍경들과 다르지 않았다. 다만 실제의 밥과 국이 줄지 않을 뿐이었다.

─ 제삿밥 정말 맛있네.

소영이 허겁지겁 밥을 먹었다.

─ 기를 쓰고 제사 지내주는 후손들 찾아다니는 게 이해가 되네.

상도는 상에 오른 사과를 집어 들고 베어 먹었다. 고개를 잔뜩 숙인 고산지 역시 가끔 맨손으로 음식들을 집어 먹었다. 그의 머리가 집 밖으로 사라졌다가 나타났다가 그랬다.

─ 허, 나는 3천 년 만에 제삿밥이라는 걸 먹어보네. 백제님, 눈물이

다 납니다.

집 밖에서 고산지의 말소리가 들렸다.

고동주는 수저를 들었다가 내려놓았다.

"아빠가 밥 잘 드시냐?"

윤식의 어머니가 물었다. 윤식은 가만히 앉아 있기만 하는 고동주를 보았지만 잘 드신다고 대답했다.

"이렇게 진짜로 찾아다니시는 줄 알았다면 더 정성을 들였어야 하는 건데⋯⋯."

"엄마는 언제나 정성을 다했어. 좀 지나칠 정도였지. 죽은 사람을 위해 상 차리는 게 지나치다 싶었을 정도였어. 지금은 아니지만."

윤식의 어머니가 윤식의 손을 찾아 쥐었다.

– 백제님, 누가 문밖에서 서성거리는데요.

고산지의 말소리가 들렸다.

– 누가?

– 제주도서 본 응주라는 아이입니다.

– 응주?

– 언니, 제주도에서 응주가 왔대.

– 응주?

– 문밖에 있대.

낙주가 자리에서 일어나 급히 가게 앞으로 나갔다. 귀신들도 사람들도 수저를 놓고 문밖 쪽으로 눈길을 주었다.

"아들 무슨 일이야?"

"어 그게 그러니까. 제주도에서 만난 여자 아이가 있는데, 할아버지를 유독 따르는 아이가 우리 집을 찾아왔대."

"어디? 안 보이는데."

"그러니까 그 아이도 귀신이야."

윤식의 어머니가 고개를 끄덕거렸다.

- 응주야. 네가 여기에 어떻게 온 거야?

- 언니!

응주가 낙주에게 달려와 안겼다.

- 아저씨도 같이 왔어. 그런데…….

- 어디?

- 그런데 차마 마음이 아파서 못 들어오시겠대. 떨리고.

낙주가 골목 쪽으로 걸음을 옮겼다. 소멸되지 않은 것만으로도 다행이라 생각했다. 귀신의 세계를 알다가도 모를 일들 천지였다.

고두관은 보세 옷을 파는 가게 뒤편에 몸을 숨기고 있었다.

- 어떻게 되신 거예요?

- 나도 모릅니다. 깨어보니 내가 죽었다고 짐작되는 곳에 있더군

요. 아마 거기 어디에 내 몸이 있을 겁니다. 찾지는 못했고요. 그날 윤식이 말한 게 기억이 나서.

  ― 그럼 얼른 들어오세요. 오실 줄 알고 한 사람분의 밥을 더 준비해 놓았어요.

고두관이 어둠 속에서 천천히 걸어 나왔다.

  ― 저 양반이 고두관이구만.

재명이 말했다.

  ― 저희 할머니세요.

낙주가 설명했다. 그녀는 담적 그리고 시경과 진고랑을 소개했다. 이미 구면인 귀신들은 고두관을 알은 체했다.
그가 반찬가게 문 앞에 섰다. 윤식의 어머니는 골목 밖을 살폈지만 고두관을 볼 수는 없었다.

  ― 이 분이 윤식의 어머니이고, 댁의 며느리입니다.
  ― 그, 그래요. 아, 아들놈이 눈은 좀 있네요. 이런 미인을 부인으로 얻을 걸 보면⋯⋯.

고두관이 문틀을 넘어섰다. 고동주는 방문 앞에서 출입문 쪽으로 걸어오지 못한 채 서서 몸을 떨고만 있었다. 귀신들과 사람들은 고두관과 고동주를 번갈아보기만 했다. 기이한 것은 윤식의 할아버지인 고두관은 청년의 모습이었고 윤식의 아버지인 고동주는 노인의 모습이라는 점이었다. 시간을 거스른 느낌이 들었지만 둘은 무척 닮은 편이었다.

– 언니, 두 사람이 정말 완전 판박이야.

은미가 말했다.

정수리 쪽으로 넘어간 머리스타일, 약간 아래로 처진 눈꼬리, 작은 코와 가는 입술. 무엇보다 네모진 턱이 닮아 있었다. 목을 앞으로 조금 빼고 서 있는 듯한 자세도 똑같았다. 윤식은 어머니를 닮아 오히려 아들이거나 손자라는 느낌은 적었다. 고두관과 고동주는 한 눈에도 부자지간이라는 게 느껴졌다.

– 네, 네가 도, 동주냐?

고동주가 마루에서 달려 내려왔다. 살아 있을 땐 만나지 못했던 두 사람이 죽어서 만났다.

"엄마, 지금 할아버지가 오셔서 아빠랑 만났어."

"정말이야?"

"그런데 할아버지랑 아버지랑 정말 많이 닮았어. 제주도에서 볼 땐 몰랐는데."

– 아, 아버지. 평생 찾아다녔습니다. 아버지가 제 입을 배냇저고리

로 막아놓고 마루 밑 안쪽에 깊이 감추셨다는 거 나중에 신부님 통해 들었습니다.

  - 그, 그랬지.
  - 차라리 저도 그때 같이……
  - 무슨 소리냐. 살아남아서 가족도 이루지 않았냐.

둘은 처음 어색하게 손을 잡았는데 지금은 끌어안았다.

  - 아버지 시신을 찾아 안 가본 데가 없어요. 죄송해요. 결국에 찾지 못하고 죽어서.
  - 아, 아니다. 나도 너를 이제야 찾게 되다니. 죽은 줄로만 생각했으니. 내가 미안하다. 남들이 다 단체에 들라 했을 때 단체에 들었다면 우리 가족들 모두 살렸을 텐데 그러지 못해 미안했다. 미안했어.

고두관과 고동주의 낮고 마른 울음소리가 들렸다.
낙주는 두 사람을 방안으로 데리고 갔다. 응주도 고동주를 알아보았다.

  - 아저씨, 동주는 애기 때 모습이 아직도 남아 있어요.

방안에 들어온 후 응주가 말했다.

  - 누구니 넌?

고동주가 물었다.

- 동주야. 너 보다 누나야. 우리 뒷집에 살던 고민석이라고 고향친구 딸내미야.

죽는 순간의 나이에 머무는 귀신들의 세계였다.

- 언니 좀 웃긴다.
- 뭐가?
- 응주가 윤식이 아빠보다 누나래잖아.
- 그러게.

고두관과 고동주는 손을 잡고 서로만 쳐다보느라 밥 먹을 궁리를 하지 않았다. 그러자 다른 귀신들도 상의 음식을 쳐다보기만 했다.

- 두 분 때문에 다른 분들이 아무도 못 드시고 있어요.

그제야 두 사람이 젓가락을 들었다.

- 이제 난 원 없다.

고두관이 말했다.

- 아버지 저도 원 없어요.

– 옛날 어른들 말 틀린 게 없는 거 같다. 만나야할 사람들은 만나게 되어 있는 거 같다.

– 나도 우리 엄마 만날 수 있을까?

응주가 말했다.

– 귀신들 세계에도 그 말이……. 만나야할 사람을 만난다면 나도 미옥일 만날 수 있겠네.

이번엔 상도가 말했다.

– 살아 있음 일흔쯤 됐겠어. 다른 남자한테 시집갔겠지만.

그들은 서로 누구를 만나야 한다는 말을 하느라 시끌시끌했다.
낙주는 이 순간 문득 자신을 낳아준 어머니와 아버지를 만날 수 있을 거란 생각이 들었다.

2

낙주의 시간이 흘러가듯 마라와 그 무리의 시간도 흘러갔다.
"방 선생한테 지금 시대가 어떤 시댄데 그런 유치한 짓을 하느냐고 분명하게 말했을 텐데."
심재훈 지검장은 방두한을 노려보았다. 나상원 고검장을 통해 심재훈을 알게 되었다. 나상원이 방두한에게 말하길 그를 수족처럼 부릴 수도 있다고 말했다. 하지만 방두한이나 방경언은 나상원 고검장의 말을 믿지 않았다. 그들이 믿는 건 돈과 몸이었다. 심재훈에게 상상할 수 없을 정도의 큰 금액이 건너갔다. 금액이 적을 땐 뇌물이 되지만 한 인간이 상상할 수 없는 금액이 주어질 때 그건 복종하라는 뜻이었다. 돈을 받는 순간 복종은 시작되는 것이다. 그런데 지금 심재훈은 자신이 돈을 건네받은 사실조차 알지 못했다.

"유치한 짓이라? 언제는 유치한 짓을 안했던 조직처럼 말하는군. 아직 나 고검장에게서 연락을 못 받은 모양이군."

"받았어."

"그럼, 지검장이 할 일도 알겠군."

방두한의 말에 심재훈의 얼굴이 일그러졌다.

"네 놈이 나에 대해서 잘 모르는 모양인데……."

심재훈이 서랍 안쪽에서 담배를 꺼내 물었다.

"모르긴. 나 고검장이 신뢰하고 국민들이 존경하는 지검장님이시지."

"방 선생 무리들은 그렇게 항상 빈정거리는가? 위아래도 없이 반말하고?"

방두한이 빙긋 미소를 지었다. 그는 테이블 위에 놓인 찻잔을 집어들었다. 봉황무늬가 새겨진 찻잔이었다. 잔의 커피를 단숨에 비운 후 찻잔을 살폈다.

"대통령의 하사품이군."

심재훈은 별다른 대꾸를 하지 않은 채 창밖을 내다보았다.

"나라와 국가를 위한 나의 충심을 흐트러트리지 말게. 내가 가장 존경하고 믿는 나 고검장이라 해도 나라와 국가 그리고 조직에 위해가 되면 나는 가차 없이 버릴 수 있는 사람이네."

"호, 진정한 애국자이시구만. 우린 이 나라는 지검장님 같은 분이 나서주어야 나라꼴이 바로 서는 건데. 그런데 말이지, 이젠 우리가 쓸모없다? 그렇진 않을 텐데. 앞으로 네가 목적한 바를 이루려면 우리의 도움 없이 힘들다는 거 알 텐데."

심재훈이 고개를 돌려 방두한에게 다시 눈길을 주었다. 방두한은 들고 있던 찻잔을 손안에 넣고 가볍게 힘을 주었다. 그러자 손 안의 찻잔이 바스러졌다. 방두한은 거의 가루가 된 찻잔이 날리도록 손을 천천히 벌렸다.

"우리 관계가 이렇게 부질없는 거 아닐 텐데."

심재훈은 적잖이 놀랐다. 그가 알기에 방두한은 궤변을 늘어놓고 학계에서 이단아 취급을 받긴 하지만 꽤 유능한 수재로 알고 있었다. 그런데 지금의 모습은 능수능란한 모사꾼의 모습이었다.

"나는 내가 도움 받은 것도 많지 않을 뿐더러 충분히 보상을 했다고 생각해. 그리고 난 나상원 고검장의 사람이지 너희들하고 엮일 이유가 없어."

"무슨 그런 섭섭한 말씀을 하시는가. 당신 딸이 그러니까 전 세계에서 실용음악으로 가장 유명한 버클리 음대에 어떻게 들어가게 된 건지 모르는 사람처럼 말씀하시네."

"그거야 자기 실력으로……"

심재훈은 순간 뭔가가 잘못되었다고 느꼈다.

"우리 지검장님께서 이렇게 순진하셨던가? 그러게 직접적으로 말씀을 드려야 한다고 백 번을 이야기했구만. 그래도 세상 물정 알만한 분이라 생각했는데 말이야. 공부만 판 나도 아는 세상 물정을 모른다?

우리 후원이 없었으면 미국 건너갈 꿈을 못 꿨을 텐데."

"방, 성, 장, 학, 금? 우리나라 기업이라면⋯⋯. 인재를 위해 그 정도는 투자해야겠지."

심재훈은 딸아이가 국내 기업을 통해 장학금을 받았다는 사실까지는 알고 있었다. 그게 방성장학금이라 해도 문제될 게 없는 일이었다.

"맞는 말이지. 기업이 인재를 위해 투자를 해야지. 장학회 역사상 아마 최고의 대우였지. 비행기 비용부터 시작해서 어학 연수원 비용, 대학 학비, 기숙사 비용, 식비, 풍족한 월 생활비까지 말이야. 지난 학기엔 아파트 얻는다고 해서 아파트 매입 자금까지 건너갔는데."

"뭐? 아파트 매입 자금?"

심재훈은 처음 듣는 소리였다. 아파트 매입 자금은 처가에서 지원해 준 걸로 알고 있었기 때문이었다.

"아이고, 우리 사모님께서 모른 척 하셨구만. 보스턴에 아가씨 혼자 안전하게 살만한 아파트 한 채를 구해 드렸는데 모르셨군."

심재훈이 신음소리를 냈다. 심재훈의 아내는 그가 마음의 부담을 갖게 될 거라 판단해서 처가에서 돈을 마련했다고 말한 듯했다. 심재훈은 나상원 고검장과의 인연 때문에 덫에 걸렸다는 걸 직감했다.

"보스턴이 교육도시라 아파트 값이 매우 비싼 편이지요. 서울보다야 싸지만. 그래도 아가씨 혼자 안전하게 지내고 한국에서 가족들이라도 오면 묵을 수 있으려면 25평은 되어야 할 거 같아서 그 규모의 아파트를 구해줬는데. 따님도 말을 안 한 모양이네."

이번 여름에 딸을 만나기 위해 보스턴에 갈 예정이었다. 딸은 가족 중에 가장 심지가 깊었다. 말하지 않았다면 그건 그때 놀라게 해주려고 했을 공산이 컸다. 그런 순수한 마음을 농락했다는 생각이 들었다.

하지만 딸의 그런 마음을 이들이 헤아릴 수는 없을 터였다.

"그리고 말입니다. 성적이 잘 나오면 보너스로도 적잖은 돈이 나갔을 텐데. 한번은 그 돈으로 우리 지검장께서 유럽으로 가족 여행도 다녀오지 않으셨나? 프랑스 말이야. 딸이 공부해서 번 돈으로. 아니지 우리 재단에서 공식적으로 건네준 돈으로 말이지."

심재훈은 커다란 해머로 뒤통수를 맞은 기분이었다. 나상원 고검장이 특별한 관계를 유지해야 한다고 했지만 적당한 선에서 거리를 두려고 했던 무리들이었다.

"사실 우리 지검장님께서 모두 알고 계신 이야기 아닌가 싶은데. 내가 구구절절 말하기도 참 남사스럽긴 한데 사람이라는 게 말을 안 하면 모르기 마련이라서. 아무튼 당신은 나 고검장의 뒤를 잇고 우린 우리 목적만 달성하면 되고."

"나는 나라와 내 조직에 누가 된다면……. 모든 걸 버릴 수도 있어."

"호, 우리 지검장님의 충심이야 세간에 정평이 나 있는 거 모르는 바 아니지. 뭘 버릴 필요까지는 없고."

심재훈은 입을 다물었다. 방두한은 그에게서 고집스러운 방경언의 모습을 읽었다.

'결코 호락호락한 인간이 아냐. 그래서 나 고검장이 신뢰를 하는 거고. 그 인간 엮으려면 치밀해야해. 딸내미가 버클리에서 성공해야 하니까 잘 연결해봐. 간혹 그런 인간들이 있어. 명예를 가장 중요하게 생각하는 인간들 말이야. 사무라이 같은 작자들이지. 날짜가 얼마 안 남았으니까 옥의 티는 빨리 걷어내야 할 거야. 앞으로 일어날 배 사건의 실무를 심 지검장이 맡게 되어 있다고 하니까. 아들의 능력을 한번 살펴보지.'

방두한은 방경언의 말을 듣고 피식 웃었다. 애초 일을 복잡하게 만든 방경언에 대해 짜증도 났다. 강한 힘을 보여 복종하도록 만드는 게 가장 쉬운 방법이라 생각했다.

"심종민 씨는 잘 계시는가?"

심재훈의 눈이 커졌다. 그의 눈에 핏발이 돋았다.

"그 이름 네 놈의 더러운 입에 올리지 마라!"

심재훈이 감추고 싶었던 이름이었다. 하지만 감추는 대신 사과하는 쪽을 택했다. 친일 행각에 대해 아버지를 대신해 사과했다. 자식이 선친의 친일 행각에 대해 사과를 한 일은 심재훈이 처음이었다.

"더러운 입? 아무리 세탁을 했어도 더럽기는 네 놈 가문이 진짜 더러운데 몰랐냐?"

심재훈이 인터폰을 들었다.

"손님 나가십니다."

그는 인터폰을 끊고 아예 방두한을 등지고 앉았다. 잠시 뒤 두 명의 수사관이 지검장 방으로 들어왔다.

"진짜 일 크게 만드시겠다?"

방두한은 자신의 팔과 어깨를 잡은 두 명의 수사관들의 손목을 동시에 잡아 단숨에 비틀었다. 수사관들이 자각을 할 사이도 없이 벌어진 일이었다. 수사관들은 돌아가 버린 손을 쳐다보며 비명도 지르지 못했다. 수사관들은 쓰러진 채 바닥에 나뒹굴었다. 그들이 다시 일어나 방두한을 공격하려는 자세를 잡았다. 소란스러운 소리를 듣고 두 명의 남자들이 더 뛰어 들어왔다. 방두한은 그들을 힐금 쳐다보기만 했다.

심재훈이 눈짓을 하자 네 명의 사내들이 방두한에게 달려들었다.

"이것들이 나를 상갓집의 개로도 안 본다?"

방두한이자 마라는 앉은 채로 팔을 휘둘렀다. 그러자 네 명의 사내들이 고무공 튕겨 나가듯 사방으로 나가 떨어졌다. 테이블이 부서지고 벽에 걸린 액자가 떨어져 박살이 났다. 사내들은 방두한과 마라의 힘에 놀란 게 아니라 그가 내뿜는 서늘함에 놀랐다. 심장에 얼음 송곳이 박혀 전신이 얼어붙는 듯한 느낌이었다. 겨우 일어선 사내들은 몸을 주체하지 못할 정도로 떨었다.

"더이상 나를 화나게 하지 마. 네 놈 위신을 지킬 수 있을 때 지켜!"

심재훈이 사내들을 내보냈다.

"내가 무엇을 하든 언젠가는 밝혀지겠지. 내가 비록 눈이 어두워 니들의 제안을 받아들였지만 결국 진실은 묻히지 않아."

"권력으로 그쯤 진실을 묻어버릴 수 있는 게 아닌가? 설마 그 정도도 모르진 않을 텐데. 네 놈 아비처럼 말이야. 네 놈이 사과를 했다고 해도 그건 네 놈이 한 사과지, 네 아비가 한 사과는 아냐. 상처를 입은 사람들은 네 놈에게서 상처를 받은 게 아니라 네 놈 아비에게도 상처를 받았단 말이야!"

심재훈이 손을 떨기 시작했다.

"심종민, 일본군의 대리자. 끝없이 독립 운동하는 투사들 괴롭히더니 광복 후에도 경무국장을 지냈지."

바닥에 뒹굴던 사내들이 기어서 지검장실을 빠져나갔다.

"초대 내무부 장관도 지내고, 죽는 날까지 핵심 공직자로 살아온 사람 맞지? 악랄하고 악랄했던 친일파가 청산되지 않고 지금까지 굴러왔다는 거."

"난 내 아버지를 용서한 적 없어. 그리고 아버지의 비행을 덮을 생각도 하지 않았고. 그래서 공식적으로 기자회견을 열어 사과를 했던 것이고……"

방두한은 심재훈의 기세가 이미 꺾였다는 걸 느꼈다.

"뭐 그거야 어찌 되었든. 중요한 건, 너는 나에 대해 잘 모르지만 나는 너에 대해 잘 안다는 거야. 테이블 위에 놓인 수저가 어느 상표인지까지 말이야."

심재훈은 머리가 떨렸다. 영원히 벗어날 수 없는 그물에 갇혔으니 까불지 말라는 말이었다. 방두한이 소파에서 일어났다.

"명심해. 늦어도 모레까지 그 패거리들 모두 엮어 넣어야 해."

방두한이자 마라가 걸음을 옮겼다.

'네 놈은 몰라. 내가 얼마나 오랫동안 고통 받아 왔는지. 내가 얼마나 내 이름을 싫어하는지.'

"뭐라고?"

심재훈이 뭐라 중얼거린 듯해 방두한이 물었다. 심재훈은 그를 한번 힐끔 쳐다보고 말았다.

"이 봐. 지검장. 담배는 끊어! 우린 오래 살아야하지 않겠는가."

"한 가지만 묻지."

지검장의 방을 나서려던 방두한이 걸음을 멈추었다. 그는 특유의 버릇대로 주머니에서 땅콩을 껍질을 깐 후 땅콩을 먹었다. 그의 발아래 마라의 흔적처럼 땅콩 껍질이 쌓이기 시작했다.

"네 놈과 네 아비의 목적은 뭐지?"

"시간을 선물하려는 거야. 너희 같은 족속들한테."

"진실을 말해."

"진실? 네 놈 아버지가 살아 돌아온다고 하면 진실을 알 수 있을까?"

방두한은 키득거리며 웃었다.

"다른 인간들은 이미 움직이기 시작했어. 그러니까 이건 거대한 흐름이야. 역류하려 하지 마. 너와 네 딸과 죽은 네 아버지와 네가 이룬 모든 게 한 순간에 무너질 수 있으니까. 이건 협박이 아냐. 그냥 흐름이야. 거대한 그 흐름에 그냥 올라타면 돼. 그 흐름에 올라탈 수 있는 천혜의 기회가 네게 주어진 거야."

방두한이 문을 열었다. 문이 닫히기 전 방두한은 창밖으로 시선을 준 지검장의 뒷모습을 쳐다보았다.

─ 저 인간은 믿을 수 있을까?

방두한이 마라에게 물었다.

─ 인간은 나약한 존재니까. 가진 게 많으면 많을수록 나약해지니까.
─ 그렇겠지.
─ 다만 걸리는 게 있다면 저 인간 아버지야.
─ 심종민?
─ 그래 그 귀신.
─ 이미 소멸되지 않았는가?
─ 그건 나도 몰라.
─ 본 적도 없잖아.
─ 저 인간을 볼 때마다 기분이 썩 좋지 않아.
─ 이미 돌이킬 수 없잖아.
─ 어떤 일이든 가장 많은 변수를 가지고 있는 게 인간이야. 귀신도 신도 아냐.

− 살다보니 때론 돌이킬 수 없는 지점이라는 게 있다는 생각이 들더라.

− 호, 나보다 오래 산 놈처럼 말하는군.

− 그냥 느껴진다는 게지.

− 돌이킬 수 없는 지점이 있다?

− 그래, 돌아가려고 해도 돌아갈 수가 없는 거야. 다리로 치면 거의 다 건너와 버린 거지. 다시 되돌아갈 수가 없는 거야. 너무 멀고 끝이 보이지도 않고. 그럼 그냥 다리의 남은 부분을 건너가는 거지. 그게 나쁘지만은 않다면 크게 주저하지 않을 거고.

− 내가 몸 하나는 잘 택한 거 같네. 교주로 충분한 자질이 있어. 충분해.

− 난 교주 같은 거 싫다니까. 회장이나 그런 거 말고 만인이 존경하고 우러러 보는 아무튼 좀 더 다른 거.

− 왕을 시켜주리? 아님 대통령을 시켜줄까?

방두한이 빙긋이 미소를 지었다.

− 인간들의 속이 귀신들 속보다 깊다더니. 도무지 니 놈 마음을 모르겠다.

− 저기······.

방두한이 엘리베이터 홀 앞에 서서 자신을 구경하는 지검장실 사람들을 쳐다보고 있을 때 귀신 하나가 불쑥 다가왔다.

안산에서 귀신들을 위색에 엮어 끌고 가던 당주였다. 황학동 진고랑의 책방을 공격했을 때에도 귀신들 무리 속에 섞여 있었다. 시간이 지나면서 낙주와 은미에 대한 미움과 증오가 깊어져간 그였다.

　– 그래 뭘 알아왔냐?

엘리베이터가 올라와 멈추었다. 방두한과 마라와 당주가 엘리베이터에 올라탔다.

　– 그 계집애.
　– 그 계집?
　– 네, 낙주라는 그 계집애 말입니다.
　– 그런데?
　– 그 계집애 밑으로 귀신들이 엄청나게 모여들고 있습니다.
　– 귀신 나부랭이들이 모여들어 봤자지. 그 계집이 미인이라서 남자 귀신들이 모여드는 건가?

방두한이 그 말을 하고는 깔깔거렸다.

　– 아, 네가 뭐라고 했지?

그제야 제 정신을 차린 듯 두한이 말했다.

　– 그러니까 그년 밑으로 귀신들이 모여들고 있다고 했는데요. 제주도에서 있었던 일들이 소문이 나면서 귀신들이 그 아래로 모여들고 있

는 듯합니다.

마라이자 방두한이 당주를 쏘아보았다.

- 그 따위 소식을 전하려고 날 찾아와?
- 그, 그게 아니라. 제가 그 동안 그 패거리들 소식을 남김없이 전해드렸고……. 장소 이동할 때마다 알려드리기도 하고, 그 밑으로 들어간 똘마니 귀신들도…….
- 똘마니 귀신들?
- 뭐 고산지니, 상도, 소영, 밀본 법사니 하는 것들.
- 밀본이 그년 밑으로 들어갔다?
- 그게 들어갔다는 표현은 좀 그렇지만 아무튼 그년 밑으로다가.

엘리베이터가 멈추었다. 문이 열리며 거리의 빛이 와락 밀려들었다. 방두한과 마라 그리고 당주가 눈살을 찌푸렸다. 순간 마라는 이 세상에 자신조차도 알지 못하는 다른 존재들이 들어오고 있다는 걸 느꼈다. 자신조차도 감당할 수 없는 어떤 존재. 하지만 뚜렷하게 그 존재들이 어떤 존재들인지 명확하게 인지되지 않았다.

- 황철이놈은?

당주가 사방을 살폈다.

- 여전히 귀신들 잡아 모으고 있습니다.

─ 그렇게 일렀는데도 아직도 정신을 못 차렸군. 귀신들 모아서 부활해 보겠다? 정신머리 없는 족속 같으니라고.

당주가 방두한이나 마라의 곁에서 쭈뼛거렸다.

─ 저 제 몸은 언제쯤…….

방두한이자 마라가 그를 쳐다보았다.

─ 곧.

방두한이자 마라는 당주를 남겨두고 걸어 나갔다.

3333년

1

"해동통보 가격이 1만 원대에서 60만 원대까지 다양하네."

윤식이 컴퓨터 모니터를 들여다보며 말했다. 할아버지와 아버지 조우를 보고 내내 울먹이던 지난밤의 윤식이 아니었다. 그는 아버지와 할아버지의 일은 까마득한 저편의 일인 것처럼 굴었다. 두 귀신이 어찌 되었는지 아무도 알지 못했다. 그들은 살아생전 이루지 못한 원을 귀신의 존재가 되어 풀었다. 아버지는 이제 더 이상 제사 지내지 말라는 말을 끝으로 사라졌다. 윤식의 어머니는 다른 귀신들이라도 들러서 밥 먹을 수 있게 하겠다며 계속 제사를 지내겠다고 대꾸했다.

"모두 200개니까. 평균 30만 원에 판다면 6천만 원쯤 되네. 와!"

진고랑은 책을 들여다보고 있고 시경은 방금 들어온 문자를 확인하고 있었다. 낙주는 몸 찾아달라고 들어온 의뢰서를 뒤적거리다 고개를 들었다.

"그거야 하나당 30만 원씩 받았을 때고. 가치가 떨어지는 건 만원이라며?"

"선생님은 매사 부정적인 거 같아요."

윤식이 진고랑에게 말했다.

"그렇게 생각해? 나는 헛된 희망을 품어서는 안 된다는 뜻으로 말한 거야. 기대를 크게 가졌는데 실망하는 것보다는 기대를 작게 하고 있다가 기대 이상일 때가 더 좋지 않겠어?"

"그거야 그렇지만……"

윤식은 말을 끝맺지 못하고 멍한 눈으로 문밖을 내다보았다. 윤식의 눈에 중무장을 한 경찰들이 언뜻언뜻 보였다.

"다들 모여 봐!"

시경이 낙주와 진고랑과 윤식을 보며 말했다. 덩달아 은미와 소영, 상도 그리고 고산지도 천장 안으로 머리를 쑥 들이밀었다.

"방금 조 경위한테서 문자가 왔는데. 빨리 피하라는데. 곧 기동대에서 잡으러 올 거래."

"기동대? 팀장님 아까 잠깐 기동대 사람들이 보이던데?"

"뭐? 언제?"

"방금."

"기동대에서 우릴 왜?"

"전에 말했잖아. 우린 오늘 부로 희대의 간첩단이 된 거야!"

"요즘 세상에 그게 먹혀요?"

윤식이 계속 투덜거렸다.

"제대로 된 정신이 있는 사람들도 있지만 우리나라에도 극렬 우익도 있는 거거든. 그들이 이번 기회에 나라를 쥐고 흔들 플랜을 짜고 있는 거 같아."

윤식은 대수롭지 않다는 듯 출입문 쪽으로 다가갔다.

"요즘 세상이 어떤 세상인데 간첩단이라니. 나 원 참."

시경도 뒷짐을 쥔 채 출입문 밖을 살피러 윤식의 곁에 섰다. 낙주도 잔을 들고 커피를 홀짝거리며 시경의 등 뒤에 섰다.

"저, 저 인간들 뭐지?"

윤식이 도로와 공터에 모인 사람들을 보며 말했다.

책방 앞 왕복차선이 모두 통행이 중단되었다. 대신 도로 위에는 경찰 기동대 장갑 차량과 전경들이 탄 버스 3대 그리고 여러 대의 자가용들이 길을 완전히 차단하고 있었다. 공터 쪽엔 기동대원 수십 명이 모여 웅성거리고 있었다.

진고랑이 멍청하게 서 있는 세 사람의 어깨를 두드렸다.

"장난이 아닌데. 얼른 피하자! 간단한 것만 챙겨!"

진고랑이 소파 위에 있던 배낭을 짊어졌다.

"그리고 낙주야. 재명 씨하고 담적 씨한테는 들어오지 말라고 문자 보내놔."

낙주가 재명과 담적에게 문자를 보냈다.

'경찰들이 급습 중 서점에 절대로 들어오지 말 것. 최대한 빨리 잠수 탈 것!'

"도대체 이게 무슨 일이래?"

"나중에 설명해 줄게. 얼른!"

진고랑은 출입문 쪽을 쳐다보았다. 뒷문 쪽도 막혔을 공산이 컸다. 비밀통로의 문을 열었다.

"얼른!"

낙주는 마고봉만 챙겼다. 윤식은 해동통보를, 시경은 책 두 권과 배

터리 충전기 따위를 배낭에 쑤셔 넣었다. 네 사람은 진고랑이 연 비밀 통로로 뛰어 들어갔다. 진고랑은 한 차례 책방을 둘러보다 통로의 문을 닫았다.

"저들이 쫓아오지 않을까?"

시경이 말했다.

"여긴 아는 사람이 아니면 못 열어. 문을 어디서 여는지 모르니까."

"그 벽면을 누르면……"

"그건 내가 알려줘서 그런 거잖아. 다른 사람들은 어떻게 문을 여는지 몰라. 아니 책꽂이 뒤에 이런 통로가 있는지도 모를 수 있어."

그들이 동대문역으로 이어진 통로를 절반쯤 지나갈 때 책방 쪽에서 거친 소음들이 들려왔다. 책꽂이가 넘어지는 소리, 책들이 바닥으로 떨어지는 소리, 탁자가 엎어지는 소리…….

"그런데 우리가 무슨 간첩단이에요?"

"조 경위가 보내온 바에 의하면……."

시경이 진고랑을 쳐다보았다. 앞으로 걷던 진고랑이 걸음을 멈추었다.

"김 반장은 알고 있었지만, 일이 이렇게 빨리 그리고 크게 진행될지는 몰랐지. 나도 너무 타성에 젖어 살아 그런지도 모르겠네."

낙주나 윤식 그리고 은미와 상도, 소영은 내막에 대해 자세히 알지 못했다.

"내 아버지가 실은 김일성하고 막역한 사이였어. 그게 내 평생 발목을 잡네. 경기고등학교 수석으로 졸업할 정도였는데도 난 육사나 해사 공사엔 시험을 치를 수도 없고 공무원도 안 되고 대학교수는 둘째 치고 학교 선생님도 할 수가 없어. 신원조회에서 다 떨어지거든."

진고랑이 살아온 내력을 처음으로 줄줄이 풀어놓았다.

"그래서 풍수 보러 다니고, 골동품 도굴하러 다니고 그런 거지. 판수도 그런 차원의 일이었고. 판수는 해보니까 나한테 잘 맞아서 오래했던 거고."

말을 끝낸 진고랑이 앞으로 걸어 나갔다.

"그럼 우리 영원히 간첩단으로 남는 건가?"

그때 다시 시경의 폰으로 문자가 들어왔다. 문자를 확인하던 시경이 헛웃음을 웃었다.

"우리 보고 오봉간첩단이란다. 나 원!"

"팀장님, 우리나라에서 아직도 이런 조작이 가능해요?"

"가능하니까 벌어지겠지."

"참, 그럼 앞으로 우리 여기서 못 사는 건가?"

윤식은 전처럼 투덜거리지 않았다. 주어진 상황을 받아들이는 태도를 취했다. 제사를 다녀온 뒤 변한 듯했다. 다시 진고랑이 걸음을 멈추었다.

"그렇진 않을 거야. 우릴 가둘 뭔가 구실이 필요했을 거야. 우리 조사해봐야 나올 게 없거든. 조작하는 데에도 한계가 있고. 그냥 잡아둘 계산이 더 컸을 거야."

"언제까지?"

"그건 나도 알 수 없지. 그래도 그리 멀지 않을 거야. 문제는 우리를 왜 잡아두려고 했느냐이지. 뭘까? 필경 귀신 잡아가는 것들과 무슨 꿍꿍이가 있을 거 같은데."

달리 짐작되는 무리들이 없었다. 시경과 진고랑도 조 경위를 통해 이미 들은 뒤라 여러 추측을 하고 있었다. 그들을 괴롭힌 가장 가능성이 큰 사람들이 있다면 그건 방성태와 나상원 고검장일 거라고 짐작했다. 그리고 그들은 직접적으로 드러나진 않았지만 왕산동 패거리는 물론 졸본에서 만난 무리들과도 연관이 있을 거라는 게 둘의 생각이었다.

"다른 게 있겠습니까? 궤도 그렇고 열쇠도 저쪽 인간들 손에 들어가 있잖아요. 그것들과 연관이 있겠죠."

"그럼 지들끼리 지지고 볶으면 되는데 우릴 왜 잡아두려고 하지?"

이번엔 낙주가 물었다.

"우리가 방해되는 거야. 설마 그 일은 아닐 거라 생각하는데……"

진고랑의 말이 끝나기 전에 일행은 다시 걸음을 멈추었다.

"설마 무슨 일이요?"

"에이 그럴 리 없어."

"그럴 리가 없는 그 일이 뭐냐고요?"

낙주와 윤식, 시경의 눈이 진고랑을 쳐다보았다. 낙주의 등 뒤에 서 있던 귀신들도 진고랑에게 눈길을 주었다.

"이게 말도 안 되는 이야기이긴 한데. 실은 나흘 뒤면 달력과 실제의 시간이 딱 하루 오차가 생겨."

"그게 무슨 말이죠?"

"그러니까 좀 복잡한 이야기인데 들어보겠어?"

진고랑이 휴대폰의 손전등으로 비밀통로의 사면에 양각되어 있는 글자들을 살피며 말했다. 마치 복잡한 이야기는 중요하지 않고 양각된 모양들이 더 중요하다는 폼이었다.

"그럼, 선생님이 책방 벽면에 잔뜩 계산해 두었던 숫자들이 그걸 계산한 거요? 마지막에 보니까 3333년 뒤이고 그게 올해 던데."

"맞아! 올해야!"

"얼른 안 나가요?"

낙주가 말했다.

"이 통로에 있는 게 나을 거야. 어찌할지 생각해보는 것도 여기서 하는 게 좋을 거 같아."

"여긴 컴컴하고 좀 답답한데."

"그래도 이 통로는 사기가 침범하지 못하는 곳이야. 이 사면의 글자들이 모두 부적이거든."

그림의 모양새를 갖춘 글자들. 낙주는 유독 그림인 듯한 글자 하나가 눈에 들어왔다. 새의 모양새를 닮은 글자였다.

"그건 삼족오야. 우리 민족의 신령스러운 새지. 세 발 달린 검은 새. 우리 민족을 지켜준 새. 지금 사람들이야 잘 모르겠지만."

"그래서 언제 나가나요?"

이번엔 윤식이 물었다.

"동대문이 좀 붐빌 때, 그래야 사람들 속에 우리가 섞이지. 지금은 아주 한가해서 우리가 금방 눈에 드러날 거야."

진고랑의 말은 일리가 있었다. 낙주가 먼저 벽을 등지고 주저앉았다. 윤식과 시경도 바닥에 앉았다.

"겨울인데도 여긴 하나도 춥지가 않네."

시경이 말했다.

"그런데 이런 걸 누가 왜 만든 거예요?"

이번에는 윤식이 물었다.

"그러게. 나도 책방 얻은 뒤로 지금까지 책도 뒤져보고 연구도 해봤지만 딱히 답을 찾지는 못했어. 다만 이 통로가 어디론가 연결되어 있다는 것하고, 적어도 기원전에 만들어진 거라는 정도는 알아냈지.”

“기원전이요?”

낙주가 휴대폰 전등을 켜고 이곳저곳을 훑어보았다.

“여긴 꼭 신전으로 들어가는 통로 같은데.”

“내 생각도 그래. 그런데 끝이 동대문역으로 나가게 되어 있잖아. 거기서 끊어졌거나 아니면 다른 곳으로 연결된 통로가 있는데 우리가 못 찾고 있는 지도 모르고.”

시경의 폰이 다시 몸을 떨었다.

“조 경위네요. 진 선생님 말이 맞는 거 같아요. 오봉간첩단 조직도를 보내왔네요.”

네 사람이 모여 시경의 폰을 들여다보았다. 수괴에 진태주가 있고 그 아래 진고랑의 이름이 적혀 있었다. 아래로 가지처럼 펼쳐진 줄 밑에 시경, 낙주, 윤식, 재명, 담적의 이름까지 적혀 있었다. 약간 유치하면서 좀 놀라운 건, 그들 밑에 적힌 이름들이었다.

“……엘지 편의점 오전 알바생 김동수, 역도협회 부지부장 이한솔, 한밭식당 여사장 이금희……”

이름을 읊던 낙주가 웃음을 터트렸다.

“아니 사기를 쳐도 좀 그럴 듯하게 쳐야지. 이디헤어 장만수? 여긴 내가 딱 한번 가본 곳인데. 남자처럼 머리 잘라달라고 했더니 투덜거렸던 헤어디자이너 이름을 적어놨네. 뭐 이들이 세포라고? 나 원 참.”

조직도를 들여다보던 네 사람은 이 그림이 조작이라는 걸 알았다. 한편으로는 이런 조작이 아직도 가능하다는 사실이 씁쓸했다.

“이걸 그냥 이대로 내버려둬요?”

“내 세포에는 양 형사 이름도 들어 있어.”

시경이 투덜거리듯 말했다.

"내가 아까 하던 이야기마저 할까?"

진고랑이 일행을 둘러보았다.

"그 이야기가 뭔지 모르겠지만 이 상황에서 그게 중요하겠습니까? 지금 우리 모두 간첩이 됐는데."

"연관이 있지."

진고랑이 단호하게 말했다.

"그럼 들어봐야죠."

"복잡한 이야기이지만 우린 알고 있어야할 거 같아. 1년을 365일로 정하지만 지구가 태양 주위를 정확하게 1바퀴를 공전하는 데 걸리는 시간은 근사치로 365.2422일이야."

윤식이 갑자기 손을 내밀었다.

"아니, 갑자기 지구과학 강의를 하고 그러세요."

"들어봐."

진고랑은 윤식의 손을 잡아 내리고 계속 이야기를 했다.

"그러니까 1년에 매년 0.2422일 차이가 나는 거야. 이 차이를 보정하기 위해서 4년 마다 2월 29일을 넣어 준 거지. 이게 바로 윤달이라는 거고. 그리고 100년 단위 연도에서는 100과 400 어느 것으로 나누어도 떨어지는 해에만 2월 29일 넣어주면 1년은 대략 365.2425일이 되는 거지. 날짜를 맞추기 위해서 그냥 그렇게 한 거야. 어떤 원칙이나 그런 게 있어서가 아니라."

 - 언니가 무슨 말을 하는지 난 도통 모르겠네.

은미가 말했다.

– 그래도 난 좀 알 거 같긴 하네.

상도가 눈을 반짝거리며 말했다.

– 실은 나도 뭔 말인지 잘 모르겠어. 그냥 들어봐.
– 언니, 나 잠깐 밖에 동정 좀 살펴볼까?

낙주가 진고랑과 시경의 얼굴을 살폈다. 사람들이야 위험하지만 귀신들이야 별 일 있을까 싶었다.

– 고산지는?
– 동대문역에 가 있는다고 했으니까 거기 가면 만날 수도 있을 거 같은데.

"그런데, 이렇게 하면 실제 지구의 운동하는 날하고 달력이 차이가 나게 돼. 실제로 지구가 태양을 한 바퀴 도는 데 걸리는 시간은 365.2422일인데 달력은 365.2425로 기록하고 있지. 그러니까 달력이 0.0003일이 더 많게 되지. 그런데 0.0003일이 3333년에 이르면 실제 달력과 하루 정도 오차가 생기게 되어 있어."

– 아 그러니까 3333년 만에 달력에 없는 하루가 생긴다는 거네요?

아무도 진고랑의 말에 대응을 못하자 상도가 나서서 대꾸했다. 낙주만 알아들었다.

"그래서 하루가 생긴다는 거잖아요."

낙주가 상도의 말을 받아 말했다.

"낙주 역시 똑똑한데."

"그건 아니에요. 상도 아저씨가 알려준 거니까."

"그래? 아무튼 날이 하루 더 생기는 거야. 3333년 만에 그런데 그날이 나흘 뒤야. 3천 3백 3십 3년 만에 오는 날이야. 보통 윤달에는 어떤 나쁜 일을 해도 크게 동티가 나지 않는다고들 말해. 그런데 이 날은 3천 년 만에 오는 날이니까 아주 많이 다르겠지. 보통 사람들에겐 아무런 의미가 없을 수도 있겠지만 어떤 사람들에겐 좀 달라."

"어떻게요?"

"그날 엄청난 일이 일어날 수도 있다는 거야."

"예를 들면?"

"부활 같은 거."

"부활이요?"

"귀신의 부활, 죽은 자의 부활 같은 일이 일어나도 세상에는 어떤 변화도 일어나지 않는다는 거야. 보통은 이런 일이 생기면 시간이 뒤틀리거나 지진이 일어나거나 엄청난 해일 혹은 지구를 덮을 정도의 폭우가 내리거나 폭염이 내리는데. 그런 일이 일어나지 않는다고 보는 거야. 어떤 극악한 일도 이 날 이루어지는 일들은 신이 용서한다는 거지. 섭리 자체가 그 일들을 이해하고 용서하는 거지. 물론 아직까지 전설이야. 3천 년 동안 이런 순간이 한 번도 온 적이 없었으니까. 3천 년 전에 그런 일이 있었는지에 대한 기록도 없고."

"그래서요?"

윤식이 골몰해 있다가 물었다.

"그걸 아는 사람들이 많지 않아. 그리고 그런 날 누군가 더러운 일을 벌일 거라는 것 역시 아는 사람이 없을 테고."

"그런데 우리는 알고 있다? 그리고 우리가 그런 일을 막을 수도 있다?"

진고랑이 손으로 윤식을 가리켰다.

"맞아."

"우리가 왜 막아요?"

"이 부활에는 세 가지가 필요한 거 같아. 궤와 황금열쇠 그리고 어떤 존재."

"어떤 존재라면……"

진고랑의 시선이 낙주 곁을 살폈다.

"은미 씨는?"

"잠깐 동대문역을 살펴본다고 나갔는데."

진고랑이 동대문역으로 향하는 어둔 골목 쪽으로 시선을 주었다.

"마라가 세상에 등장한 거 같던데……."

"마라요? 그게 뭐예요? 향신료 같은 건가?"

"고대 악마라고 보면 돼. 부처와 대적하려 했던 귀신이니까 힘도 굉장하겠지."

진고랑은 계속해서 출구 쪽을 쳐다보았다.

"아무튼 그 세 가지가 충족되면 누군가 혹은 뭔가가 새로 생기거나 부활하는 거 같은데 실은 그 부활이 중요한 게 아니라 그 일은 일단 시간을 뒤틀어버리는 일이라 막아야 하는 거지."

"시간이 뒤틀린다는 게 당췌 뭔 이야기인지 모르것네."

시경이 말했다.

"시간이 뒤틀린다는 건, 현재 없던 뭔가가 새로 생긴다는 말이기도 하고, 현재 있던 뭔가가 사라질 수도 있다는 말이기도 해. 그게 물건이 될 수도 있고 사람이 될 수도 있어. 지금 우리가 존재할 수도 있고 단숨에 사라져버릴 수도 있다는 거야."

진고랑의 마지막 설명을 듣자 벽에 등을 붙이고 앉아있던 일행이 모두 등을 꼿꼿하게 세웠다.

"죽은 존재가 다시 살아난다는 건 그런 거야. 우주의 섭리를 거스르는 일. 과거의 시간을 뒤집어버리는 일이라는 거야."

"그러니까 우릴 간첩단으로 만들어서 꼼짝 달싹 못하게 만들어놓고 누군지 모를, 아니 졸본 것들이 그런 짓을 벌인다? 그걸 막을 사람은 우리밖에 없으니까 우릴 가둔 후에?"

"빙고! 아마 지금의 움직임은 그런 뜻이라고 보면 될 거 같아."

그 설명 하나로 그 동안 있었던 많은 일들이 설명되었다. 재명의 사당으로 몰려든 귀신들, 은미를 잡아가려던 귀신잽이들, 졸본에서 낙주 일행을 공격하던 기이한 사람들.

"그럼 우리 어떻게 해야 하는 거죠?"

사람들뿐만 아니라 은미와 소영, 상도, 통로를 꽉 채운 고산지까지 진고랑의 말에 귀를 기울였다.

"막아야겠지."

"어떻게?"

"그걸 찾아야해. 나도 아직은……"

진고랑이 시계를 들여다보다 동대문역 쪽으로 걷기 시작했다. 세 사람은 각자 골몰한 채 그의 뒤를 따랐다. 귀신들도.

2

윤경수 검사는 정수리가 휑한 심재훈의 머리통을 내려다보았다.

"지검장님 돌이킬 수 없는 일입니다."

심재훈은 대답하지 않았다. 서류를 한참 들여다보던 그가 결국 사인을 했다.

"그리고 실제로 그놈은 수시로 북한을 드나들었을 겁니다."

"위에선?"

"물론 총장님도 인지하고 계십니다. 아시겠지만 직접적인 개입은……"

"나가봐!"

심재훈이 윤경수를 물렸다.

방을 나서던 윤경수의 얼굴이 밝지 않았다.

"검사님 혹시 불편하신 데라도."

방 입구에 앉아 있던 검찰수사관이 자리에서 일어나며 그에게 물었다.

"알 거 없어. 넌 명심해. 지검장님 사소한 변화라도 나한테 알려야해. 알겠지."

"여부가 있겠습니까."

윤경수는 지검장실을 나왔다. 그는 스마트폰을 꺼내들고 신재현이라는 이름을 찾아내 전화를 걸었다. 방경언의 집사이자 브레인이었다.

"윤 검입니다."

"그래 만나 보셨습니까?"

"아무래도 만일의 사태에 대해 준비를 해 두어야할 거 같습니다."

"음……. 다른 일들은?"

"사인을 했으니 간첩단 사건은 그대로 진행될 겁니다."

"아마 저희 쪽 사람들이 댁에 도착했을 겁니다. 아, 도착해서 작은제 성의를 전달해 드렸다네요."

"감사합니다. 저는 그런 것보다는……"

"잘 알고 있습니다. 윤 검사님께서 가셔할 길이 어디인지 누구보다제가 잘 알고 있습니다."

"더 길게 통화하기 어렵군요."

검사들과 수사관들이 맞은편에서 다가왔다. 윤경수는 통화를 끝내자마자 톡이 하나 들어왔다. 아내였다.

'이게 뭐야?'

사진 한 장이 올라왔다. 금괴 10개였다. 소화라는 한자가 적혀 있었다.

'이거 받아도 돼?'

'일제 때 금괴라 상관없어. 잘 보관하고 있어.'

'이거 얼마나 돼?'

'개당 잘 받으면 1억쯤 할 거야.'

'뭐 10억? 이런 거 받으면 안 되는 거 아냐?'

'이것저것 빼고 딸랑 500도 못 받는데, 우리 언제 집사고 대출금 갚냐.'

'그래도.'

'내 월급으로는 우리 집 지금 전세 대출금조차도 평생 갚아도 못

같아.'

'어디 보관해 놓을까?'

'애들 손 안 닿는 데에 잘 보관해놔.'

'떨리네. 나 나중에 빽 하나 사 줄 수 있는 거야?'

'빽이다 뿐이냐. 차도 한 대 뽑아줄게.'

'와~. 자기 오늘도 늦게 들어와?'

'연락할게.'

윤경수는 폰을 접고 지나가는 검사들과 수사관들에게 인사를 했다. 방경언의 말 그대로 이제 배는 떠났다. 그 배에 자신도 올라탔다. 배가 나가는 방향이 잘못되었다 하더라도 이제는 가는 수밖에 없었다.

심재훈은 문을 열고 녹차 한 잔을 주문했다.

"인터폰으로 하시면 되는데……"

"아냐. 그냥 주게. 그리고 내가 부를 때까진 아무도 들이지 말고. 연락도 받지 말고."

"고검장님께서 찾으시면."

"회의 들어갔다고 그래."

심재훈은 문을 닫고 들어와 의자에 앉았다. 창밖으로 강남의 거리가 보였다. 도로에는 차들로 꽉 차 있었다. 그나마 볕드는 사무실이라 크게 춥지 않았다. 반대편 쪽은 겨울엔 북극과 다르지 않았다. 하루 종일 볕이 들지 않아 냉골이었다. 이제 볕드는 쪽으로 사무실을 옮겼는데 이 볕이 달갑지만은 않았다. 오랜 세월 미친 듯이 살아왔다. 힘을 갖기 위해서였다. 그런데 힘을 가져보니 더러운 것들의 힘이 더 셌다. 더럽게 살았지만 자신의 가진 힘을 인간답게 구현하고 싶었다. 힘을 갖기 위해 더러운 관계들도 마다하지 않았는데, 정작 힘이 생기니 더러운 오물 그 자체였다. 사람의 목숨이 권력 놀음의 수단에 지나지 않은 세상 중심에 서 있었다.

노크 소리가 들렸고 사무원이 녹차를 들고 들어왔다.

"다른 필요하신 건 없으신지요?"

"없어."

"오늘 청문회 건으로 수사 확장 여부에 대한 차장검사들과 지검장님들 회의가 잡혀 있는데요."

심재훈은 잠시 눈을 감았다.

"이미 결정된 사안이니까 나 없어도 되는 거잖아. 난 공수처 건으로 바쁘다고 해."

"네, 알겠습니다."

사무원이 나간 후 심재훈은 폰을 꺼내들고 전화번호 목록을 살폈다.

'……김수진, 김수호, 김시각, 김시경……'

김시경 반장!

심재훈은 그 이름을 입안에 굴려보았다. 거리를 덮은 노을이 물러나고 불빛들이 도시를 뒤덮는 동안에도 그는 사무실 불을 밝히지 않은 채 소파에 앉아 불빛들의 춤을 내려다보았다. 하늘은 검고 도시는 화려했다. 몇 차례 전화가 걸려왔지만 받지 않았다. 누구인지 확인도 하지 않았다.

'이건 옳고 그름의 문제가 아니라 죽음과 삶의 문제인데……'

심재훈은 책상 서랍에 넣어두었던 종이 한 장을 꺼내 들었다. 홍콩에 있는 가상의 회사에서 국내에 있는 한 회사로 돈을 보냈다는 증명 자료이며 돈은 사라졌다. 세무 수사관 한 명이 들고 온 종이였다. 이 돈은 여러 단계를 거쳐 위로 흘러갔다. 심재훈은 최종 도착지를 확인하지 않았다. 굳이 확인하지 않아도 어디로 흘러갔는지 짐작이 가기 때문이었다. 대부분 대수롭지 않게 생각했던 이 종이 한 장은 큰 비밀을 감춘 종이였다. 세무적인 돈의 흐름에 밝지 않은 사람들은 알 수 없는 돈이기도 했다.

심재훈은 검찰에 들어오기 전 세무사였다. 검은 돈의 흐름에 혐오감을 느끼고 정의를 세워보겠다고 사법고시 공부를 다시 했고 검사가 되었다. 세무 수사관이 자신에게 이 한 장의 페이퍼를 들고 온 건 당연했다. 돈의 흐름을 단번에 알아챌 수 있는 검사라고는 심재훈이 유일했으니까. 그는 종이를 접어 봉투에 담은 후 코트 안 주머니에 쑤셔 넣었다. 옷걸이에 걸어두었던 코트를 들고 일어났을 때 또 한 통의 톡이 들어왔다. 지금 버클리 음대에 다니고 있는 딸이었다. 사진 한 장이 첨부되어 있었다. 사진 속의 풍경은 밤이었고 메사츄세스만을 배경으로 같이 음악을 하는 친구들과 찍은 사진인 듯했다.

'사랑하는 우리 아빠, 잘 지내지?'

심재훈은 창가에 서서 딸의 톡을 확인했다.

'여긴 정말 아름다워. 나 혼자 보기 아까워서 아빠한테 톡 보내는 거야.'

바다와 항구와 물길 위에 떠있는 도로들 그리고 도시 건물의 불빛을 담은 사진들이 연이어 심재훈의 톡에 들어왔다.

'난 언제나 그렇지만 아빠 딸인 게 자랑스러워. 여기 친구들도 아빠를 정의의 인간이라고 불러주며 부러워해.'

'엄만, 친구 분들하고 제주도 갔다며?'

'그래서 아빠 쓸쓸할까봐 톡 보내는 거야.'

'엄마 그림 친구들이 원더풀하대. 이만하면 아빠 딸 행복한 거지.'

심재훈의 얼굴 위에 폰의 불빛이 어른거렸다.

'미국은 안 그럴 줄 알았는데, 여기 학교도 왕따 문제로 시끄러워.'

'집단적으로 괴롭힘 당하던 중국 학생 하나가 건물에서 뛰어내렸어. 학생들 사이에서 난리도 아냐.'

'그래도 미국은 미국인 거 같아. 다른 부류는 모르겠지만 그래도 학생들은 정의를 지키려고 하거든. 정의를 지키려는 사람들도 많고. 같이 사진 찍은 친구들도 정의가 바로 서야 한다고들 말해.'

'나 여기서 음악만 하는 거 아냐. 세상도 배워.'

'내 음악은 소외되고 핍박받는 사람들을 위한 음악이기도 하거든.'

'아빠 방학하면 아무리 바빠도 이번에는 나한테 올 거지.'

'언젠가는 내가 세상의 도움을 받은 만큼 세상에 돌려주어야 한다고 생각해.'

'그게 도리라는 생각도 들어.'

'아빠 사랑해.'

톡이 마무리 되었다. 심재훈은 딸이 남긴 톡을 다시 읽어 내렸다. 그는 폰을 주머니에 넣고 오랫동안 네온 불빛에 물든 도시를 내다보았다. 그의 얼굴에 도시의 불빛들이 희미하게 어른거렸다. 그가 주머니에서 폰을 꺼내들었다. 전화번호를 뒤적였고 확인한 후 전화를 걸었다.

"저 심재훈 지검장입니다. 조용한 곳에서 만났으면 합니다."

심재훈은 수화기 저편의 이야기를 들으며 고개를 끄덕거렸다.

– 구홀, 저 인간이 누구랑 통화하는 지 봤어?

구홀이 당주를 빤히 쳐다보았다.

- 인마, 너는 나이도 어린 게 자꾸 반말이냐?
- 귀신이 나이가 어딨어? 죽으면 다 그냥 동기지.
- 허, 이 자슥 봐라. 귀신계도 서열이라는 게 있는 거야.
- 그 서열은 힘으로 정하는 거지, 나이로 정하는 거 아니거든.
- 아무튼 요즘 것들은 하나같이 다 제 멋대로야.
- 위 아래는 마라님이 정해주겠지. 지금은 너랑 나랑 동급이야.

구홀이 입맛을 다셨다. 제주도 일로 마라는 구홀을 홀대했다.

- 나 원 참, 그것들은 내 힘으로는 어쩔 수 없는 것들이었는데. 특
히 고대 귀신하고 덩치 큰 인간.
- 낙주?
- 그래 그년이 휘두르는 그 희한한 봉은 살다 살다 처음 봐.
- 마고봉이야.
- 마고봉?
- 나도 잘 몰라. 마고봉이라는 거 밖에.
- 설마 시조인 마고가 휘두르던 봉은 아니겠지.
- 시조?
- 네 놈은 아직 어려서 잘 모를 거다. 우리 민족의 시조가 마고야.
전설이긴 한데. 마고가 남자와 여자를 만들고 고조선이 들어설 때까지
우리 인간들을 다스렸던 여자야.
- 대단한 여자겠군.

– 대단하다 뿐이냐. 사람이건 귀신이건 그 마고로부터 시작된 건데.

– 그런 여자가 휘둘렀던 봉이 있다고?

– 그날 본 봉은 살아있는 거 같았거든. 그러니까 아마 맞을 거야. 아무튼 봤어 못 봤어?

– 뭘?

– 저 인간이 누구하고 통화하는지?

심재훈은 출입문을 열고 방을 나섰다. 그때까지 사무실에 앉아 있던 수사관들과 검사, 사무관이 의자에서 벌떡 일어났다.

"차 대기 시킬까요?"

"아니. 오늘은 그냥 혼자 들어갈게."

심재훈은 사람들을 한 차례 훑어본 후 사무실 밖으로 걸음을 옮겼다.

– 저 인간이 누구랑 통화하는 지 봤어?

– 허, 참. 이놈이. 진짜 끈질기네. 야, 당주. 나는 휴대폰이라는 걸 처음 본단 말이야. 난 제주도에서 벗어나 본 적이 없다고. 게다가 동굴에서만 있어서 세상 물정 모른다고. 말 잘하는 네가 보면 되잖아.

당주는 대꾸하지 않았다.

– 왜 말을 못해? 잘난 젊은 귀신이 보면 되잖아.

구홀이 빈정거리듯 말했다.

― 난 난독증이 있어.

― 난독증?

― 그래, 난독증.

― 아하, 글을 못 읽는다고?

둘은 심재훈의 뒤를 따라 붙었다. 그가 검찰청 앞에서 택시를 잡자 두 귀신도 날름 택시에 올라탔다.

― 글 모르는 게 아니고?

― 그런 건 아냐. 그냥 난독증이야.

― 요즘은 참 별 놈의 병도 많아요. 난 이놈의 서울이라는 데 올라와서 정신이 하나도 없어. 뭔 놈의 건물들이 빛 덩어리고, 차들은 놀랄 정도로 빨리 달리지. 사람들은 혼자 걸어 다니면서도 주문을 외우는 건지 연신 중얼거리지. 이상하게 생긴 기계들을 갖고 놀지.

― 곧 익숙해지겠지. 아무튼 마라님께서 사소한 것도 알리라고 했는데. 전화 통화 내용이야 뭐 별 거 있겠어?

― 그러게. 나도 마라한테 잔소리 듣는 건 정말 짜증나는데.

― 그럼, 우리 이렇게 하자. 그냥 통화한 건 없었던 거야. 이렇게 뒤를 밟은 것만 보고하자고.

― 그러지 뭐. 지금 저 인간이 이제 와서 뭘 어떻게 할 수도 없잖아.

― 그렇지.

택시가 멈추었다. 동대문역 앞이었다. 그는 주변을 두리번거리더니 8번 출구를 향해 걸어갔다.

– 저 인간이 여긴 왜 온 거지?

– 왜?

– 여긴 그 오봉서점이 있는 곳이랑 가깝거든.

당주가 말했다.

– 그러니까 그 패거리들이 있는 곳이다 이거지.

심재훈은 지하철 역사 안으로 들어가더니 '관계자 외 출입금지'라 적힌 문 앞에 섰다. 그의 등 뒤로 사람들이 분주하게 오갔다. 심재훈은 좌우를 두어 차례 살핀 후 문을 열었다. 염려했던 것과 달리 문을 스르르 열렸다. 그가 안으로 재빠르게 들어가자 문이 닫혔다.

– 이상한데. 저 인간이 어디 가는 거지?

당주와 구홀이 벽을 통과해 그의 뒤를 따라 붙었다.

심재훈은 기계실을 지나 빛을 뿜어내는 어느 문 앞에 섰다. 그가 잠시 멈춰 서서 통화를 했다.

"네, 말한 그 문 앞입니다."

심재훈의 말이 끝나기 무섭게 문이 열렸다.

누군가의 머리통이 잠깐 보였는데 빛을 등지고 서 있어서 그가 누구인지 귀신들은 알아차리지 못했다. 심재훈이 들어간 뒤 문이 닫혔다. 낙주 일행과 안산에서 마주쳤던 문신의 당주와 구홀이 문 부근의 벽을 통과하기 위해 머리를 들이밀었다가 뒤로 나자빠졌다.

- 당주, 이거 우리가 통과 못하는 뭔가가 있는데.

구홀이 뒤로 물러났다가 달려들기를 몇 차례 해보았지만 여전히 뒤로 튕겨졌다.

- 다른 세계야. 너도 몰라?
- 몰라. 이런 공간이 있다는 거.
- 벽 전체가 무슨 부적으로 휩싸여 있다고. 이건 낭팬데. 마라한테 뭐라고 하지?

당주와 구홀은 출입문을 노려본 채 서 있었다. 누군가 나오기를 기다리는 수밖에 없었다. 얼마나 시간이 흘렀는지 알지 못했다. 귀신들 세계에 시간은 동일한 시간이더라도 짧기도 하고 길기도 했다. 심재훈의 모습이 보였다. 그리고 그 뒤에 낙주와 김시경의 모습이 보였다.

- 저 인간이 저것들을 만나러 왔던 거야?

순간 고산지와 사람들 구경하는 재미에 흠뻑 빠져 동대문역을 배회하던 은미가 당주와 구홀을 발견했다. 은미는 구홀을 본 후 적잖이 놀랐다. 그는 은미가 백제이던 시절 백제국의 제사장이었던 인물이었다.

- '내가 지난번에 실수했지만 이번엔 실수하지 않는다.'

구홀은 위색의 채찍과 마라로부터 받은 마라의 채찍을 꺼내들었다.

은미가 방심한 사이 두 채찍의 끝이 날아가 은미의 목을 낚아챘다. 위색의 채찍은 왼편에서 오른쪽으로 마라의 채찍은 오른편에서 왼쪽으로 은미의 목을 감았다. 은미는 놀랐다.

‐ 이년! 잡았다!

구홀은 채찍을 강하게 잡아챘다. 방심하고 있던 상황이라 은미는 맥없이 끌려갔다.

‐ 언니!

은미의 비명소리가 들렸다. 통로 안에 있던 낙주가 달려갔지만 의미가 없었다.

‐ 고산지!

낙주가 고산지를 불렀다. 그 부름이 끝나자마자 지상에서 지하로 거대한 주먹 하나가 내려와 구홀의 눈앞을 내리찍었다. 아슬아슬하게 고산지의 주먹을 피한 구홀이 품에서 갈색의 작은 궤 하나를 꺼내들었다. 채찍을 끌어당기자 궤는 자석처럼 은미를 빨아들였다. 방심하고 있던 순식간의 일이었다.

‐ 이것들이 감히!

당주는 고산지의 모습을 확인한 후 뒷걸음질 쳤다. 구홀은 채찍을 놓친 채 작은 궤 하나를 들고 어둠 속으로 달아나기 시작했다.

　– 이거 굉장히 큰 횡재를 했는데.

구홀의 뒤를 당주가 따라 뛰기 시작했다.
어디선가 고산지의 얼굴이 불쑥 나타났다.

　– 백제님! 백제님!

은미가 보이지 않았다. 고산지가 지하로 내려왔다. 그의 몸이 불처럼 타오르고 있지만 구홀과 당주의 모습은 더 이상 보이지 않았다.
　– 백제님, 백제님!

"무슨 일이 있습니까?"
심재훈이 낙주의 고함과 시경의 몸놀림에 놀라 물었다.
"누군가 지검장님 뒤를 밟았습니다."
심재훈이 어둠뿐인 뒤를 돌아다보았다.

6.

귀결

선에서 악으로
악에서 선으로

1

은미는 옆과 위로 손을 뻗어보았다. 좁은 공간이라 느껴지면서도 벽이 손에 닿지 않았다. 바로 눈앞이 벽이라 느껴져 손을 뻗으면 그곳은 허당이었다.

– 도대체 이것들이 나를 어디로 데려가는 거지?

두런거리는 말소리가 은미의 귀에 들렸다.

– 은미 저년이 있어야 궤를 열 수 있다는 게 사실이야?
– 당주, 너는 나한테 끝까지 반말할래?

구홀과 당주의 목소리였다. 그들이 어디론가 향하고 있을 텐데 궤 안에서는 전혀 흔들림을 느낄 수 없었다. 좁으면서도 한없이 넓은 감옥. 귀신들이 위색의 감옥을 두려워한 이유를 깨달았다. 궤를 만든 재료들이 지푸라기와 복숭아나무겠지만 귀신에겐 끊어지지 않는 철이며 쇠심줄이었다.

  - 그 궤 안에 뭐가 있는데?
  - 하, 이 자식 좀 보소. 내 나이가 천 살이 넘었다, 천 살이!
  - 그럼 뭐해, 너나 나나 의지 삼을 몸 하나 없고, 우리 진짜 육신은 어디에 있는지 모르는데.
  - 누, 누가 모른대? 나는 그냥 여기가 좋아서 떠도는 거지.

구홀이 더듬거리며 말했다.

  - 아무튼 궤 안에 뭐가 있냐고? 난 사람도 아닌데 그거 하나 못 가르쳐줘?
  - 연꽃으로 만든 부활의 옷이 있단다. 아직 본 사람이나 귀신은 없고. 됐냐?
  - 부활의 옷?
  - 그래, 부활의 옷.

은미는 그동안 자신에게 일어났던 일들의 연유가 조금씩 이해되었다. 그리고 궤에 갇히자 눈이 어두워진 대신 흘러버린 세월을 단숨에 깨달았다.

3천 년 전 세상을 다스리던 5개의 강국이 있었다. 그 중 최강의 나라는 백제국이었다. 왕의 이름이 곧 나라였던 세상. 흑국의 마라가 전쟁을 일으켰고 가장 높은 자가 되기를 바랐다. 적국, 황국, 청국의 왕들 역시 높은 자가 되기를 바랐다. 세상은 전쟁으로 피폐해졌고 다섯의 나라는 오랜 전쟁으로 굶주림과 역병으로 죽어갔고. 마라의 흑국이라 해도 마찬가지였다. 도처에서 살인이 흔했고 도적질과 강도가 일상이 되었다. 섭리의 힘인지, 선함의 힘인지 아니면 악함의 힘인지 다섯 나라에 모두 집어 삼킨 대지진이 찾아왔다. 인간의 명맥을 유지할 소수의 인간들만 살아남았다. 살아남은 자들은 끝없이 윤회하며 오늘에 이르렀다. 은미는 그 순리를 따라 윤회했지만 마라는 멸망할 때의 모습 그대로 이 세상까지 흘러왔다.

하지만 한 가지 은미로도 알지 못하는 게 있었다. 자신이 있어야 위례산의 궤를 열 수 있으며, 그 궤가 열리면 어떤 일이 일어날 지에 대한 궁금함이었다. 한 가지 더 이해할 수 없는 깨달음은 이렇게 구홀에 의해 자신이 누군가에게 끌려가는 이 현실이 운명처럼 여겨진다는 점이었다.

– 정말 그거 입으면 부활이 된대? 몸 못 찾은 귀신들도?

– 이놈아, 말이 되는 소리를 해라. 몸 없이 어떻게 부활이 되냐? 그러니까 궤 안에 들어 있는 너나 나한테는 개발의 편자인 거지.

– 난 몸 반드시 찾을 거야.

– 나도 젊었을 땐 그랬다. 몸 찾아서 이 지긋지긋한 이승 좀 떠나겠다고.

– 언제부터 찾았는데?

– 한 3천 년은 됐을 거다. 이젠 몸이 남아 있지도 않을 거야. 가루가 되어 다 부서졌겠지.

은미는 3천 년 동안 몸을 찾아 헤맸다는 구홀의 신세가 측은했다. 자신을 잡아온 귀신이지만 그도 다 사정이 있겠다는 생각이 들었다.

　－ 고산지만 아니었으면 난 그냥 제 나이에 제대로 죽어서 이승을 떠났을 텐데······.

　－ 고산지 손에 죽은 거야?

당주가 물었다.

　－ 그래, 인마. 고산지 손에 죽었다. 백제를 마귀가 씌었다고 음해해야 했거든.

　－ 스스로 한 게 아니라?

　－ 3천 년도 더 지난 이야기이니까 말하는 건데. 마라 그것이······. 그런데 마라는 어디갔냐?

　－ 힘 있는 귀신들 모아 온다고 그러면서 나갔는데.

　－ 아무튼 마라 지시를 받았던 거거든.

　－ 마라가 고산지랑 이 궤 안에 든 여자랑 같은 시대 살았단 말이야?

　－ 그런 셈이지. 고산지는 가장 남쪽의 나라인 백제국 왕의 장군이었고 마라는 가장 북쪽 나라의 왕이었지. 두 나라가 균형을 이루며 세상을 지배했는데, 북쪽의 마라가 세상을 통일하겠다고 전쟁을 일으켰던 거야.

　－ 당신은 남쪽의 제사장?

　－ 그렇지.

　－ 그런데?

- 인마 쬐끄만한 놈이 뭘 그렇게 알려고 들어. 다 지난 일이야. 이젠 복수만 남은 거야.

- 3천 년 전이면 뭐 씨족 국가나 있었을 텐데 오국이라니? 역사책에 그런 기록 없어.

- 이놈이. 역사에 기록이 안 되어 있어서 그렇지. 백제국이라는 나라는 지금 한국의 스무 배는 될 거야. 영토나 인구로도. 지금의 중국이라는 나라 상당 지역하고 러시아라는 나라 일부분이 백제국 땅이었어. 아무튼 다섯 나라가 가장 힘이 컸고 다른 대륙에 자잘한 몇 나라들도 있었지. 유럽 쪽에 십국이 있었는데 이 나라가 무섭게 성장을 했지. 그 나라와 흑제국의 마라가 손을 잡은 거야. 사실 십국은 흑제국의 상대가 되지 않는 족속이지만 잔인하기로는 타의 추종을 불허할 정도였어. 흑제국도 그렇고 십국도 백제국이 욕심이 난 건 가장 남쪽에 있다는 거, 그래서 뭐든 풍부한 땅이었다는 것 때문이었어. 그 전에 이 오국은 별 다툼 없이 잘 지내왔거든 그런데 누군가 모두의 왕이 되고자 생각하면서 변하기 시작한 거지. 그때 마라왕이 제안을 했었어. 모두에게 알려진 건 아니지. 소수만 알고 있는 이야기인데…… 마라가 백제국 여왕에게 청혼을 했지. 지금 이 은미라는 년의 모습이 아니라 그 시절 백제는 천하일색의 여자였으니까.

구홀은 입맛을 다셨다.

- 만약에 결혼했으면?
- 역사가 바뀌었겠지.

은미는 구홀이 제사장이던 시절의 풍경이 떠올랐다.

– 야, 마라 왔다!

구홀의 목소리가 떨렸다.

– 이제 내일이면 이 지긋지긋한 귀생도 좋이다.

구홀의 말이 기이하게도 은미의 가슴을 아프게 했다.
내일이면 지긋지긋 귀생도 좋이라는 말. 그 말 속에 담긴 한숨이 어쩐 일인지 모든 귀신들의 욕망이라는 생각이 들었다.

– 이 궤에 든 게 확실히 백제인 게냐?

다른 목소리였다.
은미는 궤의 닿지 않는 벽면을 더듬어보았다. 역시 만져지지 않았다. 지금껏 궤에 갇혀 본 적이 없으니 귀신들을 가두는 궤의 형태를 알지 못했다. 궤란 한없이 좁으면서도 넓은 기이한 상자였다.

– 확실히는……. 지금은 같이 다니는 것들이 은미라 부르긴 합니다. 백제라고도 하고.
– 내일이면 진짜 백제인지, 가짜 백제인지 알 수 있겠지.
– 그럼요, 여러 차례 환생한 모습이라지만 백제는 백제니까요.
구홀의 목소리가 들렸다.

- 마라님, 저는 이제 제 역할을 다 한 거 같습니다. 제 몸은……

다른 목소리는 마라였던 모양이었다. 그런데 그 목소리는 언젠가 들어본 듯한 목소리였다. 아주 오래 전에. 고 장군이 말했던 그 마라는, 살육하던 현장의 그 마라와는 다른 마라인 듯했다.

- 마라님이 주신 궤가 아니었음 이번에도 놓쳤을 겁니다. 고산지라는 놈이 나타나서 주먹을 휘두르는데 하마터면.
- 마라님, 제 몸은 언제쯤 찾을 수 있을까요?
- 오늘 밤 자시가 시작되면 찾게 될 거다.
- 몸이 저절로 나타나는가요?
- 몸이 완전히 분해되었다면 찾아올 것도 없겠지. 형체가 온전하게 남아 있다면 오늘 자시에 몸이 네게 갈 거다.
- 오늘 밤 자시?

은미는 진고랑의 책방에서 보았던 수많은 메모들과 그의 말에 대해 곰곰 생각해봤다. 3333년 만에 오는 단 하루. 달력에 존재하지 않는 단 하루. 그러니까 오늘 밤은 존재하지 않는 밤이었다. 어떤 살육이 일어나도, 어떤 전쟁이 일어나도, 어떤 변괴가 일어나도 우주의 섭리조차 이해하고 넘어갈 수 있는 날이며 어떤 급격한 변화도 수용해야 하며, 죽음과 삶이 완전히 뒤바뀌어도 그대로 수용해야 하는 날…….
은미는 그제야 깨달았다. 자신도 이 날을 기다리며 지금까지 여러 몸으로 살아왔다는 것을. 수천 년의 세월을 흘려보내며 오늘을 기다려왔다는 것을. 하지만 여전히 왜 오늘을 기다렸는지에 대한 깨달음은 오지 않았다.

　- 왜 내가 오늘 이 날을 기다렸지?

문득 낙주와 그의 동료들이 몹시 보고 싶어졌다.

　- 낙주 언니는 날 구하러 오겠지. 고산지랑 함께.

갑자기 궤의 위쪽에서 따뜻한 훈기가 천천히 내려왔다.

　- 이 궤는 여기에 두고 가나요?
　- 두고 가라.
　- 그럼, 자시에 말씀하신 그 배에 오르면 되는 건가요?
　- 그러면 되겠지.

마라의 목소리가 차분했다. 언월도를 들고 사자갈기 머리에 짐승의 가죽을 어깨에 두른 사내. 그 이미지만 떠오를 뿐, 다른 이미지는 떠오르지 않았다. 천정에서는 여전히 따뜻한 훈기가 내려왔다.

　- 마라님 손이 정말 크시네요. 궤 전체를 다 덮고 있는 것처럼 보입니다.

마라는 대꾸하지 않았다. 천정에서 내려오던 훈기는 마라의 것이었던 모양이었다.

2

집기라고는 아무 것도 없었지만 기이하게도 공간은 평온했다. 6면이 모두 상형문자로 양각되어 있는 방은 글자들 사이에서 희미하게 빛이 흘러나와 방을 밝혀주었다. 진고랑이 찾아낸 방이었다. 기원전에 조성된 방이라는 것만 알 뿐 어느 시대에 만들어진 것인지 그도 알지 못했다.

"동주랑, 다른 귀신?"

"그 다른 귀신은 제주도에서 아이들 데리고 있던 귀신이야."

"그럼 건우가 스파이였어?"

윤식이 빠르게 말했다.

"귀신을 스파이라고 하기는 좀 우습긴 한데."

"귀신이라도 스파이 없으란 법 없잖아."

윤식이 낙주를 쳐다보았다.

"귀신들은 특별한 경우가 아니라면 어디든 드나들거든. 그러니까 스파이라고 말하기는 좀 그래. 건우도 자기 입양해준 부모 찾아 여기저기 떠돌았던 거 같고."

낙주가 말했다.

"낙주야. 그나저나 구홀이라는 그 귀신 움직이는 걸 보니까. 저쪽도 어느 정도 세력화가 된 거 같은데."

"저쪽이라면?"

"심 지검장 말로 유추해보면 방성태 패거리들이겠지."

"형님, 방성태 패거리라는 말은 안 맞아."

시경이 말했다. 심 지검장이 자신에게 전화를 걸어왔을 때 적잖이 놀랐다. 은밀하게 만나자 말했을 때, 시경은 귀신들도 알아차리지 못해야 한다고 생각했다. 그 뜻을 진고랑에게 전했고 진고랑이 허락받지 못한 귀신들이 함부로 드나들 수 없는 방을 찾아냈다. 누군가의 무덤이었으며 누군가의 뜻이 저장되어 있는 무덤이었다. 벽면에 그 내용이 담겨 있을 텐데, 그 글자들이 부적의 역할도 한다고 생각했는데 사실이었다. 하지만 무작정 모든 귀신을 거부하는 게 아니라 선택적으로 거부했다. 그러니까 이 방의 문자들은 감정이 있는 인간들처럼 살아 있다는 말이었다.

"방경언이라는 작자가 핵심일 거야."

"방성그룹 회장이라고 요즘 인터넷을 달군 그 양반이지?"

"인터넷을 달군 내용이 뭐야?"

시경이 물었다.

"지금 이런 이야기할 때가 아닌 거 같은데……."

지금 낙주 일행은 구홀이 은미를 어디로 데려갔느냐였다. 고산지는 문밖에 앉아 소리 내어 울고 있었다. 낙주는 좁은 방안을 이리저리 오가느라 방이 더 좁아 보였다.

"지금 방경언 회장 때문에 인터넷이 뜨거워. 자기 회사 여직원 둘을 겁탈했는데 임신이 된 거야. 여직원들이 그 사실을 숨겼지. 백퍼센트 낙태하게 만들 인간이었으니까. 그러다 산달이 되어서 두 여자의 존재를 알게 된 거고, 케어해준다는 명분으로 자기네 병원에서 무료로 진료 받게 해주고 조리원도 미리 다 예약해주고 아무튼 산모로서 최고의 대우를 받을 수 있게 해주었는데, 4년 전 충주호 유람선 침몰 사건 때 이 두 여자 모두 배 침몰과정에서 죽고 말았다는 이야기야. 이걸 장 형사님 부인인 장해경 기자가 취재했었고, 그 기사가 숨겨져 있다가 사진 기자가 웹에 올리면서 난리가 난 거야."

"그냥 방경언의 사생활 폭로한 거잖아."

"그걸 빌미로 방성의 수백 가지 부당한 대우나 계약 관계 불평등한 노동 조건에서부터 회장 부인의 갑질까지 막 쏟아져 나오고 있거든. 지금 조회 수만 아마 500만이 넘고 있을 걸. 댓글 수도 어마어마해요."

낙주가 걸음을 딱 멈추었다.

"우리 어디로든 은미 찾으러 가야하는 거 아냐?"

"어디로?"

"방 회장 집으로 가든가, 아님 졸본으로 가보든가 해야 하잖아. 아님 다른 어디라도."

"가야지. 하지만 잘못 찾아가면 낭패를 볼 수도 있어. 그렇다고 우리가 둘이나 셋으로 나눠서 움직이면 힘이 없고."

진고랑이 차분하게 설명했다. 그의 이야기가 틀리 않기에 낙주도 더이상 재촉하지 못했다.

"다만 내일 자시 전까진 은미를 구해야 한다는 거야."

"선생님 자시가 몇 시예요?"

"밤 11시."

"왜 그 시간이죠?"

"하늘의 문이 열린다는 시간이지. 내일은 좀 특별한 날이기도 해."

"그렇지. 3333년 만에 존재하지 않는 하루의 하늘이 열리는 날이니까."

"맞아. 이승에도 저승에도 존재하지 않는 시간이야. 평소에 하늘이 동전 구멍만큼만 열린다면 이날은 하늘 전체가 열린다고 보면 돼. 어쩌면 조금씩 열려 와서 지금 이 세계에 귀신들의 수가 엄청나게 많이 늘어난 건지도 몰라. 그런데 이 날 부활을 꿈꾸는 자가 있는 거 같아. 그게 누구냐가 관건이야. 그 사람을 찾으면 은미를 데려간 곳을 알 수도 있을 거 같아."

진고랑의 설명은 믿음이 갔다.

문밖에 앉아 있던 고산지가 문 안쪽으로 고개를 들이밀었다.

– 진 판수, 제발 우리 백제님 좀 찾아주시게. 3천 년 만에 다시 찾아뵙게 되었는데 또 잃을 수는 없지 않은가. 나의 이 불충함은 다른 존재로 태어난다 해도 씻을 수 없을 걸세. 그건 그거고 일단 우리 백제님 좀 찾아주게.

낙주가 고산지의 말을 통역해주었다. 진고랑이 낙주의 이야기를 듣고 가만가만 고개를 끄덕거렸다.

– 우리 언니 잘못되기만 해봐라. 내가 악귀가 되어설랑 그 패거리들 영원히 괴롭힐 테니까.

소영이 주먹을 쥐며 말했다.

– 고 장군, 혹시 은미랑 지내던 3천 년 전에 봤던 인물들 중에 요즘 나타난 인물이 있나?

낙주가 고산지에게 물었다.

- 몇이 있지. 마라도 있고. 하지만 마라 그것은 옛날엔 왕이었는지 몰라도 오국이 멸망하던 그 즈음부터 악귀나 다름없는 존재가 되었지.

낙주는 얼마 전 동굴에서 들었던 말들 중에 '마라'라는 단어를 들었던 것 같았다.

- 고 장군, 우리 제주도에 갔을 때 구홀이라는 귀신이 자기 채찍을 누구한테 받았다고 말하지 않았던가?
- 마라한테서 받았다고 했지. 요즘 귀신들 사이에서 마라 이야기가 많이 나오던데.
- 구홀 입에서 마라가 나왔다면 둘이 같이 있는겨.
- 이 잡것들을!

양반다리를 하고 앉아 있던 고산지가 벌떡 일어났다. 그러자 상체가 천정을 뚫고 올라가버렸다.

- 어디로든 나 먼저 가볼라요.
- 어디에 있는 지도 모르면서 가긴 어디로 가요.
- 이대로 있을 수만은 없으니까.

"낙주야, 재명이랑 담적은 무사하겠지?"
진고랑이 물었다.
"일단 짐은 꾸려놓자. 언제든 움직여야 하니까."
낙주 일행이 주섬주섬 널브러져 있던 물건들을 챙겼다. 시경도 수첩이며 책방에서 들고 온 고대 악마라는 책을 챙기는데 전화가 울렸다. 고 경위였다.

"여기 휴대폰도 울리긴 하네요."

시경이 고 경위의 전화를 받았다.

"아무래도 소식을 알려야 할 거 같아서 전화 드렸습니다."

"조 경위님 제가 바빠서요. 하실 말씀 있으시면 빨리 좀 부탁드리겠습니다."

"아, 그렇군요. 지금 방경언 회장 일행이 움직이는데 좀 모양새가 이상해서요."

시경이 손을 저어 짐을 꾸리던 일행을 멈추게 만들었다. 통화 상태를 스피커폰으로 바꾸었다.

"무슨 일이죠?"

"소리가 울리네요."

"밀폐된 방에 있어서 그렇습니다."

"그렇군요. 지금 방경언 회장 일행이 모두 움직이고 있습니다. 그의 측근들도 함께요. 그런데 차 여러 대 중에 탑 차 한 대가 같이 움직이는데 조회해보니까 냉동 탑차예요."

"냉동 탑차요?"

"수산물 옮길 때 쓰는 냉동 탑차 있잖습니까?"

"방 회장을 주시하고 있었던 건가요?"

"무슨 연유인지 모르겠지만 심 지검장이 제게 방 회장 감시를 맡기더라고요. 그리고 사실 주요 인물들 공안에서 하루도 거르지 않고 감시하고 있기도 하고요. 정권이라는 게 그렇잖아요. 지금 친구라 해도 면밀하게 감시하고 있다가 뭐 하나 걸리면 보관해 놓잖아요. 그랬다가 어느 순간 필요하면 써먹기 위해 꺼내는 칼이고요."

"어디로 가는 거 같습니까?"

"지금 저도 따라 가고 있는데 경부고속도로로 접어들고 있습니다. 지금 서초 IC 지나고 있습니다. 이렇게 대대적으로 움직인 적이 없어서 연락드리는 겁니다. 심 지검장이 날 방 회장 감시를 맡긴 게 아무래도 반장님하고도 연관이 있겠다는 감이 와서 전화드린 겁니다."

"감사합니다!"

"고마워요!"

"저도 감사합니다."

진고랑과 낙주 그리고 윤식도 조 경위에게 고맙다는 말을 했다.

"다들 누구죠?"

"진 선생님하고 저희 직원들입니다."

'직원?'

윤식이 눈으로 물었다.

'동료라고 해야죠.'

"아, 저와 같이 일하는 동료들입니다."

"아무튼 중간 중간에 전화 드리지요. 여기서 출발한 차는 탑차까지 모두 일곱 댑니다. 이 밤에 움직이는 걸 보면 뭔가 이유가 있을 거 같아요. 그럼."

조 경위와 통화가 끝났다.

"서둘러요."

"팀장님 우리 쏠라티 타고 갈 수는 없겠는데요."

"왜?"

"형사인지 검찰수사관인지 모를 인간들이 책방도 그렇고 차 세워놓은 주차장도 그렇고……"

진고랑이 윤식의 이야기가 끝나기 전에 전화를 걸었다.

"날세. 차가 좀 필요해서. 아주 급하거든. 자네 승합차 있잖은가. 그건 좀 지금 동대문역 앞으로 가져다 줄 수 있겠나? 8번 출구 앞으로 말이야. 그래 내가 나중에 좋은 물건으로 보답하지. 밤늦은 시간에 이런 부탁해서 미안하네. 가지."

– 고 장군님, 우리 나가야해요.

고산지의 얼굴이 방안으로 들어왔다.

– 백제님 구하러 가는 거죠?

고산지는 울먹이며 말했다.

– 그래요. 방경언이라는 회장의 뒤를 따라갈 건데 그 사람을 따라가면 만날 수 있을 거예요.
– 저도 차에 탑니까?
– 차가 얼마나 큰지 모르겠지만, 만약에 자리가 안 되면 지붕에라도 앉아서 가야죠.
– 알겠습니다.

배낭을 메고 들어왔던 문을 미는데 문이 사라졌다.
"어? 왜 문이 안 보이지? 여기가 문인데?"

진고랑이 당황해서 어깨로 들어왔던 문을 밀었다. 그가 낙주를 쳐다보았다. 낙주가 앞으로 나서서 문이라 짐작되는 곳의 벽을 밀어보았다. 벽은 꼼짝도 하지 않았다. 낙주는 쥐어짜낼 수 있는 힘을 다 쥐어짜 벽을 밀었다. 하지만 벽은 미동도 하지 않았다. 낙주는 벽에 등을 대고 밀기 시작했다. 윤식과 시경 그리고 진고랑도 달라붙어 힘을 썼다. 그때 낙주의 스마트폰이 울었다.

"바쁜데 누가 전화질이야!"

"낙주야 받아봐."

시경이 말했다. 낙주는 등을 벽에 기댄 채 주머니를 뒤져 폰을 꺼냈다. 재명이었다. 낙주는 벽에서 등을 떼어내고 전화를 받았다.

"할머니! 무사해?"

"이년이 이 할미는 늘 무사하지. 그란디 어디냐?"

"여기?"

"그려. 내려오고 있는 거지?"

"어디로?"

"이것이, 어디긴 어디여?"

스피커폰이 아닌데도 재명의 목소리가 왕왕 울렸다.

"실상사제."

"실상사?"

"그려. 감당할 수 없는 일이 생기믄 실상사로 오라고 안 혔냐?"

낙주는 그제야 기억이 났다.

"아무튼 그리로 가려고 했지. 그런데 여기서 나갈 수가 없어."

"와?"

"우리가 책방에서 통로 따라 어느 방에 와 있는데. 상형문자들 잔뜩 그려진 방. 진 선생님이 기원전 방이라고 하던데. 아무튼 그 방에 있는데 들어올 땐 문이 있었는데 나가려고 하니까 문이 사라졌어."

낙주가 사방을 살폈다. 벽을 밀던 일행도 기진맥진해 바닥에 주저앉았다.

"상형문자? 기원전 방? 잠깐만 기달려봐. 담적 들었소?"

이번엔 담적이 전화를 받았다.

"낙주야. 진 선생 좀 바꿔주라."

"그냥 말씀하세요. 다 들리니까."

낙주가 스피커폰으로 통화 상태를 바꾸었다.

"진고랑입니다."

"아, 진 판수! 거가 어디요?"

진고랑이 방을 설명했다. 책방에서 동대문역으로 이어진 통로 그리고 통로의 끝에서 만난 방에 대해.

"진 선생 판수 시절 몸주 있지 않았소?"

"판수가 무슨 몸주입니까?"

진고랑이 낙주의 얼굴을 살폈다.

"진 선생은 있었을 텐데."

"잠깐 있긴 있었죠."

"그기 누구요?"

"지금 이 순간에 그게 뭐 중요하겠습니까?"

"참말로 바쁘담서 말해보시오."

재명의 목소리가 불쑥 끼어들어왔다.

"비형 어른이었소."

"담적 당신 말이 맞네, 맞아."

"뭐가 맞는다는 겁니까?"

"그 방이 비형 어른의 방이오."

"네?"

진고랑 뿐만 아니라 다른 사람들도 놀라 소리를 질렀다.

"그 방은 비형 어른의 방인데, 판수랑 무당들 사이에 비형 어른의 방이 어딘가에 있다는 소문이 있었소. 그 소문 들어봤지요?"

"듣긴 들었지만……"

"다 섭리대로 움직인 거요. 진 선생을 거기 황학동으로 부른 것도 그리고 그 통로를 발견하고 그 방에 들어가게 된 것도 모두 비형 어른의 뜻이란 말이오."

진고랑은 어리둥절했다.

"비형 어른을 몸주로 모신 판수나 무당은 이 지구에 딱 한 사람뿐이오. 바로 당신!"

낙주와 일행들은 문자들로 양각된 방의 6면을 살펴보았다.

"그게 다 부적이라 다른 귀신들 그러니까 비형의 허락을 받지 못한 귀신들은 들어갈 수가 없는 거지요. 만약 그 방에 들어간 귀신이 있다면 사람이든 귀신이든 다 허락을 받은 거구요."

신기할 노릇이었다. 하지만 지금은 그 일로 놀라고 있을 만한 시간이 아니었다.

"참말로 전부 알려드려야하니. 비형의 방은 원하는 곳으로 데려다 주는 방이기도 하오. 진 판수 알고 있었을 텐데."

진고랑이 천정을 바라보며 생각에 잠겼다.

"맞아. 비형의 방은, 그러니까 순간 이동 같은 걸 할 수 있는 방? 그런데 문이 어디지?"

"그것도 알려주오? 그건 나도 본 적이 없어 뭐라 말할 수 없지만 새가 한 마리 있을 거요. 그 새 밑에 비형이라는 글자가 적혀 있을 거라 했는데."

"새?"

"아, 삼족오!"

낙주가 삼족오를 본 벽면 쪽으로 재빨리 걸어갔다. 삼족오 밑에 그림 글자들을 살폈다.

"하늘을 나는 형상이라, 하늘을 나는 형상⋯⋯"

"여기 있군."

진고랑이 글자를 가리켰다. 한자라기 보단 그림이었다. 비는 뭔가가 날아가는 그림이었고 형은 사람의 형상이었다.

"우리 어디로 가야 하지?"

낙주는 진고랑과 시경의 얼굴을 쳐다보았다. 잘못된 결정이 많은 걸 바꾼다고 했다. 지금의 결정이 돌이킬 수 없는 상황에 이를 수도 있었다. 하지만 딱히 어디로 가야하는지 결정을 내릴 수가 없었다.

시경의 스마트폰이 울었다. 조 경위였다.

"방 회장 일행들 쉬지도 않고 엄청나게 달리네요. 대전 넘어가기 전까지는 수행원들한테도 목적지에 대해서 말하지 않았답니다. 대전 넘어가면서 목적지가 문자로 전송되었는데. 부산여객선터미널이랍니다."

"부산여객선 터미널이요?"

"아무래도 반장님 일행은 부산에 도착하려면 멀었는데요. 무슨 꿍꿍이가 있는지 모르겠지만 이번 일은 저 혼자 처리를 해야 할 거 같습니다."

"차가 여러 대라면서요? 그럼 수십 명이 있을 텐데."

"저희 정보원도 방 회장 일행 중에 있습니다. 사실은 어느 대기업이든 다 있습니다. 그 정보원이 문자 보내온 겁니다. 부산여객선터미널이라고요. 당췌 거길 왜 가는지 모르겠는데……. 배를 타겠죠. 그런데 왜 배를 타죠? 그리고 배를 탄다면 어느 배를 타죠?"

시경은 날이 밝고 하루가 지나면서 다가온 밤 11시에 대해 설명해 주었다. 그리고 자정을 넘긴 지금 오늘은 지구의 역사 속에도 달력 속에도 존재하지 않는 날이라고 말해주었다. 보통의 사람들은 믿지 않지만 귀신을 보고 귀신의 세계를 인정하는 사람들에겐 매우 중요한 날이며 이런 날에는 인간이 상상한 이상의 일들이 벌어진다고도 덧붙였다.

"……그렇다면 저 일행도 뭔가를 저지르러 간다는 말인데. 그런데 저 탑차엔 뭐가 들어 있는 건지 모르겠네요."

시경은 순간 다른 건 몰라도 위례산에서 꺼내 온 궤와 자신이 보관하던 황금열쇠만큼은 탑 차 안에 보관되어 있을 거란 생각이 들었다.

"아무튼 부산여객선터미널로 가니까 준비해서 늦게라도 출발하세요. 반장님 말한 대로라면 밤 11시까지는 시간이 있는 거네요. 그래도 모르죠. 삶이라는 게 늘 의외성이 있으니까. 아무튼 빨리 내려와 보세요. 그 전에 사건이 다 마무리 되었을 지도 모르겠지만."

조 경위와 통화가 끝나자마자 양 형사에게서 전화가 걸려왔다.

"형님, 인싸네요. 이 시각에 통화하기가 이렇게 어려워요."

"인싸가 뭐야?"

"인기 있는 남자라는 뜻이에요. 아무튼 지금은 통화 되죠?"

"우리 지금 부산으로 빨리 부산으로 가야해."

"부산은 왜요?"

"지금 설명하자면 너무 길어."

"저도 부산으로 가야할 거 같다고 말씀 드리려고 그랬거든요."

"그게 무슨 말이야?"

"부산 해경 쪽에 민주연이라고 아시죠?"

"알지. 너랑 썸씽 있었던 사람이잖아."

"썸씽은 무슨, 제가 그냥 일방적으로 좋아했죠. 그냥 친구로 지내요."

"그런데?"

"매일 톡 주고받고 그러거든요. 주연이가 사람 하나 조회해 달라고 전화를 했더라고요."

"누굴?"

"방성해운의 방성호 선장인데. 지금 그게 중요한 게 아니고요."

시경의 주변에 서 있는 낙주와 진고랑이 침을 삼켰다.

"좀 조용히 해요."

시경이 폰을 가리고 말했다.

"팀장님, 우리 침만 삼켰어. 괜히 긴장하고 그래."

"그, 그랬냐? 양 형사 중요한 게 뭐야?"

"주연이가 해상 쪽 관리하잖아요. 그런데 방성호가 항로 변경 신청을 했답니다. 남해 쪽으로 조금 비켜가는 항론데 한 번도 그런 일이 없었고 좀 이상한 게 이번에 후쿠오카에 가는 배에 방성그룹의 주요 멤버들이 모두 승선을 한답니다. 게다가 몇몇 고위 공직자들도 타고요. 더 이상한 건, 배에 실을 화물 하나가 시신이랍니다."

"시신?"

"네. 모든 화물이 그렇지만 특히 시신 실을 땐 보관 상태 때문에 각별하게 살피거든요. 그리고 이건……"

"빨리 말해. 우리 급해."

"관행이긴 하지만, 원래 화물 적재량보다 좀 많이 신청을 했답니다. 그런데 위에서 그냥 실으라고 했다네요. 그래서 주연이가 선장하고 방성 쪽 계약자 이름 대면서 조회 좀 해달라고 톡 보내온 겁니다. 화물 좀 많이 실을 수는 있는데, 방성그룹 회장도 그 배에 탄다는 거, 그리고 시신을 한 구 싣는다는 게 아무래도 뭔가 있는 거 같아서 전화 드린 겁니다."

"고맙다."

통화를 끝내고 시경은 낙주를 쳐다보았다.

"시신? 누구 시신이지?"

"가보면 알겠죠."

윤식이 배낭끈을 양손으로 단단히 잡았다.

"부산여객선터미널로 가자!"

진고랑이 망설임 없이 비자와 형자를 동시에 눌렀다. 그러자 글자 좌측의 벽이 다른 벽속으로 들어가며 문이 열렸다. 문 밖 복도는 어둠으로 꽉 차 있었다. 멀리 문의 형상을 가진 빛이 반듯한 선이 되어 흘러나오고 있었다. 진고랑은 떨렸다. 이곳이 비형의 방이라는 사실도, 문이 벽속으로 들어간 일도 그렇고 골목의 반대편에 빛을 내보내고 있는 문밖이 어디일지 설레고 두려웠다.

"가자!"

진고랑이 앞장섰다. 그 뒤를 낙주가 따르고 시경과 윤식도 그들을 쫓았다. 고산지도 한껏 몸을 줄여 겨우겨우 그들을 따라붙었다.

"만약 문 열었을 때 부산여객선터미널이면 이 비밀은 여기 있는 사람들이 영원히 간직해야 하는 거야. 알겠지!"

진고랑은 여러 차례 다짐을 받았다. 일행도 재빠르게 고개를 끄덕거렸다. 진고랑이 문손잡이인 듯한 돌림쇠를 잡았다. 좌로 돌리자 문이 스르르 열렸다. 갑자기 시끄러운 소리가 들렸다. 중국어 일본어 한국어 등이 섞여서 그들의 귀에 들려왔다. 문을 완전히 열자 환한 여객선 대합실이 눈앞에 펼쳐졌다. 대합실에는 어디론가 떠나는 사람들로 시끌벅적했다.

진고랑이 닫힌 문을 바라보았다. 시경과 낙주 윤식도 눈을 동그랗게 뜨고 대합실을 둘러보았다. 일본 사람과 중국 사람 한국 사람들이 비상구 문을 열고 등장한 낙주 일행에 관심을 보이지 않았다.

"선생님 진짜네요."

"정말 놀랄 일이네."

"비형 판수께서 도대체 뭘 만들어 놓은 거야?"

"세상은 증말 오래 살고 볼 일이야."

"선생님 전 앞으로 그 방에서만 살래요."

윤식의 말이 끝나자마자 진고랑이 손가락을 들어 입단속을 시켰다. 진고랑이 다시 한 차례 나온 문을 쳐다보았다. 모두 진고랑의 시선을 따라갔다. 진고랑은 비상문 쪽으로 되돌아가 문손잡이를 슬며시 돌려보았다. 문이 열렸다. 네 사람은 호기심을 이기지 못하고 문 앞으로 다가가 안을 살폈다. 안은 기계실이었다.

"뭐하세요? 거긴 외부인 출입 금지입니다."

건물 경비원이 다가와 앞을 가로 막으며 말했다. 진고랑이 미안하다며 뒤로 물러났다.

"와, 이건 완전히 대박이다."

"다들 귀신이 되어서도 이 비형의 방은 비밀이야. 알겠지? 특히 윤식이 너 떠벌리고 다니면 안 돼."

"선생님 저 생각보다 입 무겁다고요."

"그래, 믿어볼게. 믿는 데 괜한 기분에 말실수 할까봐 그런 거야. 입 단속 단디하라는 거야."

진고랑의 스마트폰이 울렸다.

"이봐, 동대문 8번 출구 앞에 대기하라 해놓고 어떻게 된 거야? 쫓기는 중인가?"

승합차를 빌린 금은방 사장의 전화였다.

"미안하게 됐네. 아무튼 내가 꼭 좋은 물건 들고 찾아감세."

"나 원 참, 사람 싱겁기는. 그런데 집 나설 때부터 누가 따라 붙었어."

"뭐?"

"그래서 아무래도 내 차를 타믄 안되겠다 싶었지. 아무튼 몸조심해. 놔! 이 자식들이 놓으란 말이야! 왜 선량한 시민을 잡는데? 사람들 나 좀 보소. 요즘 세상이 어떤 세상인데 아무 죄도 없는 날 잡아가려 합니다. 얼른 사진들 찍어 주소. 세상에 알려 주소."

통화 이외의 말소리들이 섞여 흘러나왔다.

"권 사장 무슨 일이야? 권 사장……"

잠시 소란스러운 소음이 들리더니 다시 권 사장의 목소리가 들렸다.

"야, 이것들이 막무가내로 잡아가려고 하잖아. 마침 대학생들이 떼로 몰려와줘서 간신히 빠져나왔네. 뭔 일인지 모르겠지만 몸조심하게. 큰 물건이믄 나 모르게 처분하지 말고. 나중에 보세. 난 가네."

통화가 끝났다. 비형의 방을 통해 단숨에 목적한 장소로 건너온 일도 신기했지만 조 경위의 말 그래도 아무런 연관도 없는 사람들까지 간첩단으로 조작해 잡아들이고 있다는 말이 실감났다.

3

"우린 여권이 없어서 일본 가는 배를 탈 수가 없어."

윤식이 승선표를 끊으러 갔다가 돌아왔다.

소영은 사방을 구경하느라 정신이 없었다.

– 오빠, 배도 난 처음 타보는 거 같아. 진짜 오래 살고 볼 일이야.

– 소영아, 우린 죽었잖아.

– 그런데 나 그 인간 본 거 같다.

– 누구?

– 왜 나 죽은 후에 어딘가에 갔다 버린 인간 말이야.

– 누구지?

– 너도 이야기 들었지? 장만도 형사 부인 죽인 인간 말이야.

– 들었지. 아, 이근배라는 인간.

– 그래. 그 인간 조금 전에 대합실에서 본 거 같아.

– 대합실에서? 설마.

– 거의 비슷해. 이근배 귀신도 배를 탈 작정인 거 같았어.

– 진 씨 할아버지 이야기 들어보니까 오늘 저녁 11시쯤에 큰 일이 벌어진다고 하던데. 그럼 이근배 귀신도 뭔가 하려고 온 거네. 여기 있는 귀신들도 죄다 무슨 목적이 있어서 여기 온 거 같은데.

아닌 게 아니라 귀신들은 서로 눈치를 보거나 무리 지어 누군가에 대해 말하는 모양새였다. 낙주는 일절 귀신들을 알은체하지 않았다. 알은 체 해서도 안 될 거 같았다.

- 낙주한테 말할까?
- 뭘?
- 이근배 봤다고.
- 지금도 있어?

상도는 대합실 안을 둘러보았다. 이근배가 몸을 감춘 것인지 아니면 사람과 귀신들이 많아 구별이 되지 않는 것인지 그의 모습을 보이지 않았다.

- 안 보이는데.
- 그럼 말하지 마. 지금 다들 정신없을 거야.
- 그게 낫겠지.

상도와 소영은 얼른 낙주 뒤에 달라붙었다.

- 은미가 없으니까 진짜 허전하네.
- 그러게. 언니 지금 어디 있을까?

낙주가 힐금 소영을 쳐다보았다. 그 사이 윤식이 일행들에게 바짝 모이라고 말했다.

"저기 봤어?"

윤식이 매표소 오른편 벽에 붙은 수배자 명단 쪽을 가리켰다. 명단은 새로 붙인 듯 깨끗하고 반들거렸다. 30여명 남짓 되는 수배자 명단에 4명의 얼굴이 포함되어 있었다. 진고랑, 고윤식, 김시경, 정낙주.

주요 국가보안사범이라는 타이틀이 달려 있었다.

"뭐야? 저렇게 빨리 수배자 명단에 포함이 됐다고?"

"준비하고 있었던 거지."

시경이 고개를 숙이더니 배낭에서 모자를 꺼내 썼다.

"아무튼 뭐로든 얼굴들 좀 가려."

낙주가 배낭에서 목도리를 꺼내드는 데 누군가 그녀의 어깨를 쳤다. 낙주는 깜짝 놀라 뒤를 돌아다보았다. 재명이었다.

"담적이 말한 그대로네."

재명은 낙주를 끌어안았다.

"할머니 왜 그래?"

"무사해서 그렇지."

"담적 아저씨가 뭐라고 했는데."

재명의 뒤에 담적이 서 있었다.

"우리보다 터미널에 빨리 도착할 거라고 허드라."

그 사이 윤식은 마스크로 입을 가렸다.

"그란데 와 다들 요상하게 모자를 쓰고 목도리를 하고 그러냐?"

재명이 물었다. 담적은 뒷짐을 쥔 채 서서 낙주만 쳐다보았다.

"지금 우리 지명 수배 떨어졌거든."

"지명 수배?"

"우리 수배 중 전단이 저기 매표소 부근 벽에 붙어 있어."

"어디?"

"할머니 쫌 가만히 있어. 우리 여기 있다고 광고하지 말고."

"아니 이것들이 국가대표급 미녀인 우리 손녀를 와 지명수배하고 그러냐 이거지. 나라에서 보태준 것도 없잖어. 역기 든다고 밥 한 끼를 사줬냐, 연금을 주기를 허냐."

"밥은 사줬어. 잠도 재워주고. 그러니까 쫌 조용히."

담적이 재명의 팔을 잡은 후에야 그녀의 화가 풀렸다.

"그나저나 우린 배 못 타게 생겼는데 어쩌지?"

"그래서 우리가 달려온 겨."

재명이 대합실 밖으로 걸음을 옮겼다. 대합실에는 사람들 말고도 귀신들도 제법 많았다. 대합실 앞 광장에 서 있는 동안 낙주는 이 곳까지 내려온 과정과 조 경위가 전해준 내용과 양 형사가 전해준 내용들을 말해주었다.

"우리가 예상한 그대로다."

담적이 승합차를 가리켰다.

‒ 고 장군님은 차 지붕에 앉으셔야겠습니다.

‒ 상도 씨랑 소영인 안에 빈자리 타고.

‒ 그러지요. 지금 불지옥 위에 앉으라 해도 앉을 거요.

고산지가 차 지붕 위로 올라갔다. 그가 실물이라면 차는 진즉 찌그러졌을 터였다.

승합차가 출발했다.

"할머니 어디로 가?"

"담적 고향이 남해여. 친구들이 거의 다 뱃사람이여. 친구들 모아놓았지. 감천항 쪽에들 모여 있대."

"친구 분들이랑 뭐하려고?"

"우리 손녀가 둔 한 거여, 아니면 긴장 되서 모른 척 하는 거여. 아,

이것아, 백제님도 구허고 사람들도 구허려면 바다에 나갈 배가 필요허잖아."

"우린 배 못 탄다니까."

"그러니까 다른 배들을 타고 바다로 나가야지."

"다른 배?"

"고기 잡는 배 말이여."

"유람선을 고기잡이배가 따라잡을 수 있어?"

"있다마다."

승합차는 속도를 붙여 달려갔다. 바다 풍경이 끝없이 이어졌다.

"바다로 나갔다 치자. 우리가 유람선에 어떻게 올라타."

"이것아, 배 타는 사람들은 한 다리 건너면 다 알아. 방성호에서 친구가 있기도 허고. 방성호안에 매점이 있는데 그 매점 하는 놈도 고향 놈이고."

"그래서?"

"그래서 뭐? 사다리 내리라고 해야지."

"달리는 배에서 사다리를 내려?"

낙주가 놀라 물었다. 시경과 진고랑 윤식은 두 사람의 주고받는 대화를 듣느라 쉴 새 없이 고개를 좌우로 움직였다. 만담을 구경하는 느낌이었다.

"낙주야. 바다는 자궁이여. 새로 뭔가를 만들어내는 가장 큰 자궁이란 말이여. 어느 순간 배가 바다에서 멈출 거야."

"멈춰?"

"그래, 멈추고 의식을 치르겠지. 누군가를 깨어나게 만들기 위해서 말이야."

"단지 그 이유 하나 때문에 배를 멈추게 만든다고?"

"할머니 뭔가 석연찮아요."

"그러게 내도 좀 석연찮다. 담적은 어떠시오?"

운전에 열중하고 있던 담적이 입을 열었다.

"본래 부활이란 피를 요구허는 의식이여. 그렇다면 누군가 죽겠지. 그런데 그런 뻔한 수를 쓸 거 같지 않아서 내는 찜찜한 거여. 의식 중엔 선한 의식도 있으니까. 꼭 제물을 바쳐야 뭔가를 이룰 수 있다는 건 그야말로 절대자가 악인이라는 뜻과 다르지 않거든. 절대자 혹은 섭리라는 게 악은 아닌데 과거에 악인양 사람을 산채로 제물로 바치기도 했지. 그래서 생각해 본 건데."

승합차가 신호등에 걸려 멈추었다. 감천항까지는 얼마 남지 않은 거리였다. 해는 하늘 한 가운데를 막 지나가고 있었다. 날씨는 점점 겨울을 벗고 있어 그런지 햇살이 따뜻하고 보기에도 좋았다.

"빨리 좀 말씸해보시오. 아무튼 담적은 다 좋은데 말이 느린 게 흠이여."

"내 생각에는 배를 침몰시킬 거 같아."

"배? 일본으로 건너가는 그 배를?"

재명이 놀라 되물었다.

"그럴 공산이 커."

"뭔 근거로다 그런 말을 허시오?"

"조건이 다 맞았당께. 바다에서 치르제, 화물 중에 시신이 하나 있다며? 글고 3333년 만에 오는 아주 희귀한 날이제. 무엇보다 중요한 건 백제님을 잡아 갔다며."

낙주는 금방 수긍이 갔다. 재명도 고개를 끄덕거렸다.

"배를 침몰시키믄 사람들이 엄청 죽을 건데."

"그러지 않을 거라는 게 나의 계산."

담적의 생각은 희한하게도 수긍이 갔다.

"방성호에 탈 귀신들은 누가 대빵인지 모르겠지만 사람 중에 대장은 방성그룹 회장이것지."

"그야 뭐……"

"재명 혹시 방 판수라고 모르는가? 아주 젊어서 귀신 잡는 솜씨가 좋아서 강원도 쪽에서 꽤 유명했는데."

"방 판수?"

"왜 형제 판수라고. 한 사람은 귀언이고 한 사람은 경언이고."

"그려요. 형제 판수라고 유명했죠. 꼭 살아있는 비형 같다고들 했으니까."

"방성그룹 회장이 그 동생 방경언이라고."

"그러니까 판수가 그룹 회장이 된 거라고?"

"그렇지."

"뭔 자금으로?"

승합차는 어느새 감천항 입구로 빠져들고 있었다.

"귀신 잡아주면서 돈께나 벌었지. 귀신들 협박해서 숨겨놓은 가보들도 손에 넣었을 거고. 그라고 그 두 형제가 애초 가진 게 많았던 거 같어. 우리보다 한참 윗 세대잖어. 그땐 판수 생활 할만 했잖어."

"돈이야 어디서든 못 구했겠어? 판수가 사업가로 변신했다는 거이 신기허네. 우리도 그만 무당이나 판수 접고 사업이나 헐까?"

"당신이나 나나 남 등쳐먹는 짓 못해서 글렀어."

"할머니, 그래도 그렇지. 사업이라고 해 본 적도 없을 텐데 어떻게 그룹으로까지 성장을 했지?"

"우리 사당에 황철이 왔었다고 허지 않았냐?"

"그래, 황철!"

"산 사람이 귀신을 잘 부리면 그야말로 떼돈을 벌 수 있지. 사람이 들어갈 수 없는 곳에 귀신들은 들어갈 수 있으니까. 사람들이 비밀이라고 꽁꽁 감춰봐야 귀신이 마음먹고 알아내려고 하면 금방 알아낼 수 있잖아."

"그러니까 사당에 왔다던 그 황철도 방성그룹 소속이다?"

"소속이라는 표현은 좀 그렇지만 그 말허고 비슷하것지."

승합차가 감천식당이라는 가게 앞에 멈춰 섰다. 바다를 바라보는 전망의 식당이었다. 3층까지 전체가 식당인 가게로 전면이 시원하게 인테리어 되어 있었다.

"증말 굉장히 크네."

"내 고향 친구 중에 아마 가장 큰 식당을 운영헐 것이네."

일행이 승합차에서 내렸다. 낙주는 차에서 내리면 방파제 앞에 쪼그려 앉아 있는 귀신들을 보았다. 귀신들은 낚시하는 사람들을 구경하며 떠들어댔다. 낙주는 눈이 마주치자마자 얼른 눈길을 돌렸다.

"누나 기사 떴다!"

습관적으로 스마트폰을 들여다보던 윤식이 말했다. 윤식이 폰의 화면을 낙주의 눈앞에 내밀었다.

화면에 시경과 진고랑, 낙주와 윤식의 얼굴이 나란히 나타났다.

"이 사진 때문에 지금 더 난리가 났어."

윤식이 말했다.

"왜?"

"간첩이 엄청 미인이잖아. 미인계 쓰는 여자 간첩이라는 가짜 뉴스가 수백 건이야."

낙주는 사진을 자세히 들여다보았다. 올림픽 출전을 앞두고 태릉선수촌 입단을 하면서 역도 선수 동료들과 선수촌 입구에서 찍은 사진이었다. 그 사진에서 낙주의 모습만 잘라내서 전단 사진으로 썼다. 스물세 살의 나이였다. 가장 화려하고 튼튼하고 아름다운 몸을 가지고 있던 시절이었다.

"적어도 오 년 전 사진인데 저 사진을 쓰네."

낙주가 눈살을 찌푸렸다.

"누난 사진발까지 받아서 잘 나왔는데 나랑 팀장님은 노숙자 인상이야. 전단 사진 만들면서 뽀샵을 한 거 같아."

"뽀샵 하나마나 아니냐? 그래도 뽀샵한 게 나은데……"

그 말 덕에 나머지 사람들이 웃었다.

― 언니도 참, 지금 웃음이 나와. 나도 아주 오래 산 거 같은데 이런 건 또 처음보네. 귀신들도 이러진 않을 거야.

소영이 말했다.

― 귀신들도 그럴 거야. 그리고 이 사건은 사람들만 연관이 있는 게 아니야.
― 그런데 저 사진 속에 언니 정말 예쁜데. 저거 언제 적 사진이야?
― 올림픽 출전할 때니까 벌써 5년 전이네.
― 아주 소녀 같아.

– 저땐 나도 소녀였거든. 늙은 소녀.

낙주가 허허롭게 웃었다. 금메달 따고 싶다는 꿈만 간직했던 소녀가
이젠 귀신들과 어울렸다. 게다가 중요한 사건의 핵심 멤버 중 한 명이
되어 공개 수배까지.

– 언니 인생 진짜 파란만장이다.

소영이 말했다.

– 그러게. 이 중에 파란만장하지 않은 사람 없을 걸.

그 사이에도 각종 보도들이 줄줄이 올라왔다. 낙주는 해외 전지훈련
등을 다니면서 북과 접촉했다는 어이없는 기사도 떴다. 미모를 이용해
국내 정치인들과도 수십 차례 접촉한 정황이 드러났다는 가짜 기사들
도 판을 쳤다. 간첩단의 경찰 쪽 우두머리는 시경이었다. 그가 경찰을
그만 둔 건 신분이 발각될 위기에 처하는 바람에 빚어진 일로 해석하
고 있었다.
"야, 이것들 진짜 시나리오 잘 썼네."
시경이 기사를 들여다보며 헛웃음을 날렸다.
"읽어줄게."
바다 쪽에서 제법 따뜻한 바람이 불어왔다.
'심재훈 지검장의 딸 심윤희 씨는 해외 거점의 세포로 활용하기 위
해 미국 보스톤으로 보냈으며, 그의 딸은 현재 해외조직원으로 활동하

고 있는 것으로 알려졌다. 수재로 알려진 심윤희 씨는 대학에서 인재들을 포섭하기도 하는 등……'

"그놈들 미친 거 아냐?"

윤식이 화를 내며 말했다.

"미친 거 아냐. 하나 둘 집요하게 뭔가를 가리고 있는 거야."

진고랑이 말했다.

'한편 고정 간첩인 진고랑 씨의 부친 진태주 씨는 한국전쟁 후 월북을 한 인사로 김일성과 함께 북한 체제를 곤고히 했던 인물로 알려졌다. 그의 아들인 진고랑 씨는 일정한 직업 없이 떠돌며 각계의 주요 인사들을 금괴 등으로 포섭해 고정 간첩화하는 임무를 맡아왔다고 대검 공안부가 밝혔다.'

진고랑도 허탈한 듯 너털웃음을 웃고 말았다.

"취직을 못하게 해놓고 직업 없이 떠돌았다고?"

화면에 다른 장면들이 떠올랐다. 오봉서점을 뒤지는 경찰들, 서점 부근에서 백반집을 하는 여주인과 헤어숍을 하는 여 사장 등이 기동대에 결박당해 끌려가는 장면이 흘렀다.

"아니 저 여자들이 무슨 죄가 있다고?"

화를 잘 내지 않던 진고랑이 버럭 소리를 질렀다.

"확실하게 큰 사건으로 만들어 가고 있네."

"낙주야. 한국의 정보력은 세계적인 수준이야. 한국 사람이라면 세계 어디에 나가 살든 그에 관한 정보가 다 빅데이터화 되어 있어. 그런데 주요 요시찰 인물이라면 더 그러겠지."

"우린 요시찰 인물도 아니잖아."

"조 경위 말이 일단 평범한 수준을 넘으면 요시찰 인물 4급이 된다고 하네. 그 위로 계속 올라가지. 그들의 정보를 모두 가지고 있다가 죽을 때까지 별 일 없으면 그냥 보관하는 거고 언젠가 필요할 때가 생기면 세상에 드러내는 거지. 뉴스에서 나오는 내용들 하루아침에 준비한 게 아니라는 말이야. 이미 어떤 식으로든 오래전부터 검찰이나 경찰 그도 아니면 보안사나 그런 데서 가지고 있던 정보들로 만든 시나리오일 거야."

"심 검사도 잡혀 가고 있는데."

윤식이 스마트폰 화면을 가로로 돌려 확대했다.

심재훈 지검장이 대검중수부로 들어가기 전 포토라인에 서서 기자들의 질문에 답하는 장면이 폰의 화면에 올라왔다.

"……저는 결백을 주장합니다. 성실히 조사에 임하겠습니다. 우리 사회 속에 다른 세력들이 있다는 걸 잊지 마시기를 바라겠습니다."

"다른 세력이라는 게 뭡니까?"

"야당을 지칭하는 겁니까? 아니면 극렬보수 단체를 말하는 겁니까? 이런 결심을 하게 된 배경이 있습니까?"

지검장이 마지막 질문을 한 기자를 향해 고개 돌리는 모습이 잡혔다.

"잠깐 정의를 잃었지요. 하지만 지금 이 자리에서 다시 찾으려고 합니다. 못난 신랑이자 못난 아빠를 둔 아내와 딸에게 힘들겠지만 잘 버텨주라고 말하고 싶습니다."

"따님이 보스턴에 거점을 두고 해외 인재들을 포섭하는 임무를 맡고 있다는데 사실입니까?"

심재훈은 그 질문을 한 기자를 빤히 쳐다보았다.

"제 딸은 버클리 음대에 다닐 뿐입니다. 이제 나이 스물 하나고요.

뒤를 조사해 보시면 아시겠지만 그냥 음악 공부만 한 아이입니다. 아이를 제물로 만들지 마세요."

심재훈은 마지막 문장을 말할 땐 카메라를 똑똑히 쳐다보며 말했다. 그건 방경언 패거리에게 보내는 전언이었다. 그건 나상원 고검장이 그들과 연 끊기를 바라는 간절한 충심이기도 했다.

심재훈이 양손을 포박당한 채 수사관들에게 끌려가는 모습을 끝으로 화면이 바뀌었다.

"야, 이 인간들 해도 해도 너무하네."

화면은 심재훈의 딸이 졸업한 예술고등학교를 한 케이블 방송국에서 찾아가 과거 담임선생들과 인터뷰하는 내용들을 담고 있었다.

"……사람 속이야 모르죠. 하지만 음악만은 진짜 열심히 했던 학생이에요. 좀 생각이 분명하고 소외받는 친구들한테 배려심도 크고 그런 편이었죠. 여학생들도 그렇고 남학생들도 두루 다 좋아하는……"

윤식과 일행이 감천 식당 입구에 선 후에야 폰의 화면을 꺼버렸다. 마침 일행을 마중 나와 있는 노인이 있었다.

"담적 이게 얼마만이여!"

노인은 담적을 포옹했다.

"하이고, 재명 씨도 증말 오랜만이네."

노인은 재명도 포옹했다. 노인은 일행의 면면을 훑어보았다.

"딸은 두 사람을 안 닮아서 다행이네. 아니 증말 미인이구만."

노인이 낙주를 쳐다보며 말했다. 낙주는 자신의 뒤를 살피며 의아해했다.

"딸 아녀. 손녀지."

재명이 서둘러 말했다.

"아, 손녀. 그려 손녀가 할아버지 할머니를 안 닮아서 증말 다행이다."

재명과 담적이 낙주의 눈치를 봤다. 담적은 노인을 재촉해 식당 안으로 들어갔다. 재명도 얼른 그의 뒤를 따랐다. 낙주는 혼자 고개를 갸웃거렸다.

─ 오빠 우리 추측이 맞다니까.

소영이 상도에게 말했다.

─ 그런 거 같네.

─ 재명 할머니랑 담적 할아버지랑 부부고 낙주 언니는 두 사람 딸이야.

─ 너 함부로 낙주 앞에서 그런 말 하지 마. 둘이 감췄다면 뭔가 이유가 있겠지.

소영이 상도의 말을 듣고 고개를 끄덕였다.

세상의 모든 선

1

후쿠오카행 배가 부산항을 출발했다.

방경언은 강당 안을 둘러보았다. 여객선 삼면이 창으로 이루어져 있어서 채광이 좋았다. 배는 좌우로 심하게 출렁거리며 일본을 향해 달려가고 있었다. 방경언은 손목시계를 들어 시간을 확인했다. 한 시간 후면 섭리의 문이 활짝 열릴 터였다.

방경언은 무대 장막 쪽으로 눈길을 주었다. 장막 뒤 얼음 관에 방귀언이 누워 있었다. 30년 가까운 세월 죽지도 살아있지도 않은 존재로 버텨온 인간이 관 속에 있었다.

'3333년 음력 13월 13일에 돌아올게. 그때 나의 관을 열기 위해 연꽃의 꽃이 필요해. 연꽃의 실로 빚은 옷은 축적된 시간을 버리고 새살을 돋게 하며 새 정신을 몸에 깃들게 하지. 내 몸이 녹은 후 옷을 입으면 몸에 피가 흐르고 심장이 뛸 게야. 다른 곳은 안 돼. 졸본의 앞 바다이어야만 하지. 그날을 준비해 둬. 그건 나에게도 너에게도 영생을 선

물하게 될 거야.'

토씨 하나 틀리지 않고 기억이 났다.

'영생⋯⋯'

방경언은 백 살까지 살아보니 영생은 어쩌면 욕된 일일지도 모르겠다는 생각이 들었다. 그가 궁금한 건, 과연 죽었다고 가정된 인간이 살아날 수 있느냐이고 그가 깨어나면 묻고 싶은 말이 있었다.

배의 출렁임이 줄어들고 있었다. 방경언은 시계를 한 차례 더 들여다보았다. 그는 의자에서 일어나 전면의 창밖을 내다보았다. 출발할 땐 구름으로 가득했던 밤하늘이 맑아지고 있었다. 별들이 하나 둘 드러나더니 밤하늘의 정 중심에 만월의 달이 떴다. 달무리가 별의 주변을 맴돌았다. 그의 뒤로 방두한과 신재현이 섰다. 마라와 구홀과 그리고 대복도 모습을 드러냈다. 몇몇 귀신들도 그 뒤에 늘어섰다. 그들 중 마라와 황철의 눈에 띄는 귀신이 보였다. 이근배였다.

– 저것도 부활을 꿈꾸며 이 배를 탔군.

황철의 눈이 이근배와 마주쳤다. 이근배는 그의 눈을 피하지 않았다. 오히려 피식거리며 웃고 말았다. 황철의 몸이 뜨거워졌지만 개인적인 일을 정리할 시간은 아니었다. 잠깐 눈을 감았다 떴는데 이근배의 모습이 보이지 않았다. 귀신들 무리 속을 뒤져도 이근배의 모습은 보이지 않았다.

배가 멈춰 섰다. 수면은 더 이상 일렁임이 없었다. 바다에는 노랗고 푸른 비단이 깔린 듯 수면을 덮고 있는 듯했다. 방경언은 다시 한 차례 강당과 갑판을 살폈다. 방두한이 모은 반인간들이 갑판에 모이고 있었다.

'죽어도 그만인 것들!'

방두한이 모은 인간들이 백여 명 정도에 이르렀다. 그들은 모처럼 양복을 차려입고 나들이라도 나온 듯 환한 얼굴이었다. 억지로 생명을 더 부여받거나 연장 받은 이들의 미소라 섬뜩했다. 강당 안의 둘레에도 방성의 경호요원들이 2중으로 촘촘히 경계를 서고 있었다. 강당의 중앙에는 초대받지 않은 귀신들까지 자리를 빽빽하게 메우고 있었다. 귀신들은 혹시나 자신들도 그 덕을 받을 수 있을지 모른다는 허망한 기대를 안고 배에 올랐다. 귀신들의 물리 앞에 황철과 대복이 서 있었다. 그들은 금방이라도 물질적 존재가 될 것만 같은 흥분으로 눈이 반짝거렸다. 저들은 행운아였다. 부활의 순간을 구경할 수 있으니.

"저기 하늘을 좀 보십시오."

신재현이 말했다. 그의 말을 듣고 방경언과 방두한이 밤하늘을 올려다보았다.

달의 뒤가 서서히 환해지고 있었다. 달빛의 그림자가 아니라 그야말로 하늘이 열리고 있었다. 환한 빛 뒤로 자잘한 빛들이 달보다 큰 원으로 빚어지더니 천천히 원의 형태로 천천히 돌았다. 바람은 잠을 자고 바다는 움직임을 멈추었다.

"신 집사 준비 다 되었지?"

"네 곧 화재가 일어날 겁니다."

신재현이 방경언의 귀에만 속삭이듯 말했다.

"구조대 출신들은 A구역에 있고 해병대 출신들 동우회는 C구역에 있습니다."

"VIP들은?"

이 여행에 회사의 이사들과 동조일보 사장인 이고안, 야당 대표인 김두팔과 중년연맹의 구명신, 나상원 고검장까지 배에 승선을 했다. 일본과의 관계개선을 위한 사절단이라는 명분이었다. 하지만 그들의 속내는 달랐다. 역사적 현장을 구경하겠다고 나선 길이었다.

부활이 끝나면 사고가 날 줄 알기에 그들은 만반의 준비를 해서 배에 탔다. 대부분 전문 구조원들을 비서로 동행했고 가까운 곳에 자신들만 이용할 수 있는 배편도 마련되어 있을 터였다. 방경언은 모른 척했다. 그들에게 부활의 제의만 알리지 않으면 그만이었다. 그리고 그들이 죽는다 해도 그건 그들의 운명이었다.

"지금은 대부분 연회장에 모여 쇼를 구경하고 있거나 식당에 있는 편입니다. 후쿠오카까지 3시간 걸리는 거리니까 주무시지는 않는 듯합니다."

"아이들은?"

방성호에 어린이집 아이들도 50여명이 승선했다. 보통 아이들은 낮 시간대에 배를 이용하는데 방성그룹에서 지원하는 형식을 띄면서, 내일부터 착실하게 관광을 하겠다는 계획 아래 밤 배를 탔다. 방경언의 입장에서는 환상적이었다.

방경언이 무대 쪽을 향해 돌아섰다. 방두한과 신재현, 그리고 귀신들도 무대를 쳐다보았다. 방경언의 스마트폰이 울렸다.

"방 회장 이런 광경은 살다 처음이오. 내가 거의 100개국 여행을 다녔지만 이토록 신비하고 아름다운 광경은……"

동조일보 이고안 대표가 감격에 겨운지 전화까지 걸어왔다.

"이 풍경을 뒤로 하고 탈출해야 하다니."

"탈출이라뇨. 즐길 수 있을 때 즐기세요. 오늘의 풍경은 그야말로 3

천 년 만에 처음 오는 풍경이라 합니다."

"3천 년이요?"

방경언은 괜한 말을 했다는 생각이 들었다.

"그만큼 희귀한 풍경이라는 거죠. 저는 바빠서."

"이 밤 같이 와인이라도 한 잔 나누어야 하는데."

"뭍에 가서 하지요."

통화를 끝낸 방경언이 다시 시계를 들여다보았다.

초바늘이 드디어 12를 넘어섰다. 비로소 3333년 만에 존재하지 않는 단 하루의 시작이 주어졌다.

"시작하지."

신재현이 무대의 장막을 걷었다. 무대의 중심에 꽁꽁 얼어있던 방귀언이 누워 있었고 그의 뒤로 위례산에서 빼앗아 온 궤와 구홀이 은미를 잡아 담은 작은 궤 그리고 황금열쇠가 담긴 유리 상자가 나타났다.

"은미 꺼내!"

구홀이 방경언의 말을 알아듣고 작은 궤를 들고 입구의 뚜껑을 열었다. 은미의 머리가 살며시 위로 올라오자 구홀이 마라와 위색의 채찍으로 그녀의 목을 감았다.

– 당신들 뭡니까?

은미는 재빠르게 사방을 둘러보았다. 창밖으로 낮처럼 환한 밤바다가 유독 눈에 들어왔다. 은미도 한 순간에 깨달았다. 오늘이 3333년 만에 오는 세상에 존재하지 않는 단 하루라는 걸.

은미의 눈에 관에 누운 방귀언의 모습도 보였다.

"열쇠!"

방경언이 신재현에게 말했다. 강당에 모인 귀신들은 이 광경을 구경하느라 여념이 없었다. 신재현이 유리 상자에서 황금열쇠를 꺼내 방경언에게 건넸다. 그는 은미에게 열쇠를 건넸다.

— 백제, 당신이 백제가 맞다면 이 궤를 열 수 있을 것이오.
— 내가 왜? 난 백제도 아니고 아무 것도 아냐!

느닷없이 마라가 달려들어 은미의 멱살을 잡았다. 은미의 눈이 커다래졌다.

— 궤를 열란 말이다! 나는 궤엔 관심이 없다. 네가 백제인지 아닌지…….

마라의 눈과 은미의 눈이 마주쳤다. 기이한 일이지만 마라의 손에 힘이 들어가질 않았다. 은미도 굳이 그의 손을 뿌리치지 않았다.

그 사이 방귀언의 관이 완전히 열리고 그의 모습이 드러났다.

은미는 자신의 의지와는 무관하게 열쇠를 들었다. 마라는 자신도 모르게 그녀의 멱에서 손을 놓았다. 그녀가 다가가자 궤가 빛을 발산했다. 어떤 표식이나 구멍도 없던 궤에 열쇠 구멍이 하나 나타났다. 황금열쇠는 빨려들 듯 궤의 열쇠 구멍으로 들어갔다.

— 당신은 진짜 백제? 그럴 리가…….

마라는 말을 채 끝맺지 못했다.

그 사이 방귀언의 몸이 서서히 녹고 있었다. 그의 관 바닥에 물기가 고이기 시작했다. 궤가 활짝 열렸다. 은미도 호기심을 억누르지 못하고 궤 안을 들여다보았다. 환한 빛을 가진 옷 한 벌이 궤 안에 가지런하게 놓여 있었다. 방경언이 달려가 궤에서 옷을 꺼냈다. 마라도 황철과 구홀도 방경언이 손에 든 옷을 보고 단숨에 알아차렸다.

— 부활의 옷!

방경언은 주저하지 않고 옷을 방귀언에게 가져가 그의 몸을 덮었다. 그러자 신기하게도 옷이 방귀언의 몸으로 스며들기 시작했다. 은미 역시 신비하고 놀라운 광경에 넋을 잃은 채 서 있었다.

— 형님 부활의 옷을 입으셨소. 이젠 깨어나세요!

방경언의 입에서 부활의 경문이 흘러나오기 시작했다.

— 천지가 생기며 섭리가 생겼으니 섭리는 천지요, 천지는 섭리라
  인간의 몸은 우주요, 우주는 천지이며 곧 섭리라
  인간이 음양의 결정체이니 여기서 오행 만물이 태어났도다.
  오로지 우주 섭리의 힘으로 모월 모일 제 당자의 몸을 빌리려 하오니
  음양의 힘이여, 하루 음의 씨에게 양의 몸을 허락하시어
  당자의 몸으로 음과 양이 하나됨을 받아주소서

나모라 다나다라 야야 나막알야 바로기제 새바라야 사바하

나모라 다나다라 야야 나막알야 바로기제 새바라야 사바하

나모라 다나다라 야야 나막알야 바로기제 새바라야 사바하

나 방경언의 존재가 청하오니 죽은 당자를 위해 산 자의 심장을 허해주소서

나모라 다나다라 야야 나막알야 바로기제 새바라야 사바하

나모라 다나다라 야야 나막알야 바로기제 새바라야 사바하

나모라 다나다라 야야 나막알야 바로기제 새바라야 사바하

부활의 주문이었다. 방경언은 물론 은미 역시 놀라 입이 벌어졌다. 부활은 실재했으며 부활은 현재했다. 방경언은 주문의 목소리를 더 높여 읊조렸다. 그의 눈앞에서 방귀언이 살아나고 있었다. 귀신들은 귀신들대로 사람들은 사람들대로 웅성거리기 시작했고 방경언의 주문과 방귀언의 깨어남은 멈추지 않았다. 주문을 읊어대는 방경언의 시선도 본능적으로 창밖으로 향했다. 갑판의 인간들도 안을 들여다보느라 질서가 사라졌다. 서서히 질서가 무너져갈 터였다.

방경언이 바란 일이었다.

"배를 침몰시켜라!"

곁에 서서 경이로움에 몸을 떨고 있던 신재현이 제정신을 찾았다.

"아, 알겠습니다."

ㅡ 방 판수, 애초 승선자들을 구할 의지는 없었던 게지?

마라가 물었다.

– 알고 있었는가?

방경언은 주문을 읊어대며 마라의 이야기에 답했다.

– 그러리라 짐작은 했지만, 자넨 나만큼 무서운 인간이네.
– 그래도 몇은 살아남겠지. 제물은 반드시 필요하니까. 제물이 없
는 부활이 존재하겠는가? 우주는 섭리이고 섭리는 균형이 기본인데.
균형이 깨지러 들면 섭리는 그 균형을 맞추려 하지 않겠는가. 상당수
의 사람들이 죽겠지.
– 도대체 왜 그러는 거야? 죽은 한 사람 살리자고 여러 사람을 죽
이는 이유가 뭐야?

은미가 물었다.

– 오국 중 백제국의 여황제 백제! 누군가를 부활시키겠다고 사람을
잡아다가 제물로 바칠 수는 없는 일이잖아. 우리가 식인종도 아니고
군인도 아니고 독재자도 아니고 말이야. 가장 자연스러운 방법이 필요
했을 뿐이야. 3천 년 만에 오는 이 날에 말이야.
– 나쁜 인간, 나쁜 인간!

은미의 목소리가 물결처럼 강당에 퍼져나갔다. 은미의 시선이 바다
로 쪽으로 향했다. 사람들이 배에서 뛰어내리는 모습이 보였다. 멀리
구조 헬기가 날아오고 있는 모습이 보였다.

신재현이 숄더백에서 타이머를 꺼내 누르기 전 잠시 방경언과 방귀

언을 쳐다보았다. 타이머를 누른다는 건, 6900톤의 배를 수장시킨다는 말이었다. 역사적으로 오래 남을 사건이 될 것이고 원래의 계획과 달리 주요 인사들 몇몇만 구조하고 나머지 승객들은 구조할 계획이 없는 참사의 시작이었다. 모두 577명이 승선해 있으며 그 중 몇이 죽을지 아무도 알 수 없지만 상당수의 피해자가 발생할 사건이었다. 세계사는 물론 귀신들의 역사가 존재한다면 귀신사에도 기록을 남길 사건이 될 터였다. 그 중요한 키를 방경언은 신재현에게 맡겼다. 그는 타이머를 누르기 전 몸을 떨었다.

신재현은 이제 망설이지 않았다. 부활은 현존한다는 걸 깨달았다. 그가 타이머의 버튼을 눌렀다. 그와 동시에 배가 크게 기우뚱하며 귀를 찢어버릴 듯한 폭발음이 들렸다.

"회장님 이제 시간이 촉박합니다."

멀지 않은 곳에서 비명 소리들이 들려왔다. 배가 서서히 요동치기 시작했다.

"기다려! 안전요원들만 만반의 준비를 하고 있으면 돼."

방경언이 비상구 쪽을 쳐다보았다. 문 밖에 안전요원들이 대기를 하고 있을 터였다. 가장 빠른 길로 헬기장까지 연결된 복도가 문밖에 있었다. 이 모든 걸 방귀언이 냉동 상태로 들어가기 전 준비해 두었던 것들이었다.

6900톤의 배는 빠르게 기울어지고 있었으며 여기저기서 폭발음이 들렸다. 사람들의 비명 소리와 함께 영웅의 역할을 맡은 자들의 고함소리들도 들려왔다.

"구명정이 왜 이렇게 적어?"

"아이들 먼저 구하란 말입니다!"

"아무나 먼저 살아야지, 아이가 뭐가 중요해!"

"어떻게, 나 오늘 결혼했는데!"

"아이고, 이게 뭔 날벼락이다냐!"

"경순아, 어딨냐?"

"엄마, 지금 배 침몰하고 있어."

"구명 조끼 입으란 말입니다!"

"니가 뭔데 나서서 지랄이야!"

"안전요원이지 뭐긴 뭐야!"

"그만 좀 울어! 이 큰 배가 금방 침몰하겠어?"

울음소리, 비명소리, 서로가 서로를 찾는 소리, 기울어짐에 따라 이리저리 뛰어다니는 소리, 누군가와 통화하는 소리, 소리들……

이 와중에도 방경언의 스마트폰이 울었다. 방경언은 느긋하게 전화를 받았다.

"방 회장, 이건 처음 말한 그대로가 아니잖아."

나상원 고검장이었다.

"고검장, 그럼 처음에 우리들도 안전하지 않을 거라 말하고, 많은 수의 사람이 죽게 될 거라 말했다면 이 배에 승선 했겠어? 그리고 염려 놔! 잘 탈출하고 있잖아. 원래 말한 대로 구조대원들도 곳곳에 있어. 예상대로 구조가 진행되진 않아도 나라를 뒤집어엎을 수 있을 만큼의 미담과 영웅들은 탄생할 거야. 부디 잘 빠져나가시게. 그리고 전화 끊어!"

배는 조금씩 더 왼쪽으로 기울어지기 시작했다. 방귀언이 앉은 바닥도 수평을 잃고 기울어지고 있었다. 사람들의 비명으로 복도가 가득차고 창밖으로 누군가 물로 뛰어내리는 모습도 보였다.

"회장님 헬기가 오고 있습니다."

방경언은 차갑고 맑은 밤하늘을 올려다보았다. 섭리를 어기는 어떤 죄악도 오늘은 용서되는 날이었다. 아니 그렇게 믿었다.

헬기는 마치 사고를 짐작이라도 한 듯 배 위를 선회했다.

"저것들은 뭐지?"

그리고 헬기 아래 새까맣게 달려오는 무리의 모습이 보였다.

- 귀신들인가?

황철이 깨어나는 방귀언과 창밖을 번갈아 살폈다.

- 저건 배들인데?

당주가 말했다.

- 진짜 배잖아. 작은 어선들이야!

구홀이 말했다.

은미는 방성호를 향해 몰려드는 배를 보면서 그 배의 무리 속에 낙주와 시경과 윤식과 재명과 담적이 있다는 걸 느꼈다. 그리고 한 가지 더 깨달았다. 관에서 깨어난 방귀언이 아주 오래전부터 알던 사람이었다는 걸.

2

"낙주야 강당 쪽이래. 배 앞 쪽이야!"

시경이 스마트폰을 들여다보며 다급하게 말했다. 시경은 조 경위가 보내온 방성호의 설계도를 들여다보며 배의 상단에서 의식이 진행되고 있다는 사실을 알려왔다.

"산다는 게 언제나 그렇지만 예상과는 너무 다르네. 누가 배에서 다리를 내려주고 그럴 거야. 그냥 기어 올라가야겠어."

원래의 계획대로라면 방성호 안에서 매점을 운영하는 담적의 친구가 사다리를 내려주게 되어 있었다. 낙주는 산다는 건 언제나 계획대로 되지 않는다는 걸 새삼 깨달았다. 하지만 배가 기울기 시작하면서 갈고리를 던져 걸면 올라갈 수 있겠다는 판단이 들었다. 낙주는 뒤를 살폈다. 담적의 친구들이 사람을 구하겠다고 몰려오고 있었다. 하늘을 나는 구조헬기는 사람 구할 생각은 하지 않고 하늘만 빙빙 돌았다.

"저것들은 귀빈들용인갑다."

재명이 하늘을 올려다보며 말했다.

"재명, 이런 날이 또 올까? 사고만 아니라면 이토록 아름다운 광경은 처음이네."

"담적 지금 감상할 때 아니오. 그나저나 언제 밝힐 거요?"

"뭘?"

재명이 낙주의 뒷모습을 쳐다보았다.

"이거 마무리 되든."

낙주가 탄 배가 방성호에 가깝게 접근했다. 낙주는 망설이지 않고 갈고리를 배의 난간을 향해 힘껏 던졌다. 마음이 조급해 그런지 한 번에 갈고리가 걸리지 않았다.

– 은미야, 나 왔다. 조금만 기다려라.
– 언니, 우리 언니 진짜 왔네.

은미의 목소리가 들렸다.

– 얼른 와서 나 좀 데려가.

은미의 목소리가 힘이 없었다.

– 내가 너 끌고 간 것들을 모조리 요절낼 것이여!

세 번째 던진 갈고리가 배의 난간에 걸렸다. 그 뒤로 다른 배에서 던진 갈고리들이 난간에 걸렸고 젊은 측은 이미 줄을 타고 배로 올라가기 시작했다. 바다에 먼저 뛰어든 사람들은 배에서 건져내고 있었다. 방성호의 후미에서 검은 연기가 구조의 신호처럼 꾸역꾸역 피어오르고 있었다.

낙주는 거침없이 밧줄을 타고 올라갔다.

"역시 우리 딸이네!"

담적이 자신도 모르게 그런 말을 내뱉고 말았다.

"담적!"

낙주도 잠깐 밧줄에 매달린 채 담적을 쳐다보았다. 담적이 어서 올라가라는 듯 손짓을 했다.

고산지도 어느새 배에 올라탔다. 소영과 상도도 배에 올라갔으며 배에서 흘러나오는 귀신들을 붙잡고 상황을 물었다.

– 언니, 벌써 누가 깨어나기 시작했대.

낙주는 기울어진 난간을 붙잡고 강당 쪽으로 뛰듯 걸어갔다. 고산지가 그 뒤를 따랐다. 진고랑도 기울어진 배 위로 올라와 강당 쪽으로 올라갈 길을 살폈다. 시경은 바다로 뛰어든 사람들 구하느라 정신이 없었다. 재명과 담적은 진고랑과 윤식의 뒤를 따랐다.

수백 척은 되는 고깃배들이 방성호 주변에 모여들어 바다에 빠진 사람들은 건져 올렸다. 어느 배는 배의 창에 달라붙어 창을 깬 후 사람들을 꺼냈다. 또 어느 배는 문을 열어젖힌 후 노란 구명조끼를 입은 아이들은 꺼내 다른 사람들에게 전달했다.

낙주는 겨우 강당이라 짐작되는 창을 깨고 안으로 뛰어 들어갔다. 고산지와 소영과 상도가 그의 뒤를 따랐다. 멀리 은미가 보였다. 낙주는 먼저 맞이한 경호요원들이 그녀를 공격하기 시작했다.

낙주는 마고봉으로 그들을 공격하며 배에서 벗어날 수 있을 정도의 힘은 남겨주었다. 한 번 휘두르면 열 명 정도가 나가 떨어졌다. 낙주의 등장도 등장이지만 배에서 폭발사고가 났고 배가 기울자 그들도 동요하기 시작했다. 단순한 경호로만 알았던 것.

"살고 싶으면 얼른 배에서 뛰어내려요. 이 배에서 인생 끝내지 말고!"

낙주가 소리치듯 말했다. 공격 태세를 갖추었던 경호요원들이 하나둘 강당을 빠져나가기 시작했다. 배가 좀 더 기울자 경호요원들은 썰물처럼 빠져나갔다. 그들이 사라지자 방두한과 방경언과 신재현을 발견할 수 있었다. 그리고 낯설고 기이한 몰골의 한 사람이 보였다. 방귀언. 이 사건을 시작한 한 사람.

낙주는 이 상황이 금방 이해가 되었다. 재명과 담적도 창을 넘어 겨우 강당 안쪽으로 들어왔다. 배는 20도 정도 기울어 물건들이 한쪽으로 쏠리고 있었다.

"누나 빨리 어떻게 해봐!"

윤식이 무릎을 낮춘 채 서서 불안하게 눈을 굴렸다.

강당 중앙에 낙주와 재명 그리고 담적이 섰다. 방경언과 방두한이 그들과 먼 거리를 두고 마주 섰다. 마라와 구홀과 대복이 두 사람 앞으로 나섰고 고산지가 낙주 앞으로 걸어 나왔다.

– 감히 우리 백제님을 납치해?

마라가 고산지를 쳐다보고 가소롭다는 듯 미소를 지었다.

– 고산지? 어째 낯이 익지?
– 나는 네 놈 모른다.

고산지는 망설이지 않고 은미 쪽으로 달려갔다. 굵고 찰진 구홀의 위색의 채찍이 날아와 고산지의 목에 감겼다.

– 이것이 감히 우리 마라님한테 대들려고.

고산지가 줄을 잡아당겼다.

－ 옛날의 내가 아녀!

구홀이 소리를 질렀다.

－ 나는 옛날의 나이지만 지금은 옛날의 나이어서는 안 되거든.

고산지의 팔뚝이 금이 가며 벌어졌다. 벌어진 틈으로 빛이 흘러나와
마치 깨져버리는 듯한 형상이었다.

－ 내 힘을 감당 못해서 소멸되는 구나!
－ 네 놈이 하나만 아는 구나.

고산지의 몸 전신에 금이 가더니 폭발하듯 그의 모습이 터져버렸다.
그 바람에 낙주와 재명이 놀랐다. 하지만 고산지는 빛을 지닌 더 큰 몸
으로 나타났다. 몸이 커지면서 구홀의 위색의 채찍이 맥없이 끊어졌
다. 고산지는 떨어져가는 채찍을 순식간에 잡아 채 구홀을 끌어당
겼다.

－ 3천 년 전에도 나쁜 짓만 하더니 3천 년이 흐른 뒤에도 여전히
나쁜 짓만 하는구나.

고산지의 등 뒤에 감추어져 있던 칼이 어느새 그의 오른 손에 쥐어
졌다. 그가 칼을 휘두르려는 순간 구홀이 잠깐 마라를 쳐다보았다. 구
홀은 마라의 시선이 차가운 걸 깨닫고 이내 그에게 구해 달라 말하려

다 말았다.

– 그래. 난 3천 년 전에도 지금도 나쁜 놈이다. 난 그렇게 살아갈
수밖에 없는 놈이다. 남들 다 무서워하는 무녀의 자식으로 태어났고
무당으로 길러졌고 제사장이 된 게 내 잘못이란 말이냐! 3천 년을 귀
신의 몸으로 살았지만 여한은 없다. 이제 그만 소멸하고 싶다.
– 터진 입이라고 말은 잘하는군.

고산지의 칼이 망설임 없이 그의 목을 향해 날아갔다. 그의 칼이 닿
는 순간 구홀의 몸이 먼지처럼 혹은 꺼져가는 빛처럼 흩어졌다.
고산지는 마라에게 눈길을 주었다. 그의 오른 손에 은미의 멱살이
잡혀 있었다.

– 네 놈이 고산지구나.
– 백제님, 제가 왔습니다.

마라는 고산지를 쳐다보며 가소롭다는 듯 웃었다.

– 백제 좋아하고 있네.

둘이 서로를 바라보고 있는 사이 낙주가 마고봉을 들고 달려들며 은
미의 멱을 잡고 있던 마라의 팔을 내려쳤다. 마라는 순간 통증에 놀라
은미의 멱을 놓치고 말았다. 낙주가 인간이기에 자신에게 위해를 가하
지 못할 거라 짐작한 게 실수였다. 또한 그 위해가 신의 징벌처럼 강력

했다는 사실에 놀랐다. 한 가지 더 놀라운 건 낙주가 휘두른 봉이었다.

　– 그 봉이 무엇이냐?

낙주는 그저 마라를 힐끔 바라보곤 은미에게 눈길을 주었다.

　– 은미야, 어디 다친 데 없어?

낙주가 은미를 빠르게 살폈다. 고산지는 그 틈을 놓치지 않고 마라의 몸을 향해 칼을 휘둘렀다. 마라가 재빠르게 뒷걸음질 치다 엉덩방아를 찧었다.

그 사이 연꽃의 옷을 입은 방귀언이 관에서 나와 내려섰다. 젖어있던 그의 몸이 연꽃의 옷을 입자 빠르게 말라갔다.

"혀, 형님!"

방경언의 흐느낌에 싸움이 중지되었다. 부활이 이루어졌다. 밤하늘에서 마른번개가 바다 위로 수를 셀 수 없을 정도로 많이 떨어졌다. 조난당한 사람들과 그들을 구하는 사람들 모두 놀라 우주의 저 끝을 향해 뻥 뚫린 밤하늘을 올려다보았다. 번개는 바다를 때리고 배의 피뢰침을 때렸다. 배는 빠른 속도로 가라앉기 시작했다. 배에 달라붙어 있던 사람들이 한 사람이라도 더 배에서 빼내기 위해 애를 썼다. 아이들을 먼저 구한 배는 이미 육지 쪽으로 향해 가고 있었고 몇몇 VIP를 태운 고속정들도 뭍으로 달려갔다. 하지만 구조 헬기만은 여전히 아무것도 하지 않은 채 배 위만 맴돌았다. 그 광경이 모두 방귀언의 눈에 들어왔다.

"아, 13월의 13일, 예언대로 다시 이 세상에 돌아왔구나."

방귀언의 입에서 첫 마디가 흘러나왔다. 대사가 터진 후 그는 바닥에 앉아 있는 마라를 쳐다보았다. 마라는 그 순간 방귀언은 자신이 3천 년 넘게 찾아 헤매던 자신의 몸이었다는 걸 깨달았다. 자신의 몸은 죽지 않고 이 몸에서 저 몸으로 끊임없이 이어져 왔다는 걸 통감했다. 마라와 방귀언의 눈이 마주쳤을 뿐인데, 마라의 몸이 연기처럼 흘러 방귀언의 몸으로 들어갔다. 귀신을 아는 자들은 그 광경을 모두 보았다. 연꽃의 옷을 입은 방귀언은 3천 년 전의 고산지가 뒤를 쫓던 그 세상의 북쪽에 위치해 있으며 세상의 다섯 왕국을 전쟁의 도가니 속으로 내몬 흑제국의 마라였다.

– 마라!

고산지가 마라를 불렀다. 마라는 고산지의 부름에 대꾸하지 않은 채 사방을 살폈다. 먼저 황철이 눈에 들어왔다. 마라는 황철을 자신의 손 안으로 끌어들였다. 황철이 거부할 수 없는 힘에 끌려 그의 손에 먹이 잡혔다.

– 네 놈 꿈이 환생이지? 고산지를 잡아! 그럼 내 환생시켜주지!

마라는 황철을 고산지 쪽으로 던지듯 밀었다. 고산지가 칼을 휘둘렀다. 칼을 막을 방패가 없던 황철은 궤로 그의 칼을 받았다. 그러자 궤가 깨지며 궤 안에 갇혀 있던 수백만의 귀신들이 한꺼번에 쏟아져 나왔다. 마라는 이미 예상했던 일이었다.

마라는 방경언의 안내를 받으며 밖으로 나가고 있었다.

은미야, 여기 잠깐만 있어! 저것들 그냥 돌려보낼 수 없어.

은미가 손을 뻗을 사이도 없이 낙주가 방경언과 마라를 향해 달려갔다. 마라의 눈이 낙주를 발견했다. 낙주는 머리 위 높이 들어 올린 마고봉을 마라를 향해 내려쳤다. 마라는 눈에 보이는 현존하는 인간이니 낙주의 공격에 큰 충격을 받을 거라 짐작했다. 재명과 담적도 그런 낙주를 쳐다보았다. 하지만 마라의 몸 근처에서 낙주의 마고봉이 멈추고 말았다.

"네 년이 낙주라는 년이구나. 네 힘만 믿고 까부는!"

마라는 상상 이상의 괴력을 갖고 있었다. 상대에게 직접 닿지 않으면서도 상대에게 타격을 가할 수 있는 힘을 소유하고 있었다. 마라는 낙주를 은미 쪽으로 내던졌다. 황철의 궤에서 터져 나온 귀신들이 은미와 고산지 등을 공격하기 시작했다. 그 수가 너무 많아 은미와 고산지를 돕던 재명과 담적은 낙주를 구할 겨를이 없었다. 주문을 외워도 주문의 힘이 귀신들에게 미치지 못했다.

"담적, 이 귀신들은 왜 주문이 안 먹히지?"

"배 전체가 부적이었던 모양이야."

"저 인간은 부활했잖아."

"부활의 주문만 먹히도록 설정한 거지."

"설정? 아주 세련된 말도 쓰시네."

"재명, 지금 그런 말 할 때가 아닌데."

담적과 재명은 은미의 앞으로 달려드는 귀신들을 복숭아채와 작대기로 쳐내느라 정신이 없었다. 귀신들은 쉴 새 없이 달려들었다.

"저 마라는 진짜 마라일까?"

"진짜일 거야. 그나저나 진짜로 누군가 부활을 했으니 그 부활에 값할 비극이 생기겠구만."

낙주는 낙주대로 마라를 노려보았다. 다시 마고봉을 잡고 그에게 달려갔다. 하지만 매번 그의 몸에 상처 하나 입히지 못했다. 배는 조금씩 더 기울고 있는데 마라의 몸은 기울어지지 않은 채 떠 있었다.

"네 년의 힘으로 나를 어쩌지 못한다는 거 모르겠냐."

마라의 손이 좌에서 우로 공간을 가르듯 빠르게 지나갔다. 낙주의 마고봉이 그녀의 손에서 떨어져 나가며 그녀도 나가떨어졌다.

빈틈으로 은미가 낙주에게 달려갔다. 재명과 담적도 낙주가 널브러진 쪽으로 옮겼다. 윤식도 낙주에게 달려갔다.

– 언니, 괜찮아?

은미는 금방이라도 울음을 터트릴 듯했다.

– 은미님은 괜찮아요?

재명이 말했다.

– 난 괜찮아. 언니가 아무래도.

낙주의 귀에서 피가 흘러나오고 있었다. 피를 본 재명이 주저앉아 낙주의 몸을 감쌌다.

"아이고 천하의 우리 딸이 이게 무슨 낭패여? 지구상에선 힘 당할 자가 없는디. 아무래도 영원히 헤어져 살아야 한다는 저주를 무시해서 그런 거냐? 낙주야, 낙주야 괜찮냐?"

"할머니, 내가 딸이야?"

낙주는 그 정신에도 질문을 했다.

"그, 그게 말이여……"

재명은 귀신을 쳐내느라 정신이 없는 담적의 뒷모습을 쳐다보았다. 귀신의 수가 너무 많아 담적의 등이 땀으로 흠뻑 젖어 있었다. 재명의 머리카락도 땀으로 얼굴에 가닥가닥 달라붙어 귀기가 느껴졌다.

"할머니, 저 인간 저대로 보내면 안 되는 거지?"

낙주가 다시 마고봉을 찾아 쥐고 재명과 은미가 말릴 사이도 다시 마라에게 달려들었다.

마라는 낙주가 자신에게 바짝 다가들도록 내버려두더니 가까이 다 가들자 낙주의 목을 잡았다. 가까이에서 보니 마라의 몸은 거인의 몸 이었다. 마라의 한 손아귀에 낙주의 목이 잡혔다.

"네 년이 아직도 겁을 모르는구나. 나를 대적할 수 있는 상대는 이 제 세상엔 없는 부처밖에 없느니라."

그의 손에 힘이 들어가자 낙주의 관자놀이에서 핏줄이 불거지기 시 작했다. 귀신들을 피해 낙주에게 달려간 은미가 실존하는 마라의 손을 잡으려 했다. 귀신인 은미의 손이 마라인 현실적 존재의 손목을 잡았 다. 마라도 놀라고 낙주도 놀랐다. 마라의 손목을 잡은 은미가 더욱 놀 랐다.

"네 년은 나를 깨어나게 하는 무당이나 판수 아니었냐?"

"은미는 백제다, 백제!"

낙주가 겨우겨우 토해내듯 말했다.

"아직까지도 백제 타령이구나……. 진짜 백제?"

현존의 몸을 가진 마라는 비로소 은미가 백제임을 깨달았다.

마라는 놀라 낙주의 목을 쥐고 있던 손을 놓았다. 은미와 낙주에게 달려들던 귀신들을 한 손으로 물리쳤다. 정신 차린 고산지도 은미를 구하려 다가오려 했지만 그에게 달라붙는 귀신들이 너무 많아 그들을 물리치느라 걸음을 옮길 수가 없었다. 윤식이 숨을 헐떡거리며 고산지에게 달려갔다. 왜 그런지 알 수 없지만 그의 손을 잡아주어야 한다는 생각이 들었다.

"내 손을 잡아요."

귀신들 대적하느라 정신없는 고산지가 윤식을 힐금 쳐다보았다.

– 손을 잡으라고?

이런 판국에 손을 잡으라 하면 그만한 이유가 있을 터. 하지만 인간과 손을 잡을 수 있는 것인지는 자신할 수 없었다. 그렇지만 지금은 사소한 것들을 따질 필요가 없었다. 고산지는 왼손을 윤식의 손이 있는 쪽으로 뻗었다. 둘의 손이 닿았다고 생각할 즈음 갑자기 기이한 일이 생겼다. 윤식의 몸은 이미 사라지고 있었는데, 고산지의 몸까지 서서히 사라져갔다. 그를 공격하던 귀신들이 고산지가 보이지 않자 어리둥절했다.

윤식은 섭리로부터 존재하지 않는 이 하루 바다에서 자신에게 주어진 능력을 깨달았던 것이다. 손만 대면 모든 걸 황금으로 바꾸는 미다스처럼 그가 손대는 모든 건 투명해진다는 사실이었다.

윤식은 고산지의 손을 잡고 남은 힘을 거의 소진한 듯한 재명과 담적을 향해 달려갔다. 그들에겐 귀신은 물론 방두한의 수하들이 달라붙고 있었다. 그들은 사람들을 죽일 작정이었는지 일본도와 날 선 도끼 따위를 들고 있었다. 재명과 담적 둘만으로 수십 명에 이르는 건달들을 상대하기 힘들었다. 더군다나 배에 오른 건달은 눈빛이 탁했고 타격을 입어도 신음소리조차 내지 않았다. 가해가 아무런 소용이 없는 사내들이었다. 피 흘리고 부려져도 뒤로 물러섬 없이 달려들었다. 일전에 졸본에서 만난 사내들이었다.

배는 반쯤 바다 속으로 가라앉았다. 윤식이 분노하지 않았음에도 투명해져야 한다는 생각을 하게 되었다. 그러자 손과 발에서부터 서서히 사라져갔다. 그리고 그와 손을 잡거나 한 다리나 두 다리 건너 연결된 존재들도 투명해졌다.

윤식과 고산지가 사라졌고 재명과 담적도 사라졌다. 그들을 공격했던 귀신들과 사내들이 길을 잃어버려 허둥댔다. 윤식은 그들과 함께 누구의 공격도 받지 않고 낙주에게로 다가갔다.

"마고님의 능력일세."

담적이 말했다.

"지금이야 투명해지는 게 전부라 생각하겠지만 그 능력이 어디까지 뻗치는 지 알 수 없을 걸세."

겨우 숨을 돌릴 수 있었다.

방성호에 달라붙어 마지막까지 사람들을 구조하던 고깃배들이 그래도 혹시 구하지 못한 사람이 있는가를 살피며 방성호 주변을 맴돌았다. 방성호에는 투명해진 고산지와 윤식 그리고 재명과 담적이 남았으며 낙주와 은미 그리고 신재현과 방경언 그리고 황철, 구홀, 방귀언이

자 마라가 전부였다. 방두한은 먼저 헬기에 올라타 방경언과 마라가 올라오기만을 기다렸다.

투명해진 윤식과 일행이 낙주에게로 다가가는 사이 물속으로 잠겨 들던 마고봉이 제 스스로 떠올라 낙주에게로 향했다. 마고봉은 하나의 빛 덩어리로 빛났다.

"저년이 진짜 백제라면 저런 것들하고 어울리지 않을 거다."

마라는 여전히 자신에게 달려드는 귀신들을 쳐내면서도 은미에게서 눈길을 떼지 못했다.

"제 주인을 버리고 겁이 나서 도망가는 것들은 백제의 사람들이 아니다."

마라가 비아냥거리는 사이 마고봉이 다시 낙주의 손에 쥐어졌다.

"도망 좋아하고 있네."

어디선가 담적의 목소리가 들렸다. 하지만 그의 모습은 보이지 않았다.

"지 혼자 잘난 줄 아는 게 영락없이 마라 맞고만."

재명의 목소리도 들렸다.

"시간을 거슬러서 뭘 어쩌겠다고. 마라는 결국 천박한 욕심만 있는 존재였구만."

담적의 목소리가 이어졌다. 마라가 노기를 띄고 사방을 두리번거렸지만 그도 투명해진 이들을 찾아낼 수 없었다.

그 사이 사건 현장은 동조일보 케이블 방송의 생중계로 방영되고 있었다.

"……다시 한 번 말씀드리지만 지금 동조TV에서 방성호 사건 현장에서 독점으로 보내드리고 있습니다. 방금 입수된 사실에 의하면 방성호에 탑승했던 승객과 승무원들 전원 무사히 구조되었다는 소식입니다. 저희 리포터가 영웅 한 분을 만나봤습니다. 이선영 리포터!"

텔레비전 화면은 흔들리는 고깃배 위를 잡아주었다. 여자 아나운서가 몸을 이리저리 흔들며 곁에 서 있는 늙은 사내에게 마이크를 들이밀었다. 사내는 여전히 바다를 바라보며 혹여 사람이 있을까 싶어 살피고 있었다.

"어떻게 현장에 오시게 되었나요?"

사내는 귀찮다는 듯 여자 아나운서를 쳐다보았다.

"배가 침몰하는디 그런 와야제 안 오는감?"

"제 말은 그게 아니라 어떻게 여기까지 오셨는지요?"

"저기 멀리서 보니 배에서 불이 나갔고 막 연기가 피어오르는데 와야지."

"몇 분이나 구하셨는지 기억나십니까?"

"모르것소. 힘 닿는대로 바다에서 사람들을 건져내긴 했는데."

"고기잡이 나가시던 길이셨나요?"

"글지요."

"그런데 고깃배들이 순식간에 어떻게 그렇게 많이 모이게 됐나요?"

"아따 이 아가씨 좀 보소. 쬐그만 어선들은 죄다 밤에 조업을 나가지. 배에 화재난 게 멀리서도 보이니 달려왔제."

"그래도 위험하고 사실 남 일인데요."

"이보소. 나만 이리 온 게 아니고 아마 이 바다에서 조업하는 어선들 죄다 달려왔을 거구만. 낸 그냥 보통 사람인게."

"지금 총체적인 난국의 현장을 보고 계신데……"

"뭔 총체적인 난국이여? 누군가 어려움에 처하믄 내 일처럼 달려오는 우리 국민들을 보고 있는 거제. 배가 가다 사고도 나고 그럴 수 있지. 화재가 나서 그런 거 같은디."

"그래도 이렇게 달려오시려면 보통 용기로는 어려울 텐데요."

"도시 사람들은 그라요? 남 어려움에 처하면 모른 척 합니까?"

"그게 아니라 영웅이신데……"

아나운서와 인터뷰어의 장면은 생방송으로 그대로 방영되고 있었다.

"니미 영웅은 무슨 영웅 낸 영웅이 아니오. 그냥 평범한 뱃사람이지. 영웅은 여기 달려온 우리 모두요. 다행히 한 사람도 피해 없으믄 다행이고. 다행히 모두 구한 거 같긴 헌데. 아직도 배에 누가 남아 있소? 저기 헬기는 도대체 뭐하러 온 건지."

잠시 카메라가 하늘에 떠있는 헬기를 잡았다.

"어르신 지금 이거 생방송 중입니다. 욕은 좀 가려서……"

"욕? 니미? 니미가 욕이오?"

사내의 시선은 바다에 가 있고 여자 아나운서의 시선은 사내에게 가 있었다. 잠깐 화면이 바뀌었다. 방송 화면은 바다에서 사람을 건져 올리는 뱃사람들을 담기도 하고, 차례대로 배의 비상구에서 나와 '졸본 낚시'라는 이름의 낚시 배에 옮겨 타는 어린아이들의 모습을 담기도 했다. 연기가 피어오르는 방성호를 잡기도 했다. 방성호 주변을 맴도는 수많은 고깃배들이 출렁거리는 장면이 잡히기도 했다. 방성호에서 구조된 뒤 담요를 뒤집어쓰고 있는 사람들의 모습이 보이기도 했다.

"……어이, 배에 이잔 남은 사람 없지?"

늙은 사내는 다른 배에 대고 물었다.

"그런 거 같은디, 안즉 못 나온 사람이 한 둘 있긴 있는 모양이여. 마지막으로 배 안에 남은 사람 있나 찾으러 드간 거 같은디."

뱃사람들이 주고받는 말도 방송에 잡혔다.

동조일보만 방송하던 게 시간이 지나면서 모든 방송이 방성호 재난 사건의 실시간 영상을 방영하기 시작했다. 자정을 넘긴 시각이라 잠들어 있어야할 사람들이 하나 둘 깨어 방성호에서 사람을 구할 때마다 환호성을 지르기도 하고 눈물도 흘렸다. 아이들이 남김없이 구해졌을 땐 전국이 들썩일 정도로 박수 소리가 터져 나왔다. 바다는 방성호에서 흘러나온 물건들로 쓰레기장이 되었다.

그 사이 배 안에서의 상황은 뒤바뀌어 있었다.

낙주는 봉을 두 손으로 잡고 방귀언이자 마라를 겨누었다.

"네 놈 하나를 살려내자고 수백 명의 목숨을 제물로 바치려 했다는 거 누구도 용서하지 않을 거다."

마라는 낙주의 이야기가 귀에 들어오지 않았다. 그는 오로지 낙주의 등 뒤에 숨은 은미에게로 집중했다.

– 당신이 진짜 백제국의 왕인 소서연이란 말이냐?

은미는 방귀언이자 마라를 빤히 쳐다보았다. 방경언이 이상한 낌새를 차렸다. 방경언은 은미와 마라를 번갈아 보았다.

– 내 평생을 기다린 백제국의 그 소서연……. 운명이라는 게, 섭리라는 게 이토록 무서울 줄이야.

마라는 우는 듯 깔깔거리고 웃었다.

- 내가 언젠가는 세상을 멸망시킬 거라고 하지 않았소? 그 시절 당신이 내 청혼만 받아주었어도 오국은 멸망하지 않았을 터. 때론 왕이라면 백성을 위해 자신의 사랑을 버릴 줄도 알아야 하지 않겠소? 쓰레기 같은 것들은 멸망시키고 당신과 함께 영생을 누리자 하지 않았소?

은미의 몸이 부들부들 떨기 시작했다. 마라의 눈에서 불똥이 튀었다.

- 오국이 멸망한 건 모두 당신의 이기심 때문이오. 그까짓 장군 하나를 못 잊어서 나를 팽개치다니. 그리고 그 이기심은 오늘 이 세계도 멸망의 길에 들어서게 할 거요. 세상 인간들과 귀신들 모두 너를 원망할 게다!

은미는 마라를 쳐다보았다. 청혼을 위해 수 년 동안 선물을 보내온 일들이 주마등처럼 떠올랐다. 그러면서도 마라는 다른 나라의 백성들을 차례대로 도륙해 나갔다. 백제국에 손을 내민 작은 나라들까지 찾아가 피바다를 만들었다.

- 3천 년 동안 네 놈을 잊고 살았는데. 피로 물들었던 그 더러운 시간들을 잊었다 생각했는데.

은미가 몸부림쳤다.

- 네 년은 처음부터 나의 여자가 되었어야 해! 그래서 나와 함께 나 이외의 모든 것들을 멸망시키기 위해 존재했던 거야!

은미는 온 힘을 다해 마라의 손목을 잡았다. 마라를 향해 칼을 휘두르려던 고산지가 행동을 멈추었고 은미는 마라의 얼굴을 뚫어지게 쳐다봤다. 낙주도 하늘 높이 들어 올렸던 마고봉을 슬그머니 내려놓았다.

하지만 주변은 아수라장이었다. 귀신들은 누구 하나 가리지 않고 쉴 새 없이 공격해왔다. 고산지가 낙주와 은미를 향해 달려드는 귀신들을 물리치며 마라에게 잡혀 있는 그녀에게 다가가려 했다. 귀신이건 사람이건 그들이 보이지 않아 고산지의 공격에 속수무책으로 당했다. 마라는 황철을 쳐다보며 손가락으로 투명해진 무리 쪽을 가리켰다.

― 저년의 등 뒤에 투명해진 무리들이 있다. 눈에 보이든 보이지 않든 달려들게 해.

그러자 황철의 궤에서 풀린 모든 귀신이 낙주의 등 뒤로 밀물처럼 몰려갔다.

― 내가 한낱 장군 나부랭이 때문에 세상이 멸망하는 걸 택하다니.

고산지는 단숨에 깨달았다. 마라가 말하는 그 장군이 자신이라는 걸.

― 쓸데없는 말 지껄이지 마라! 넌 악마일 뿐!

낙주가 다시 정신을 수습해 마고봉을 휘둘렀다. 하지만 마고봉을 맞고도 마라는 흔들리지 않았다.

- 형님 가야해요. 곧 배가 가라앉아요.

방경언이 재촉했다.

- 그 딴 것들 상대할 시간이 없어요.

마라가 방경언을 노려보았다.

- 그 딴 것들? 내가 이날까지 살아온 이유를 오늘에서야 깨달았는데 그딴 것들?
- 그 잡귀들을 상대할 시간이 없다는 겁니다.

마라가 덥석 은미의 손을 잡았다. 은미도 그의 모습과 그의 목소리가 낯설지 않다는 걸 깨닫고 있었다. 은미의 부모를 죽였고 은미의 일가 친척들을 도륙했다. 은미에게 청혼을 받아들이라 명령하면서 그녀와 가까운 존재들을 하나 둘 제거해 나갔던 악마였다. 은미는 그 모든 순간들을 기억해냈다. 마라가 갑자기 방경언을 왼손의 염력으로 끌어당겼다. 그런 후 그의 목을 거머쥐었다.

- 잡귀들? 내가 평생을 소멸의 순리를 거역하면서 지금까지 간직해 온 순간이다.

마라에게 목을 잡힌 방경언은 두려워하거나 긴장하지 않은 얼굴이었다.

- 그 기억을 여전히 간직하고 있다니, 실망, 실망, 대실망이네. 30년 잠들어 있다가 깨어나면 네 욕망에 충실하기를 바랐는데.

방경언은 의외이다 싶을 정도로 차분하게 키득거렸다. 그의 웃음소리에 마라는 물론 은미와 고산지도 놀랐다. 방경언은 마라에게 목이 잡힌 채 임에도 킬킬거렸다.

- 내가 100년을 넘게 살면서 아무런 준비도 안 되었을 거라 생각한 건 아니겠지? 네가 잠들어 있는 사이 너를 제압할 것들에 대해 연구했을 거라곤 짐작도 못해 봤는가? 천하의 마라가 사람 말을 그렇게 쉽게 믿을 줄이야.

방경언은 목이 붙잡힌 채 주문을 외우기 시작했다. 낙주는 마고봉으로 마라와 방경언을 겨누지만 누구를 공격해야 하는지 갈피를 잡을 수가 없었다.

- 길을 드니 한 길이오, 산에 드는 악산이라
  천지의 변화는 비와 구름이지만
  세상사의 변화는 피와 살이다
  사람의 몸에서 피를 짜내고 살을 발라내
  영혼을 만들어 위색의 칼을 씌우니
  위색의 칼이 영혼을 조이며, 영혼의 피를 빨아내고, 영혼이 담긴 몸을 해체하니
  저승을 관할하는 악귀시여, 땅 속의 생활을 관할하는 악귀시여.

오늘 섭리를 거역하고 부활의 욕망을 이룬 날이지만

사소한 정에 얽매여 부활의 반섭리를 받아들이지 못하노니

지신, 수신, 발신, 악신이 있으며 약속을 헌신짝처럼 저버리는
귀신이자 판수는 거리에 널린 잡귀에 지나지 않으니 그의 권능을
회수해서 마땅한 귀신에게 그에 맞는 새로운 권리를 나 방경언이
청하오니 이 땅에 지하의 신들이 번창하도록

나모라 다나다라 야야 나막알야 바로기제 새바라야 사바하

나모라 다나다라 야야 나막알야 바로기제 새바라야 사바하

나모라 다나다라 야야 나막알야 바로기제 새바라야 사바하

나 방경언의 존재가 청하오니 부활한 자의 심장은 싸늘하게 순리
의 힘을 따라가도록

나모라 다나다라 야야 나막알야 바로기제 새바라야 사바하

나모라 다나다라 야야 나막알야 바로기제 새바라야 사바하

나모라 다나다라 야야 나막알야 바로기제 새바라야 사바하

방경언은 자유로운 손으로 마라의 손목에 갈색 톤을 풍기는 위색의
수갑을 채웠다. 늘어나기도 하고 줄어들기도 하지만 마라조차도 끊어
낼 수 없는 수갑이었다. 그 바람에 마라의 손에 잡혀 있던 은미와 방경
언이 자유로워졌다.

— 아니 네 놈이 왜?
— 세상의 멸망이 목적이라고?

위색의 수갑은 마라의 손목을 점점 조였다. 고산지와 낙주의 공격

대상이 마라가 아니라 방경언이 되어버렸다.

　- 네 놈은 내게 세상을 주기 위한 도구일 뿐이다! 탄생도 멸망도 나의 명령에 의한 것이지 너희들의 몫이 아니란 말이다!

　마라의 눈이 휘둥그레졌다.

　- 네 놈은 진정한 마라를 돕기 위한 도구였다는 걸 아직도 모른단 말이냐!

　멀리서 다가오던 두한도 놀라 걸음을 멈추었다. 누군가 이 매듭을 끊어버리지 못하면 세상이 멸망할 지도 모른다는 두려움이 엄습했다. 방두한은 명목상 자신의 작은 아버지인 방경언을 향해 총을 발사했다. 하지만 이제 방경언에게 총은 무의미했다. 그가 팔을 한번 휘두르자 총알은 휘어졌고 그를 공격하려던 고산지와 낙주가 강당 벽 쪽으로 내던져졌다.

　- 네 놈이 착각하는 것 중 하나는 마라는 시대에 존재한다는 게다. 네 놈은 3천 년 전의 마라였을 뿐. 이제는 필요 없다!

　방경언은 위색의 칼로 그의 형이자 지금까지 자신을 마라라고 믿고 살아낸 사내의 가슴을 칼로 그었다. 가슴에서 사타구니까지. 그러자 신기하게도 방귀언을 감쌌던 위색의 옷이 벗겨지며 가른 가슴에서 빛이 물처럼 흘러내렸다. 옷은 스스로 궤 속에 다시 들어갔다. 방귀언의 믿음이 무의미했다. 마라이자 방귀언은 방경언을 쳐다보며 스르르 무너져 내렸다. 은미가 뒷걸음질 쳤다.

– 이제 네 년도 필요 없어. 궤를 열었으니.

방경언은 링처럼 생긴 것들을 은미에게 던지자 이번엔 링이 그녀의 손과 목에 채웠다.

– 위색은 지금 이 순간부터 줄어들며 너를 나의 궤에 가둘 것이다.

마라이자 방귀언이 꿈틀거렸지만 힘을 쓸 수 없었다. 이 시대의 진짜 마라는 방경언이었다. 방귀언은 쓰러져갔고 은미도 서서히 빛을 잃어갔다. 은미는 마지막으로 눈을 감고 자신이 내지를 수 있는 가장 강한 힘으로 소리를 질렀다. 이제 배는 거의 가라앉고 있었다. 헬기의 열린 문으로 방경언의 심복들이 보였다. 당주와 윤 검사!

은미가 지른 소리는 하늘에 떠있는 헬기의 소음조차 잡아먹고 바다와 밤하늘로 퍼져나갔다. 소리는 은미의 손목과 목에 감긴 위색의 고리를 다행히 끊어냈다. 은미는 방경언에게서 멀어졌다. 낙주가 그녀의 앞을 막아주었다. 낙주는 빛 덩어리로 변한 마고봉을 휘두르며 방경언을 향해 나갔다.

– 네 년들이 진짜 마라를 못 만나봤군. 한 번도 태어난 적 없는 지옥의 사신들이여! 방경언이 부르오니 나오거라. 방경언이 부르오니 나오거라, 방경언이 부르오니 나오거라!

방경언의 말이 끝나기 무섭게 수면에서 하나 둘 검은 그림자들이 피어오르기 시작했다. 검은 그림자들은 피어오르면서 주변의 귀신들을 빨아들이기 시작했다. 귀신들이 혼비백산해서 흩어졌다. 마라도 은미도 검은 그림자들의 존재는 처음 접하는 귀신들이었다. 방경언은 이제 사람을 넘어서고 마라를 넘어 그 자체가 악마였다.

강당 안으로 빠져나가려는 경호요원들로 삽시간에 아수라장이 되었다. 검은 악귀들은 적도 편도 없이 모든 귀신을 닥치는 대로 공격하면서 살아있는 사람들까지 공격하기 시작했다. 검은 그림자가 부딪치면 통증이 왔고 세게 밀려오면 몸이 비틀거릴 정도였다. 겨우겨우 정신을 차린 방두한과 신재현조차 놀라 입을 다물지 못했다. 검은 그림자는 귀신이 아니라 존재 자체가 악마인 듯했다. 그들은 사람처럼 움직이지만 빨랐고 낙주의 마고봉에도 큰 타격을 입지 않았다. 그들의 수가 점점 불어나고 있었다.

– 언니 저것들 뭐야?

은미가 말했다.

– 나도 몰라.

낙주 역시 그 존재에 대해 알지 못했다. 재명에게 들은 적도 없었다.
"낙주야, 낙주야!"
부산호라는 배의 뱃머리에 서있는 재명이 마음으로 낙주를 불렀다.
"그 귀신들은 태어나지 못한 귀신들이야."

"태어나지 못한 귀신들?"

"그러니까 엄마 뱃속에서 낙태를 당했거나 태어나다 죽었거나 한 귀신들. 처음 만난 존재의 말만 듣는 귀신들이야. 저 방경언이라는 자는 악독한 자야. 태어나지 못한 귀신들을 모아 부리니."

"어떻게 처치해?"

"경문도 안 먹혀. 저것들은. 경험이 없다보니 막무가내로 덤비고. 일단 은미님이랑 배 쪽으로 건너와. 얼른!"

"할머니 그게 안 돼. 은미가 마라를 두고 갈 수가 없대."

"마라를 왜?"

"은미와 마라가 3천 년 전부터 알던 사이였대. 할머니와 담적 아저씨 같은 사이."

낙주는 봉을 들고 방경언을 경계한 채 말했다.

검은 그림자들은 은미를 중심으로 퍼져나가기 시작하더니 삽시간에 낙주와 그녀의 주변을 가득 메웠다. 윤식과 일행이 그림자를 뚫고 낙주에게 가려 했지만 귀신도 사람도 튕겨져 나왔다. 낙주는 마고봉을 열심히 휘둘렀다. 검은 그림자들은 낙주의 봉에 맞아도 나가 떨어졌다가 고무줄처럼 다시 돌아와 낙주와 은미를 공격했다. 어떤 무엇도 감당이 되지 않는 그림자였다. 다만 방경언의 웃음소리가 사방에서 흘러넘쳤다.

─ 은미야, 네 능력으로 저것들 충분히 몰아낼 수 있잖아.

─ 언니 저 귀신들 얼굴 보여?

낙주는 달려드는 검은 그림자들의 귀신을 보았다. 이목구비 정도만 가늠이 되었다.

 - 난 언니가 봉으로 저 귀신을 후려칠 때마다 가슴이 아파.
 - 왜?
 - 언니 잘 봐. 쟤네들 완전히 아기들이야.
 - 아기들?
 - 태어나지 못한 존재들이라며? 아기들이라고. 차마 떨어낼 수가 없어. 차마.
 - 은미야, 저것들이 인간적 존재일 때는 그렇지만 지금은 그냥 악귀야.
 - 그래도
 - 참말로 이젠 나도 기진맥진해서 어쩌지 못하는데.

낙주가 탈진하고 있다는 걸 눈치 챈 방경언이 황철을 바라보았다. 황철의 궤에서 나온 귀신들이 낙주와 은미를 향해 돌진해왔다. 미세한 충격이지만 그 충격의 수가 많아지자 낙주도 통증을 느끼기 시작했다. 게다가 고산지만한 덩치의 귀신들이 침몰하고 있는 배 속에서 모습을 드러내기 시작했다. 시간이 흐르면서 윤식과 나머지 사람들의 몸도 드러났다.

 - 완성이 덜 된 능력이군.

방경언은 희미하게 나타나기 시작하는 윤식과 다른 이들을 가소롭다는 듯 쳐다보며 말했다. 양 손에 칼을 든 고산지에게 비슷한 덩치의 검은 그림자들이 밀물이 밀려오듯 수면 위로 나타나더니 그에게로 꾸역꾸역 몰려들었다. 재명과 진고랑이 옥추경을 읊어댔지만 소리는 모이지 않고 흩어졌다. 흩어진 소리는 바다 너머로 흘러가 되돌아오지 못했다.

– 낙주야, 비형을 부를 수가 없어. 우리가 감당하기엔 너무 많아.

어느새 방경언은 연꽃의 옷이 든 궤를 챙겨들고 신재현과 함께 당주와 윤 검사가 타고 있는 헬기에 오르고 있었다.

– 너희들은 나의 축제를 다 망쳐놨어. 그 벌을 받아야지. 너희들 모두 물귀신이 될 기회를 주지. 좀 춥지만 그런대로 견딜만할 거야. 자시가 지나면 이 바다는 다시 포악해진다. 멀지 않아 졸본의 바다는 본래의 포악한 바다로 바뀌겠군. 너희들은 여기서 영원히 벗어나지 못할 거야.

그때 낙주와 은미의 다리 사이에 머리 둘이 삐죽 보였다. 소영과 상도였다. 그 둘의 등장을 방경언은 알지 못했다.

– 하이고, 여기는 난리도 아니구만.

상도였다.

─ 언니들! 이것들이 우리 언니들을!

소영이었다.

─ 소영아, 도망가!

낙주는 겨우겨우 숨을 몰아쉬며 말했다. 낙주의 말이 채 끝나기도 전에 소영이 낙주와 은미의 곁으로 다가왔다. 은미의 곁에서 점점 조금씩 소멸되어 가는 마라이자 방귀언을 보고 약간 놀랐다. 낙주와 은미는 소영이 걱정되었다.

─ 어서 돌아가!

그런데 낙주와 은미의 염려는 기우였다. 둘을 향해 달려드는 검은 귀신들을 간단하게 밀쳐냈다. 그저 손바닥을 펼치고 막았을 뿐인데 귀신들은 간단하게 나가 떨어졌다. 황철이 부리는 귀신들도 그녀에게 다가들지 못했다. 고산지를 공격하던 고대 귀신들도 일부 낙주와 은미 쪽으로 걸어왔다.

대수롭지 않게 보던 방경언이 헬기에 올라탄 후 소영을 내려다보았다. 그는 헬기를 멈추도록 했다.

─ 꼬마 계집애야, 네 년의 정체가 뭐야?

황철이 물었다.

– 소영이다! 그리고 난 혼자가 아니다!

황철이 풀어놓은 수만의 귀신들이 웅성거리기 시작했다. 소영이 걸어온 길로 밀물처럼 귀신들이 몰려들고 있었다. 그들은 검은 악귀들을 대적했고 고대 귀신들과 마주섰다.

– 고두관 여그가, 졸본이라는 동네의 앞바다여?
– 아따, 여그 파도가 거칠겠고만. 겉으로 잔잔허기가 비단 같은 바다는 보통 거친 게 아닌데.
– 오늘이 그날이니까 그렇지.
– 그날? 뭔 그날?'
– 이것아 하늘이 텅 빌 정도로 열리는 날이잖어.
– 맞다, 맞어. 그러게 유식한 귀신을 쫓아다녀야 떡구경이라고 한다니까.
– 떡구경은 뭐여?
– 떡고물, 떡구경.
– 밀지 말드라고.
– 출렁거리는 바다를 하도 봐 사서 그런가 어질어질 허네.
– 배도 안 탔는데 멀미를 하는가.

황철이 풀어놓은 귀신들과 방경언이 불러온 검은 악귀들은 완전하게 침몰 직전인 방성호 주변으로 꾸역꾸역 모여들기 시작했다. 하지만 제주도에서 몰려온 그들은 고산지와 낙주와 은미가 크게 도움을 주지 못했다. 오히려 그들이 힘 빠진 낙주의 도움을 필요로 했다. 황철까지 현장 가까이 다가와 제주에서 온 귀신들을 궤에 가두기 시작했다.

그러자 갑자기 소영의 뒤에 나타났던 귀신들이 하나 둘 획획 사라졌다. 황철의 주문이 먹히는 듯했다.

"이제 가셔야 합니다. 기름 바닥나고 있습니다."

윤 검사가 방경언에게 말했다.

"잠깐만 기다려봐! 이 멸망의 순간을 어떻게 안 볼 수가 있는가. 그리고 저 어린 년이 너무 수상해."

방경언은 두려움도 느끼지 못하고 무서움도 없어 보이는 소영을 뚫어지게 쳐다보았다. 소영은 갑자기 바닥에 주저앉았다. 그러더니 소영은 단전 앞에 손을 모으고 오른 속은 엄지와 검지를 맞닿도록 모양새를 만들었다. 왼손은 엄지와 중지가 맞닿은 모습이었다.

─ 전륜법인!

방경언은 깜짝 놀랐다. 어린 소녀 귀신의 입에서 흘러나온 소리는 부처의 소리였다.

─ 아니 저년이 어떻게 전륜법인의 형상을 만들어내고 전륜법인을 읊어대는 거지?

방경언의 눈이 휘둥그레졌다. 전륜법인은 부처가 깨달음을 얻은 후 처음 중생을 위해 설법을 할 때의 만들어 보였던 손 모양새였다.

소영의 주변에 있는 귀신들이 하나 둘 소영의 모습을 따라 바닥에 앉아 전율법인의 손 모양을 만들기 시작했다. 전륜법인은 소영을 중심으로 파문이 되어 사방으로 퍼져나갔다. 방경언은 검은 그림자들을 모두 낙주에게 보냈다. 검은 그림자든 황철의 귀신이든 소영의 몸에 닿기도 전에 튕겨져 나갔다.

－ ……나무사다타소가다야아라하데삼먁삼볻다샤/ 사다타붇다구지스니삼/ 나무살바붇다부디사다베뱌/ 나무사다남삼먁삼볻다구지남/ 사스라바가싱가남/ 나무로계아라한다남/ 나무소로다파나남/ 나무사가리다가미남/ 나무로계삼먁가다남/ 삼먁가파라디파다나남/ 나무데바리시난/ 나무싣다야비디야다라리시난/ 샤바노게라하사하사라마타남/ 나무바라하마나/ 나무인다라야/ 나무바가바데/ 로다라야/ 오마바데/ 사혜야야/ 나무바가바데/ 나라야나야/ 반자마하삼모다라……

전륜법인의 형상을 하고 앉은 소영의 입에서 독경소리가 흘러나오기 시작했다. 소영과 같은 형태의 형상으로 앉은 귀신들의 입에서도 모두 똑같은 독경소리가 바다와 하늘에 퍼져나가기 시작했다.

"담적 저게 뭔 독경이요? 들어 본 거 같긴 헌디."

"나도 익숙하진 않은데 능엄경 같은디?"

"맞다. 능엄경! 그런데 저 작은 꼬마 아이가 어떻게 저 어려운 경을 독경하는 거지?"

"우린 사람이든 귀신이든 늘 겉만 보는 우를 범하잖어. 저 소녀가 겉은 소녀이지만 실은 소녀가 아니었던 것인지도 모르제."

소영과 그의 주변에 앉은 귀신들의 독경이 사방으로 퍼져나가자 귀신들이 맥을 못 추고 하나 둘 연기처럼 사라져갔다. 황철이 궤를 어깨에 매고 소영에게 달려가고 고대 귀신들이 채찍을 휘둘렀지만 황철은 소영의 근처에도 닿질 못했다. 고대 귀신들의 채찍은 기이하게도 재처럼 형체도 남기지 않고 흩어져버렸다.

검은 형체의 귀신들도 하나 둘 형체를 잃어갔다. 귀신들은 팔이, 어깨가, 가슴과 배가, 허리와 다리가 사라지더니 머리까지 서서히 지워져 갔다.

– 어떻게 저런 어린 년에게 우리가……

방경언의 신음이 귀신들 사이에 퍼져나갔다.

황철은 가볍게 들던 궤를 들어 올리지 못해 궤를 둔 채 뒷걸음질 쳤다. 소영에게 다가갈 수 없으며 검은 그림자도 소영에게 미치지 못했다.

– "……나무바가바뎨/ 나라야나야/ 반자마하삼모다라/ 나무신가리다야/ 나무바가바뎨/ 마하가라야/ 디리바라나가라/ 비다라바나가라야/ 아디목뎨/ 시마샤나니바시니/ 마다리가나/ 나무신가리다야/ 나무바가바뎨/ 다타가다구라야/ 나무바두마구라야/ 나무발사라구라야/ 나무마니구라야/ 나무가사구라야/ 나무바가바뎨/ 뎨리다슈라세나/ 파라하라나라사야 …… 아라하뎨!"

– 저 아이의 몸주가 부처? 그럴 리 없어, 그럴 리가……

황철은 궤를 버리고 소영의 무리가 읊어대는 경의 말에 결박되어가는 걸 느꼈다. 황철은 거미줄처럼 자신을 감싸는 말들을 걷어내며 더

빠르게 뒷걸음질 치며 도망갔다. 고대 귀신들도 바다 저편으로, 어둠 저편을 향해 필사적으로 달려갔다.

방성호는 뱃머리만 남고 거의 대부분 가라앉고 말았다. 뱃머리에 앉은 은미와 방귀언과 낙주그리고 재명과 진고랑의 눈에 들어왔다.

경을 읊고 있던 소영이 슬쩍 방경언을 쳐다보았다.

– 못난 놈! 아직도 이 사람 저 사람 몸을 옮겨 다니며 악귀의 짓을 하다니.

이젠 마라가 된 방경언의 귀에 어린 소영의 목소리가 들렸다.

– 어린 계집이!
– 못난 놈! 하늘의 능력을 가졌다 해도 순리를 거스르지 말라 했거늘.

소영의 마음 속 말이 들렸다.

– 어린 년이 감히!

방경언이 헬기에 오르는 걸 포기하고 마지막 힘을 짜내 소영에게 달려갔다. 손을 모아 자신의 몸에 남은 마지막 빛으로 찌그러진 자존심에 약간의 위로라도 받아보고자 하는 심정으로 양손을 하늘 높이 처들었다. 그의 손에서 번개와 같은 빛들이 맴돌았다.

– 못나고 못났도다!

소영이 입으로는 능엄경을 읊었지만 마음으로는 이야기를 했다. 몸과 마음을 따로 놀릴 수 있는 존재였다. 소영이 가까이 다가온 방경언의 눈을 쳐다보았다. 그는 소영에게 가까이 다가가지도 못했다.

– 네 놈이 바란다고 해서 섭리를 거스르는 건 있을 수 없는 일이다. 네 놈이 부활하면 그에 상응하는 누군가가 죽음을 맞이한다는 걸 모르지 않을 터. 3천 년을 살았으면서도 네 놈은 그 이기주의적인 욕심을 한 톨 만큼도 버리지 못했구나. 섭리를 깨달아 네 힘이 산 자와 죽은 자들을 위해 쓰이기를 바란 내가 잘못이다.

방경언은 순간 소영의 눈 속에서 우주보다 넓고 깊은 빛과 어둠을 보았다.

– 네 년은……. 아니 당신은 마고?
– 마고는 멀리 있지 않다, 섭리가 깨지는 그곳에 순수한 누군가의 몸을 빌어 나타나지. 섭리로부터 용서받지 못할 짓을 벌인 죄 오래 속죄해야할 것이다.
– 소영이 마고라니?

담적도 재명도 낙주와 은미도 소영의 마음 속 이야기를 들었다. 그리고 소녀의 몸에 깃든 존재가 태초의 남자와 여자를 만든 마고라는 걸 깨달았다. 마라의 몸이 순식간에 소영의 아우라 쪽으로 끌려갔다.

– 어, 어떻게 너 같이 별 볼일 없는 년이……

– 아직도 섭리의 법이 얼마나 무서운지 모르는군.

주문은 더 청량하게 들려왔다.

방경언의 몸이 조금씩 깨져나갔다.

– 가, 감히 네 년이! 감히!

– 참으로 못난 존재다. 눈물 흘릴 줄 모르는 존재가 어찌 진정한 절
대자가 될 수 있겠느냐. 네 놈은 눈물부터 배워야 한다.

고산지는 소영과 은미를 등지고 서서 점점 하나의 빛으로 조여드는
밤하늘을 올려다보았다. 그는 어깨를 들썩였다.

– 눈물이 흐르네……. 진짜로…….

고산지는 혼잣말을 중얼거렸다. 방성호가 모두 잠긴 바다의 파도가
점점 높아져갔다. 재명과 진고랑이 탄 배가 낙주에게 가까이 다가와
그녀와 은미를 배에 태웠다.

"이것아! 완전히 파김치가 되어버렸네."

재명과 담적이 낙주를 보고 어찌할 줄을 몰랐다. 누군가 낙주에게
담요 한 장을 덮어주었다. 낙주의 눈에 멀리 달아나고 있는 한 대의
헬리콥터가 보였다. 하늘의 저 끝에서 번개 하나가 떨어지더니 헬기
의 날개를 강타했다. 헬기가 어둠 저편으로 비틀거리며 날아가다 사라
졌다.

낙주는 미세한 온기가 느껴지는 오른팔 쪽을 쳐다보았다. 눈을 감은 은미가 보였다. 그의 곁에 고산지가 눈을 부라리며 사방을 살폈다. 낙주는 잠깐 고산지를 올려다보았다. 그의 눈가에 맺힌 눈물이 보였다. 귀신의 눈물을 보다니. 낙주는 희미하게 웃었다.

무척 긴 하루였어.

낙주는 기분 좋은 잠에 빠져들었다.

3

"낙주야……."

시경이 블랙커피가 잔뜩 든 커피 잔을 만지며 머뭇거렸다.

"그거 나 주려고?"

"어, 너 주려고 뽑아 온 거야."

시경이 얼른 커피 잔을 낙주에게 건넸다. 시경은 옆 사무실에서 귀신과 마주 앉아 있는 윤식에게 눈길을 주었다가 거뒀다. 사무실 문밖에는 귀신들이 줄지어 서 있었다. 재명이 귀신들의 이야기를 듣고 윤식에게 전달해주었다.

"오늘 온다고 하지 않았냐?"

시경의 얼굴이 창백했다. 몇 차례 담배를 꺼냈다가 도로 주머니에 집어넣었다.

"형, 기다려봐."

지금 시경은 부인을 기다리고 있었다. 낙주와 은미가 시경의 부인을 만난 건 일주일쯤 전이었다. 차마 스스로 목숨을 끊은 곳을 찾아갈 수 없다면 낙주에게 혹시 죽은 장소에서 부인이 떠돌면 만나달라고 부탁한 일이 있었다. 그리고 오늘 그의 부인이 사무실로 찾아오기로 했다. 시경의 부인도 자신이 죽은 곳에서 시경을 만나고 싶지 않다고 말했다. 시간을 달라고, 일주일 후 사무실로 찾아오겠다고 했다. 그 일주일이 시경에겐 평생보다 길었을 지도 몰랐다. 시경의 부탁을 들을 때에야 어렴풋하게나마 알고 있던 그의 가족사를 듣게 되었다. 딸을 성폭행한 고검장 아들에게 주먹질을 했고 구속되지 않는 고검장 아들을 보면서 법을 수호하는 일에 진저리를 치고 옷을 벗었다는 걸 알게 되었다. 그리고 그의 딸이 지금 요양병원에 입원 중이라는 사실도.

"혹시 말이지……"

"어려워하지 말고 말해."

"와이프 모습이 흉측했냐?"

투신을 했으니 그런 걱정을 했을 법도 했다. 잘 수습해서 장례를 치러주었지만 어떤 모습으로 만나게 될지 걱정이 되는 건 당연했다. 시경의 부인도 시경에게 미안해서 가능한 그의 앞에 나타나지 않으려고 했다.

"형, 괜찮았어. 빨리 떠나야하는데 형하고 딸이 눈에 밟혀서 어디로든 못 가고 있었대. 기다려봐. 오늘 온다고 했으니까."

"그게 말이지. 귀신들은 시간 개념이 없어서……"

낙주는 커피를 마시며 창밖을 바라보았다. 언제 나무에 꽃이 찾아든 걸까. 벚꽃이 만개해 거리 전체가 환했다. 재명과 담적은 돈을 보태 책방 옆의 가게를 샀다. 역시 같은 헌책방이었는데 진즉 내놓았던 가게였다. 그 가게를 사무실로 꾸몄다. 귀신들 사연만 전문적으로 취급하는 사무실이었다.

– 언니, 왔어.

낙주와 은미가 의자에서 벌떡 일어났다. 그 바람에 제 몫을 커피를 마시던 시경이 사례가 걸려 연신 기침을 해댔다.

"형, 오셨어."

시경은 차마 출입문 쪽을 쳐다보지 못했다.

"괜찮아. 요즘은 조금 공 들이면 귀신들도 흉한 모습은 얼마정도 가릴 수 있대. 귀신 성형 시대?"

"그 이야긴 듣긴 들었는데. 그거 때문이 아냐. 몰골이 흉측하면 어때. 나만 믿고 산 여자였는데……"

시경이 심호흡을 한 뒤 뒤돌아섰다. 유리문 밖에 시경의 부인인 민수영이 서 있었다. 뒤돌아 선 시경의 어깨가 몹시 떨고 있었다.

"형, 자리 피해줄까?"

"아, 아녀. 내가 말이 안 통하잖아. 그리고 우리야 같이 있는다고 해서 뭐 흠 될 것도 없잖아."

결국 민수영과 시경, 낙주와 은미까지 자리를 잡고 앉았다.

– 이런 사무실이 있다는 말은 들었지만 진짜로 있는 건 처음 봤어요.

민수영이 먼저 입을 열었다.

– 저, 사실 여기 오는 거 많이 망설였어요. 졸본이라는 곳 바다에서 난 사건을 보면서 생각 많이 했어요. 한 사람도 빠짐없이 구조했다는 것도 그랬고, 그분들 구조해낸 사람들이 평범한 사람들이어서 좀

감동적이기도 했어요. 그 기사 보면서 생각 많이 했어요. 난 지금 조금 불행하지만 사실 세상은 살만한 데구나. 그래서 오기로 했어요.

시경은 슬쩍슬쩍 민수영을 살폈다. 민수영도 시경을 똑바로 쳐다보지 못했다. 인간과 귀신의 만남은 늘 그렇게 어색했다.

― 수, 수영아. 미안해. 내가 힘이 없어서 당신도 진희도 지키지 못해서. 다음 생엔 나보다는 힘 있는 남자 만나서 이렇게 억울하게 당하지 말고 살았음 좋겠어.

낙주는 좀 낭만적인 상상을 했는데, 그럴 수 없다는 걸 깨달았다. 시경은 참았던 눈물을 흘리며 울먹였다. 민수영은 고개를 숙인 채 제 손만 만지작거렸다.

― 아니에요. 난 당신 존경해요. 당신 같은 사람이 어디 있어요. 너무 자책하지 말아요. 당신 잘못이 아니에요. 그리고 그 사람 제대로 재판에 세웠다는 것만으로도 당신은 할 일 다하신 거예요. 당신은 정말 좋은 사람이에요.

낙주는 수영의 말을 전달하며 자신도 모르게 마음이 아팠다. 은미는 곁에 앉아 내내 훌쩍거렸다. 시경은 급기야 오열했다. 그는 얼떨결에 낙주를 끌어안았다.

― 여보 미안해. 당신을 혼자 보내서 미안해. 나만 멀쩡해서 미안해.

- 아니에요. 나 혼자 무책임하게 떠나서 내가 미안해요. 진희를 두고 혼자 가버려서 정말 미안해요. 그러려고 그런 건 아니었어요. 마음이 너무 아픈데 어떻게 나 자신을 다독일 수가 없었어요. 미안해요.

- 아냐, 진희랑 당신이 무슨 죄가 있다고. 잘못한 놈들은 발 뻗고 자고. 그런 놈들을 난 어쩌지도 못하고.

낙주는 품에서 시경을 떼어내 민수영 쪽으로 천천히 밀어붙였다. 서로 손을 잡거나 안을 수는 없지만 가까이에서 얼굴은 볼 수 있을 터였다. 낙주가 그를 민수영의 곁으로 미는데 시경이 안을 수도 붙잡을 수도 없는 그녀를 와락 끌어안았다. 자신의 팔이 자신의 가슴을 감쌌지만 시경은 그대로 팔을 풀지 않았다. 민수영은 그런 시경의 팔 안에 안기듯 기댔다.

- 수영아, 떠나지 않아도 돼.
- 그럴 순 없어요. 내가 이대로 머물면 당신 매일 슬퍼할 거잖아요.

낙주가 소파에서 일어났다. 두 사람의 말을 서로에게 전달하는데 자꾸 눈물이 나서 견딜 수가 없었다. 낙주가 은미에게도 눈짓을 했다. 둘은 시경과 민수영을 남겨두고 사무실을 나왔다. 굳이 말을 하지 않아도 서로 통할 사이이니 그것이면 충분하겠다는 생각이 들었다.

은미와 낙주는 사무실 밖으로 나와 하얀 꽃 만발한 벚나무 아래에 섰다.

- 왜 요즘 소영인 안 보여?

– 할머니한테 간 거 같은데?

– 어떻게 그렇게 감쪽같이 속일 수가 있대?

– 그러게 말이야. 자기가 마고이면 마고라고 말하믄 되지.

– 자기도 몰랐다고는 하는데 믿을 수가 있어야지.

– 아무래도 마고가 우리 믿을만한 구석이 있는가 살폈던 거 같지?

– 몰라, 아니라고는 하는데.

– 그런데 귀신들은 그럴 때가 있어. 나도 그랬잖아. 까맣게 잊고 있었는데, 내가 3천 년 전에 좋아해서는 안 될 그 남자를 좋아했는데 모르고 살았잖아. 그러다 3천 년이 지난 후에 문득 깨달은 걸 보면 마고 말이 사실인 것도 같아.

– 에이, 설마 마고는 그래도 천지를 창조한 존잰데.

– 언니, 그렇지. 그런 존재가 자기 자신을 몰랐다는 건 말이 안 돼.

– 하지만 소영인 몰랐을 거야. 자기 안에 마고가 들어와 있었는지. 한 가지 다행인 건 소영이가 외로워서 어쩌나 싶었는데.

– 그러게.

– 그 인간은 구속되었지?

– 방경언?

– 응

– 구속됐지. 사람 안 죽은 것만 해도 다행인 거야.

– 언니, 나 진짜 놀랐다.

– 뭘 또?

– 방 반장이 방성그룹 회장 조카라면서?

– 그렇다더라. 난 그냥 성만 같은 줄 알았는데.

– 방 반장은 사건과 연루되지 않았다면서? 경찰 그만 두면 들어갈

데 많아서 좋겠다. 요즘 다들 취직하기 힘들어하잖아.

방성태가 방경언의 조카라는 사실을 알고 약간 놀라기는 했다.

– 전에 졸본에서 우리 공격했던 인간은 방 반장 동생이라며? 아무튼 이 나라는 좁긴 좁아.
– 그러게 말이다. 그리 연결되는 사람들인 줄 몰랐어.
– 유유상종이야. 나쁜 것들은 나쁜 것들끼리만 모여.
– 난 그렇게 생각하지 않아. 한 사람만 좋으면 그 둘은 결국 좋은 사람이 된다고 생각해.
– 나도 사람들이 그랬으면 좋겠어.

도로 건너에 고산지가 보였다. 그는 쪼그려 앉아 장기를 두고 있는 노인들을 구경했다.

– 그 노인네도 참, 마를 거기다 두면 외통수라니까.

노인의 귀에 들릴 리가 없었다. 그가 낙주와 은미를 발견하고 무작정 길을 건너오는데 그의 다리를 지나 택시 한 대가 멈춰 섰다.
한 청년이 내린 후 오봉서점을 들어갔다. 그런데 청년을 따라 여자가 내렸다. 택시가 멈춘 후 청년이 내리는 바람에 여자도 산 사람이라고 잠깐 착각했다. 여잔 귀신이었다. 전동차 역사 쪽에서 걸어오던 진고랑이 낙주를 발견하곤 걸음을 재촉했다. 택시에서 내린 여자는 사방을 살피다 진고랑을 발견했다.

– 어? 할아버지 전에 나 본 적 있죠?

진고랑의 눈이 낙주에게로 향했다.
"전에 본 적이 없냐는데요?"
여자가 진고랑과 낙주를 번갈아보았다.

– 진짜로 우리들하고 말이 통해요?

여자가 낙주에게로 한 발 다가왔다.
낙주가 고개를 끄덕거렸다.

– 진짜네. 나 저 할아버지 택시에서 본 거 같아요. 절 다들 택시 귀
신이라고 하거든요.

"여자가 택시 귀신이래. 택시에서 선생님을 봤다는데요."
"그랬던 것도 같은데. 시경이랑 같이 어딜 가다가……"
진고랑이 여자를 쳐다보았다.

– 저 송민주라고 해요. 거리 곳곳에 우리 부모님께서 플래카드 붙
여놓아서 내 이름도 알려주고 그랬거든요. 조금만 관심 있으신 분들은
제 이름 금방 아실 거예요.

진고랑은 그제야 기억이 나는 모양이었다. 플래카드를 보고 가슴 아
파했다는 사실도 기억났다.

- 저 택시에서 내린 거 진짜 처음이에요. 택시 귀신을 다 내리게 만들고 참. 여기가 '두 번째 몸 연구소' 맞죠?

낙주가 고개를 끄덕거렸다.

- 저 택시 기사 아저씨 정말 착한 분인데. 언제 다시 만날 수 있으려나.

여자가 진행 방향으로 사라지는 택시를 한 동안 쳐다보았다.

- 부모님께 소식 못 전한 게 벌써 20년 전 일이네요.
- 저기요. 안으로 들어가면 이야기 들어주시는 분 계세요. 접수 순서대로 일 봐드릴 거예요.
- 그런데 전 드릴 게 아무 것도……
- 그냥 접수 하시면 되요.

여자가 주저하다 입을 열었다.

- 제 이름은 송민주예요. 잘 부탁드리겠습니다.

여자가 낙주와 은미 그리고 진고랑을 향해 고개를 숙였다.

- 발 밟지 마세요.

여자가 자신의 발과 고산지를 올려다보았다. 고산지가 얼른 제 발과 겹쳐진 자신의 발을 떼어냈다. 어디에선가 불어온 바람이 벚꽃을 날려주었다. 꽃잎이 여자와 낙주와 은미 사이로 춤을 추며 떨어졌다. 그녀가 걸어오는 길 뒤에 낯익은 세 명의 귀신이 보였다. 보령의 보육원에서 자란 건우와 그의 양부모들. 낙주는 그들을 향해 손을 흔들어 보였다. 덩달아 은미도 건우를 확인하고는 손을 흔들어 보였다. 낙주의 곁에 세워 둔 마고봉이 한동안 고요하다가 조용히 빛을 뿜어내기 시작했다.

끝.

귀신들 사이에 풍문이 돌았다.

　– 몸 찾아주는 탐정소가 있다고?
　– 탐정소? 그게 뭐단가?

귀신들 모이는 곳마다 수군거렸다.

　– 니는 일찍 뒤져 갔고 탐정소가 뭔지 모르지? 아무튼 꼰대들이 뭐 아는 게 있어야지.
　– 참말로 일찍 뒤진 것도 서러운데 니까진 속 뒤집어 놓을래? 그라고 내가 니보다 백살은 더 먹었겠구만 왜 계속 반말이여?

귀신들은 말로 싸웠다. 주먹질도 발길질도 의미가 없었다. 헛힘만 쓸 뿐.

– 거 어느 귀신을 찾아가믄 되것는가?

누군가 물었다.

– 귀신?
– 아, 좀 전에 몸 찾아주는 탐정소 생겼담서?
– 아, 그거 하는 것들은 귀신이 아니고 사람들이여. 사람!
– 메라고? 사람이 우리 귀신들 몸을 찾아준다고?

여기저기서 들리던 수군거림이 점점 더 커졌다. 몸 찾아주는 탐정소 일꾼들이 사람이라는 게 풍문이라는 둥, 사기라는 둥, 살아서도 거짓말치더니 뒤진 후에도 여전하다는 둥의 말들이 떠돌았다.

– 참말이여! 사람이여! 마침 저기 오네!

말쑥한 양복의 귀신이 헌 책방 거리에서 걸어오는 낙주와 진고랑을 손가락으로 가리켰다.

– 저것들이 우리를 본다고? 만약에 거짓부렁이면 니 뒤질 줄 알아.
– 뒤진 놈을 또 어떻게 죽이겠다는 건지. 쯧쯧!

몸이 건장한 귀신이 낙주에게 달려갔다.

– 니 내 보이나?

낙주가 남자를 쳐다봤다. 남자는 흠칫 놀랐다.

– 무슨 일이세요?

남자는 너무 놀라 엉덩방아를 찧었다.

– 무당? 아니면 영매 뭐 그런 거여?
– 반말 하지 마세요!

진고랑은 곁에 서서 빙글빙글 웃기만 했다.

– 아, 이보소, 처자. 내가 말이지 동학 때 죽었거든. 동학 알지? 암
튼 그때 우금치서 죽었는데 내 몸이 어디로 갔는지 찾을 길이 없어
서……

기세등등하던 남자는 금방 기가 죽었다. 그러더니 어깨를 떨며 흐느
꼈다.

– 아저씨, 저기 책방 골목이 끄트머리 즈음에 오봉서점이라고 있는
데 그리로 오세요. 거기에 가면 아저씨 이야기 들어드릴 사람 있을 거
예요. 울지 마시고요!

낙주의 말을 들은 남자는 더 서럽게 울었다.

– 저는 또 다른 분 몸 찾으러 가야해서요. 책방에 꼭 들르세요.

낙주와 진고랑은 가던 길을 재촉했다. 두 사람이 어디로 가는지 알수 없지만 남자는 그 두 사람을 오랫동안 지켜보았다. 머지않아 낙주를 다시 보게 되리라 생각하면서.

귀신 문제 해결 탐정단

귀결사 2

초판 1쇄 인쇄 | 2021년 4월 22일
초판 1쇄 발행 | 2021년 4월 30일

지은이 | 전희원
펴낸이 | 전준석
펴낸곳 | 열세번째방
주소 | 서울특별시 마포구 독막로3길 51, 402호
대표전화 | 02-6339-0117
팩스 | 02-304-9122
이메일 | secret@jstone.biz
블로그 | blog.naver.com/jstone2018
페이스북 | @secrethouse2018
인스타그램 | @secrethouse_book
출판등록 | 2018년 10월 1일 제2019-000001호

ⓒ 전희원, 2021

ISBN 979-11-90259-68-2 04810
　　　979-11-90259-66-8 04810(세트)

열세번째방은 시크릿하우스의 문학 브랜드입니다.